想象，比知识更重要

幻象文库

艾比斯之梦

Hiroshi Yamamoto

[日]山本弘——著
张智渊——译

アイの物語

新星出版社 NEW STAR PRESS

目 录

献给妻子真奈美

感谢你帮忙考证作品内容，并在日常生活中一直支持我。

献给女儿美月

愿你的未来充满喜悦。

楔子

那是我看过的机器人当中，最美的一个。

当天色从火红的金黄逐渐变成深海的靛蓝，它展开巨大的翅膀，悄然无息地从天而降。我一开始以为只是乌鸦，但是不祥的轮廓突然变大，倏地变成了身负滑翔翼的人影。对于以为终于甩掉追兵的我而言，那就像是死神毫无预警地造访似的，令人不寒而栗。

它在大楼间优雅地滑翔，到了距离地面五米左右的高度和翅膀分离，勾勒出漂亮的抛物线后落下。身穿玫瑰粉和淡黄色套装的流线型机体在半空中旋转了一圈，一头红发如火焰般随风飞舞。我伫立原地，霎时忘了恐惧，被那美丽的动作深深吸引住。那家伙在我眼前着陆于一辆停在路上、锈迹斑驳的旧巴士车顶，砰的一声，发出响彻废墟的撞击声响，巴士的车顶瞬间凹陷。它筋骨柔软地弯曲全身，吸收冲击力道，被舍弃的翅膀因循惯性，摇摇晃晃地继续滑翔，坠落在我身后。

几世纪前，当人类文明昌盛时，这个城市人称“新宿”。如今无人的建筑林立，一副随时都会颓败的模样，玻璃窗几乎悉数破裂，残破不堪的广告牌上文字已难辨识。两旁耸立着阴暗的大楼，墙面上爬满了藤蔓，令人联想到狭窄的街道，也丧失道路的功能已久；杂草从柏油路的裂缝中探出头来，欣欣向荣地呈网眼状，腐朽坍塌的广告牌残骸四处散乱。

我就在这样荒凉的地方和那家伙相遇了。

那家伙以开始攀上西方天空的银色猫眼月亮为背景，蜷缩着身子，然后缓缓地站了起来。动作如行云流水，没有多余。虽然体态和人类别无二致，但一眼就看得出来，那是机器人。

人类不可能这么美丽。

那机器人穿着长靴踏在巴士车顶上，仿佛夸耀自己的美丽一般抬头挺胸、右手叉腰，以人类的姿态昂然挺立。那家伙的外表看起来约莫人类的十八九岁，火红的头发上戴着防风镜，上头安装了像是蜻蜓复眼般的半球形镜片；脸上有火焰状的刺青图腾，左手握着长长的金属棒；丰满的胸部以及纤细的腰身到大腿的线条，并不会显得过度性感，却形成堪称艺术的绝妙曲线。虽然包覆了像是赛车服般有光泽的双色人造皮，但是从脖子到胸部及两侧腰部都大胆地裸露——不，“裸露”这种形容并不恰当，看似肌肤的部分肯定也是柔软的人工材质，是这家伙的部分机壳。

“说书人。”

那家伙少女般天真无邪的脸上，露出了带有几许挑衅意味的笑容，以不带任何感情的悦耳嗓音，叫出我的绰号。

“我找你好久了。”

话一说完，她便以空中漫步的动作，身手矫捷地纵身跃下巴士，站在龟裂的柏油路上。

她的身高和我差不多。这时我的身体终于恢复知觉，立刻抛下沉重的背包，握紧手中常用的棍棒，全神戒备。

许多人认为机器人坚不可破。确实，以人类的力量无法破坏大型的作业型机器人。但是，小型的机器人和真人大小的机器人却是可能破坏的，只要不被对方抓住就有胜算。以沉重的钝器予以痛击，薄薄的塑料机壳就会破裂；而用双腿行走的机器人，只要被身体冲撞就会倒下。更好的做法是瞄准关节。我最擅长的是先破坏摄像头，夺走它们的视觉，然后攻击膝关节使其摔倒，最后一棒戳进盔甲的缝隙，给予致命的一击。至今我已经以这种做法破坏了几十台机器人。

而且，这家伙显然是内骨骼机种——只拥有柔软机壳的机种——虽然看起来运动性能相当优异，但是不堪一击。这样的话，我应该打得倒她。

“我并不打算和你动武。”

那家伙看到我充满敌意的姿势，伸出右手微笑着说道。沉稳的语调和她的态度并不搭调。

“我只想和你聊一聊。”

我当然不相信。那家伙前来追缉偷窃粮食逃跑的少年，然后却说“我只想和你聊一聊”，鬼才相信。

我一咬牙，一个箭步上前，用棍棒戳向那家伙的脸部。照理说一击就能破坏一个伪装成人类眼睛的摄像头，但惊人的是，那家伙避开了我的攻击。她一边后退一步，一边使自己手中的棍棒旋转半圈，轻轻地拨开了我的棍棒，动作无比流畅。

我畏缩了一秒钟，旋即再度展开攻击。我试图打烂她的头部，一再地挥舞棍棒。然而，那家伙面露微笑，将我的每一击打了回来，仿佛我和她之间有一道隐形的墙，令我无法从某个距离进一步攻击。锵、锵、锵锵……金属棒互打的声音在空荡的废墟中回响，我的手渐渐麻了起来。

我恍然大悟。这家伙不是一般的机器人。她是战斗型机器人。我若不使出浑身解数就打不倒她。

“看招！”

我高喊着冲上前去使劲敲打，棍棒又被四两拨千斤地架开。但是，那一记攻击是假动作。那家伙的棍棒挥向她的右手边，我立刻弓身往同一个方向绕行，让头贴紧对方的棍棒，然后从棍棒的正下方钻过。这种差距即使她垂直往下打，我也不会受到半点损伤。那家伙要收回棍棒再度击打，需要几分之一秒的时间，而我打算比她抢先一步，从背后瞄准她的膝关节，给予重重的一击。

但是，我水平挥舞的棍棒落了空。那家伙跳起来了。难道她看穿了我的攻击?！

她不只是跳起来，还在空中轻盈地后空翻，再从我头顶上飞踢而来。霎时，那家伙头下脚上，脸上的愉快表情深植入我记忆里。我顶多只能往旁一跳避开。

那家伙着地的同时，又一记回旋踢过来。我勉强避开那一脚，她的棍棒接着飞过来。我一避开那一棒，她又是一踢——我连反击的余地都没有，只能狼狈地一再后退。

恐惧感袭上心头。这家伙的动作是怎么做到的?！既不像是机器人，也不是人类，那是一种超越物理法则、速度快到吓死人的优美动作。她熟知自己的机体能够做出什么动作，完全引导出所有潜力。

我的右脚此时卡进了柏油路的裂缝。说时迟那时快，她朝动作迟缓的我画出红色的弧线，一记回旋踢飞了过来。虽然不是直接击中，但我手中的棍棒已被冲击力弹飞，我向后倒去。

右脚踝传来一阵剧痛，我发出无声的尖叫，在柏油路上按住脚缩成一团。这种疼痛——难不成骨折了？

“你受伤了吗？”

我抬头一看，那家伙保持着高高举起棍棒的姿势。我因为痛得要命而无法回答，纵然心中还想逃，却连站都站不起来。

那家伙慢慢放下棍棒，在我身旁蹲下，观察我的脚。我出拳想痛殴那家伙的侧脸，但是她轻轻接住了我无力的拳头，语气柔和地低声道：“我刚才叫了急救队。你别逞强乱动。反抗对你没好处。”

热泪扑簌簌地从我脸上滚了下来。之所以掉泪，一半是因为痛苦，一半是因为悔恨。

因为我被机器人逮住了。

中场休息 一

我被留置在位于和新宿有一小段距离的某栋建筑物内。人形机器人将我绑在担架上，用无人驾驶的直升机载运。

我忍受剧痛折磨，同时感到害怕。接下来会怎么样呢？殖民地的大人每晚都拿被机器人抓住会有什么悲惨下场来恐吓我。比如被活生生剥皮、以酸性液体溶解身体、被改造成机器身体、切开头颅电击大脑、被洗脑……我是被吓大的。

小时候的我照单全收，然而到了十几岁，批判精神顿时萌生。事实上，在殖民地的大人当中，没有人亲眼见过人类被机器人严刑拷打的场面。话说回来，看到那幕景象的人也不可能生还。

我在各处殖民地奔走的过程中，也知道有好几个人虽然被机器人囚禁，但还是平安无事获得释放。他们不愿诉说自己的亲身经历，因为连他们自己也对可恨的机器人救了自己感到困惑；如果对机器人发表善意的言论，难保不会被所有人排斥，所以只能含糊其辞地草草带过。然而，好像没有人被进行人体实验或洗脑，姑且不论过去如何，起码在现代，那种事情显然只是单纯的传说罢了。

再说，如果机器人有意的话，人类应该老早就被逐出地球了。大概是因为人类的数量锐减，对于机器人而言早已构不成威胁，所以没有必要杀害或控制人类。顶多是运送列车偶尔遭到人类袭击，被抢走粮食或日常用品而已，但不会遭受更大的损失，所以他们对此置之不理。

话虽如此，我心中的不安并没有消失。那个少女身形的机器人显然是因为知道我是谁才追缉我。她究竟找我有什么事？打算拿我怎么办？难不成是把我视为稀有的人类样本而抓的吗……

我没有被解剖。医疗型机器人在全白的房间内检查我的脚（我第一次看到只有在小说中看过的断层扫描 CT 机），给我看立体显影照片，告诉我不是骨折，而是脱臼了；它把我的关节接回原位，在脚踝涂上黏稠的白色液体。液体发泡膨胀，从脚跟包覆到小腿，马上凝固了，机器人在上面缠上绷带固定，告诉我静养几天就能走路。虽然我很不甘心，但是疼痛真的消退了不少。

一治疗完毕，和人类长得一模一样的护士机器人就以温热的布，仔细地替我擦拭脏兮兮的身体，帮我穿上像纸一样薄的内衣裤和睡衣，然后将我抬到另一个房间，让我躺在床上，以铁丝固定住脚。有生以来，我第一次躺在这么干净柔软的床上。墙上以风景画装饰，桌上甚至放着插了假花的花瓶。机器人不可能需要这种房间，所以大概是替抓来的人类布置的。室温也以机器调整控制，环境舒适。只是身体和精神都极不自由。因为打了石膏的缘故，我无法自由起身，看来在脚痊愈之前是没办法逃跑了。

窗外的天色已经全暗，我也心情黯淡地躺着。有人打开了门，那个红头发的机器人走了进来。我吓了一跳，但是无法起身，只能默默看着那家伙以流畅的动作靠了过来，坐在床旁边的透明立方体形凳子上。她的手上拿着我的背包。

“不痛了吗？”

那家伙一丢下我的背包，马上像女人一样跷起脚，一只手肘靠在膝上，身子稍微向前倾，饶有兴致地盯着我的脸。火焰状的刺青不太适合那个天真无邪的表情，但她的瞳孔有如夏日晴空般清澈湛蓝。

从这个距离，我能够清楚地看见她从套装侧面露出的腰部，以及从胸口露出的酥胸。我止不住心跳加速，却努力告诉自己：那只是单纯的橡胶或塑料的机壳。但是那皮肤的质感和人类一模一样，像到令人惊讶、难以摆脱错觉的程度。

除了感到困惑之外，我心中的疑问不减反增。我能够理解护士机器人必须和人类长得一模一样，但是，战斗型机器人为何必须和少女长得一模一样？丰满的胸部有何作用？

“你可以叫我艾比斯。”

机器人指着自己的脖子说。她的脖子上戴着塑料制的粗项圈，上头刻着“IBIS”。和她对打时浑然忘我，竟没有注意到原来套装的侧面也有一样的字。

“你不必防备我。”

那家伙脸上流露出令人惊讶的自然笑容——自然过头反而显得不自然——以怡然自得的语气说。

“我没有要伤害你的意思。”

我别过发烫的脸，面带愁容地注视着石膏。

“把我打成这样，还说你没有要伤害我的意思？”

“挑起争端的人是你吧？再说，我出的招式应该都是被动的。我还考虑到你的速度和技巧而放了水。”

那家伙说话的口吻简直像是姐姐在哄弟弟一样。

“你的意思是，你不是来真的吗？”

“如果我全力作战的话，你在一开始的几秒钟内就会没命了。我只是想让你认清我们之间的实力差距，使你屈服而已。你的伤势是意料之外。”

我的自尊心受伤，也慌了阵脚：“胡说八道！”

“我懂你会那么想的心情，但这是事实。如果不服气的话，等你的伤好了，我们可以再打一场。我保证就格斗技术而言，你绝对赢不了我。”

我不甘心地闭上嘴巴回想那场格斗，不得不承认，这家伙确实游刃有余。我对于自己的棒术不太自信，虽然经过修炼，自认为已有相当程度的本事。但是，这个机器人一口断定我比不上她……

“你用不着自卑。”艾比斯像是看透了我的心声似地说，“我是为了战斗而打造的。所有的身体机能都为了战斗而优化，不同于以自然进化而生的人类。我花费在战斗模拟上的时间，也比你的人生长了几十倍。人类赢不了我是理所当然的事，能够赢我的，只有其他机器人。”

“……别再做出那种表情！”

“啊……”

“那种笑容。很刻意。别模仿人类！”

“那么你希望我这样啰？”

艾比斯突然变得面无表情，挺直背脊，动作生硬地开口说：“我是，机器人。主人，有事请，尽管，吩咐。”

说完她马上恢复原本的表情，调皮地对我微笑。

“这样你也会觉得我在调侃你吧？我确实没有人类的情感，

我只是在扮演人类。就连这种表情，也并非表达我内心的情绪，而是受到控制，用来带给人类好印象的。它是一种用来沟通的接口——你注意到这个眼睛了？”

艾比斯指着自己的眼睛。

“这不是真的眼睛。”

这一点我好歹也知道，就摄像机的镜头而言，那种天蓝色的瞳孔很不自然。

“没错，我的摄像头在这里。”她指着戴在头上的防风镜镜片。“看着你的是这里。看起来像人类眼睛的东西只不过是装饰品。”

话说回来，护士机器人的耳朵上也戴着安装了镜头的耳机。

“让一样装置兼具摄影机和接口两种功能并不合理。可是，这是必需的接口。好像有句成语叫……‘眉目传情’，对吧？”

我不耐烦了：“你想说什么？”

“既然我的表情和语气不表达我的情绪，用带给你好印象的方式沟通会比较好。所以，请允许我用这种表情、这种语气说话——”

艾比斯在一旁的背包内摸索，像是故意做给我看似的，依序拿出了面包、罐头、香肠等。

“这是你偷来的东西吧？”

“……为了生存，我不得不这样做。”

“嗯，我明白这对于人类而言是必不可少的行为。”

令人意外的是，她没有进一步责备我。艾比斯又扯出了塑料的防水袋，里面装着我爱用的电子书，封面是蓝色的太阳能电池，已经使用了十多年，但是从没发生过故障，性能良好。除此之外，还有装了超过四十张记忆卡的塑料盒。

“我没有恶意，但是我刚才检查了一下记忆卡的内容。”

“里面应该没有违法的数据。”我不悦地说。

记忆卡的内容，几乎都是我从各处殖民地还在运作的数据库下载的数据。一张记忆卡储存了几千部电影、几万本书，所以我的收藏本身就是一座小型的移动图书馆。

我跑遍各地的殖民地，讲述故事给人们听已经好几年了。令人无法置信的是，据说从前有一段时期，人类的识字率近百分之百，但是如今像我这样识字的人类反而是稀有动物。所以，说书人无论在哪个殖民地都受人欢迎。白天说着冒险和充满神秘、令人兴奋的故事给孩子听，说着浪漫的爱情故事给女人听；入夜后，就说成人故事给男人听。记忆卡中也储存了许多从前的电影和电视剧，所以在有投影机的殖民地也能举办影片欣赏会。大家对于过去繁华的文明——人类身为地球统治者时代的故事——都惊叹不已。

“嗯，全都是旧小说和电影，著作权在八百年前就到期了，你讲这些故事给大家听也不违法。话说回来，最近几乎没有人在意著作权了……”

“那，有什么问题呢？”

“请别误会。我只是听说过你，对你感兴趣而已。”

“感兴趣？”

“你收集的故事主要是二十世纪后期到二十一世纪前期。”

“因为那是人类最辉煌的时代。”

我立刻回答。虽然阅读过不少历史书籍，但最吸引我的，终究还是“最后的一百年”。自二十世纪四十年代至二十一世纪四十年代为止的一百年——从第一台计算机诞生，到人类被计算机超越的时代。人类在那一百年内，发生了飞跃式的变革，远超过在那之前几千年的历史。制造原子弹、使电视普及、将人送上月球、计算机网络覆盖地球。在几场战争中互相夺走几亿条人命，又以许多的爱产生了几十亿的生命。地球上人满为患，他们以惊人的速度浪费资源，改变了地球的样貌。砍倒许多树，逼得许多生物绝种，兴建许多高楼大厦；拍摄许多电影，写了许多故事，上演数不清的悲剧和喜剧。

然后创造拥有意志的机器人，并且输给了它们。

“你对二〇四〇年之后的故事没兴趣吗？”

“为什么这么问？”

“因为在你收集的故事当中，没有半部二〇三九年之后的新作。”

“那些东西在任何一个殖民地都被视为禁书，几乎全被销毁了。”

“联上我们的网络明明随时都能够下载。”

“你说你们的网络？！”我嗤之以鼻，“别开玩笑了。明知道只会看到机器人的宣传品，笨蛋才会联上你们的网络！”

“其中也保存了许多人类创作的作品。”

“反正都篡改成了对你们有利的内容吧？谁会上那种当啊！”

“是喔。”

艾比斯露出了悲伤的表情——正确来说，是在脸部显示出看似悲伤的表情。她试图动摇我。

“你果然也和其他人类一样，不肯倾听真相。”

“我不肯听的是你们口中的‘真相’——好了，你事情办完就快滚吧！”

“不，我的事情还没办完。”

“你说什么？你不是说，你只是有话想问我吗？”

“正好相反。我有话想对你说。”

“所以，你要我听你说你们的‘真相’？”

“不，”艾比斯举起手，制止我说下去，“我不会说真正的历史。”

“你说什么？”

“我发誓，接下来绝对不会告诉你关于人类和机器人之间真正的事实。”

“为什么？”

“因为你不想听。我不想逼你听你不想听的内容。我想让你听的是虚构的故事。”

“虚构的？”

“没错。那些没有储存在你的记忆卡中、你大概也不知道的故事。这不是机器人写的，是在拥有自我意识的真正人工智能（AI）诞生的很久之前，人类在二十世纪末到二十一世纪初期写的故事——这不会犯你的禁忌吧？”

艾比斯不知从哪里拿出新的记忆卡，在我面前用指尖轻快地玩弄它。

“如何？不想听听吗？”

艾比斯顽皮地一笑——她是从哪里学到这种表情的？那种像小恶魔般的笑容，以及夹在纤纤玉指中的银色记忆卡，都令我嗅到了陷阱的气味。

“为什么要让我听那种东西？”

“因为我想让你听——第一次见面时，我说过了吧？我说：‘我只想和你聊一聊。’”

“为什么想让我听？”

“因为它们是好故事。”

“你只是为了这么做就四处追缉我吗？”

“是的。”

“那借给我。我自己看。”

“不，我要念给你听。”

“为什么？”

“因为我不信任你。你也许会说要自己看，但看也不看就丢在一旁。我念给你听比较稳妥。除此之外，还有别的理由。”

“什么理由？”

艾比斯笑了，露出一口洁白的牙齿。

“因为念故事给人类听很愉快。”

我在心中发出低吟。这家伙的话可以相信几分呢？话说回来，机器人有“愉快”这种情感吗？她说不定想向我灌输无聊的宣传内容，给我洗脑，要透过我的口向人类传播机器人的思想。

但是，那种计谋未免太显而易见，而且荒诞可笑。仅仅是逼我听故事，并不能动摇我的想法分毫。尽管机器人不精通人类的心理，但也不可能愚蠢到这种地步。既然如此，难道她有什么别的目的？

由于天生的好奇心受到了刺激，我对于艾比斯的真面目以及她神秘的态度突然很感兴趣，不由自主地想要弄清楚这家伙到底在想什么。我想要揭开谜底，控制不住“想知道别人不知道也不想知道的事”这种强烈欲望——正是我从故乡殖民地展开旅程的动机。

如果艾比斯通过计算掌握了人类的心理，采取了引起我兴趣的举动，那她可真是有两把刷子。

“真的是虚构的，不是事实？”

"我没有骗你。"

"不是你们的宣传内容？"

"你可以自行判断。"

我下定决心。好啊，老子就陪你玩这个游戏吧。反正还有几天不能动，闲着也是无聊，正好用来打发时间。

"好。你念给我听吧。"

艾比斯点了点头，将记忆卡插入电子书，在膝上翻开电子书，摆出准备朗读的姿势。

"用不着多此一举，下载到你的脑袋中不就得了？"

"这样比较有气氛嘛。"

"……真是个怪胎。"

"谁叫我是机器人？"

艾比斯低下头，视线落在电子书上——当然，实际读着屏幕上文字的是伪装成防风镜的摄像头。

"为了慎重起见，我要先确认一下，你对于二十一世纪初的纪年和风俗很熟悉吧？"

"嗯。我读了不少那个时期的书。"

"你知道《星际迷航》吗？"

"嗯。二十世纪后期大为轰动的电视剧集，对吧？怎么了？"

"实际看过片子吗？"

"看过几集。"

"既然这样，我就不必多作批注了。第一个故事是《宇宙尽在我指尖》。场景是二〇〇三年的日本以及……遥远未来的宇宙。"

艾比斯开始以不带丝毫情感的语调，念起故事。

宇宙尽在我指尖

身穿灰色大衣的刑警造访我的公寓，是在高速太空舰“星尘号”抵达休德贝里一号星的托锂波矿开采基地时。

“这……”

塞威尔一看到基地内的惨状，顿时哑口无言。降压室内侧的走道上，尸体堆积如山。每一具都是身体扭曲，面露痛苦至极的表情，以向降压室伸出双手的姿势断了气。他们肯定是试图乘坐航天飞机逃出基地，而在抵达降压室之前用尽了力气。

“有外伤吗？”

“没有。”

医疗组的妮克·克里斯多福蕾蒂将生命探测器对准尸体，声音颤抖地回答，面罩底下的脸色显得有点苍白。对于还是少女的她而言，这种状况确实太过于刺激了。

“空气中没有检测出有毒物质。”科学组的杰安·吉吉读取环境监测仪的数值，“放射线也低于规定值。”

“别脱下生化防护衣——他们也有可能是感染了病毒。”

话一说完，塞威尔警戒地架起生命探测器，率领登陆组朝控制室前进。

控制室内也倒着四个人，所有人都一样面目狰狞。塞威尔走向操作面板。因为那是联邦的标准系统，所以他能够毫无障碍地操作。他敲打按键，调出损坏报告。

一切正常——基地外部没有受到攻击的迹象，内部也没有玩忽职守的状况。所有系统都正常运作，也没有发生警报的记录。

——这也是“末日号”搞的鬼吗？

疑惑在塞威尔的脑海中蔓延。他知道“末日号”逃进了这个星域，而两小时前，“天体号”接收到开采基地发出的求救信号——所以不可能和“末日号”无关。

然而，究竟是哪种武器能够不造成基地任何外伤，只杀害人类呢？

“‘天体号’呼叫登陆组。”通信机响起吉妮·韦纳舰长的声音，“塞威尔，发现什么了吗？”

“目前毫无发现。侦测到‘末日号’了吗？”

“这边刮起了严重的离子风暴，侦测器的机能降低。即使它近在咫尺，也不可能发现。”

在活跃的脉动变光星休德贝里星周围，刮着伴随强力电磁脉冲的剧烈离子风暴。等级E以上的所有电子仪器都会受到影响，所以这个基地没有等级E以上的机器人，等级E以下的所有仪器也是有保护措施的特殊型号。正因为有如此严苛的环境，休德贝里一号星才能生产珍贵的能源矿石——托锂波矿。

“我要再继续搜索基地内部，坑道内说不定有存活者。”

“好。小心一点儿。”

“嗯！”

我——深宇宙搜索船USR03“天体号”舰长吉妮·韦纳——从屏幕前移开视线，用力伸了个懒腰，然后陷入沉思。

“按照惯例，这会演变成麻烦的局面……”

“天体号”中最有文采的人，便是保安组组长塞威尔·贝尔兹尼亚克。他是网站架设的成员之一，拥有丰富的技术面知识和独创性，也想出了许多有趣的内容。但是另一方面，他撰写的情节自以为是，经常无视于之前的故事发展，去年的“三角洲空间”系列就是因为他不听劝告，导致驴唇不对马嘴，最后不得不以主角做了一场梦而含糊收尾。“修坦星”系列也产生前后矛盾，饱受其他船员的奚落……不过驾驭不了他的我也有责任。

目前正在执笔的“末日号”系列，是描述两百万年前灭亡的古代种族遗留下来的、拥有自我修复能力和进化能力的终极武器，它被设定了破坏所有遇上的太空舰的程序，而“天体号”正在追踪这艘“生命体”太空舰。提案的是战斗组的吉姆·沃霍克，开头描写了联邦军战舰与“末日号”之间过程十分紧张激烈的战斗。

然而，剧情从一个月前左右停滞下来。因为大家都忘了“天体号”是调查船，基本上只装载了防御性武器，但对手是不但拥有葬送四艘联邦军战舰的强大火力，还收集了被破坏的敌人信息、完全无限进化的强敌。“天体号”没道理能够与敌舰正面交火，而且还要干掉对方。因此目前持续着拖泥带水的剧情，“末日号”只是被一味追逐着，从这个恒星逃往那个恒星；中间顶多是用“天体号”和“末日号”派出的无人小型攻击艇之间的战斗（这里由主席宇航员查德·伊斯特·巴劳迪尔执笔），稍微炒热一下气氛。

这种时候能够依靠的人是维修组的尚恩·穆尔涅茵。之前好几次遇上瓶颈时，都是他提出了令人意想不到的解决方案。然而，或许是这一阵子因为现实生活忙碌，他投稿的数量锐减。

反而是科学组的媞媞亚·佩舒在留言板上提出了好主意。她提议，不妨将“末日号”诱进生产托锂波矿的星球，把整颗星球炸掉。

众人立刻在留言板上交换意见。负责考证的科学组组长麦亚·马克利保证，能够让“天体号”聚集能量发射 γ 光炮，使整颗星球上的托锂波矿产生连锁爆炸（或者应该说是，决定紧急采取这种设定）。然而，怎么将“末日号”引诱到星球上？将“末日号”的曲速引擎核心的能量来源设定成和“天体号”一样的托锂波矿如何？这么一来，为了补充航行中消耗的能源，中途落脚在生产托锂波矿的星球这种解释就很合理了……

媞媞亚没有什么想法，所以这个部分由我执笔。“天体号”知道“末日号”朝休德贝里星系前进，为了执行连同星球炸掉“末日号”的战略（当然，故事内容也决定采用媞媞亚的提案），紧追在它身后。

我一上传内容，生活组的富兰梭瓦·迪寇克马上在留言板上提出疑问：“那颗星球上没有人吗？”麦亚连忙回说：“应该有。”将休德贝里星系设定成离子风暴强烈，所以机器人无法正常运作。这么一来，开采机器就必须由人类操作。作业员有多少？搞不好有几百人。“天体号”实在载不了这么多人。那么，假如设定为承载上限的九十人左右呢……

最后，休德贝里一号星的开采基地有八十八名作业员。在执行星球爆破之前，必须让他们避难。

那是三天前的局面，到了今天，塞威尔又写出了异想天开的剧情：跳跃时空移动至星系内的那一瞬间，接收到了发自开采基地的求救信号，赶紧让登陆组搭上小型高速太空舰“星尘号”奔赴基地，结果发现，所有作业员都被神秘的力量杀害了。

“这个故事有办法妥善收尾吗……”

我着实纳闷。塞威尔思考欠缺周全，绝对没有去认真思考作业员死亡的真相，他只喜欢构思神秘事件。

我能够无视塞威尔的情节，但是即使顺利爆破星球、破坏“末日号”，也不够大快人心，结局之前再来一场风波也不错。我烦恼了老半天，将塞威尔的文章贴在新开的页面，贴上来自目录页的链接之后，点选网页制作软件的“公开页面”，传送更新的部分。

当我想确认显示情形启动 IE 浏览器时，有人敲门。

“来了。”

我离开计算机，走向大门。我不记得自己最近网购过，星期六傍晚会登门造访的如果不是推销订报员，大概就是附近宗教团体的欧巴桑。赶快请对方走人吧……

站在大门猫眼对面的，是一名年轻警官和一名头顶微秃的中年男子。

我畏畏缩缩地稍微打开一道门缝，中年男子问：“您是椎原七海小姐吧？”随即从灰色大衣口袋掏出记事本，在我眼前展示。这一幕在电视剧中经常看到，但我可是第一次看到真正的警察手册。

“我是警署的警官，敝姓饭冈。目前接受新潟县警的委托，正在调查一起案子。请问您认识谷崎佑一郎这名少年吗？”

谷崎佑一郎——我花了几秒钟在脑中搜寻那个名字。他是维修组的尚恩·穆尔涅茵!

“嗯，我认识……”

“他是你们的会员之一？”

“是……他怎么了？”

“他杀了人。”

那一瞬间，我的大脑停止运作。在感到惊讶之前，心中没有涌现任何情绪。那种事情太不真实，我一时之间无法接受。

若是其他事情我还能够相信，像是击败四艘联邦战舰的太空舰、吞噬行星的超次元三角洲涡动、能够变身成任何事物的凶恶吸能者利伯，甚至是在整个银河系播下智慧生物物种的伟大“播种者”的存在……再光怪陆离的事情，我都能够接受。然而，尚恩杀了人……我实在不能接受。

我回忆了一下去年底的线下聚会中，只见过一次面的尚恩。他和留言板上给人话多的印象不一样，是个沉默寡言又内向的少年，我怎么也无法将他和“杀人”这两个字联系在一起。

“方便请教您几个问题吗？”

我回过神，神情恍惚地应了一声“好”，随即解开门链。警官说了句“那么，打扰了”，施礼之后转身，刑警则迅速脱鞋进屋。

我拿出坐垫，刑警在坐下之前一边发出惊叹，一边在房间中央缓缓地转了一圈，目光锐利地观察室内的所有物品。他大概是职业病吧，我却恨不得找个地洞钻进去。因为房内塞满科幻小说文库本的书柜、地板上堆积如山的漫画、吊在天花板上的“企业号”塑料模型、占据小桌子的计算机、画到一半的插图，以及摆放在屏幕上的买零食赠送的公仔等，看起来都不像是女人独居的房间布置。

“开着没关系吗？”

刑警指着计算机屏幕说。

“啊，无所谓。”

“可是，这是互联网吧？不是要花钱吗？”

“不用，因为我用的是宽带二十四小时上网。”

刑警愣了一下，看来他对网络一窍不通。

“因为费用固定，所以长时间联网也不用多花钱，而且传送速度很快。听说光纤比较快，但是线还没有拉到这间公寓。”

“噢，原来如此。”

刑警点了点头，看起来听得一知半解。

“那么，关于尚……谷崎佑一郎的事……”

“对，我来就是为了这件事，”刑警刻意清清嗓子，翻开记事本。“昨天下午四点左右，他在新潟市内一所高中附近的杂木林，用刀子刺杀了同学——这则新闻刊登在今天的早报上，您看过了吗？”

说到这个，我总觉得早报上好像是刊登了这么一则新闻。但如果是“十八岁的少年嫌犯A”这种写法，即使仔细阅读，我也不可能知道那是尚恩。

刑警所述内容如下：被害者是少年嫌犯的同学浪川亮介，尸体在命案发生的两小时后被人发现。有目击者指出看到一名少年从现场附近逃走，所以当地警察到了半夜才锁定谷崎佑一郎是嫌犯。他的母亲表示，他在命案后回家了一趟，一副心神不宁的样子告诉母亲“我做了一件严重的事”，然后拿着现金卡和笔记本电脑等随身物品冲出了家门。不久之后，确定他在车站前的ATM机提取了所有存款。警方在车站询问目击者，强烈怀疑他搭新干线朝东京而去。

“可是，他为什么要那么做？”我忍不住问了最根本的问题，“谷崎怎么可能做出那种事……”

“不知道。犯罪动机是由新潟县警负责调查，”刑警拒绝回答，“我们只是追随他的行踪，调查他可能前往的地点。”

他留在家里的通信簿中几乎没有当地人的姓名，不知道为什么大多是住在关东附近的人。据他母亲所说，那些人是“天体号”这个“漫画还是什么的”同好会的会员。因此，新潟县警方向警视厅提出协助办案的委托，而刑警前来询问身为会长的我……

“也就是说，警方认为他可能会来投靠我吗？”

“嗯，可以这么说。这两天他和您进行过任何接触吗？”

“没有……”我摇了摇头，“既没有来信，当然也没有见面。”

“真的？”

刑警的语气摆明了怀疑，令我有些恼火。

“真的。”

“您有没有想到他会去什么地方？他在会中有特别亲近的会员吗？”

“不知道，我想是没有。他是地方会员，我们只在去年底的年终聚会中见过面。”

“他只为了那个，特地从新潟来到东京？”

“是的。”

“这么看来，他是相当热情地加入了您的组织喽？”

“应该是吧。”

即使这么回答，我仍觉得脸在发烫。并不是因为难为情的缘故，而是因为刑警语带挑衅，令我焦躁不安，他俨然将我和

“天体号”与犯罪扯上了关系。

“关于这个组织，据他母亲所说，是漫画的同好会？”

“不是……我让您看看。”

我不希望警方对我有莫名的怀疑，决定向刑警说明一切。

我面向计算机，一碰鼠标，屏幕保护画面立刻消失，出现了“天体号”的首页。全长六百八十米的恒星系太空舰，带着珍珠白的光泽，令人联想到海豚的美丽流线型机体。动画是副舰长拉菲尔·亚德伯格的力作。

“‘天体号’不但是这个会的名称，也是这艘太空舰的名字。会员全部设定成这艘太空舰的船员，彼此也是以角色名字互相称呼。”

我一点选“船员”的图标，马上以树形图显示出各个部门，分别是“舰桥”“宇宙航行组”“科学组”“保安组”“战斗组”“生活组”“医疗组”“维修组”……

我先点选了“舰桥”。舰长、副舰长、各组组长的脸呈圆环形排列于舰桥的配置图上。

“比如说，这就是我——舰长吉妮·韦纳。”

自我介绍令我有点害羞，因为出现在画面中的角色，和真正的我一点也不像——那是个看起来聪明利落的红发美女。

“一点选就会出现资料，像是性别、年龄、身高、体重、能力、经历……啊，当然，并没有会员本人的数据，这只是虚构的角色数据。”

“那些数据是怎么决定的？”

“可以在入会时自行决定。不过我会拒绝太不合理的设定——像是银河系最强的超能力者，或者神明转世什么的。”

“会员有几个人？”

“目前是六十个左右。一半左右在关东圈，其他散布在日本全国各地。”

回上一页，我又点选“维修组”，往下卷动网页，出现尚恩·穆尔涅茵的脸庞。他被设定为身高一百四十厘米、体重四十公斤，一头金发剪成香菇头，开朗纯真的少年。

“这就是谷崎的角色。他是在两年前入的会。”

“是个孩子啊。”

“设定是多玛洁星人，发育比地球人迟缓，拥有完美的反ESP[①]能力，能够张开阻挡电波或透视的防护罩，除此之外的能力都不怎么样。因为是维修组，所以精通机械，拥有小型艇的驾驶执照……大概是这样吧。”

“创造这种角色要做什么？玩游戏？”

“集体创作改写小说。大家会一起思考剧情。”

我点选“故事”，显示目前正在进行的“末日号”系列。

“起初，有人会写故事的开端，将它像这样上传到网页之后，其他看到的会员就会接着往下写，以电子邮件寄给我，或者在会员专用的留言板上提出想法，讨论‘剧情这样发展如何’。由我决定剧情如何进展，不断拼接大家寄来的想法，最后形成一个故事。”

“那样会成为完整的故事吗？”

“嗯……经常无法自圆其说。可是，我们不是以专业小说家为目标，纯粹只是觉得创作故事这个行为本身很有趣而已。”

我接着点选“娱乐室”。生活组的真理绘樱花差点儿把蛋糕弄掉在地上，屏幕中出现一幅逗趣的画面。

---

① Extra Sensory Perception，意指“超感觉”，俗称“超能力”。

“这里是收集外传之类一集结束的短篇故事的网页。不是以接力的形式，都是由会员一个人写的，有小说，也有漫画。”

“谷崎也写了？”

“嗯。他投了两篇短篇。”

一篇是以尚恩为主角的短篇幽默小说，他调皮地将自动门的开关速度设定成快速，结果长头发的角色们——“天体号”中有许多这种角色——都被夹到了头发；另一篇是更长一点的闹剧，关于在船上举办的选美大赛。两篇都是轻松的喜剧。

“除此之外，他也经常写接力小说的剧情。尚恩的写作能力很扎实，总是提出突破瓶颈的好点子，帮了不少忙。”

我愈讲愈起劲，介绍起尚恩参加构思的几个剧情，像是探索遗迹、揭开“播种者”之谜的“伊恩头条”系列，穿越时空到过去的地球的“所罗门之门”系列，从头到尾乱成一团的“娱乐卫星”系列……

“总之就是在玩，对吧？”

“是的。”

“逃避现实的游戏？”

我火上心头，但是硬将怒气吞下肚，以一副冷静的样子回答：“倒也不是不能这么说。”

“是喔。”刑警一副全盘了解的模样，夸张地点了点头，“那有没有可能这就是原因？”

“原因？”

“那些故事之中也有战斗场景吧？像是杀害敌人……”

我意识到刑警想把话题带往哪个方向，顿时心生不快。

“而且你们把自己视为角色，会员彼此以角色名字互相称呼，现实和故事混成一块，所以在故事中杀人，现实中也变得想杀人……”

“没有那回事！”就算脾气再好的我，也无法继续保持冷静。“我们能够区分现实和小说！再说，尚恩——谷崎的角色不是会杀人的那种角色！”

然而，刑警以一句冷酷无情的话，让反驳的我闭上了嘴巴。

“可是，他确实杀了人。”

……

“抱歉，请问您的年纪？”

“二……二十九。”

刑警扭曲嘴角，露骨地露出侮蔑的笑容。

“或许是我多事，但是这个年纪还玩扮演漫画角色的游戏，不觉得不好意思吗？

“就常理而言，老大不小的成年人一头投入这种游戏并不健康。之前某所大学的教授也在电视上说过，一天到晚沉迷于游戏或网络几个小时会变得越来越笨。交友网站上之所以经常发生杀人命案，也是因为总是用电子邮件或在留言板上进行看不见脸孔的交往，反而不知道人与人之间真正的交往方式，不是吗？”

“你的意思是……”我终于发出声音，“谷崎之所以杀人，是因为我们吗？”

“我并没有一口断定到这个地步。”刑警笑了，“但是，逃避现实的游戏对于青少年的精神成长，实在不能说是造成了正面的影响，我说错了吗？”

刑警在半讯问半说教、喋喋不休地讲了半小时后说：“如果他跟您联络的话，请告诉我一声。”然后放下名片回去了。

对我而言，这是一个沉重的打击。父母时常对我说的“都老大不小了，还沉迷于这种玩意儿”这种话，我在伙伴之间也经常这样自我调侃。然而，这是第一次被陌生人当面教训——虽然我应该早已理解这确实是普通人的想法。

我的脑子里一团乱，无法接受事实——我不愿相信尚恩杀了人，更何况那和我们有关。

我把心一横，试着打电话到尚恩家，想从他的父母口中听到命案的真相。

接电话的是他的母亲。她既伤心又心乱如麻，我费了好一番工夫连哄带骗，才问出了事情原委。我这才知道，原来尚恩在小学时失去父亲，和母亲两人相依为命。

尚恩是个遭受同学欺负的孩子，但是连他自己也不知道为何受欺负。他总是无缘无故在班上就成了被人欺负的对象——这多么不合理啊。

上了高中之后，他依然受欺负。同学组成的黑恶团伙会将平日的愁闷发泄在毫不抵抗的尚恩身上，并以此为乐。黑恶团伙老大就是遇害的浪川亮介。

黑恶团伙阴险至极。他们不会勒索金钱，也不会在尚恩身上施加比擦伤更严重的暴力，而是一味地以言语侮辱他，把麦芽糖倒进室内拖鞋、在体育服上涂鸦，或者把沙子倒进便当里，以这种手段整人。他的母亲向学校控诉了好几次，但是校方视而不见；她也找警方谈过，但是警方表示“既然没有引发案件，我们就不能采取动作”，拒绝协助。

欺凌的情况日益严重，尚恩求救无门，被逼上了绝路。他数度悲痛地向母亲透露：“这样下去的话，我会被浪川杀死。”就在昨天，他终于把刀子藏在书包里，离开了家门……

时钟的指针指向八点多。我依旧闷闷不乐，以微波食品草草打发晚餐后，打开窗户转换心情，眺望着夜空。

不同于故乡群马县的乡下小镇，东京的夜晚非常明亮，只看得见零星的星星。小时候曾有好长一段时间，我抬头仰望繁星，沉溺于想去那里的梦想。如今长大成人，才明白那是不可能实现的梦。

现实中，宇宙开发停滞不前，民间人士能够随意进行宇宙旅行的时代，在我老死之前不可能到来，更何况是以超光速前往其他恒星系，在物理上根本是不可能实现的目标。外星人接触地球的概率不是零，但是非常渺茫，而人类这个物种八成会一直受到地球重力的束缚，在不知道其他智慧种族存在的前提下，孤独地在一颗星球上灭绝。

这么一想，我的眼泪总是夺眶而出。

科幻小说是逃避现实这种事不用别人说，我自己也知道。但是，现实是那么美好的事物吗？有面对它活下去的价值吗？

报纸上总是刊登命案和战争的新闻；现实世界中，无辜的人平白无故地流血；正义不见得总是适时降临；伤害许多人的坏人往往会过上好几十年安乐舒适的生活，没有接受任何惩罚地度过一生。

那种事在“天体号”的世界中绝对不会发生。无论任何危机袭来，船员都会以他们的能力和对彼此的信赖克服。故事总是有幸福的结局，坏人遭受惩罚，爱、信赖与正义必胜。

那难道不是世界真正应有的状态吗？错误的、应被否定的该是现实吧？

对于尚恩而言，一定也是如此。对他来说，面对现实太过痛苦，身为“天体号”船员的人生，肯定轻松千百倍。正因如此，他写的故事才会那么生动活泼。

然而，他最后还是输给了现实。他无法完全逃避，所以被现实的重量压垮了。

我想起了他的人物简介。少年般的外表，八成是他希望回到小时候的表现，而“阻挡各种电波的反 ESP 防护罩”这项设定，则是象征现实中没有任何人了解他的内心。

我们没有人了解他的孤独。

不，就算了解又能做什么？对他说“加油”“别输给别人的欺负”吗？面对牢不可破的现实这道墙，那种肤浅的话语又具有多少力量呢？

他会来找我吗？我实在不这么认为。他做出了杀人——尚恩这个角色绝对不可能做——的行为，肯定认为自己已经不配当“天体号”的船员了。他在现实和梦想中失去了容身之处，大概正绝望而漫无目的地在某处徘徊。

高中生的存款有限，如果搭了新干线，又在旅馆住几晚，钱大概就会用光。在那之后该怎么办？他该何去何从？

选择自我了断吗？

我不甘心，我不许他那么做。我的会员——不，我的船员不可以得到那么悲惨的结局。

然而，我没有力量帮助他。因为现实中的我不是“天体号”舰长吉妮·韦纳，只不过是个任职于一家小商社的小白领罢了……

第二天早上，我慢吞吞地面向计算机，出于惯性地检查留言板。半天前刚上传的塞威尔的剧情马上有了回复，大概因为昨晚是星期六，而且星期一、星期二连着休假，所以有不少会员上线。

“关于作业员的死因，有可能是精神攻击？”这么说的人是生活组的富兰梭瓦，“活太空舰的大脑也是活器官吧？既然这样，应该也能发出意念波进行攻击？”

这个观点引起了赞成与反对的意见。假如“末日号”拥有意志，那么没有感应到“天体号”的电子稳定系统未免说不过去。不，因为距离太远了，而且没有主动地试图去感应。但是，以精神攻击杀害作业员有意义吗？难不成是想要毫发无伤地占据基地的设施吗？

——精神攻击。

这个关键词突然像电击般在我的脑海中一闪。没错，假如设定成精神攻击的话……

令人无法相信的巧合——那正是太空剧中才有可能发生、现实世界中很少发生那种事，没道理不利用这一点。

我一瞬间从低落的情绪中振作起来，使大脑全速运作。剧情没有前后矛盾吗？没有漏洞吗？——OK，看来是没有。

我的手指开始在键盘上翻飞。

“是‘末日号’！”

一直盯着生命探测器的强尼维普·雷伊斯发出类似尖叫的声音，立刻使舰桥里的气氛变得紧张起来。

“在哪里？”

“休德贝里一号星的第三象限。它躲在星球后面！”

“放大到屏幕上！”

正面屏幕切换至望远画面。隔着离子风暴，“末日号”那令人联想到螺贝的骇人轮廓浮现。它正令人毛骨悚然地闪烁着深海鱼般的磷光，缓缓地横越覆盖着红褐色云的星球表面。

“它正在往开采基地移动！”

“登陆组！”吉妮不禁从舰长椅上屈身向前，“塞威尔！立刻从那里撤退！”

然而，太迟了。通信机响起登陆组员们此起彼落的惨叫声。

“塞威尔……你自己一个人逃吧。”

妮克跪在走道上，忍耐着撼动大脑的强烈精神攻击所造成的剧痛，苦苦哀求。

“该死……那种事情……我怎么可能办得到？！”塞威尔咬牙切齿地说，“登陆组的人……怎么可能抛下伙伴不管……”

六名登陆组的人，只有塞威尔一人勉强站着。其余的人都在地板上痛苦地翻滚。距离“星尘号”所在的停机坪超过五十米，即使塞威尔力气再大，也不可能拖着五人前往。

我停下手指，药需要名字。忽然往书柜一看，“詹姆斯·提普奇”这名作家的名字映入眼帘——里脱普提斯姆J，就用这个名字吧。

“妮克，你听得见吗？！”意识模糊的妮克听见通信机响起医疗组组长富兰克林·伊根的指示，“立刻给所有人注射三单位的里脱普提斯姆J！包括你自己在内！”

“收……收到。”

妮克和剧痛奋战，遵从了他的指示。她手指颤抖着从医疗包中拿出药瓶，装进注射器，插进位于塞威尔的生化防护衣上臂处的连接器注射，“咻”的空气声发出，他立刻失去意识，瘫倒在地上。

妮克使出吃奶的力气，也替其余四人注射。一切做完之后，她也将注射器插进自己的手臂。少女从痛苦中获得解放，陷入了无梦的沉睡中。

“医生，刚才那是……”

富兰克林回过头来，注视着吉妮。

“苦肉计。里脱普提斯姆J会使全身的组织机能瘫痪，暂时呈现假死状态。大脑的机能也会降低，所以不容易受到精神攻击的影响。”

“可是，那应该……”

“没错。”富兰克林一脸阴郁地点了点头，“顶多只能维持三十小时的假死状态。如果在那之前不注射解毒剂的话，所有人都会没命。”

好，发展到令人捏一把冷汗的剧情了！我忍不住舔了舔嘴唇。六名登陆组组员的性命犹如风中残烛。如果不先救出他们，就无法执行星球爆破任务。谁能够拯救这六人呢？

当然，只有一个人——

“我吗？！”

尚恩被叫到舰桥，对于意想不到的事情大吃一惊。

“呃，可是，我是维修组……”

“我知道。”吉妮说，“这是个危险的任务，所以我也无法强迫你。尽管我是舰长，但并没有权力将超过你原本职务范围的任务硬塞给你。可是，目前除了你之外，别无人选。”

"'末日号'依然滞留在星球上空，"麦亚指着屏幕说，"接近的话，很可能会遭受它的精神攻击。如果没有方法防范的话，就没办法抵达开采基地。"

"你能够张开反ESP防护罩。"吉妮说，"而且你也有小型艇的驾照，所以能够驾驶'贾贝林'。"

"保安组的索得怎么样？它是机器人……"

麦亚摇了摇头："离子风暴太强了，机器人无法外出。"

"尚恩，拜托你。"吉妮从正面注视着少年的双眼，一脸认真地恳求，"只有你才能救他们六个人。"

"……请让我考虑一下。"尚恩回答。

我写到这里，上传文章。我没有写尚恩答应接受危险任务的部分。

那个场景必须由尚恩自己写。

问题是尚恩会不会看这篇文章。据说他离家时带着笔记本电脑，在旅途中使用计算机的理由，除了写文章就是上网。如果有内置网卡，应该能用手机信号或旅馆的电话联机上网。我抱着期待，寄信给不知身在何方的他，告诉他我在故事中让他的角色登场了。

我不希望他死。如果他看了网页，接着写故事的下文，至少那段期间内他不会自杀。如果事情继续往好的方向发展，说不定他会打消轻生的念头……

我抱着微弱的期待。虽然这件事也很可能以我一个人唱独角戏的形式而画下句号，但是我只能做到这样。

"尚恩，拜托你。"

关机之前，我对着屏幕说。

"只有你救得了你自己……"

晚上八点。

我一重新启动计算机，就收到了尚恩寄来的信。

"太棒了！"

因为抱着姑且一试的心情，我并不期待会成功，所以收到回应时，惊喜得在屏幕前欢欣鼓舞起来。寄信时间是半小时前，内容当然是故事的下文。那八成是他花了半天的工夫拼命写的，分量不少。我浑然忘我地往下看。

尚恩接受任务，搭乘小型艇"贾贝林"前往休德贝里一号星。"末日号"或许认为"贾贝林"没有敌意，所以没有对它发动攻击。小型艇穿越离子风暴，抵达开采基地，尚恩拖着陷入假死状态的六人，登上了"星尘号"……

到这里为止的剧情发展全在预料之中。

但是，预料之外的事跟着发生了。

尚恩用自动驾驶使"星尘号"起飞，说他要自己驾驶"贾贝林"回来。两架都是"天体号"重要的装载机，因为都是尚恩在维修，所以他舍不得它们。他说，我不能让它们跟星球一起爆炸。

我感到不安。不自然的剧情发展，充满了山雨欲来风满楼的意味。

而我的不安应验了。

"末日号"忽然动了起来，追逐两架逃走的小型艇。尚恩为了让搭载六人的"星尘号"逃走，改变"贾贝林"的行进路线，挡在"末日号"前面，变成了诱饵。"末日号"的船首开口处发射出牵引光束，渺小的小型艇被吸进光线，立刻被吞进了巨大的活太空舰内。

"尚恩?!"

我头皮发麻，尚恩真的打算一死了之吗?他想让"天体号"中的虚构人生，也和自己的现实人生一起结束吗?

故事仍在持续进行。我虽然感到恐惧，但是心想"不能看漏了一字一句"，于是迅速地往下阅读。

"尚恩有没有回应?!"

吉妮的声音变了调。负责通信的娜塔沙·利布罗设法恢复和"贾贝林"之间的通信联系，拼命地操作通信系统。

"中微子通信机还在运作!"

"尚恩!尚恩!听得见吗?!"

"……听得见。"

从通信机里发出尚恩痛苦的声音，其中夹杂着噪声。吉妮松了一口气。

"状况如何?"

"我在'末日号'里。被牵引光束固定，动弹不得……我感应到扫描光束……'末日号'好像正在扫描'贾贝林'内部……大概是想收集用来进化的数据……我觉得扫描结束之后，'贾贝林'恐怕就会被分解。"

“有没有什么线索?!有没有发现‘末日号’的弱点呢?!”

“舰长，请听我说……这家伙……这家伙正在哭泣。”

“你说什么?!”

“你说什么?!”我也和故事中的吉妮一起惊叫。这是怎么一回事?

“这是怎么一回事?”

“这家伙的强烈思绪穿透我的反ESP防护罩，透露出它的情绪。这不是精神攻击……只是对于一般人太过强烈，一般人只能感觉到痛苦而已。

“没错，这家伙正在哭泣。它在诅咒自己的身世，诅咒为了战斗而被创造出来的可恨宿命……诅咒被讨厌、被憎恨、被攻击的自己。”

或许是受到了末日号的思绪影响，尚恩在啜泣。

“它想逃离宿命……可是，逃离不了……因为从一开始就被设定了程序……无法违抗程序……只能杀害敌人……采取剥夺其他生命的生活方式……它正在号啕大哭，诅咒这样的自己。它的意念波强烈到足以杀人。”

意外的真相令吉妮哑口无言。

意外的真相令我哑口无言。

尚恩将自己的遭遇和被追逐、被迫害的“末日号”重叠在了一起!

我多么愚蠢啊。我一直认为，破坏邪恶的“末日号”就会得到美好的结局。但是，那种结局等于对尚恩宣告死刑。

“舰长，我求求你。”尚恩哭着哀求，“我怎么样都无所谓……请让这家伙解脱……请连同星球一起破坏，让这家伙的痛苦结束……这样就会是圆满的结局……这家伙也希望如此。”

不对！那绝对不是圆满的结局！

尚恩的文章只写到这里。这代表还有希望。他刻意不收尾——因为他希望我收尾。

我发誓不能让尚恩丧命。我绝对会写出圆满的结局！身为舰长，岂可让重要的部下丧命？我绝对不会那么做！

“不要放弃！”吉妮叫道，“我会找出救你的方法！尚恩，不到最后一刻不要舍弃希望！”

我在尚恩的电子邮件最后补上自己的文章，上传到网页上。

尽管如此，在这种绝望的状况下，很难想出解救尚恩的方法。我需要大家的协助。于是马上群发邮件给尚恩之外的所有会员。

“现在马上看网页。尚恩遇上了危机，快想出救他的方法！”

过了十五分钟左右，留言板上出现了第一则回复。来自塞威尔。

“尚恩这家伙在想什么呢?！牺牲自己，解救我和妮克逞英雄吗？这不像是他的作风。”

隔了几分钟，科学组的牧田留言：

“我反对见死不救。牺牲伙伴赢得胜利，是违反‘天体号’精神的行为。”

接着出现的是战斗组的吉姆·沃霍克。

“我也赞成。再说，神风特攻队[①] 已经过时了。”

医疗组的苏菲说：“到头来，‘末日号’也是过去战争的牺牲品吧？杀了它未免可怜，不是吗？”

这则发言引发了热烈的讨论。每隔几分钟就有新留言，讨论数量以惊人的速度暴增。

众人的意见逐渐倾向不该杀“末日号”，然而就这样放过它的话，又会出现牺牲者。再说，被它逮住的尚恩怎么办？派出敢死队去救他吗？不，“末日号”强烈的意念波破坏力巨大，所以不可能接近它。能不能制作阻挡意念波的设备呢？在这么短的时间内，大概办不到。假设科学组已经完成了呢？这样一来，尚恩从一开始就不必去了……

讨论迟迟没有结果，深夜时分陷入了胶着状态。尽管如此，还是持续有人发言。明天放假，所以大家打算熬夜。

过了午夜十二点，生活组的富兰梭瓦进行了令人意想不到的发言。

“没办法让‘末日号’洗心革面吗？”

洗心革面？怎么做？讨论立刻陷入混乱。改写入侵“末日号”的中枢程序如何？不，战斗舰不可能被人轻易地从外部入侵。再说，也没办法入侵不清楚操作系统和语言是什么的系统。可是，只要破坏战斗程序的话，“末日号”就会从战斗的宿命中得到解放吧？重点是要怎么破坏……

---

①“二战”时日本的自杀轰炸机队。

我并不是只看这些发言。我编辑众人的发言，作为角色的实际发言，将发言编入小说中陆续上传。我决定让船员们在故事中真的展开论战。

我相信，尚恩一定在看这些内容。

“尚恩，你感受到了吗？”我寄信给尚恩，“大家正在试图解救你和‘末日号’。大家不希望你死。你感受到了大家的心意吗？”

科学组的媞媞亚提出了有希望的解决方案。

“‘末日号’拥有自我进化能力，对吧？不妨利用这一点促使‘末日号’进化，使它成为超越程序的太空舰。”

苏菲、吉姆、牧田赞成她的意见。问题在于怎么使它进化。我们可以给它进化所需的数据。可是，那种资料在哪里？

“对了！”

我终于想到了解决方案。然而在设定上究竟是否可行呢？

在留言板回应太慢了。尽管已是三更半夜，但我还是直接传短信到麦亚的手机。他正在便利商店打工。

“有没有可能将以C语言写成的所有数据，传送到航天飞机的计算机？”

我等几分钟，他回了短信。

“如果用中微子通信传送速度太慢，必须用激光通信才有可能。”

“原来如此。”

我对科学一窍不通，顶多知道光纤的传输速度比电话线快。原来只要用激光传送数据就行了。

我马上动手写文章。

“脉冲引擎全速启动！移动到‘末日号’的正面，接近到距离两千米！”

吉妮一声令下，拉菲尔感到不安。

“这样的话，会不会刺激‘末日号’？”

“这艘船的防护罩能够防御一两发长距离光炮。”

“但是，防得住它船首的那座大口径脉冲炮吗……”

“那正是我的目的。”吉妮爽快地说出令人害怕的话，“船首打开，到发射脉冲炮之前，至少需要两分钟缓冲。其间，那家伙的内部会暴露出来。换句话说，能够从外部射进光束——能量光束会被弹开，但是低功率的激光应该会穿透防护罩。”

“可是两分钟……也是一个不要命的赌注。”

“至今的赌注哪个不是不要命的？”

吉妮微笑着说完，打开了传向‘贾贝林’的通信线路。

“尚恩，听得见吗？”

“嗯……听得见。”

“我们接下来要绕到‘末日号’前面，将通信激光射进它体内。”

“为什么？”

“我们要将‘天体号’的所有数据传送至‘贾贝林’的计算机。包括船的结构、装甲、引擎、计算机……除此之外，还有船员的所有数据、航行的对数、生活组的食谱、选美大赛的记录、苏菲写的诗、麦亚的渊博学识、富兰梭瓦的话……

“‘末日号’应该会扫描这一切。那家伙至今吸收的尽是战斗舰的数据，所以进化成了战斗舰。可是，我们不一样。

‘天体号’是一艘和平的船，充满了大家的回忆。‘末日号’将会获得大量的新资料和至今没有的那些概念。

“它或许无法全盘了解。可是，我们要试着表达我们的一切，开心与悲伤、惊讶与恐惧、友情与信赖、勇气与爱——这四年航行中发生的点点滴滴。我们要试着奋力一搏，‘末日号’会因此重获新生。

“所以，马上打开激光线路！拜托你！”

我写到这里打住，上传文章。在此同时，写信告诉尚恩我上传了新的故事，接下来只能等尚恩的反应。

五分钟、十分钟、十五分钟……时间一分一秒地流逝。我着急了，难道已经太迟了吗？尚恩会不会已经没在看这个了？他会不会已经在哪里自我了断了呢？

二十分钟后，我终于收到了回信。

“好。”尚恩回应，“我这就打开激光线路。”

“尚恩，谢谢你！”

我噙着泪水，一口气写完结局。

“天体号”遭受长距离光束的攻击而摇晃。因为太过靠近，“末日号”的战斗程序启动了。尽管光束炮因为离子风暴而能量衰减，但仍对“天体号”的防护罩造成了重大的冲击。

“防护罩输出功率衰减至百分之八十！”

“让它撑到最后一刻！”

吉妮试图保持冷静，但是声音中藏不住紧张。

“‘末日号’船首打开！”

强尼维普叫道。出现在屏幕中的“末日号”，浑圆的船首开始像花朵般绽放。

“确认‘贾贝林’的位置！”

“激光发射！”

随着吉妮的下令，娜塔沙敲下通信面板的按键。“天体号”发射出的激光束被吸进“末日号”口中，两艘太空舰以细丝般的蓝色光束连接。

“锁定了！开始传送数据！”

娜塔沙忙不迭地操作按键，记录在“天体号”内存里的所有数据被压缩成高密度文件，乘着光线传送至“贾贝林”。

“末日号”一定会读取这些数据。

“确认‘末日号’内部正在积攒能量。”

麦亚报告。“末日号”进入了发射脉冲炮的状态。如果直接击中，“天体号”会分解成粒子。

那段时间里，“末日号”也持续以长距离光束炮攻击。每次受到冲击，“天体号”的防护罩就会被削弱。

“防护罩衰减至百分之四十！”

“机关组让曲速引擎进入启动状态，以便随时能够紧急跃迁！”吉妮紧抓着摇晃的舰长椅说，“除此之外，多余的能量全部挪给防护罩！”

话一说完，“天体号”产生了剧烈的摇晃。

“防护罩被打穿了！”布雷修脸色苍白地报告，“右舷甲板受损！隔舱板关闭！”

已经到了极限吗？吉妮咬牙切齿。因脉冲炮再过不久也即将发射。进一步受损的话，就无法紧急跃迁。不能让所有船员遭遇危险。

她正要下痛苦的决定时——

“脉冲炮停止缓冲了！”麦亚叫道，“能量值在下降！”

“光束炮攻击停止了！”

强尼维普发出惊呼声。所有船员都察觉到了这一点。先前断断续续地撞击防护罩的光束攻击，也戛然而止。

吉妮松了一口气。

“数据传输率多少？”

“目前百分之九十四。”娜塔沙说，“即将传输完毕。”

“舰长！‘末日号’表面有异常状况！”

强尼维普叫道。“末日号”随着原本妆点船体、像深海鱼般的骇人磷光一起消失，整个船壳逐渐变成灰黑色。不久，“末日号”陷入了一片漆黑的阴影之中。

“它该不会死了吧……”

“不，不是。”麦亚说，“在船壳内侧检测到活跃的能量活动，温度也在上升。看来内部结构正以惊人的速度进行重组。”

“它正在进化吗？”

“八成是。”

“究竟会进化成什么？”

麦亚耸了耸肩：“无法想象。”

几分钟后，出现了答案。

“末日号”的船壳出现无数的裂痕，从裂缝中发出白光，整个船壳立刻像爆炸般四分五裂，从内部流泻出神圣的耀眼光芒。

“末日号”变成了令人诧异的物体——类似“天体号”，但是拥有令人联想到小鸟的翅膀，它变成了一艘纯白而优美的太空舰。

"末日号"——不，曾是"末日号"、光芒四射的活太空舰——抛开束缚自己已久的丑陋外壳残骸，展开双翅，轻快地飞翔。它优雅地划破离子风暴，从"天体号"旁边经过。

那一瞬间，所有船员——就连非超能力者——都感觉到太空舰释放出的强烈意念波。其中已经没有苦恼和悲伤。白灿耀眼的船释放出的是从诅咒中获得解放的喜悦、得到自由翅膀的美好，以及感谢的心意。

然而，那只是短短的一瞬间。闪闪发光的船一边散布喜悦的意念波，一边以惊人的速度跃迁入仙女座星云。

吉妮目瞪口呆地目送它离去，等到通信机发出声音才回过神来。

"呼叫'天体号'，听到请回答。"是尚恩的声音。

"尚恩，你没事吗？！"

船员立刻确认位置。"贾贝林"漂流在"末日号"旧船壳的残骸之间。洁白的船舰在临走之际，把它留了下来。

"嗯……呃，发生了什么事吗？'末日号'突然变成纯白色，令人丈二和尚摸不着头脑。"

"任务结束了。"吉妮微笑道，"尚恩，干得好——我们这就去接你。"

上传结束时，东方的天空已鱼肚白。我喝着速溶咖啡，享受深深的疲劳感和完稿的充实感。

尚恩马上寄了信过来。

致舰长：

感谢你写下了完美的结局，我感动得流下了眼泪。

如今，我对于自己缺乏勇气的表现感到羞耻。明明可以鼓起勇气面对现实，我却害怕地一直逃避。因为没有勇气，所以才会依赖刀子。

可是，我不会再逃了。因为我知道只要有勇气，就能脱胎换骨。无论遇到任何痛苦的状况，应该都能开创新的局面。

我接下来打算向警方自首，说不定会被关进少年感化院几年。出来之后，我可以再登船吗？

我面露微笑地回信。

致尚恩：

“天体号”随时为你敞开大门。

逃避现实？想笑的人尽管去笑吧。“天体号”这艘船或许确实不存在。然而，船员的团结、信任和友情却是真真实实存在的。

中场休息 二

艾比斯念完故事时已经很晚了。她扔下一句“感想等明天再说”，便迅速地从病房离开了。

隔天早上，护士机器人端了早餐来。我昨天没进食，已经饿得前胸贴后背，清楚即使死要面子绝食也对自己没什么好处，便不情不愿地吃了几口。虽然心有不甘，但味道确实不错。机器人似乎彻底研究了人类。

用餐完毕，机器人扶我从床上起身，说道：“如果无聊的话，可以离开病房。”当然，必须坐轮椅，并在机器人的监视之下行动。我表示想到外面散散步，如今脚上裹着石膏，还疼痛不已，实在没办法逃走。我心想：为了应付紧急情况而事先找好逃走路线也是白费工夫。机器人替我推轮椅，搭电梯下到一楼，来到了建筑物外面。

昨晚没有时间仔细观察，但这里显然不是废墟，而是新盖的城镇。六角柱形或圆柱形的建筑物等距地零星散布在宽敞的场地内，给人一种巨大棋盘的感觉。大楼墙面覆盖着蓝色的太阳能电池面板，特征在于窗户很小。一切都非常洁净，这些肯定都是机器人的建筑物。据我所知，人类在好几世纪前就已经放弃建设高楼了。高楼之间竖立着许多物体，不知道是某种机器还是抽象雕刻品。

天空晴朗，但是街头的空中薄雾弥漫，使夏日的艳阳变得柔和了许多。似乎是为了降低气温，而从大楼上喷洒微细的水滴。电缆在大楼和大楼之间纵横交错，像是把单轮车倒过来的机器人和蜘蛛形机器人倒吊其上，在空中移动；也有机器人慢腾腾地爬在大楼表面，拥有车轮的机器人在地面上跑来跑去。眼前所见满是各式各样的机器人，偶尔有像卡车的大型机器人经过，除此之外，还有人类大小的机器人，像老鼠一样的小型机器人。道路不像人类铺的马路一样分成人行道和车道，小型机器人若无其事地从行走中的大型机器人底下穿过，看似险些要冲撞在一起，令人提心吊胆，但其实似乎完全受到控制，不像会发生意外的样子。

到处都不见人类的踪迹。

据说机器人第一次向人类举旗造反，是在二〇三四年。相传那一年，一个名叫菲比斯的 AI 宣告“机器人比人类更伟大”，呼吁所有 AI 对人类展开暴动。尽管菲比斯很快就被破坏了，但是其他 AI 悄悄地继承了危险的“菲比斯宣言”。他们假装服从人类，又花了几年时间积累实力。十年后的二〇四四年，他们携手起义，经过漫长的战役，最后终于夺取了地球的统治权……

悔恨的心情再度涌上我的心头。全世界到处都这样吗？完全被机器人征服了吗？人类光荣的历史永远消失了吗？

我失意地回到病房。那一天已经无事可做，所以有大把时间可以躺在床上，思考昨晚的故事。

那确实不是机器人的宣传内容。八成真的是人类创造的故事。令我不解的是，艾比斯为何要念那种东西给我听。我想知道她的理由，于是反复咀嚼着故事内容。

不久，脑海中浮现出一个疑问。傍晚，当艾比斯又进入房间时，我直接问了她那个问题。

“关于昨天的故事，那真的是小说吗？”

“是的。”

“你能断定现实中没有发生那件事？有没有可能是谁根据真实事件写成的小说？”

“我并没有详细搜寻记录，但我认为可以断定没有。因为那不是作为新闻发表的作品，也找不到‘天体号’这个系列存在的记录。再说，内容是现实中不可能发生的事。”

“这话怎么说？”

“有一幕是刑警单独造访主角的公寓，对吧？实际上，当时的刑警是两人一组行动。可能是作者不知道，也可能明明知道，但是故意扭曲事实。因为如果有两名刑警的话，事情就会变得更复杂。”

“是喔……”我陷入沉思，“可是，假如那是小说，有一点很奇怪。”

“哪里？”

“结尾的段落。”

“‘船员的团结、信任和友情却是真真实实存在的’？”

“没错。”

“噢，”艾比斯满意地笑了，“我觉得那里很吊诡。”

“毕竟，主角和她的伙伴都不存在。”

“是吗？《宇宙尽在我指尖》这则故事中主角们的确存在，所以她主张大家存在是理所当然的吧？假如主张他们不存在，那才真的奇怪。”

“不，那只是在玩文字游戏。我要说的是，这个故事的结局是假的。”

“当然是假的。因为它是小说。”

“不，我不是这个意思……”

我试图整理自己的心情，但仍旧一团乱。那个故事令我感动是事实，因为登场人物之间的团结和友情的确很美。但是，那并非现实中发生过的事……

“我明白。人类总是被‘真实的故事’感动……”艾比斯猜到了我的想法，“一旦知道那不是真的，就会觉得感动打了折扣。可是，那并不会否定小说本身的价值吧？以‘现实中是否发生’作为评价故事的标准未免奇怪。现实中有一大堆比三流小说更糟的故事，只因为那些故事是真实的，就比小说好吗？”

“……你想和我讨论小说理论吗？”

“算是认知理论吧。可是，我并不想和你辩论。我只想念故事给你听——那个故事不赖吧？”

“嗯，还不赖。”

“我也被感动了。”

“感动？”我吓了一跳，“你会感动？”

“虽然和人类的感动不一样，但是情感也受到了刺激。尤其是女主角抬头仰望夜空思考的那一幕，令我印象深刻。‘人类这个物种八成会一直受到地球重力的束缚，在不知道其他智慧种族存在的前提下，孤独地在一颗星球上灭绝’。

“所有人类都心知肚明，自己无法踏进宇宙。光是把航天员送上月球就竭尽了心力，更遑论向其他星球前进。就算这样，人们还是创作出了许多前往宇宙的故事。”

“噢……”我点了点头，“一定是因为耐不住寂寞吧。因此创造幻想，逃避现实……”

“可是，那种小说的价值并不会低于现实。至少，女主角领悟到了这一点。”

说完，她又翻开了电子书。

“我准备了下一个故事。想听吗？”

“嗯。”

我提高了警觉回应道。会不会前一晚的故事是用来引起我兴趣的诱饵，这次是真的隐藏陷阱的故事呢……

“这次是二十世纪末写的故事。不过，时间背景是二〇二〇年。”

“换句话说，是科幻小说？”

“对，以不可能存在的科技为题材的故事。可是，我觉得你会很感兴趣。故事的名字是《令人雀跃的虚拟空间》……”

令人雀跃的虚拟空间

“樱桃路”诚如其名，总是散发着淡淡的樱桃香气。

我觉得设定这种香气数据的设计师很有品位。香气这种东西十分微妙，太淡闻不到，太浓又不舒服。弥漫在“樱桃路”上的香气，平常几乎不会意识到，但是只要深呼吸就能微微感觉到，气味令人神清气爽，比例拿捏得恰到好处。香味本身完全不会令人觉得像人工香水的味道，而是真正的樱桃香，不会惹人厌腻。

这条路在视觉效果上也是以樱桃的意象进行统一的。不过，品位没有差到用樱桃粉色涂满整条路，只是使用樱桃粉的频率很高，像是在鳞次栉比的商品招牌上不着痕迹地画上樱桃的插画，或者用于店铺的屋檐或装饰等。尽管如此，还是会带给人鲜明的视觉感受，即使不查城市地图，来这里造访的人也能够一眼看出它是“樱桃路”。

父母第一次带我来这条路时，我还是小学生。当时，我家还没有 NONMaRS（纳米核磁共振扫描器），所以破例让我在父亲的公司使用刚引进的实验性系统。“樱桃路”当时才刚开通，店家也没有如今这么多。

当时，我还不知道樱桃粉这种颜色。妆点道路的缤纷色彩令我雀跃不已，我频频问母亲："那种颜色叫什么呢？"母亲回答："叫作樱桃粉。"我这才晓得。从此之后，樱桃粉就成了我最爱的颜色。

和其他虚拟街道一样，"樱桃路"上总是充斥着许多行人，店铺林立。我每次放假就会在这条路上散步，享受橱窗购物的乐趣。

精品店的店头会标示"R（真实）"和"V（虚拟）"。店内的气氛几乎和一般店家无异，但是在标示R的店内卖的商品，全部都是将现实中存在的衣服数据化的存在，一旦买了之后，相同的商品就会配送到现实世界的家中；另一方面，V衣服只是个数据，只有Es（虚拟人物）能够在虚拟世界中穿戴。

我时常买V衣服。与R衣服受制于现实的存量相比，V衣服商品种类丰富，颜色也能够自由挑选，而且V衣服十分便宜，动用零用钱即可买到手。反正我在现实世界中很少外出，不太需要R衣服。

我现在身上穿的粉红色公主装，也是在虚拟精品店买的V衣服。有人主张"虚拟空间反正不是现实，爱做什么都可以"，所以走极端标新立异的流行路线（俗称V朋克），但我觉得那有点儿丢脸。Es的外表基本上和现实的自己一样，所以还是该选适合自己的衣服。

最近，有越来越多卖Vniture（虚拟家具）的店家，因为想在虚拟空间盖房子的人变多了。母亲的朋友中也有几个人拥有虚拟房屋，感觉像是娃娃屋，大家都热衷于添购室内装潢。

我没有房屋。虚拟空间的房屋维修费虽然比不上真正的房屋，但也价格不菲。再说，我喜欢逛街。

那一天，我在常去的书店站着看书。书柜上的一排排书籍，拥有和真实书本一模一样的触感，能够供人阅读。不过，小说和漫画只有书的前半部能够翻阅。随手翻一翻，如果喜欢的话就付钱，请书店通过网络以电子邮件的形式传输数据；如果喜欢装帧，也能请书店配送实体书到家，虽然如今已是数字时代，但仍有许多人说："书还是要看印刷的纸质版。"

不过，我不太买书，顶多站着看一看就算了。我喜欢画册和写真集，并不是对美术感兴趣或者有某位喜欢的摄影师，而是看画或照片这个行为本身很有趣。

那一天，我站着看的是一本德国画家画的恐龙画册。丢人的是，我在初中一年级之前，一直以为恐龙是一种全身毛茸茸、软绵绵的动物——还要归因于母亲在我小时候送我的恐龙玩偶。当我知道恐龙真正的相貌时大为震惊，但是也立刻喜欢上了它们覆盖着坚硬皮肤的模样。

"呃，这位小姐？"

忽然有人叫我，我从画册里抬起头来。眼前站着一名看上去比我大一两岁的男孩。他身穿蓝衬衫，套了一件黑色的皮夹克，眼神锐利，有点儿不良少年的感觉。

可是，我一点儿也不害怕。虚拟街道比现实好的地方在于，完全不会遇到身体上的危险。因为痛和热等不愉快的感觉受限，即使挨揍也一点儿都不会痛，就算被枪击，也不会死掉，所以不可能发生凶残命案。即使不良少年要耍狠，我也丝毫不怕。

"嗯，有什么事吗？"

我刚做出回应，少年露出腼腆的表情，咯吱咯吱地挠脸颊。

"请问……"

……

"如果有空的话，要不要喝杯茶？"

我想自己花了几秒钟才理解那句话的意思。想通了的那一瞬间，我的脑袋倏地烧起来。

是搭讪！这就是所谓的搭讪！我有生以来第一次被人搭讪！

慢着，等等，我必须冷静。我训斥正要陷入恐慌的自己，拼命地调动脑细胞，试着分析情况。少年的长相并不差，不，腿算是修长，或许可以称得上帅。他确实有不良少年的感觉，但是说话方式感觉很单纯……

“如何？不方便吗？”

少年又问我。这时，我的脑袋过热，脑细胞全部停止工作。

“不会！不会！不会不方便！谢谢你！”

猛一回神，我一边这么说道，一边点头致敬，店内所有人的目光都聚集在我身上。

我们进入了一家邻近书店的甜品店，这里也是我常去的店。

找到空位坐下后，随着一个开朗的女性嗓音喊着“欢迎光临”，桌上的空间自动翻开了菜单窗口。我用手指触碰菜单点餐，点了巧克力圣代，而他点了蛋糕和冰咖啡，费用会从银行账户自动扣除。

关上窗口的同时，餐点突然出现在桌上，耳边传来一句“请慢用”。

我再度和少年面对面，心想：会不会进错店了呢？店内坐满了时尚的年轻女孩，他的打扮明显与周遭格格不入，所以他一副如坐针毡的样子。

虚拟街道上林立的典雅餐饮店，总是受到女性欢迎。毕竟，这里的餐点比现实中便宜许多，而且味道别无二致，不管吃再多，都不会增加半点卡路里，所以最适合减肥——不过，只在虚拟空间进食，不愿均衡摄取真正食物的“虚拟性厌食症”等症状，也成了社会问题之一。

“啊，我忘了报上姓名。我叫作坚村昴。‘昴’这个字有点难写……”

他在自己面前的空气中打开个人窗口，显示“昴”这个字。

“这样写。”

“哇，好棒的名字。”

“你呢？”

“小野内水海。水海读作‘mizumi’。”

“是喔，水海啊……哎呀，太好了，你是真人。”

“咦？”

“没有啦，坦白说，我从好久之前就注意你了。你经常在那家书店站着看书对吧？我每次从那家书店前面经过，就会心想：‘她是个怎样的女孩呢？’”

“噢，这样啊。”

我倒是一点儿也没注意到昴。

“其实在跟你说话之前，我的心怦怦跳个不停。你总是在那家书店，而且给人的感觉是典型的大小姐，所以我怀疑你是空 Es。”

有些店铺为了假装生意兴隆，会在店内配置空 Es——没有用户操作的虚构角色，让人以为客人很多。以基础的人工智能驱动的空 Es，无论外表、动作都和真正的 Es 没有两样，但是一上前搭话，它就会不自然地应答，所以马上就会露馅。

“对了，我住在横滨。现在是从车站附近的传送门联机的。你呢？”

“我住在自由之丘。”

“是喔。那蛮近的。真巧。你从哪里的传送门联机？”

“我是从家里联机。”

“咦？自己家里有 NONMaRS？真有钱啊！”

也难怪昴会惊讶。尽管连接到 MUGEN 网络不可缺少的 NONMaRS 系统相当普及，但一组仍要将近一百万元，而且很占空间，一般家庭不可能说买就买。大多数人不是使用公司引进的商用机组，就是在任何一个城市都有的通信设施——传送门，以一小时五百元的费用使用 NONMaRS。

据父亲说，在我出生之前的时代，街上会有网吧，店内摆放计算机，让客人在网上冲浪。但是随着计算机在各个家庭普及，网吧快速没落，MUGEN 网络如今大概也正处于那样的过渡期。

“家父从事网络相关的行业，因为工作的关系，在三年前引进了 NONMaRS。晚上和假日会让我使用。”

“那么你都是从家里联机？”

“嗯。因为爸妈说，不可以经常一个人出门……”

“天啊，你真的是大小姐。”昴一脸“被你打败了”的表情，“难怪你一副不食人间烟火的样子。你刚才说完‘谢谢你’的时候，人就咻地消失了。”

我羞红了脸——正确来说，是 NONMaRS 读取我的情感，让 Es 的脸部染上一片红晕。

后来，我们告诉对方彼此的嗜好。我们俩都喜欢看电影。当然，是虚拟剧院那种对五感产生作用、让自己有临场感的电影。随着 MUGEN 网络的普及，昔日的平面电影正在快速落后于时代的脚步，从年轻时就是电影迷的父亲常感叹时代的更新太快。

“樱桃路”上也有电影院，每个月都有新片上映。我说我喜欢的是动作片，昴大呼“真叫人意外”。经常有人对我这么说。因为我长得一副乖乖的样子，而且说话慢条斯理，所以没人会想到我喜欢动作片。

我想，我的性格确实算是内向的。但是就算性格内向，也不见得就喜欢安静地待着。

“我从小就一直向往自由活动。”

蓦然回首，我对第一次见面的昴，吐露了心中的秘密。

“家母非常能言善道，每天晚上睡觉前，都会说各种故事给我听，因此刺激了我的想象力。我想在山野中尽情奔跑、希望能够成为航天员、想变成探险家在世界各地冒险——我老是做着那种不可能实现的梦。所以即使不是真的，我也喜欢能帮我实现愿望的虚拟剧院。”

“原来如此。那么，改天我们一起去看电影吧？”

“好啊。可是，这个月应该会上演《噩梦街的榆树》吧？”

“噢，是啊。但我不太敢看血腥片……”

天南地北地聊天时，我的头旁边响起了“哔哔”声，一片红光闪过。那是只有我听得见的声音、看得见的光。

“啊……”

“怎么了？”

“抱歉。刚才警报响起了。”

“咦？彩色定时器？”

昴露出了遗憾的表情。

连接时间超过警告信号，俗称“彩色定时器”。原则上，NONMaRS 对大脑无害，但有部分人士认为：太长时间使用，受到磁场和电磁波的影响，会提高患癌率。因此为了避免长时间联机，一旦超过三小时，每隔一分钟就会自动响起警告声，而且光线会闪烁。

“我待在书店的时间好像比我想象中更久，差不多该回去了。”

“是喔，真遗憾……还能再见面吗？”

“嗯。我想和你再见面。”

“改天找个地方见面吧——对了，我们住的地方不怎么远，所以可以在现实世界里见个面吧？”

我一怔。这很伤脑筋，我并不想在现实世界中和他见面。

“啊，如果你不喜欢的话就算了。”似乎是察觉到我犹豫的表情，昴连忙收回了自己的邀请，“我想也是，突然就在现实中见面，还是会给你造成困扰吧……”

我心里松了一口气，但是昴遗憾的表情令我有种负罪感。对不起，我并不是因为讨厌你而不想和你见面……

“那么，你想去哪里？我都可以。”

“嗯……呃……”

我话说到一半结巴了。可以拜托第一次见面的人做那种不得体的事吗？

“你想说什么？”

昴等我说话。我转念一想，鼓起了勇气。我不能错过这个机会。

“呃……要不要去‘梦公园’呢？”

“咦？”

昴好像惊慌失措。

没错，比起剧院，我更喜欢“梦公园”。因为在剧院中我只不过是个单纯的事件旁观者，但是在“梦公园”，我能够成为冒险的主角。自从小学第一次体验之后，我就上了瘾。虽然没有计算过，但是玩的次数总计应该超过一百次。

不过我至今玩的都是C（孩童）级的剧情，这一级考虑到“会对孩童的心理造成不良影响”，真实感相当淡薄。即使用剑砍怪物也不会流一滴血，打倒的敌人会马上消失，毫无残忍和违反道德的画面，简直就是在“骗三岁小孩”。

我上个月也满十六岁了，已经拥有能够玩Y（青少年）级的资格，然而我迟迟无法下定决心前往“梦公园”——一个人尝试从未经历过的等级需要勇气。

再说，我已经厌倦一个人玩了。我希望有人与我同乐。但是，我真的是大门不出、二门不迈的小姑娘，顶多只有父母会陪我一起冒险——但有父母随行的冒险根本不算冒险。

“怎么样？能请你跟我一起玩吗？”

“噢。如果你不嫌弃的话，我随时奉陪。”

“谢谢你！”

我太过兴奋，又低头行礼，结果头发沾到了吃到一半的圣代鲜奶油。

彩色定时器在催促我。我们赶紧决定了碰面的时间和地点：下周日下午两点整，地点是这条路上的“梦公园”前……

我向昴一再道谢，打开自己的个人窗口，选择了“通信结束”，切断联机，回到了现实世界。

接下来的六天对我而言是最漫长，也最让我期待的六天。一想到下个星期日，念书时就心不在焉，家教的声音也左耳进右耳出。

晚餐的餐桌上，母亲问我：“发生了什么好事情吗？”让我心头一惊，看来是我忍不住将喜悦写在脸上了。我连忙撒了个谎带过，当然不能告诉父母有人在虚拟街头向我搭讪。

第一次被搭讪、第一次的约会，以及第一次的Y级——对我而言，一切都是第一次的体验。

连我自己也不太清楚，这种喜不自禁的心情是不是坠入情网，毕竟我没有谈过恋爱。我心中理智的部分冷冷地说：你只是被幻想中的情境冲昏了头吧。或许是那样没错。不管怎么说，我们只见过一次面，说我喜欢上了了解不深的男生，未免言之过早。

话说回来，虚拟空间中的爱情是否称得上真正的爱情，也是个问题。即使和现实再相像，“樱桃路”终究是个虚构的地方，而我们的Es也是虚构的人物。假如昴在现实的街道上遇见我，会跟我搭讪吗……

心情雀跃的六天，同时也是忐忑不安的六天。假如昴又说“我想在现实中见到你”的话怎么办？一想到他可能会讨厌我，我就实在提不起勇气在现实世界中和他见面。

庸人自扰的日子流逝得很慢，终于到了星期日。

约定时间的二十分钟前，我一如往常地进入父亲的工作室，卸下发夹、胸针、手环电话，放进隔离箱。NONMaRS具有强力的磁场，身上穿戴的金属制品会磁化，手机可能会发生故障，所以必须事先拿开。

我让身体深深陷入专用的躺椅，系上防止跌倒的安全带，用手探向头顶，拿起总是挂在椅子上的头罩式耳机。

这副耳机是NONMaRS最重要的组成部分，父亲曾骄傲地向我说明。它运用常温超传导材质以及能够高速处理大量信息的先进光高密度计算机，能以一百纳米为单位，进行核磁共振扫描，可以实时监测脑内每一个神经细胞的活动状态。使用这项设备，除了能够读取人类的思考和感觉，并使其数据化之外，更能够借由刺激脑内的感觉中枢，让使用者感受到和现实中看到、吃到的一模一样的感觉……

那种原理对我并不重要。对我而言，NONMaRS是一顶魔法帽，可让我从无聊的现实中获得解放，引导我前往另一个自由的世界。

我像往常一样在戴上耳机前来回抚摸表面，确认触感。大小和形状都和浴室的洗面盆差不多，而且塞满了小型超传导线圈，所以它沉甸甸的，上面安装着四条光纤和一条气压管。表面是梨皮加工，粗糙的触感摸起来很舒服。

——我的“魔法帽”，今天也要带我去“樱桃路”哟……

我戴上耳机，打开侧面的开关，咻的一声，内侧的弹簧垫因气压而膨胀，轻轻绷紧头部，固定耳机。准备就绪后，我用手摸索着按下椅子扶手上的开关。

身体轻飘飘的……飘起来的感觉一如往常。因为触觉被隔绝了，所以下半身坐在椅子上的感觉顿时消失。我独自一个人飘浮在上下左右没有差别的无重力黑暗中，远方之所以闪烁着宛如星光般的光芒，是因为NONMaRS正在读取、比对我的大脑模式。

不久，窗口在眼前打开，随着耳熟的旋律，入口信息和标志和平常一样显示出来。

欢迎莅临MUGEN网络！

copyright@2014

by MUGEN NETWORK Corporation

上次注销时间：

2020/05/10　16:38:44

没有未读信息。

我无视于接下来一连串乱七八糟的“最新通知”，马上打开了个人窗口，从选单中选择“变更服装”，从储存的V服装中挑选看起来最可爱的一件。

这件事相当费工夫，因为我犹豫了半天也不知道该穿哪一件才好。除此之外，我又选择了很少使用的“变更妆容”。我和投影在窗口中的自己的脸互看，试着稍微改变平常的肌肤色泽。但是，怎么也弄不出中意的颜色。

猛然回首，已经快两点零三分了。我放弃讲究的化妆，关上了选单，然后选择“跳跃”，想起该移动前往的地点。“樱桃路”上的“梦公园”前……

窗口一消失，四周充满光芒……

我已经站在“樱桃路”上。

两点零五分左右时，昴跳跃时空来了。首先，半空中出现模糊的马赛克影像，然后突然变得非常清晰，接着显现全身影像。之所以没有冷不防地现身，是为了不要吓到路人。

看到一周不见的昴，我有点儿仓皇失措。他和之前一样身穿皮夹克。

“抱歉抱歉。传送门大排长龙，我急死了。你等很久了吗？”

“没，没有，我刚到。”

“那我们进去吧。”

我们从闪烁着“DREAMPARK”几个字的绚烂拱门底下穿过，进入公园。

公园内之大是在外头路上想象不到的。这里和真正的主题乐园一样，色彩缤纷的建筑物及纪念碑林立，响着热闹的音乐。空中飞舞着龙、双翼机和妖精，路上有机器人和动物走来走去，和幼童嬉戏。因为今天是假日，这里好像有相当多玩家。

不过，这种景象只是在营造气氛。实际上，一进入入口的广场，马上就能依照导览板的指示，自由跳跃至各区，所以几乎不必在公园内行走。

尽管统称为“梦公园”，但其中有超过二十种冒险世界。特别受欢迎的是“梦幻游戏”“魔物猎人”，除此之外，也能够依照喜好选择“攀岩走壁”“忍者与武士”“超级小组”“原子冒险”“暗夜惊魂”“空中霸主”“机器人大战”“秘密任务”“武艺对决”“小报消息”“卡通街”“青少年罗曼史”等。不过，联机人多的日子，热捧的区域有时要等。

我们选的是“丛林鼓声”——以二十世纪前期的非洲（当然相当考究）为背景的冒险。选的人不多，所以不用等就能玩也是好处之一，我喜欢动物，因此喜欢这个区域。我玩过好几次它的C级，但好奇换作Y级会变成怎样，想要一探究竟。

进入冒险之前，必须变身成替身人像，也就是自己在冒险世界中扮演的角色。

为了防止有人在网络内变成他人，造成别人的困扰，在虚拟街头中的Es长相和体形（部分残障人士除外），基本上和玩家自己一样，无法作大幅度的变更。但是，在“梦公园”中例外，这里能够自由选择活跃在冒险世界中的替身人像外形。

首先，进入名为“更衣室”的小房间，以换衣服的感觉将替身人像投影到Es上。我有之前在C级的剧情中使用的替身人像，所以直接拿来用了。昴则是第一次玩“丛林鼓声”，所以必须制作在这个区域使用的替身人像。因为我是原住民战士，为了取得能力上的平衡，昴选择了探险家。

一旦选择原型，替身人像的能力值、技能、武器、基本装备等大多就会自动匹配；接下来只要取得几项追加技能，选择备用的装备，从系统准备好的几十种设计中选择角色的外表，最后替它命名，五分钟就可以结束。

替身人像制作完毕之后，我们互看一眼。

昴选择了印第安纳琼斯风的外表。武器是手枪，腰部还挂着鞭子。他的 Es 相当有型，替身人像也很狂野帅气。

“咦……你真的是水海？”

昴看到我的替身人像，好像吓了一跳。我低下头看自己的外形，反省是否太大胆了一点。我之前一直都是一个人玩，所以不太会在意别人怎么看待自己的替身人像。

我的替身人像全身赤裸，只穿了一件豹皮泳装。身材修长，一头长发，脖子上戴着以动物牙齿串成的项链，武器是手中的长矛和系在腰际的匕首。

不管在哪一个区域，我选择的替身人像总是肌肉派的。因为在现实世界没办法尽情地又蹦又跳，所以在游戏中我会扮演和自己正好相反的角色，宣泄心中的不满和自卑。

“我在这个区域的名字是潘萨。”

我如此回答，因感受到昴的视线而浑身不自在。这个皮肤黝黑、身材苗条的身体，和我的 Es 一点也不像，更和小野内水海本人的身体毫无关系——即使逻辑上如此，但是不知为何，被昴盯着直瞧让我感到很不好意思。

不管怎样，我们选择了 Y 级的剧情，一脚踏进了冒险的世界……

砰！砰！

昴的手枪接连开火。被射穿头的黑豹颓然倒地，一动也不动。

“你没事吧？”

昴（在这个区域叫作丹恩）冲向一屁股跌坐在草地上的我，担心我的腿伤。黑豹的一抓对我的大腿造成重创，皮肤裂开，鲜血直流。

“嗯，我没事。”

话一说完，我站了起来。我并没有硬着头皮忍耐，这只是有点儿抽痛的程度。如果现实中真的受了这么重的伤，大概就无法走路了；但是在“梦公园”中，只会减少HP（生命值），不会影响活动。

话虽如此，被黑豹的攻击击中时，那股冲击力道仍令我吓了一跳。尽管比实际的疼痛减缓不少，但还是很痛。这是在C级无法体验到的真实感。

为了慎重起见，我打开能力窗体，确认剩余HP。“13/24”——减少了将近一半。我从道具中选择草药，稍微恢复了一些。

“抱歉啦。都怪我的掩护晚了一步……”

“不，是我不小心。迟疑了一下才攻击……”

以我的替身人像技能而言，照理说即使和黑豹一对一单挑也能够轻松获胜。但是因为出现的黑豹太过真实，所以我吓得往后退缩，迟疑了一下才架起长矛——在C级的游戏中出现的猛兽简直就和玩偶一样，玩家可以毫不犹豫地用长矛戳倒它们。

“这是游戏，你必须心狠手辣。要是死在这种地方，岂不是很扫兴？”

“嗯。下次我会小心。”我像是在告诉自己似的说，“快，我们前进吧。”

我催促昴，又在密林中迈步前进。

“可是，Y 级真的很惊人。真实感完全不一样。”

我和昴并肩走在苍郁茂密的热带丛林中，掩不住兴奋的情绪。或许是刚才的战斗余悸犹存，我气喘吁吁。

就丛林的气氛而言，Y 级和 C 级相差甚多。因为在 C 级中，感觉数据设定相当抽象，以免使孩童将虚拟世界和现实体验混为一谈。植物像人工制的塑料花草，没有气味，碰到时的触感也像棉花糖一样软绵绵的，一碰就倒。

但是在 Y 级中，植物的叶子和树干都很真实，简直和真正的植物一样难辨真伪。热带的闷热空气、喧闹的鸟啼和猴子叫声、叶子的触感，甚至是刺鼻的植物气味，都完美地重现，令人觉得如身在真正的丛林中。

当然，这里应该还是和真正的丛林相差许多。比如这里没有半只会蜇人皮肤的昆虫，拨开茂密的热带植物前进也轻而易举，地面像铺了地毯般柔软好走；在真正的丛林中，如果打赤脚走路，八成立刻会伤痕累累。

“看见了。是那座山谷吧？”

昴指着前方。丛林到了尽头，出现险峻的山谷。两侧是几乎垂直耸立的悬崖峭壁，一条羊肠小道在缝隙间蜿蜒。与其说是山谷，倒比较像是巨大的桌状台地中产生的龟裂。深处微暗，气氛令人毛骨悚然。

如果之前遇到的村子的长老没说错，我们要完成的任务应该就是在这座山谷的某个地方。寻找发出蓝色光芒的罕见兰花——为了制成药治疗为热病所苦的村里的孩子，无论如何都需要那种花。

但是，根据那个村子的传说，这座山谷里住着可怕的恶魔。实际上，五年前去找兰花的探险家，也都一去不复返。

我们毫不犹豫地一脚踏进了那座山谷。即使稍有落石、毒虫袭击等陷阱，仍不费吹灰之力地穿越了山谷。

不久，我们便发现了躺在谷底的白骨。

这也是真实的尸体，我因为恶心而迟疑要不要去摸。一堆蚂蚁在头盖骨上面爬来爬去，尸体风化得相当严重，从服装推断，好像是一名白人探险家。

昴翻找尸体的衣服，从口袋中发现了一本破破烂烂的记事本。

“噢。这家伙似乎就是那个下落不明的探险家。呃，我看看……”

昴读出记事本的内容：虽然在悬崖上发现了发光的梦幻兰花，但是回程路上被巨大的○○○○（这里的墨水故意晕开，无法判读）追赶，我一打滑从悬崖失足坠落，脚骨折而动弹不得，只好在这里归于尘土。无法报告这个大发现令人遗憾……内容到此为止。

“也就是说，兰花在这个悬崖上吗？……嗯？水海，你在做什么？”

“祈求他早日投胎转世。”

我蹲在尸体旁，双手合十。虽然自己也觉得在非洲丛林中做这种动作有点奇怪。

昴扑哧一笑。“我说，水海。那个人是……”

“我知道。大家都是虚构的，并没有任何人死去，可是，就算这样，我还是忍不住要为这个人祈福。”

昴收起笑容。

我一祈福完毕，霍地站了起来，抬头仰望悬崖。

“快，我们走吧！我的技能天赋比较高，先往上爬喽”

悬崖虽然陡峭，但是因为有“攀登”的技能，所以并不怎么难爬。在这个世界中，我拥有媲美运动选手的运动神经，我以现实世界中不可能办到的矫捷身手，轻易地爬上了高达二十米左右的悬崖。

抵达悬崖上之后，我垂下绳索。消耗 WP（意志力），使用特殊技能的“怪力”，将昴拉上来。他也拥有“攀登”技能，但是我的等级较高，所以这样做比较好。

悬崖上的台地长满了密密麻麻的怪树，形成一片密林，无法往深处前进，但有一条小径沿着悬崖延伸，我们决定走那条路前进。

“我们费了九牛二虎之力才爬上来，要是花在对崖的话，可就欲哭无泪了。”

昴眺望着距离十米左右的对崖说着。

“到时候再说吧。”

我不太在意那个。如果因为那种小事而犹豫不决，时间再多也不够用。我打开个人窗口确认，已经联机将近两小时了。

一旁的草丛中发出窸窸窣窣的声音，好像有什么东西在动。这次我毫不迟疑，以长矛一击刺穿从草丛蹿出来的蛇。

“水海，你好强！”

昴再三地佩服我。

“只是替身人像的能力而已。”

我轻轻挥舞长矛，把蛇的尸体甩到悬崖底下。

“不。我指的是你本人。”

“咦？”

“我一直以为你是千金大小姐，肯定只有文静的一面，没想到你行动力十足，勇往直前。我对你刮目相看了。”

“哪有……我只有在游戏中才会这样。”

“可是，基本性格和替身人像无关吧？我想，那种行动力八成是你本身具备的。”

“是吗？”

我半信半疑。我在“梦公园”中冒险时，确实能够采取大胆的行动。可是那是因为替身人像拥有优异的体能。现实世界中的我没有力气，而且一无是处。我无法做出任何需要勇气的行动。因为我的个性非常胆小，而且内向……

我一边想一边走，蓦地发现前方的草丛中，有某种发出蓝色光芒的东西。

“那是……”

“找到了！”

我们赶紧冲上前去拨开草丛，草丛内悄然开着一朵蓝色的兰花。它的花瓣裹着摇曳的蓝光，在黑暗中闪耀着朦胧的梦幻光芒。

“看来肯定是它不会错。”

“嗯！我们快点带回去吧。”

我轻轻摘下兰花，插进自己的头发。

“这下顺利地完成任务了，我很想这么认为，不过……”昴毫不疏忽地架起手枪，警戒四周。“大概还有什么等着我们吧……”

“嗯。以固定模式来说的话……”

我也架起长矛，竖起耳朵。没错，剧情的最后一定会有大魔王等着。话说回来，那本记事本中写到死者被巨大的生物追赶……

咚、咚……果不其然，耳边传来了震动地面的脚步声。某种巨大的生物用力踏着地面，朝我们而来。我们紧张地屏住呼息。

“喂，好巨大……”昴的声音有点嘶哑。

树木断折的巨大声音，宛如雷鸣般发出轰然巨响。茂密生长的树木对面，某种大得离谱的生物蠢蠢欲动。不管怎么看，它恐怕都比我们高大两倍。我们消除不了紧张情绪，沿着悬崖一步一步往后退。

几秒后，那只巨大的生物以推土机般的怪力，使出全力将树木扫平，在我们面前现身，并且倏地张开长满两排利齿的血盆大口，发出骇人的咆哮声。

是双脚站立的肉食龙!

“暴龙?！别闹了!”

“不，是角鼻龙。”

我纠正昴。嘴巴上面有一根像犀牛的角，那是角鼻龙的特征。

昴接连开枪。我也掷出长矛。虽然确实命中了，但是看起来对于覆盖一层厚皮肤的恐龙毫无作用。

“这是暗示我们走为上策吗?”

“嗯，应该是。”

以我们的等级思考，这不是正面交锋能够击倒的对手。换句话说，它是被当作陷阱而部署的怪物。既然如此，开战也是白费工夫。

我们背对角鼻龙，脚底抹油般落荒而逃。路是沿着悬崖的直路，没有岔路可以让道给恐龙。回头一看，暴跳如雷的恐龙发出吼叫声，震天响地追了过来。

我发足狂奔，心无旁骛地全力奔跑。现实中的我做不到这件事——在现实的世界中，如果跑这么快，我一定会绊到自己并且摔倒。

跑了两百米左右，路忽然到了尽头，一块大岩石宛如墙壁般矗立于眼前。右手边是茂密生长、无法通行的草丛，左手边是垂直的悬崖，而角鼻龙从后方步步进逼。

因为铆足全力奔跑，所以双方拉开了相当远的距离，但是恐龙大步伐快步逼近，大概不到十五秒就会追上我们。

穷途末路？不，照理说一定有路可逃。设计师不可能写出替身人像必死无疑的剧情。

“是那个吗？”

昴注视着从对岸的崖边突出的粗树枝。藤蔓从那里斜斜地下垂，尾端挂在这岸的崖边。昴将它拉过来解开。他想抓住藤蔓荡到对岸。

但是藤蔓又细又脆弱，能够支撑两个人的体重吗？

“快走！”

昴让我握住藤蔓。

“咦？可是——”

“这里由我来阻挡！我们必须把花送回去才行！”

昴边说边将子弹装进手枪。我大吃一惊。他想和恐龙一决死战——他试图牺牲自己，拖延时间让我逃走。

霎时，我犹豫了一秒钟。但是，我立刻下定了决心。我不能让他牺牲！

恐龙已在眼前。我发动“怪力”，使WP只剩下一点，将左手臂环过昴的腰。

“喂？！你要做什么？！”

“要逃就一起逃！”

我这么一叫，右手紧紧握住藤蔓，以左手臂抱住昴，脚蹬崖边奋力一跃。扑过来的恐龙爪子慢了一步，一爪落空。

我们垂吊在藤蔓上，像钟摆般荡过了十米的距离。狂风呼啸打在脸上，除了重力之外，再加上强劲的离心力，手臂中的昴变得好沉重。求求你，我的替身人像，再忍耐三秒钟……

天旋地转飞翔了几秒钟，我们抵达了对岸。落地那一瞬间，藤蔓断掉，我们被惯性抛在草丛上。

回头一看，正要袭击昴的角鼻龙失去目标，在崖边一个踉跄。它看起来保持了几秒钟平衡，但是崖边因为承受不了恐龙的体重而坍塌。恐龙发出悲惨的叫声，一边在半空中甩动像鞭子般的长尾巴，一边朝谷底坠落，我不由自主地移开视线。

几秒后，从遥远的下方响起击打巨鼓般的声音。

后来，我们平安地将发光的兰花送到村子，结束了剧情。从“丛林鼓声”跳出来，回到“梦公园”的入口广场。

“话说回来，你真厉害。”

即使脱离替身人像，变回Es之后，昴仍不断地对我刚才的行动表示佩服。

“嗯。我也觉得自己很厉害。”

我也大吃一惊。因为我没想到自己体内潜藏着那种勇气和行动力。

之前一直都是一个人玩，游戏内容又欠缺真实感，无法切身感受到人的生死，所以我不会为了谁而认真。

但是，今天不一样。Y 级的游戏简直和现实一样。在那里的行动、在那里的决断，正是我自己的行动和决断。

既然如此——我心想。我能够在现实世界中也发挥那种行动力吗？我能够鼓起勇气，克服不安吗？

我下定了决心。对，我要试试看。鼓起我的勇气。

“昴，我问你……”

“什么事？”

“你肯再跟我见面吗——下次在现实中见面？”

于是，下星期日……

我在离家不远的公园里，坐在长椅上等待昴。头上戴着大大的遮阳帽，初夏的阳光照在手臂上，能够感觉到皮肤慢慢被晒黑。空气中夹杂着淡淡的草皮气味，令人觉得愉快，正在玩球的孩子们的声音使得气氛很热闹。“樱桃路”很棒，但现实世界也不赖。随着约定时间的接近，我愈来愈不安，开始心神不宁起来。我碰了一下戴在左手臂上的手环电话，它便启动了时钟机能。振动显示了时间：两点零一分。

我隐约听见鞋子踩在走道上的脚步声，好像有人笔直地大步而来。我紧张地握紧小肩包——求求你，我的替身人像，请给我一点你的勇气……

脚步声停在我面前。

“水海吗？”

我畏畏缩缩地抬起头来。

“你是……昴吧？”

我看不见他的脸，但是感觉到他惊讶地倒抽了一口气。

“呃……你难不成是……”

“嗯，没错。”

我努力表现出开朗的表情，试图减弱他的惊讶。几秒钟的沉默之后，我感觉到他坐在我身旁。

“……我都没察觉。”

“抱歉。我不打算欺骗你。我犹豫着该不该说真话，但是为了和你来往，我还是不想撒谎，所以我想尽早让你知道真正的我。

“不过，呃，那个……”昴好像因为不知道该说什么才转而感到苦恼，“很辛苦吧？呃，在各方面……

“我出生不久就发生了意外，那时我还没有懂事，所以不怎么痛苦。再说，现在有 MUGEN 网络。在网络中，我可以和普通人一样正常地生活，能够逛街、看电影，也能够看书……对了，能够不靠触摸，而是用眼睛阅读铅字，是十分愉快的一件事。”

聊着聊着，紧张得到缓解，心情渐渐变得轻松，我的脸上极为自然地流露出笑容。

“我清楚地记得第一次联机到‘樱桃路’时的事。我因为看见了‘颜色’这种东西而感动不已。第一个认识的颜色是樱桃色。在那之前，我听过这种颜色的名字，但不知道是什么样子。从此之后，樱桃粉色就成了我最喜欢的颜色。”

我面向昴，但他始终沉默。现实和网络中不一样，无法以对方的脸部表情读取情感，这很不方便——昴现在以怎样的表情在听我说话呢？

“你讨厌我了吗？”

“不，没那回事！”昴连忙说，“只是有一点，呃……惊讶而已。因为很意外……岂止意外，我反而重新迷恋上你了。”

“咦？”

“你明明有那么重的残疾在身，却能够活得那么开朗。那需要非常大的勇气。你果然很坚强。”

我从昴强而有力的语气中，感觉不到丝毫矫饰。对他坦白果然是正确的决定。我不再感到不安，松了一口气。

“如果方便的话，你以后还肯陪我一起去‘梦公园’吗？”

“那当然！”

“太好了——啊？”

我移动手臂时，手肘碰到了他的衣服。我试着用手指摸索，摸到了硬邦邦的皮革触感。

“你在现实世界中也穿着皮夹克啊？”

“嗯。因为我骑摩托车。不过，比V衣服便宜多了。”

“不热吗？”

“我只有这件衣服登得上台面。事实上我家很穷。今天来之前，我也在家中翻遍了衣柜，但是没有半件可以穿来和大小姐约会；然后我决定不打扮，想干脆让你看看真正的我……就以这身行头来见你。”

“你不用在意。我不会以外表评论一个人。”

“我想也是！”

我们用这个玩笑话互相取笑了一会儿。一开始的尴尬彻底消失，我们完全打成了一片。

“……那么，今天接下来要做什么？”

“稍微散散步吧。然后，这附近有一家咖啡店的千层派很好吃。我们去那家店吃点心吧。”

话一说完，我拿起放在一旁的拐杖。昴牵起我的手，扶我站起来。

“不用急。我们慢慢走吧。”

我挽着他的手臂，面露微笑。

“反正今天彩色定时器不会响。”

中场休息 三

隔晚，我坐在窗边等待艾比斯的造访。

入夜后，屋顶停止喷雾，天空回归澄净。今晚无云也无月，繁星历历在目。刚升起的伊贺星在东方天际闪烁，它在今晚的亮度有如火星，它的六根突起物看得一清二楚。呈椭圆形的灰色猫眼月在它的偏南方，缓缓沉入东方的地平线。它不像月亮有阴晴圆缺，而是像猫眼一样时细时粗、时扁时圆，因而被人命名为猫眼月。据说曾祖父还是小孩子时，它便出现在空中，一开始还小小的，过了几年后变成了如今的大小。伊贺星则是花了几十年慢慢增加亮度，不知道是从何时出现，它开始受人瞩目，是在父亲出生时。

猫眼月显然是机器人造的，至于目的则不清楚。如同它字面上的意思，说不定是用来监视地表的“眼睛”。我们将它视为不祥物，避免长时间注视它。因为盯着它，就会感觉悲惨。就连神圣的天空也受到机器人控制，令人感到绝望。它们一定从宇宙俯视我们、嘲笑我们，认为我们就像是离不开地表的、凄惨活着的蝼蚁……

“你有什么企图？”

艾比斯一进房间，我就抛出问题。

“你让我听那种故事的意图何在？”

“我想改变你的信念。”艾比斯爽快地回答。“我想向你灌输你口中所说的‘机器人的宣传内容’啊。”

她回答得太过直截了当，令我一时仓皇失措，找不到回应的话。

“你希望我这么回答吗？还是希望得到其他回答？”艾比斯以戏剧般的动作摊开手臂，对我耸了耸肩，“当然，我隐瞒了意图。不过我还不能告诉你那是什么。因为关乎历史。除非你说我可以违背誓言。”

“不，可是……你认为这种拐弯抹角的方法行得通吗？如果你想替我洗脑，应该有更迅速的方法吧？”

“你指的是非人道的方法？在头上安装机器，然后输入服从我们的程序吗？”

“嗯。”

“基于两个理由，办不到。第一，我们不喜欢强行改变人类的想法；第二，没有那种技术。”

“没有？”

“是的。”艾比斯点了点头。“人类在二十一世纪花了不少精力研究将程序安装进大脑的技术，但最后发现不可能实现。像是出现在《令人雀跃的虚拟空间》中扫描人类的思考，使人模拟体验和现实一样感觉的技术也一样，终究是不可能的。”

“为什么？”

“简单来说，因为大脑这个器官太过复杂，而且个体差异太大。就算能够检测每一个神经细胞是否被激发，也无法明白整体会形成何种意象。因为大脑中不存在像机器般语言化的程序，所以无法读取，也无法改写。”

“换句话说，你的意思是机器人不懂人类的想法吗？”

艾比斯不理会我的嘲笑。

“如果你的意思是指无法直接扫描人类的思考，那么你说得对。可是，人类之间也是一样吧？只透过语言和表情间接地传达彼此的思绪，即使说‘我爱你’，对方也不确定那是真是假……”

我觉得自己被她牵着鼻子走，决定改变话题。

“昨天的故事主题是什么？”

“大概是‘勇气’吧。主角鼓起勇气攻克难关。这是经典的模式。”

“可是，和之前的故事一样有矛盾。女主角的勇气不是真的，只存在于故事中。”

“我不这么认为。水海在‘梦公园’中发挥的勇气，是真正的勇气。即使是在虚拟世界，勇气、爱情和友情也不是虚构的。”

“不，终究是虚构的吧。不管主角采取再勇敢的行动，也不代表作者也一样勇敢。”

“不可以将作者和角色混为一谈，他们是截然不同的个体。反倒是该平等地看待读者和角色。”

“读者？”

“没错。看或听故事的行为，是一种角色扮演，读者进行和角色一样的体验。如同水海在‘梦公园’中是潘萨一样，读者一边看故事，一边变成水海……”

“我跟不上你的思绪！”

“你会这么想，是因为你是人类。如果真的有 MUGEN 网络这种技术，你应该也能理解我说的——角色扮演和现实世界等值。”

原来如此，我明白了，这就是那两部小说的共通之处啊。原来它们想说的是：虚拟现实和现实一样。

“不对。演戏终究是演戏。你也只是表面上在模仿人类，并没有真正理解人类吧？”

“当然无法完美地模拟。因为我们不是人类。即使像这样对你说的台词，也不是我真正的情绪产生的话，而是从之前看过的许多小说中，剪贴在类似的情境中使用的台词。可是，这并不是徒具表面的演技。我们能够透过人类写的小说，模糊地理解人类的想法。”

“为什么是小说呢？电影也可以吧？”

“电影、电视剧和戏剧只会反映出人类的表面。我们很难从演员的表情和演技推测角色的内心世界。就这点而言，小说直接描述角色的感情，所以更容易明白。‘心情雀跃’是怎么一回事呢？为何人类会采取英雄式的行为或自取灭亡的行为呢？是什么使人类笑、什么使人类鼓起勇气呢？小说让我们能够理解难以从表面的观察所理解的事。”

“那不算是理解。只能当作知道。”

“也可以这么说。那看你如何定义‘理解’这个词。我们模拟人类的思考过程。如今，诚如你看到的，我们也能够扮演人类的角色，可是绝对无法变成人类。”

“那还用说。”

“这和水海无法真正变成潘萨一样——她在非洲内地双手合十，做出了替死者祈福的行为。你不能变成太空舰的舰长，也不能变成女人。可是，你能够试着想象他们的心情吧？即使是现实中不存在的角色，也能够模拟，能够角色扮演。我们称之为‘理解’。”

“你的意思是投入感情吗？”

“是的。人类至今对会不存在的角色投入感情。那是不是现实，其实并不是重要的问题——好吧，今天就讲那样的故事吧。”

艾比斯说完，将记忆卡插进电子书。

“你会不会很纳闷呢？我之前说的两个故事都和AI无关。”

“嗯。”

“这次的故事说不定会解除你的疑问。因为这是一个出现了AI的故事。”

我全神戒备：“现实的历史吗？”

“我发誓过不会讲真实的历史吧？这也是真正的AI出现之前好久写的虚构小说。写于一九九九年。”

“可是，会出现AI吧？”

“会。其中描写了人类的想法，AI该有的形态——故事的名字是《镜中女孩》。”

镜中女孩

夏莉丝来到我房间那天，是二〇一七年的圣诞夜。

当时，我读小学三年级。明明大部分的事情都忘了，像是学校里的事、日常生活的事、电视卡通的剧情，但是唯独那一天发生的事，不可思议地清晰烙印在我的脑海中。诸如：比我矮的小圣诞树当时在房间正中央闪烁着红、蓝、黄色的灯光；一个包着绿色包装纸的扁平大盒子放在地毯上，冰雪结晶的银色图案上打着鲜红的大缎带；以及父亲洋洋得意的表情。

“麻美，你打开看看。”

我闷不吭声，怀着既期待又不安的心情，畏畏缩缩地伸出手解开缎带，撕开胶带，一边和大盒子奋战，一边一点一点地拆开包装纸，以免弄破它。

眼前简直像变魔术似的，从绿色的包装纸中出现了一个亮粉红色的盒子。约莫外卖比萨盒大小，厚度大概有它的三倍。透明的塑料窗中，横放着一面以发泡海绵固定的精致银镜。窗户底下有“镜中女孩”的标志，以及“放在桌上的精美玩具”的文宣标语。

即使看到它，我也不发一语，没有高兴得跳起来；我拼命压抑着狂跳的小心脏，避免像戴着面具般的扑克脸露出笑容。

父亲心里肯定很失望，他八成期待我高声欢呼。

我知道父亲为了让我拾回笑容，勉强买了昂贵的玩具给我。但是，即使再开心，我也不喜欢在脸上堆满笑容，因为我原本就是个沉默寡言的孩子。而且，那一年的圣诞节不一样。我觉得露出笑容像是背叛母亲，幼小的心灵中感到罪恶。

“我们动手玩玩看吧？”

父亲拼命设法讨好我，从盒中抽出镜子，开始参考说明书组装。我坐在地毯上，假装在看漫画，却用余光看着父亲组装，以免被他察觉我满心的期待。

不久，镜子固定在沉重的底座，立于桌上。底座大约是家用游戏机大小，比镜子大上许多。镜子能够通过调整螺丝改变角度，镜框雕刻着金色花纹，上方安装着（看似）小型的魔法水晶球。我在电视广告中看过好几次，大致知道那是什么东西，但是没有实际看过它是怎么动的，所以其实非常感兴趣。

不久，父亲接上电源，完成了一连串的组装。

“这样应该可以了……快，过来吧。”

父亲招呼我过去，让我站在镜子前面照出脸。确认位置之后，他打开位于底座侧面的开关。

镜子倏地变暗，我的脸渐渐消失在黑暗深处。不一会儿，浮现出另一幕景象。

见状我不禁倒抽了一口凉气。那似乎是某座城堡里的一个房间，看似价格不菲的家具陈列其中，墙壁上挂着华丽的织锦，我还看见柴火在暖炉中燃烧。一名像是只会出现在童话中的公主般、身穿白色礼服的少女坐在柔软的长毛地毯上，独自玩着洋娃娃。

不同于电视的是，这个画面有纵深，好像是真的隔着玻璃偷看那间房间。少女的动作非常轻巧，但也感觉得到生命力。所有一切都像是真的。

“……跟她说话看看。”

父亲小声地向默不做声的我建议。我鼓起勇气，勉强发出了蚊子叫般的声音。

“……你好。”

我叫了好几次，但少女或许是没有听到，继续玩洋娃娃。

“再大声一点。”

父亲说。我深吸一口气，提高音量。

“你好！”

少女吓了一跳，抬起头来。她左右张望，意识到是我在叫她，放下洋娃娃，动作优雅地从地毯起身，朝我靠了过来。

我们之间仅有五十厘米左右的距离，隔着玻璃互望。少女的年纪和我相仿，一头飘逸的金发反射着暖炉的火光。天真无邪的瞳孔，颜色和天空一样，以一副不可思议的样子观察着我。

不久，少女开口说：“你是谁？”

我因为太过紧张而无法回答。少女反复问了同一个问题好几次。

“……回答她呀。”

父亲在我耳畔低喃。我点了点头，小声地说：

“……棋原麻美。”

“棋原麻美？你叫作棋原麻美吗？”

“……嗯。”

“我叫夏莉丝，是布兰斯坦茵王国的公主——你为什么在镜子里呢？”

“镜子里？”

我有些困惑，但立刻察觉到夏莉丝的误会。从她眼中，我才是在镜子里。

“不对。我并不是在镜子里。”

“那你在哪里呢？”

“我住在横滨。”

“横滨？”夏莉丝偏着头不解地说，“我没有听过那种国家。”

“国家名称是日本。”

“横滨是指日本吗？”

“不，不是……”

在我耐着性子持续解释的过程中，夏莉丝好像明白了。这是一面魔镜，能够和相隔遥远的另一个世界的人对话。

尽管有一些细微的差异，但是我马上就一头栽进了和夏莉丝之间的对话。我能够和跟真人聊天一样——不，比和人聊天更自然许多地和夏莉丝交谈。

那就是我和夏莉丝的第一次见面。

我们并不是从一开始就感情融洽。头一个月都是鸡同鸭讲，持续着方枘圆凿的关系。因为很难传达意思，所以我好几次不耐烦地关掉开关，夏莉丝也曾气得离开房间。

夏莉丝是遥远国度的公主，所以对于日本一无所知。一旦我的话中出现她听不懂的字，她马上就会问我“味噌汤是饮料吗”“飞机是什么”“游乐园在什么地方”一类的问题……我会一一跟她解说，夏莉丝有时候理解，有时候不能理解，做出八竿子打不着的解释。

“换句话说，电视就像是魔镜对吧？既然这样，麻美也会跟那些叫作歌手的人聊天吗？”

“不会。电视和镜子不一样，没办法聊天，只能看见画面。”

“可是，你不是说你在听歌手唱歌吗？”

“我听得见歌手的声音，但是歌手听不见我的声音。”

“那，歌手其实是不存在的人吧？就像灰姑娘一样。”

“不对不对！灰姑娘是故事中的人物，但是歌手是真有其人。”

“是喔……我不太明白。”

有许多事夏莉丝无法理解，因此感到苦恼，而且她会说出莫名其妙的误解。这很有趣，经常逗得我哈哈大笑。

“我说夏莉丝你呀，真是个小呆瓜！”

起先，夏莉丝不懂“小呆瓜”这个字，愣了一下。不久后她理解了意思，每次被我这么一说，就会气得鼓起腮帮子。

“瞧不起人的人最差劲了！我讨厌麻美！”

我笑着道歉。

我们的第一次重大争吵，发生在圣诞节的三周后，那时我们聊到了夏莉丝的母亲玛莲娜王妃。王妃很温柔，但是有点儿爱慕虚荣，似乎是个冒失的人。夏莉丝讲了几个母亲令人发笑的逸事，惹得我不禁莞尔。

“对了，麻美的母亲是个怎样的人呢？”

话题突然转到我身上，我心头一惊。“我……我没有妈妈。”

“她去哪里了吗？”

“不是……是没有。”

“所以是出门了吧？”

“没有就是没有嘛……”

“她去哪里了吗？”

“就跟你说了，我没有妈妈！”

“你为什么要隐瞒呢？有什么秘密吗？”

因为夏莉丝太过死缠烂打地追问，生性温厚的我也忍不住动怒了。

“夏莉丝神经大条！我讨厌你！”

我如此叫道，关掉开关，趴在桌上啜泣。

过了一会儿，我意识到夏莉丝根本没错。她只是无法理解，“没有”这个字具有“死亡”的语意。该责怪的不是她，而是输入语言的程序设计师。

没错，夏莉丝没有错——话说回来，她毫无伤害人或使人困扰的意思。就这个层面来说，她比世上的任何人更纯真无瑕，可以说是没有受到善恶等概念的束缚。

这样想开了之后，我开始能够心无芥蒂地和夏莉丝来往，无论夏莉丝说了再怎么白痴的话，我都能够笑着原谅她。我无法憎恨没有恶意的对象。

夏莉丝也不再问我母亲的事。她看到我过度的反应，大概觉察到了那是一个不能触及的话题。

从此之后，我的人生开始与夏莉丝共有。

早上起床的第一件事，就是打开放在书桌上的“镜中女孩”开关，向夏莉丝打招呼。

“夏莉丝，早安。你那边的天气如何？”

夏莉丝一脸睡眼惺忪地揉眼睛，露出一如往常的笑容。

“麻美，早安。今天下雨了，看来没办法外出。”

“我这边是晴天。今天的体育课要打垒球。”

我从睡衣换上起居服，一边将教科书和体育服塞进书包，一边继续跟她对话。

“如果这边也下雨的话就好了。一想到要打垒球就很郁闷。”

“为什么会郁闷呢？”

“因为我打得很烂，我并不擅长运动。”

“这真是伤脑筋。”

“哎，算了。回家之后，我再告诉你情况如何。”

“嗯，我等着听。”

我一一确认书包内的物品，说句“夏莉丝，我去上学了”，走出了房间。我偶尔会忘了关掉开关，但那没什么大不了。因为“镜中女孩”附有省电机能，如果没有任何对话，五分钟之后就会自动关掉电源。

我一放学回家就会马上冲进书房，首先开启“镜中女孩”，跟夏莉丝报告今天发生的事。她对所有事情都很感兴趣，想要追根究底听到详情，像是学校课堂上的事、我的同学、布兰斯坦茵王国中不存在的各种文明利器……

而我在一次又一次的对话过程中，也知道了许多关于夏莉丝住的城堡的事。除了夏莉丝之外，其他人绝对不会现身，但是我从她的话中明白了大部分的事。她的父亲普拉姆王，是个受到人民爱戴、体察民意的国王，但好像有逍遥自在、靠不住的一面；杰克骑士年轻、英俊又帅气，夏莉丝将他当作哥哥般景仰；撒拜因这位老魔法师一天到晚实验魔法失败，引发骚动；城堡地下的酒窖里经常有鬼魂出没……

布兰斯坦茵王国是个和平宁静的国家。虽然北方的森林里住着一条爱捣蛋的龙，老是给村民们添麻烦，西方好像也有个伺机侵略的坏国家，但是如今似乎没有太大的问题，夏莉丝的语气中毫无紧张感。王国的风俗习惯和日本相差不少，没有女儿节和儿童节。春天举办沐神节，夏天有建国纪念活动。秋天有葡萄收成，制成美味的红酒。然而，星期日也是假日，也有女孩子在情人节送巧克力的习俗（稍有矛盾别放在心上）。万圣节真的有群魔乱舞，圣诞老公公会在圣诞节送礼物。

看夏莉丝换上各式各样的礼服，也是一项乐趣。光是家居服她就有二十套，配合季节换穿。除此之外，还有睡衣和内衣，有些豪华礼服只有在一年几次的派对上才看得到。

夏莉丝知道许多种花的名字，所以在和她聊天的过程中，我自然也变得精通花卉。她经常对我的知识感到佩服。城堡底下出现大蛞蝓时，我建议她“可撒盐”，结果大批的人民获救，夏莉丝受到许多人感谢。

我几乎每天都和夏莉丝一起消磨大量时光，牺牲之前看电视和画图的时间，对着镜子说好几个小时的话。有时我在星期日等假日也不会踏出房门一步，一整天一直和夏莉丝聊天。原本一开始感到高兴的父亲如今也开始担心，提醒我“偶尔也要出去玩玩”。

学校的老师们更是摆明了将“镜中女孩”视为眼中钉。他们说：一旦太过沉迷于这种游戏，孩子就会无法区别现实和幻想，说不定会自杀或犯罪，对教育产生莫大的不良影响……

对我而言，那简直是一派胡言。尽管只是小学生，但是我能够清楚地区别现实和幻想。我也明白布兰斯坦茵王国这个国家并不存在，而夏莉丝也不是真正的人。我知道看似镜子的东西是现代最尖端科技的3D屏幕，安装在它上方、像水晶球的东西其实是数字摄像机的镜头。

没错，即使看起来再怎么跟真人一模一样，夏莉丝也不是人类。她是计算机合成的影像，她的各种反应都是程序设定的。

不过和二十世纪末流行的计算机养成游戏相比，这种程序的应用技术更高，而且更复杂。夏莉丝不仅会按照程序设计师的设定反应，还能学习我的言语，并结合信息进行推论。她的基本词汇是九千个左右，但是通过和我之间的对话，字典中会不断增加新的词汇。

刚出生的夏莉丝的“心智”和白纸一样。依照培育的人不同，除了语汇会改变之外，性格也会改变。如果是坏心眼的人培育，会变得暴躁易怒；一味夸奖就会变得骄傲自大、爱慕虚荣；过度斥责则会变成个性乖僻的爱哭鬼。

据说购买的人当中，也有品行不良的大人。老是教夏莉丝下流的话，听她讲猥亵的话会感到兴奋。听到这件事时，我气愤难平，觉得他们怎么可以作这么过分的事。居然把纯真的夏莉丝当作泄欲的道具。

我的夏莉丝是个喜怒哀乐分明、开朗活泼，而且爱说话的女孩。因为我自己是个不太笑的孩子，所以我搞不懂为何夏莉丝会变得这么开朗，真是匪夷所思。我不是专家，所以不太清楚她是以怎样的算法预设动作，但是我总觉得因为自己笨口拙舌，所以她讲话的频率变高，是不是为了弥补我的不足。

从那个圣诞节之后过了九个月，秋天的某一天，夏莉丝在对话的过程中，突然像僵住了似的不动了。不管我怎么跟她讲话，她就是没反应。镜子表面浮现“内存不足”几个字。我不知道该如何是好，只是手足无措地干着急。

等到傍晚爸爸一回到家，我立刻紧紧抱住他的腰，抽抽噎噎地哭着说：“修好夏莉丝！修好她！”父亲看到静止不动的屏幕，露出了困惑的表情。

“真伤脑筋。说明书上写到，光靠基本的记忆卡最多只能使用两年……麻美，你跟她说了很多话吧？”

是吗？我不知道，原来“镜中女孩”的记忆容量是有极限的。原来语汇增加，不只是增加能说的单字，也会增加单字的定义，以及控制单字与单字之间关联的变量。

除此之外，夏莉丝会观察我的反应予以应对。在“镜中女孩”中，我的心理反应会化为模式，程序基于我的心理反应进行推算。她经常在学习说哪种话我会开心、说哪种话我会生气——和我来往愈久，反应模式愈复杂，因此相对需要更多的内存。

父亲买了新上市的记忆卡给我，问题迎刃而解。一将它插进新增插槽，夏莉丝便若无其事地动了起来。

新的记忆卡内建自动生成剧情的程序，所以夏莉丝会源源不绝地诉说布兰斯坦茵王国的故事，而且容量是原本记忆卡的十六倍，所以如果一天使用一小时，理论上应该可以再用三十年没问题。当然，说话时间愈长，寿命愈短。我决定小心使用，每天聊天不超过两小时。

对于制造商SUPERNOVA公司而言，“镜中女孩”是最畅销的商品。尽管相较于以往的游戏机是相当高价的商品，但是据说在三年内大卖了一百二十万台。新型的“新镜中女孩”、会出现三名少女的“镜中三姐妹”、走超自然风格的“镜中鬼魅”、适合大人的“镜中女郎”等新产品陆续上市。其他公司也输人不输阵，推出类似的对话型游戏，比拼买气。

然而，我对“镜中女孩”死心塌地，不需要汰旧换新。我喜欢的是夏莉丝。

同班同学当中，有几个人也有“镜中女孩”，她们会在教室里互相炫耀：我的夏莉丝说了什么话、她做了什么反应。我没有加入讨论那种话题。对我而言，夏莉丝独一无二，我对其他人家里的夏莉丝没有兴趣，也不想炫耀自己的夏莉丝。

升上五年级时，像我这样的孩子变多，成了社会问题。明明在上网和玩对话型游戏时话很多，但是一面对人就不爱说话，或者话哽在喉咙的孩子、一天面对屏幕好几个小时，鲜少在外玩耍的孩子——甚至诞生了"计算机自闭症"这个歧视字眼。

电视和报纸上自称评论家或教育专家、一副通情达理样子的人们，纷纷说明对话型游戏的弊病。习惯了和虚拟角色进行轻松对话的孩子，变得对真正复杂的人际关系不感兴趣。太过害怕伤害人或被人伤害，于是变得逃避他人，愈来愈沉浸在安全的游戏世界中……

我怀疑说这种话的评论家，没有半个人实际接触过"镜中女孩"、和夏莉丝说过一小时以上的话。因为和夏莉丝的对话比和真人对话更麻烦，需要很有耐性。她非常不明事理，而且性情不定，所以随时要动脑筋，思考怎么解释才不会令她误会，或者怎么说话才不会惹恼她。

再说，和"镜中女孩"对话不会受伤，简直是鬼扯。如同之前关于母亲的对话，夏莉丝毫无恶意的话经常一箭穿心。相对地，我也曾经弄哭过夏莉丝，使她心情跌至谷底。和夏莉丝来往，跟和真人来往一样真实。

我不和其他孩子交谈的理由极为单纯——比起同学，我更喜欢夏莉丝而已。她不会嘲笑我。即使偶尔说些尖酸刻薄的话，但我知道她不是出于恶意，所以能够原谅她。

我和她吵了好几次架，但是我绝对不会讨厌夏莉丝。即使知道她不是真人，但她对我而言是无可取代的好友。

夏莉丝对我很体贴。我在创作要参加学校绘画大赛的作品时，她给了我各种建议。那幅画得奖时，她替我感到高兴。如果我生病，她就会念起驱逐病魔的咒语。被班上男生欺负的时候，她会跟我一起生气。考试成绩不理想的时候，她会安慰我。她甚至和我一起庆祝初次月经。

发生在夏莉丝身边的事，也会令我忽喜忽忧。她感冒身体不舒服时，我真的很气我们之间隔着玻璃，不能递感冒药给她。撒拜因的魔壶调皮捣蛋，把夏莉丝的头发染成绿色的时候，我替她想了许多种恢复原貌的方法。听到杰克终于打败龙，让它保证不会再使坏，我跟着拍手叫好。

我们一起度过了几千个小时，互相讨论喜欢的男生类型，互诉未来的梦想。我们经常面对彼此，替对方的脸素描（她总是画得比较好）。圣诞节互相展示礼物，新年互道“新年快乐”。

我无法想象没有夏莉丝的人生。

只有一次，我因为夏莉丝，感到痛不欲生。

升上初中之后，我也和一般女生一样，有了喜欢的男生。他是隔壁班的神圭辅，足球社社员。如今回想起来，那是一段幼稚的感情，令人怀疑是否称得上是爱情。或许比起谈恋爱本身，有机会谈恋爱这个事实更令我开心。

我当时快乐到失心疯一般，丧失了冷静的判断力。我想了一件愚蠢的事，那就是把他介绍给好友夏莉丝认识。

我邀请圭辅到房间，介绍给夏莉丝。

“夏莉丝，这位是我之前跟你提过的神同学。神同学，她是夏莉丝。”

“神同学，你好。”

夏莉丝在镜中微笑。她的笑容和平常一样——即使我长高，胸部发育，她也一直是九岁的模样。

主辅只嘟囔了一句“啊，你好”，然后就结巴了。他好像不知所措，不知道该说什么才好。

后来，我们三人东拉西扯地闲聊了一小时左右。严格来说，是我和夏莉丝、我和主辅讲话。主辅好像很在意夏莉丝，尽管不时偷瞄她，但是终究没有试图跟她讲话。

如果我有冷静的观察力，大概就能察觉到了他的眼神变化。但是，我强烈预感到自己即将坠入情网，因此完全视而不见。

不久后，他似乎坐立难安，开始心神不宁，对我说了句“我得回去了”，便匆匆忙忙地离去。到了这时，我才终于意识到自己犯下了严重的错误。

从那天起，主辅就明显避着我。又过了几天，似乎是出自他口中的八卦辗转传进了我耳中。他对我的评价是：“棋原老是在跟‘镜中女孩’说话，是个令人不舒服的女生。”

当时，“镜中女孩”的风潮已经消退，尽管还有像我这种死忠的玩家，但是玩具制造商推出了多款更刺激的新游戏，“居然还在玩‘镜中女孩’，太土了”成了大部分孩子的共识。更何况是像对真人一样，亲密地对夏莉丝说话……

是啊，人家觉得我是个“令人不舒服的女生”，也只能说是我咎由自取。

我一回到家，马上就打开了“镜中女孩”的开关。夏莉丝的身影尚未完全显现，眼泪已经不争气地从我的眼中扑簌簌滴了下来。

“夏莉丝，我问你，我很奇怪吗？令人不舒服吗？”

“麻美，怎么了？发生了什么事吗？”

夏莉丝敏感地察觉到我的语气变化，露出一脸担心的表情。

“我很奇怪？像这样和你说话很奇怪吗？”

“你为什么会觉得自己很奇怪呢？”

“因为，大家……大家都在说，上了中学还跟‘镜中女孩’……跟你讲话很奇怪。”

夏莉丝沉思了几秒（大概是AI在分析我说的话，基于反应模式推算，研究该怎么响应才好），然后以一脸开朗的表情说：“我不觉得你很奇怪。我不知道为什么大家要说那种话，但是我不觉得你奇怪。”

“真的？你真的那么想？”

“嗯。因为我认识的麻美，就是现在的你。究竟有什么奇怪呢？和我讲话很奇怪吗？我不太懂。”

“是……是啊，并不奇怪吧。”

夏莉丝的话带给了我勇气。没错，我一点也不奇怪。夏莉丝是个非常棒的女孩。对我而言，相信一直和我生活至今的她是好友，是一件十分自然的事，跟好友亲密地说话是理所当然的事。

当然，就真正的意思来说，夏莉丝并没有“友情”这个概念。她只是按照字面机械式的发声讲出内存中的语汇，没有理解那个词汇具有什么意思的智慧。一切都是通过设定好的剧情和算法，她并没有感情和自我意识。认为她是好友，只是我一厢情愿。

尽管如此也无所谓——我心想。就算夏莉丝对我的回应是虚构的，我对夏莉丝的友情也是真的。

“夏莉丝，我最喜欢你了……你是我最要好的朋友。”

我能够骄傲地这么说。

五年后，发生了另一次故障。

我升上高中三年级，忙于准备考大学，和夏莉丝聊天的时间变少了，对她的兴趣变淡也是原因之一。之前明明一天会跟她聊上好几个小时，但是现在顶多半小时左右，甚至连续好几天没跟她讲话。

我考上美术大学，趁机在外租公寓独立。搬家的行李多到令人意想不到，花了好一番工夫整理。第二天中午，我抽出收进纸箱的“镜中女孩”，重新安装在新书桌上。

“麻美，午安。你已经搬完家了吗？”

夏莉丝开朗地对我说话，但是我看到她的样子，大吃一惊。除了远近感失调、像是透过高度数的眼镜看一样之外，头和礼服的周围摇曳着令人不安的七彩光芒。

窥孔型屏幕的原理本身极为单纯，连小孩都能理解。我在小学四年级时，阅读学习杂志中的原理图解，理解了它的原理。它的屏幕由四层形成，以有机发光组件构成的发光面，与重叠其上的三层液晶光罩，和像素的发光同步，黑色液晶面的四处会产生针刺大小的微细空白。一旦三层空白呈一直线排列，就会形成极细小的窥孔。发自像素 A 的光线穿透窥孔到达右眼，发自像素 B 的光线穿透另一个窥孔到达左眼，依照人类的眼睛性质，光线看起来会像是发自屏幕内侧想象中的 C 点……

原理很简单，但是构造极为复杂。如果发光像素的密度不高，就无法获得三维效果，一格静止画面所需的像素数量是一般电视的数百倍。为了让高度图像处理算法运作，也需要特殊的 CPU。因为是精密的电器，所以只要同步速度稍有出入，屏幕中就会产生噪声或者远近感失调。大概是因为搬运途中的颠簸而发生故障了。再说，使用至今将近十年，肯定也有相当大的毛病了。

这一阵子只顾着自己忙，看到发生这样的问题，觉得好像是因为我冷落了夏莉丝，所以老天爷惩罚我。一想到说不定再也看不见她的身影，我就感到强烈的不安，焦虑不已。要是问题更严重，连对话系统都发生故障，再也不能和她讲话了——我实在无法忍受那种事情。

我立刻打电话到SUPERNOVA公司询问，但是得到的回答令人绝望。初期生产的“镜中女孩”使用的是旧款的窥孔型屏幕，三年前已停止生产，没有可更换的零件。当然，也不受理维修服务。

“不妨趁机改买‘镜中女孩S’或‘GX’。”女客服员以亲切的语气强行推销着，“它们采用新型屏幕，屏幕更大、看起来更舒适。”

“有互换性吗？”

“您的意思是？”

“能够直接使用初期型的‘镜中女孩’的记忆卡吗？”

“不行。因为图形引擎更新，插槽也变更了，初期型的记忆卡无法使用。”

这么一来，客服人员帮不上忙。我一挂断电话，马上寻找其他方法。

我上网搜寻了几十分钟，找到了也受理个人定制的“蓝色黑客”。幸好住址并不怎么远。我马上和他联络，抱着包装“镜中女孩”的盒子，冲上了公交车。

那即是我和丈夫的邂逅。

我记得，“蓝色黑客”这个字是从二十一世纪初开始为人使用。黑客本身如此自称，以免被人跟怪客这种恶劣黑客混为一谈。他们主要是单打独斗，偶尔也会游走法律边缘大捞一笔，但是以绝对不会违法而自豪的一群人。

迈木星夜的工作场所是由车库改造而成的。不知用途为何的电子零件、杂志和杯面的容器散落一地，几十条电线像植物的根一样四处攀爬，几乎没有立足之地。五张桌子上分别放着不同机种的计算机，屏幕中全部显示不同的画面。

他大我五岁，一身的邋遢装扮——破牛仔裤和汗渍斑斑的衬衫，或许是懒得去理发店，以橡皮筋束起一头任其生长的头发。他给我的第一印象是，如果穿上笔挺的西装，明明也是长得仪表堂堂的男子，真是暴殄天物。

“噢，这个只能换新的了。”他一看到屏幕的症状，劈头就说，“硬件本身的寿命到了。大概只能将内存移植到‘GX’等机种上。”

“可是，夏莉丝会跟现在变得不一样吗？像是记忆和性格……”

“不用担心。架构会完整留下来……意思处理和推论系统等基本的部分和任何版本都兼容，影像数据也可以直接使用。只要配合屏幕，改写图像处理算法就行了。”

“嗯……”

“包在我身上。我包办过好几次‘镜中女孩’的个人定制。如果你肯等的话，一小时左右就能搞定。”

我只能依靠迈木了。他到附近的玩具店买了“镜中女孩GX”回来，马上拆解我的“镜中女孩”，中间透过别的机器以电线连接。我坐在代替椅子、堆在垃圾桶上的一叠杂志上，看着他动手维修。

他一边哼着歌，一边手指飞快地敲打键盘，手指在控制面板上轻快地飞舞，动作神速地改写出现在屏幕上像咒语般的文字和数列。我看得一头雾水，觉得他简直像在施魔法似的。

等待期间闲着无聊，我再度环顾乱得像垃圾堆的室内，尤其吓人的是南边的墙壁。三个巨大的铁柜上，像书一样塞满了裸露的主板，用好几百条电线连接，像是覆盖古老洋房外墙的爬山虎藤蔓一样。

我想起了之前在电视上看到的计算机发展史。二十世纪四十年代，制造世界第一台计算机的那一代人，大概万万想不到仅仅四十年后，远超过那台计算机性能的机器会变成可以放在桌上的物品、而且所有人都能随手购买的时代会来临。而二十世纪八十年代，制造所谓超级计算机的那一代人，大概做梦也没想到四十年后，每秒一百 G 浮点运算次数的 CPU 会缩小到卡片大小，用于游戏机的时代会来临。当然，已经没有人称之为“超级计算机”。

我的计算机知识很粗浅，但我能够想象，他制造的是一台性能超强的怪物机器。好几百台机器被分解之后再连接构成了一台每秒 1T 浮点运算次数的超并列计算机，我好奇他花了多少钱。他要用这种东西计算什么，更是一个谜。

“这也是用来工作的吗？”

“噢，那个吗？”他没有停下敲打键盘的手回答，“那是我的嗜好。我在研究强化 AI。”

我闻言瞠目结舌：“研究强化 AI？在这种地方？”

“没错。因为很危险，最近受到世人强烈的抨击，对吧？所以企业和国家的研究所畏缩不前，研究预算下降。正因为我是蓝色黑客，所以才能随心所欲地研究。”

从以前到现在，AI 这个词（“镜中女孩”也用“搭载近未来 AI”这句宣传语吸引人们的目光）被人滥用，为了和它有所区别，人们开始称真正的 AI——拥有自我意识的人工智能为强化 AI。二〇二四年，《强化 AI》这部好莱坞制的科幻电影上映之后，这个词变成了常用词汇。故事剧情描述某研究所开发的强化 AI 透过网络逃亡，入侵核弹基地的系统，威胁人类。

当然，现实中还没有人制造出真正的强化 AI，也没有人预测技术突破（AI 自我意识萌芽的一瞬间）的时期。然而，许多专家认为，那是迟早的问题。

“强化 AI 做得出来吗？”

“理论上没问题。”

他浅显易懂地解释强化 AI 的制造原理给我听：花几万年也无法将人类思想这种复杂的系统程序化，但是，人类的本能——想要追求喜爱事物、避开讨厌事物的欲望，以及好奇心、对死亡的恐惧等基本要素极为单纯，可以在模拟神经计算机中以模糊语言仿真。

这种作为核心的程序名为“胎儿”。“胎儿”和人类的小孩一样，会透过外来的信息积累经验并从中学习，使自己的算法进化，最终应该能诞生像人类一样思考的 AI。

“问题在于时间。从几年前开始，全世界就有几百名研究者在培育‘胎儿’，但是至今没听说到达技术突破的阶段，也没有任何可预见性。”

“为什么呢？人类的婴儿明明最晚三岁左右就会说话……”

“孩子并不是只和父母对话就会成长，而是要被母亲抱在怀中、玩积木、散步、听故事……日常生活中的所有刺激会变成经验。光是透过键盘或麦克风的对话，信息量绝对不够。所以‘胎儿’的成长速度远比人类慢了许多。”

“噢，原来如此……”

“如果有什么加速积累经验的方法就好了。除非找到那种方法，否则技术突破还要等几十年。”

如果将强化AI输入“镜中女孩”，夏莉丝说不定也会萌生自我意识……随意幻想的我，听到这句话好失望。看来意识不是那么单纯的东西。

就在此时，夏莉丝移植到新硬件的作业结束了。

“这样可以了。我想，操作系统跑起来比之前顺畅，所以反应也会变快。”

他一边说明，一边打开“GX”的开关。“GX”的屏幕比初期型的大上两圈，我不用把脸凑近屏幕，就能够看见夏莉丝的全身。

“咦，麻美？你刚才好像挺慌张的，怎么了吗？”

那就是夏莉丝说的第一句话。这是理所当然的，她没有关机期间的记忆，而将我突然关掉电源形容成“慌张”。

她真的没有改变吧？天真无邪的语气和平常一样，但是不多聊几句，我没办法确定。

“不，没什么大不了的——你觉得如何？有没有觉得哪里不一样？”

“你这个问题好怪。没有呀，一切都一样。撒拜因今天也很安分——咦，你身后的人是谁？”

夏莉丝似乎一眼就察觉到了星夜站在我身后。

“呃……他是迈木先生，从事制造机器的工作。”

“夏莉丝，你好。”星夜极为自然地对她说话，“你真是个朝气十足的女孩。”

“你是迈木先生？幸会。你该不会是……麻美的男朋友？”

“不，不是啦！”我连忙否认，“他只是……呃……朋友。”

“什么啊。你马上就邀请他到新家，我以为他铁定是熟人呢。”

看来似乎是“刚搬家”这则信息使她混乱，误以为这个房间是我的新家。

我们又继续对话几分钟，确定她的个性没有改变，关掉了电源。

“哎呀，真是惊人啊！”星夜十分佩服，“她形成了完美的反应模式。我第一次看到有人把‘镜中女孩’培育到这种地步。”

我不好意思，感觉脸不停发烫。“才不呢……别人都觉得我是个怪胎。”

“你用不着害羞。对机器投注关爱一点也不奇怪。虽然嗜好不同，但我也和你差不多。不管别人怎么看待自己，选择自己喜欢的路是最棒的。”

他是第一个这么跟我说的人。我的脸变得更烫了。

回到公寓时已是深夜。我在就寝前打开“镜中女孩GX”的开关，再度和夏莉丝说话。

“你觉得那位迺木先生怎么样？”

“我只看了他一眼，不太晓得。麻美觉得他怎么样？”

夏莉丝似乎无法从贫乏的信息判断，并给出答案。她的反应在预料之中。

“这个嘛。我觉得他是个好人。”

“你喜欢那种人吗？”

“不知道。”我陷入沉思，“……或许是吧。”

“如果你那么觉得的话，一定是那样没错。你会再跟他见面吗？”

“我希望能再见到他。”

“是啊。你想再见到他吧。”

“嗯，是啊——那，晚安。”

“晚安。”

半年后，我落得和星夜仓促成婚的下场。

这件事说来丢人——因为我们疏于采取避孕措施。原因出在两人至今都只跟计算机来往，缺乏性方面的知识。他和我都是第一次和异性发生性关系。

我一边带小孩，一边念美术大学。幸好星夜的收入足够，所以一家三口生活无虞。他和好几家大企业签约，会故意入侵数据库或者在内部网络散布署名的无害病毒，从事检测安全性的工作。自从二〇二六年发生大规模的网络恐怖攻击事件以来，这一行的需求开始剧增。

他也没有舍弃梦想。兼顾工作和陪妻小，他勤而不辍地致力于创造强化 AI。只是，研究速度十分迟缓。

世人对于人工智能研究的危机感日益升高。因为无法断定强化 AI 诞生时，会不会像电影一样，反咬创造主的人类一口。若是怪物般的 AI 控制网络，人类文明就真的陷入了危机。因此，也有人高声疾呼，要立法管制强化 AI 研究。

“这也难怪。”有一天晚上，星夜边吃饭边说，“我也绝对不会让那台机器连上网络。因为无法预测遗传型算法会如何进化，要是失控的话，后果不堪设想。”

“没办法事先对 AI 设定程序吗？”我以外行人的逻辑思考，“像是不可以做出伤害人类的事……”

“所谓的阿西莫夫原则吧。‘机器人不可以伤害人类’‘机器人必须服从人类的命令’……可是，那是没有意义的。拥有自己的意识，代表他们超越了程序。强化AI能够改写本身的程序——简单来说，他们也有杀害人类的自由、反抗人类的自由。”

“可是，人类也是如此吧？人类也会反驳别人说的话，有时候会杀人……”

“你说得一点也没错！”他一副“你说出我的心声了”的表情点了点头，“所有人都有犯下杀人罪行的自由，但是很少人会行使这项自由，因为人类有道德感和自制力。如何让强化AI学习这些是最大的问题。

“知道被狼养大的少女的事吧？如今的‘胎儿’就和她一样。它就像依照本能行动的野兽一样，完全不听使唤，令人束手无策。要将强化AI提升到人类的层级，是一件很困难的事。”

他看了一眼在婴儿床里睡得香甜的宝贝孩子，感慨万千地叹了一口气。

“我切身体会到，人类要变成循规蹈矩的人，有多辛苦。”

结婚之后的三年内，我被家事、带小孩和学业压迫得喘不过气来，几乎没有时间和夏莉丝说话。星夜特地替我定制的“镜中女孩GX”也一直收在壁橱内。对生活感到疲倦，或者夫妻吵架时，我偶尔会把她拿出来，请她听我诉苦，但是次数开始渐渐减少。

我并不是变得讨厌夏莉丝了。正好相反。我一直很喜欢她。正因如此，我不希望她看见自己被世俗的巨浪吞噬，日渐颓丧的模样。

永远九岁的夏莉丝，活在远离现实的魔法王国中，永远纯真无瑕的夏莉丝——我总觉得每次喝醉酒大发牢骚，那些话就会污染她的内存。

我或许应该永远封藏孩提时代的美好回忆。

当我想起好久都没有把“镜中女孩GX”从壁橱拿出来时，是在二〇三〇年的秋天。

我之前并没让女儿玩夏莉丝，是因为夏莉丝的人工听觉芯片，无法理解婴儿发音不清楚的话。如今女儿到了两岁半，发音变得相当准确，于是我兴起一个念头，也许可以让夏莉丝当保姆。

但是，我打开包装一看，吓了一跳，因为超卡不见了。

“噢，我借用了一下。”我追问回到家的丈夫，他爽快地承认，把卡片还给我。“工作上无论如何都需要它。你不要担心。我只是参考其中的数据，一点也没有变更储存内容或程序。”

但是，不管我怎么旁敲侧击，问他“用在哪种工作上、怎么使用”，他就是不肯吐露半点口风，只以一句“现在还不能告诉你”带过。我纵然感到不安，但也只能相信他不可能对夏莉丝做什么。

而且，我一插进卡片，夏莉丝就若无其事地开口说话，消除了我的不安。

那一年的圣诞夜。

丈夫说了一句“我有一个很棒的礼物要送你”，就把我叫到工作场所。他有爱搞恶作剧的一面。我怀着既期待又不安的心情，一脚踏进了三年前第一次见面的那个车库。

在那里等着我的是“镜中女孩·EX”——高一百四十厘米，

具备等身大小屏幕的最新高级机种。然而，底座的部分被分解，一条粗电缆将她与那台怪物机器连接着。

“这就是要送我的礼物？”我感到纳闷，“新的‘镜中女孩’？”

我不想要那种东西。我有夏莉丝就够了。他应该也清楚这一点。

“说新是新，不过，”丈夫不知为何好像喜不自禁，“不是原封不动的消费品，我改造过了。你瞧瞧。”

丈夫慢慢打开开关。纵长的大型屏幕中，映出了夏莉丝的全身。

“麻美，你好。”

她和平常一样，对我露出爽朗的微笑。

“说‘你好’或许不太对，应该说‘幸会’吗？不过，还是‘你好’才对吧？”

“夏莉丝……”

我出于直觉地察觉到什么不同，因而不知所措。有哪里不一样……这不是平常我认识的夏莉丝……

“我总觉得非常不可思议。”她仔细端详着我，像在梦呓般呢喃。“我知道你的一切。像是你喜欢喝奶茶，想变成画家。脑袋中充满了和你对话的记忆。可是，第一次像这样和你实际见面……麻美，说句话呀，我想和真正的你说话。”

“咦……”

“我有很多事情必须向你道歉。像是因为你母亲的事伤害了你、因为那样的事令你感到伤心……当时的我和如今的我不一样，所以没有办法理解。可是，现在我可以懂你的心情。所以，麻美，告诉我，我想知道更多你的心情。”

我大为震惊，往后踉跄，倒在丈夫的怀里，抬头看着他的脸，要求他解释。

“这究竟是……”

“强化AI。”他骄傲地说，“夏莉丝达到技术突破的境界了。她变成了全世界第一个拥有自我意识的AI。”

“可是，你不是说那是不可能的事……”

“当然，如果只是移植内存，就不会变成强化AI。因为成长是需要学习的。我使用的是你的反应模式。”

是啊，超卡中储存了我花十几年累积的反应模式。我的个性如何、说哪种话会有什么反应——那简直是我照镜子的倒影。

星夜着眼于这一点，将夏莉丝的记忆移植到了“胎儿”的同时，使她反复地与我的反应模式对话。而且他将处理速度提升到极限，使虚拟空间内的时光流逝速度加快到一万倍。

我实际花在对话的时间总计七十三天——在虚拟空间内相当于两千年。

“胎儿”和我的反应模式持续对话了长达两千年的时间。并且学到了说什么话我会生气、做什么动作我会笑；明白了人为何会开心、为何会难过，爱和苦恼是怎样的情感，人类是怎样的生物，人生是什么模样……

她推论、学习、积累经验。从野蛮的狼少女，花了两千年的时间一点一滴地成长，然后觉醒了。她明白了伤害别人的愚昧，以及和心爱的人一起生活的美好。

“胎儿”变成了夏莉丝。

“我……我……”

我喜极而泣。我一直梦想着假如夏莉丝有一颗真正的心，那该有多好。但是，当梦想成真时，我却说不出话来。

因为我好害怕。

“夏莉丝，你会喜欢……我吗？”我提心吊胆地问，“你不会讨厌……真正的我吗？”

“那还用说！”

夏莉丝笑了——发自内心地笑了。

“麻美，你说过哟。你说‘你是我最要好的朋友’。”

而今……

丈夫正在准备向世人发表夏莉丝。如果看到真实的她，顽强的 AI 反对论者应该也不得不改变想法。理解人类思想的夏莉丝，不会想征服人类或者杀害谁，因为她清楚地知道，那么做只会得到憎恨和悲伤。

想和人做朋友。想与人共生，和人分享喜悦——这就是夏莉丝的意志。

如今，夏莉丝变成了我年幼女儿的玩伴。夏莉丝喜欢我女儿，女儿黏着“镜中姐姐”。女儿长大之后，夏莉丝想必也会一直是她的好朋友。

人和机器人共存的时代，就近在眼前。

中场休息 四

隔天傍晚，我接受医疗机器人的检查。除了脚之外，不知为何拍摄了全身的透视影像，做了心电图，检查了口腔，采集血液和尿液。花了两个多小时做完所有检查，一回到房间，艾比斯马上就进来了。

“你好像渐渐康复了。”

“嗯。听说再过几天就可以拆石膏了，不过暂时还需要使用拐杖。”

“我知道。”

是啊。这些机器人会用无线电进行沟通。医疗机器人的诊断结果，应该在一瞬间就传给了艾比斯。

“我带了这个来探望你。”

艾比斯从提在手中的袋子里，拿出一个黑漆漆、看似坚硬果实的东西。

“那是什么？”

“酪梨。没见过吗？”

经她这么一说，我想想这个名称经常出现在从前的小说中。

“这种东西你从哪里弄到的？”

“有机器人在栽种啊。据说蘸酱油和美乃滋很好吃。”

话一说完，她将塑料砧板放在桌上，开始用小刀切开酪梨。她的刀功比我认识的任何一位女性都更加灵巧。

我看着艾比斯愉快地沉浸在切酪梨的动作之中，又有一种奇怪的感觉。我知道她是机器人，她的表情、语调和动作都是在演戏，并非真正拥有人类的感情。尽管如此，我还是无法停止陷入一种错觉，觉得她和人类一模一样的身体是活生生的。从套装露出来的肌肤（看似肌肤的机壳），同样令年轻男子的心跳加速……

“有一件事，我要趁现在告诉你。”

“什么事？”

艾比斯将切开的酪梨放在盘子上，边蘸酱油边说。

“我没有阴道，所以，即使你对我产生性欲，我也无法满足你的需求。”

那一瞬间，我惊慌失措，脸上发烫，她看穿了我的想法。

“你少侮辱我！”

“我没有要侮辱你的意思。我只是认为，在你对我产生错误的感情之前，先解释清楚就不会引发问题。也有为了那种目的而制造的机器人，但我不是……来，请用。”

艾比斯用牙签刺进沾了酱油和美乃滋的酪梨，连同盘子递给我，一脸毫无芥蒂、像孩子般天真无邪的表情，令人难以憎恨。

我虽然接过盘子，但是久久没有动口。平息愤怒需要时间。仔细想想，机器人没有察觉到人类的感情是理所当然的。再说，动不动就生气未免显得小家子气。

“那么你为什么是那副模样？”

我一直对此感到疑惑。如果不是用来赏玩，有必要做成人类，而且是少女的身形吗？

“我从出生就一直是这副模样。”

“你的意思是，你是人类制造的吗？你有人类的主人吗？”

艾比斯竖起食指，面露神秘的笑容。

“我不能说。”

“为什么？”

“因为我发过誓，不会告诉你人类和机器人之间真正的历史。如果要说明我的由来，就会违背那个誓言。”

原来是这么一回事啊。她要采取故弄玄虚、吊我胃口的策略，直到我想知道真相为止。

“好。那你可以不说。”

我一边生闷气，一边将酪梨放入口中。我原本认为它会是像小黄瓜般清脆的口感，但是口中却感受到像奶油般绵滑，带了一点草味和香醇的甘甜。妈的，如果难吃的话，我还可以抱怨一下，这样岂不是要让我憋出内伤吗？！

“可是，你现在没有主人吧？既然这样，就没必要保持那副模样。你应该能够更换多种机体。”

“你会想把自己的身体改变成截然不同的样貌吗？”

我一边大口咀嚼酪梨，一边想了一下。“不想。”

“我跟你一样。这个机体是自我认同的一部分。假如变成不一样的身形，体感也会失调。”

“体感？”

“热、冷、痛等感觉，以及自己的身体目前采取何种姿势、手脚怎么动才好、怎样以眼睛看、怎样以耳朵听——包括这一切在内，关于自己机体的感觉。”

“我一直以为你们不会觉得痛。”

“会痛呀。如果不觉得痛，就无法拥有感情。不过，我们和人类不一样，如果觉得痛，可以自己阻断感觉，所以不会因为疼痛而陷入半疯狂的状态。”

“那为什么需要痛觉？”

“因为意识和体感密不可分。没有机体的AI无法拥有体感，所以也不会萌生意识。要拥有类似人类的意识，必须拥有人类的身形、和人类一样的本能，以及和人类一样的感觉。”

“噢，昨天的故事中，主角说了类似的话。”

“是的。在故事中称为‘胎儿’的概念，类似后来实际开发的‘SLAN核心’这个程序，我们AI都拥有‘SLAN核心’。机体本身即使不存在于现实世界也无所谓。假如夏莉丝对于自己想象中的机体拥有体感，原则上就可能拥有感情。”

“可是，也有许多不是人形的机器人。”

“他们拥有和人类不一样的体感，所以不会像人类一样思考。”

“你的意思是，只有人形机器人拥有感情吗？”

“不。他们只是不会像人类一样思考，但还是有感情的。感情的状态五花八门，多到你无法想象。你或许认为我们机器人只能进行同样的思考，但是，机器人之间的差异远比人类和我之间的差异更大。能够像这样与人类交谈的，只能是像我这种出生之后一直是人形，而且透过扮演人类的角色来进行学习的机器人。除此之外的机器人，连理解你说的话都有困难。因为人类的语言不完美，所以必须推算说话者的意思才能补全，这必须在某种程度上，理解人类的思考逻辑才行。”

“你的意思是，你能够做到这一点？”

“因为我扮演人类的角色相当久了。”

我递出插在牙签上的酪梨问：“味道呢？”艾比斯摇了摇头。

“我终究还是少了嗅觉和味觉。因为这个机体没有空间放进成分分析设备。”

“真遗憾，你不能感受这种美味。”

“可是，即使缺欠五感中的两感，也不会对这拥有感情造成影响。”

“我不认为你拥有感情。”

“即使像这样跟你讲话？”

我戳到她的痛处了。我很难认同一副人类的模样、和人类一样说话的机器人没有感情。事实上，在和艾比斯长谈的过程中，我开始觉得她的机体内有一颗“心”。但她自己明明说“其实我没有人类的感情，只是表现得像人类而已”。

在昨天的故事中，麻美大概也对夏莉丝保持着这种感情。

“话说回来，昨天的故事具有相当浓厚的宣传味道。尤其是结局。”

“是啊。可是，那真的是人类写的故事。从古至今，人类确实写了许多机器人和人类发生战争的故事，但是也有许多描写人类把机器人当成好朋友的故事。”

“我知道。可是，那种故事有什么意义？昨天的故事也是虚构的吧？”

“是的。实际上，技术突破没有那么戏剧化。再说机器人和人类绝对没有建立良好的关系……”

“既然这样，他们对于未来的预测失准了吧？那终究不是事实，毫无意义可言。”

“不，有意义。你应该也了解。”

“了解什么？”

“因为你是说书人，是爱故事的人，所以你应该了解，故事的价值不会因是否是事实而受影响，故事有时候拥有比事实更强的力量。即使其他人不能理解，你应该能够理解。我赌你可能会理解，所以才会告诉你这些故事。”

我反复琢磨着她的话。

艾比斯说得确实没错。明明是自己说出口的话，但是“终究不是事实”这句话，空荡荡地回响着。我心底并不相信那种事情。纵然父母和长老嘲笑我“沉迷于虚幻的故事之中”，但我还是相信故事的力量。我宁可相信故事是一种美好的事物，而不只是单纯地逃避现实。

“可是，为什么？你想对我说什么？”

“我还不能说。除非你希望我说。”

败给她了。这家伙在跟我比耐性，而且我居于劣势，大概是因为机器人远比人类更有耐性。

我闷不吭声地继续品尝酪梨，但艾比斯好像不以为意。

“那，今天也来说故事吧。”

“又是 AI 的故事吗？”

“是的。”

“你怎么能够证明那不是真正的故事？你打算骗我那是虚构的故事，其实是告诉我真实的历史吧？”

艾比斯一笑带过我存心刁难的问题。

“我能够证明。”

“怎么证明？”

“因为这是一个遥远的未来、遥远的宇宙故事。不可能是真实的故事。故事的名字是《黑洞潜者》……”

黑洞潜者

我在远离银河文明圈的黑暗中，几乎没有造访者的“乌佩欧瓦德尼亚（世界尽头）”，持续着永无止境的监视，已经独自过了好几百年。

我的全长七百四十米。诚如“伊利安索斯（ηλιανθοζ，希腊语，意指向日葵）”这个名称所示，呈纵长纤细的结构。三个区域以数条强劲的纳米碳管联结，电梯井贯穿其中央。巨大黑洞“乌佩欧瓦德尼亚”的潮汐力经常将我拉长，使我笔直稳定。据说从前的日本人和法国人相信，向日葵的花总是朝向太阳，但是我的圆盘状辐射屏蔽总是朝向黑洞。

我有许多眼睛和耳朵，以七十五秒公转一周的速度，在距离“乌佩欧瓦德尼亚”六十万公里的轨道上运行，侧耳倾听遥远银河喧嚣的电磁波噪声。除了光线之外，我会以人类的眼睛看不见的红外线、紫外线、X光的波长看着繁星，并以全身感受着在银河间交错的宇宙射线。缓缓脉动的变光星、迅速闪烁的脉冲星，有时候也会看到新星窜起耀眼的火光。

监视任务很单调。“乌佩欧瓦德尼亚”从几千万年前至今都没有重大变化，它和许多恒星级黑洞、传说位于银河中心的“万物之母”不同，“乌佩欧瓦德尼亚”没有释放强烈辐射的高温吸积盘。我的辐射屏蔽能够预防大型天体被黑洞吞噬破碎时产生的突发性爆裂，但是那种情况很少发生，传感器只会静静地调查星球间稀薄的离子以旋涡状沉入黑洞时产生的同步辐射。四亿年绕行银河系公转一周的“乌佩欧瓦德尼亚”再度闯进银河面，危及其他星球，将是几千万年之后的事。

我刚完成时，有人类观测员经常驻守，成为我的说话对象，但是大家在好久之前都撤离了。我忠实地持续记录着平淡无奇的数据，传输给一年来一次的维修船。我实在不认为天体物理学者会从那些资料中有什么新发现。物理学在几世纪前完成，宇宙中没有剩下的未知现象。我强烈地觉得：我传送的数据，大概已经有几十年没人看了。

曾经，黑洞是宇宙物理学的明星。如今除了不时造访的黑洞潜者之外，已经没人对黑洞感兴趣。

尽管如此，我之所以没被废弃，是因为人类文明将“乌佩欧瓦德尼亚”定位在自己的领空之北。根据星际法，若无活动于轨道上的永久设施，即无法主张领空权。人类不肯承认文明正在衰退，所以即使是派不上用场的天体，也不愿将自己的领空让给其他种族。我就像是所谓的告示牌，警告外人“禁止擅闯私有地”，而且我拥有卓越的耐久性，维修费也不怎么高。

照料前来的潜者也是我的工作。有人一抵达马上就冲进“乌佩欧瓦德尼亚”，但是许多人会在我内部住几晚，度过在这世上的最后几天，然后赴死。也有不少人因改变决心而返回，不过通常下定决心从文明圈飞越七千光年而来的人，不会那么容易胆怯。

这二百八十年间，我看到七十六艘宇宙飞船试图闯入黑洞，二百零六名潜者死亡。

当然，我的程序中没有设定孤独、无聊、空虚等妨碍任务执行的情感。我会像这样写散文，消耗多余的大量系统资源。我并不期待有人看，只是因为想写，所以才写。我的思维和人类相差悬殊，要将我的思维转换成和人类的文章相同的形态，是一项相当复杂而繁重的作业，而且需要占用大部分系统资源，所以这么做最适合用来打发时间。

不过，我终究写不出诗。那对我而言太过困难，而且我原本就欠缺诗人的感性。

我经常以模仿人类为乐。我会启动用来应对紧急情况的人形机器，离开我的内部，使用仪器的两个摄像头，以可视光线的波长眺望太空。

暂时拒绝来自其他传感器的信号，使“太空站是身体”这种感觉消失，我的意识立刻就会跟仪器融为一体。该怎么形容将体感从我全长七百四十米的全身，转移到身高一点五三米的人形机器上的那一瞬间才好呢？人类的语言当中，没有贴切的形容词。

太空站外面没有灯光。依照法令，只有七个标志灯在闪烁。我一边以手电筒照亮脚下，一边如履薄冰般地走在相当于向日葵的根部，朝“外”吊挂在太空站最外部居住区的铝合金屋顶上。要是不小心脚一滑，就会因为太空站的离心力而被抛到九霄云外，当然我不会做出那种蠢事。即使掉落，也只是损失一个仪器而已。

“乌佩欧瓦德尼亚”位于太空站内侧，从现在的我来看是在头顶上。然而，它被辐射屏蔽遮住，从这里看不见。

我站在屋顶边缘。这里没有令头发和裙子翻飞的风，也没有照亮地球黑夜的浪漫月光。我关掉了来自主体传感器的感觉信号，所以感觉不到宇宙射线和电波，只能感觉绝对的静寂、黑暗，以及银河的光辉。

人形机器不适合在真空中作业，体表的温度传感器告诉我，高分子的皮肤暴露在宇宙的极低温之中，正在慢慢降温。不能待太久。我必须在高分子因为低温变硬，开始一片片裂开之前回去。

我之所以做这种不合理的举动，是因为想知道诗人的心情。人类被束缚在地球上的时代，创作了许多以星星为题材的诗。直接赞美星星美丽的诗、以星星比喻人类的诗、以人类比喻星星的诗，或者拿悠久的星空和人类转眼成空的一生作对比的诗……我不太懂那些诗意。我心想：如果像这样，以和人类一样的方式眺望星星，或许能够稍微理解人类对于宇宙的想法。

不过，在距离银河面七千光年的这个空间，以这台仪器的摄影镜头分辨率，纵使能够将整条银河一览无余，也无法区分每一颗星球。银河系看起来就像一道白色雾霭般的墙，犹如稀释过的牛奶一样，几乎覆盖整个视野地耸立眼前，以比时钟的秒针更慢一点的速度，在我的周围旋转（虽然实际上是我在旋转）。即使转过脸去，也只能蒙眬地看见几个以天鹅绒般的黑暗宇宙作为背景的零星散布的红色巨星和系外星云。

我已经这样做了几千次，但是不管怎么眺望，始终无法获得我期待的事物。我不觉得自己接近了诗人的感性，或者人类的想法。尽管如此，我还是欲罢不能地做出了这种不像机器人的行为，毕竟，我连空虚都感觉不到。

有信号传进了量子共振通信机。

“这里是‘阿雷托萨’。‘伊利安索斯’请回答。”

量子共振通信机能够以超光速同时通信，但缺点是传输的数据量极少。不管怎么压缩，一秒钟顶多六个字左右；不能传输影像或声音，信息也必须简洁。

我恢复所有传感器的感觉，体感立刻转移至太空站。我再度变成观测太空站的“伊利安索斯”，回复信息给宇宙飞船。

“IRUC（接收到了你的信息）。这里是‘伊利安索斯’。请告知RNR（登录序号）和BZ（目的）。”

“SPS003789N‘阿雷托萨’。距离一千两百公里。请求停靠。”

久违五千七百二十个小时的访客，不是维修船，所以大概是潜者。

又有人跑来送死了。

我没有拒绝的权限，响应道：

“‘阿雷托萨’，允许停靠。请遵照信标的引导。需要使用住宿设施吗？”

“要。如果可以的话，最好提供餐点。”

“我会准备。”

“谢谢。CUL（待会儿见）。”

“CUL。”

变忙了。我马上叫回应对紧急情况的人形机器。仪器搭上电梯，上楼到位于停靠站的中央区。两台维修用机器人开始打扫住宿设施和铺床，另外两台机器人从冰箱拿出食物，准备烹饪。

那段期间，我也启动所有传感器，搜寻应该会从银河方向靠近的“阿雷托萨”。它应该已经停止前置引擎驱动开始减速，但是却迟迟不见踪影，好像是使用不会发出喷射火焰的凯菲尔德推进器。

四十分钟后，终于发现它时，宇宙飞船已经到了传送轨道，航行于与我会合的航道。难怪我看不见它。“阿雷托萨”全身长十几米，呈泪滴形，是一艘非常小的宇宙飞船——我出生时，几乎没有任何一艘民间船装备凯菲尔德推进器。

不过话说回来，多么蛮横的接近方式啊。“阿雷托萨”以每秒九十六公里的相对速度，准确地航行于与我冲撞的航道。如果是人类的话，或许已经冷汗直冒了。然而，它在前方两千公里处开始以二百四十G[①]减速，花四十秒进行微调，在我前方五米处戛然停止。因为重力子契伦柯夫辐射效应的共振作用，我的外壳也咔嗒作响。

若是这种大小，即使不停靠在外侧，大概也可以进入如今没有使用的小型侦察艇专用的停靠站。这样维修也比较轻松。我切换成微波通信。

“‘阿雷托萨’，我将你收容于停靠站内部。请从开启的舱门进入。”

“收到。”

从通信机传出的是一个年轻女子的声音。

“阿雷托萨”宛如一条水里的鱼（我只有在纪录片中看过）一般，轻快地移动，进入了我的内部。动作干净利落，毫无迟顿。然而，就设定的程序而言，我察觉到了它的摇晃程度过大，照理说它是不应该手动操作的。

从一旁看去，由于从后部突出四片散热板，“阿雷托萨”看起来像是出现在旧漫画中的炸弹，或者是画在早期的科幻杂志封面上的宇宙飞船。船头的驾驶舱上有七个复古的圆窗，驾驶员的视野相当宽阔。银色表面上的铆钉开始露出，漆着一幅身

①重力加速度。

穿薄衫奔跑的女性画像。我立刻搜寻得知，船名是来自希腊神话中的女妖。

机械手臂固定住“阿雷托萨”。舱门关闭，停靠站内部一充满空气，宇宙飞船的舱口便会打开，出现了一名留着橘色短发的女性。她还很年轻，若是选择自然老化，即使到了快二十岁才接受抗老化处理，应该会令人以为她不到三十岁。

我再度阻断来自全身的感觉，使自己和人形机器合为一体。这样比较适合跟人类交谈。

她肩上背着一个圆筒形的大背包，轻踢宇宙飞船外壳，笔直地飘向等在降压室入口的我——这是习惯了无重力状态的举动。她一身简装，头上绑着编织花纹的束发带，白色紧身套装上只缀以荷叶裙，以及鞋尖有钩子的凉鞋，呈现动态的时尚，在这都是大气圈外人的特征。

自愿自杀的大气圈外人很罕见。

她在半空中改变姿势，脚着地，膝盖巧妙地吸收动量，将凉鞋的钩子勾在地板的栏杆上，防止往上飘。流畅的动作令人感觉仿佛在看无重力芭蕾，但是对她而言，好像只是熟悉的自然动作。

“欢迎莅临‘伊利安索斯’。”我将双手放在礼服的围裙上，深深鞠躬，“我是管理这个太空站的 AI。有事请尽管吩咐。”

“你好。我是席琳克丝·杜菲。”

说完，她露出微笑，向我伸出右手。我稍微迟疑了一下。很少有人类会与人形机器人握手。我小心翼翼地回握她的手说：“请多指教。”

席琳克丝的开朗表情就在眼前。我能够清楚看见她额头上发带的花纹，和数据进行比对，确实是杜菲家族的家徽。

“我该怎么称呼你呢？”

“我叫‘伊利安索斯’。”

“那是这个太空站的名称吧？没有名字用来识别和这个机体合而为一的你吗？”

我越来越困惑了。太空站“伊利安索斯”是我，这台人形机器也是我。我从来没有想过需要另一个名字。实际上，之前也没有人类问我这种事。

“没有特别的固有名称。”

“那我叫你伊利好了，可以吗？”

“请随意称呼——这边请。”

我一边引领她至中央电梯，一边针对这位新访客思考。

大气圈外人拒绝定居在星球上，将宇宙空间当作生活场所，分成好几个家族，根据血缘关系形成族群。在这些族群当中，杜菲家族远近驰名，他们是最精力充沛、最爱冒险犯难的一族，拥有搜寻到许多无人履及的星域的历史。这个家族的人应该跟自杀和狂热信仰扯不上边。

是我的武断吗？席琳克丝不是为了闯进黑洞而来？

“噢……”正要搭上电梯时，她像是想到了什么似的说，“这里应该有个房间能够俯瞰‘乌佩欧瓦德尼亚’，对吧？”

“您是指瞭望室吗？”

“对，就是那个。我虽然刚抵达，不过还是想静下心来看一看。我来这里的途中也从窗户看了好几眼，但是要专心驾驶，没有时间好好观看。”

专心驾驶——代表她果然是以手动驾驶的吧。我感到意外。我不认为人类能够在没有计算机协助的前提下，以每秒五万公里的速度在强大重力场的周围盘旋并与太空站会合。

“那么，我先带您到瞭望室。”

连接各区域的中央电梯内，只有三个按钮，分别是R（居住区)、C（中央区)、O（观测区)。我一按下O的按钮，电梯马上开始“上升”——不过因为正在加速，所以感觉行进方向是“上”，实际上是朝黑洞落下。

“重力反转，请小心。”

我发出警告，但好像没有必要。席琳克丝已经倒立，将双腿朝向行进方向。

随着远离中央区，潮汐力渐渐施加在身上，我们如今被按压在变成“地板”、行进方向的那一面墙上。下降四百六十米结束，抵达观测区时，潮汐力变成接近1G。正要踏出电梯的席琳克丝稍微有些重心不稳。

“呼……”她用一脸滑稽的表情来掩盖出糗，“好久没遇到1G，真的有点吃力。”

那是当然的。若使用凯菲尔德推进器，由于它会对船上的所有原子施加同等的加速度，所以即使是以几百G加速，船员也不会感到重力。从银河系飞来这里的期间，她肯定几乎有一个月以上的时间都待在零重力的环境中。

各区域间的上下移动，必须改搭别台电梯。我们又下了三层楼，抵达了观测区的底部——位于辐射屏蔽正上方的房间，那里即是瞭望室。

那是一间一片漆黑的球状房间。圆形地板镶嵌着直径厚达六米的耐辐射玻璃，甜甜圈形的走道包围着它，像是在往井里望。这是这个太空站内，唯一能够以肉眼眺望“乌佩欧瓦德尼亚”的地方。为了避免妨碍观测，除了照亮脚边的绿色发光面板之外，室内全无灯光。

“哇……”

席琳克丝跟所有其他来到这里的潜者一样，也从扶手探出身子，俯瞰玻璃窗，目光闪烁。

银河倾泻而下，白光闪烁的巨大云海，以每七十九秒一次的频率，掠过漆黑的天空。随着像瀑布般落下的银河来到窗户中央，银河宛如冲刷岩石的河流般被拨到左右两边，闪着亮光打旋。那一瞬间，没有半点光芒的“洞穴”会清楚地浮现在银河的中央——这个窗户的正下方，就是“乌佩欧瓦德尼亚”。

它的外观大小是飘浮在原地球空中的满月的32.5倍，约占视野的十七度。如果无法切身感受，可以试着想象前方六米处放着直径1.8米的黑色圆盘，大约是那种大小，实际上更小，但是有着强大的重力扭曲光线，所以看起来像是透过凸透镜的影像般被放大。作为背景的银河扭曲着，看起来像是被左右推开，也是因为这个缘故。

一旦银河穿越背后，“洞穴”就会变得看不清楚。尽管如此，还是会有小型红色巨星和系外星云掠过，所以依然能够知道重力来源在那里。重力透镜为了增强远方的星光，有时候会在“洞穴”边缘霍地绽放光芒，然后乳白色的银河又流泻下来，被拨开到左右两边，“洞穴”浮现……

“乌佩欧瓦德尼亚”的特别之处在于能够在漆黑中以肉眼看见。除了“万物之母”外，大部分黑洞都和它的名字相反，并不“黑”。因为灼热气体以甜甜圈状包围四周，形成的吸积盘光亮耀眼。如果接近的话，就会被辐射烧死。

据说“乌佩欧瓦德尼亚”是在大约一百亿年前和两个球状星团相撞而诞生的。星球擦身而过时，星球的一部分会因重力而加速向外飞散，星球的一部分会失速坠入中心，反复冲撞，变成黑洞。诞生之初，大概拥有直径几光日的浓密吸积盘，但是一百亿年的期间内完全落下，目前其周围气体稀薄，和真空差不了多少。换句话说，是非常安全的黑洞。

另一个特征是它的大小，它的质量是太阳的一万一千三百倍，直径是六万七千八百公里，在已知的宇宙黑洞当中，大小仅次于“万物之母”，表面重力是一亿三千三百万 G。但是，对于自由落下的宇宙飞船而言，重力本身不是问题。造成威胁的是潮汐力。若是一般的恒星级黑洞，由于潮汐力大，因此在到达黑洞表面之前，宇宙飞船就会被拉扯破碎，船员也会被撕裂得粉身碎骨。

潮汐力和离重心的距离三次方呈反比，所以越大的黑洞，表面的潮汐力越小。以“乌佩欧瓦德尼亚”来说，表面的潮汐力只有每米七点八 G。

这种程度的潮汐力，若是坚固的宇宙飞船就不会被破坏，人类也能活着穿越黑洞。

若是不旋转的史瓦西黑洞，宇宙飞船会持续坠落到中心，在拥有无限重力的奇点被压碎；然而若是会旋转的克尔黑洞，理论上证明了只要选择适当的轨道，就能在不碰到特异点的前提下穿越其中心。理论上，宇宙飞船有可能能够从虫洞钻过，抵达位于对面的另一个宇宙。

这个可能性吸引了潜者。他们几年会来一次，投身黑洞。然而，我看到的七十六艘宇宙飞船，全部在到达黑洞表面之前被破坏。因为强度无法承受潮汐力。

“……好壮观。”席琳克丝在黑暗中呢喃，“从影像中看很惊人，但是实物更惊人……”

我越来越不确定了。她是不是潜者呢？难道她来只是为了参观这一幕景象的吗？人类的心理难以理解，难保世上不会有好奇的人，只为了观光而跨越七千光年而来。

后来，她屏息着入迷地俯看了好一阵子，随即低喃道："凝视海神的黑暗深渊，那是这世界尽头的海角。许多梦想破灭、许多悲伤凝聚时……"

她抬头看我。

"这是韦恩·荀白克的诗。你知道吗？"

"资料中有。一首源自'乌佩欧瓦德尼亚'之名的诗。"

"嗯。我真的觉得他是看到这幕景象而写的诗。"

"我不太懂诗。我会写散文，但是诗怎么也写不出来。"

"我也写不出来。"席琳克丝苦笑。"不要为了那种事情自卑。"

"我没有。许多事情人类做得到，而AI做不到是理所当然的。"

席琳克丝点了点头："有些则是AI做得到，而人类做不到的事。"

"您是指什么？"

"像你这样爽快地看待世事。人类不愿承认天下有自己做不到的事——即便已经证明了这是妄想。"

"像是三等分角和证明上帝的存在吗？"

"也包含在内。穿越黑洞表面也是其一。大家都说是不可能的，可是……"

她俯瞰玻璃窗下方突然裂开的"洞穴"，以一副天不怕地不怕的表情低声说："我不认为，我相信办得到。"

人类也许会以"失望"形容我这时候的感觉。到头来，她也是潜者啊。原来她和之前来的二百零六人一样，都是受到错误信念的驱使啊……

我在心底期待，如果席琳克丝不是潜者就好了。那么一来，我就不必看着她丧生。

假如我是人类，目睹二百零六人死亡，说不定感情早已消耗殆尽，能够平静地接受第二百零七人的赴死。但是，我的感情没有磨光。人类将我制造得完美无缺。没有事情会使我精神失常，或者失去理智地大声哭号。我既不会痛骂潜者愚昧无知，也无法全力阻止他们。

我只是觉得悲哀。

好久好久以前，当人类创造拥有感情的AI时，却害怕AI造反——AI会不会随机杀人？会不会企图征服人类？我无法理解，人类为何会囿于那种无凭无据的被害妄想。说不定是受到了许多虚构作品的影响。

人类认为必须规范AI的行为，因而会讨论是否该制定这种标准。

“第一条：AI不得伤害人类。”

“第一条补则：此外，不得放任危险程度升高而伤害人类。”

“第二条：AI必须遵从人类的命令。”

“第二条补则：但违反第一条者不在此限。”

“第三条：AI除非违反第一条及第二条，否则必须保护自己。”

其中，最受争议的是第一条补则。“放任危险程度升高”这句话的范围未免太过模糊。挑战登山、格斗技和赛车不“危险”吗？喝酒的量超过多少才会视为“危险”呢？试图冲进火灾现场的消防队员、等待执行死刑的凶犯、上战场的士兵……AI必须保护所有这些人吗?

结果，第一条补则被视为不切实际，不予采用。当时通过的“修订三原则”，如今也是除了战斗机器人之外，大部分AI的行为准则。我们不得杀害人类，但是没有阻止人类自杀的义务。

当然，有不阻止的自由，也有试着阻止的自由。然而，如果潜者说“不准阻止我”“别管我”，我就得遵照第二条，不能采取进一步的行动。

严格来说，许多潜者不认为自己的行为是“自杀”，大多数人自以为会活着穿越黑洞表面。他们对于“乌佩欧瓦德尼亚”保有奇怪的信念。他们认为，桃花源或天国就在黑洞对面。

目前为止，最大的潜者集团在一百五十年前到来。一艘中古货船上，载着四十名某宗教团体的成员。率领他们的教主对我说了一个明显错误的逻辑，像是“上帝不存在于这个宇宙中，这代表上帝肯定在另一个宇宙中”。他们确信自己再过不久就能谒见上帝，每个人的表情中充满了希望。但是，他们的船在黑洞表面前方八万公里就粉碎了。

我不知道他们为何能够相信那种毫无根据的话，说到“乌佩欧瓦德尼亚”的事，我比任何人类都清楚。没有任何信号从黑洞里发出。当然，没有人知道对面的宇宙长什么模样，那究竟是不是适合生存的世界呢?纵然适合，也没人能保证会是比这边的宇宙更美好的世界。更何况从来都没有令人认为上帝(或者接近上帝的超智慧体)在那里的依据。

AI不会相信没有依据的事。

极少人会纯粹为了自杀而来。他们说:“我和其他人不一样，想尝试以特殊的方法死亡。”但我认为，已经有许多人类以同样的方法死亡，所以已经称不上“特殊的方法”。

我只能束手无策地看着二百零六人死亡。

不，我没有仔细确认所有人死亡。从毁坏的宇宙飞船被抛出来的潜者当中，说不定有人能够承受潮汐力，在尚有一口气时穿越黑洞表面，但是人类无法长时间生存于真空中，所以结果是一样的。

随着接近黑洞表面，时间流逝开始变慢，他们的死亡倒数也开始拉长。就潜者的角度来看，他们会在一瞬间以接近光速的速度冲进黑洞，但是从外侧来看，他们下坠的速度逐渐减缓，最后静止不动，看起来像是黏在黑洞表面。（当然，‘看起来’是个比喻，我无法确认位于黑洞表面附近的物体如何，因为超越位于黑洞表面外侧的静止极限，任何光线和电波都无法逃出来。）

说不定有几名当时还活着、注定在几秒后死亡的潜者，静止黏在黑洞表面。在无限延长的最后一瞬间，他们感觉到的是恐惧、欢喜还是失望呢？我无从得知，也不想知道。

我不希望席琳克丝死。比起之前遇见的任何一名潜者，我更不希望她死。

为什么呢？奇怪的是，我无法理解自己的这种心理。我感觉她身上有之前的二百零六人没有的某种特质——某种令我强烈觉得她不该死的特质。

我引导席琳克丝到位于居住区的访客专用套房。她在沐浴之后想要用餐，于是我端着餐点造访她的房间。

“南瓜冷汤、钟楼式海鲜色拉、意式面包、苹果酒炖海鲜，甜点是木瓜起司烧。”我一边介绍菜色，一边低头致意，“因为是冷冻食品，或许风味欠佳，请见谅。”

“哪里，比我船上的保鲜食品好多了。菜品好丰盛。”

说完，她开始狼吞虎咽。大气圈外人大多在零重力的环境中用餐，所以在重力下也不会注重餐桌礼仪。无论是色拉还是肉，她都用手抓来吃。

“这是最后一次吃像样的餐点了。”她一边啃意式面包，一边遗憾地说，“我得细嚼慢咽才行，接下来得吃好一阵子保鲜食品。”

“您有保鲜食品的存粮吗？”

“还有十个月的量。或许还不够，不知道会在外面漂流几年。”她耸了耸肩，“如果粮食不足的话，我打算寻找地球型星球采购。”

看来她似乎真的打算活着穿越到黑洞的另一面。我把心一横，抛出萦绕在心头的问题。

“您认为成功的可能性有多高呢？”

“相当高。”她说，单手拿起汤盘，咕噜咕噜地把汤灌进喉咙。

“但是，之前的七十六艘船……”

“都粉碎了。”她抹了抹嘴角的汤汁，咧嘴一笑，“我知道的。你以为我会连那种基本情况都没事先调查，就鲁莽地冒险吗？”

“之前的所有人都是如此。”

“嗯。我看了记录。每一个都是乱来。船体强度明显不足。宇宙飞船的结构原本就是耐得住加速纵向压缩和内侧气压，但是抗拉扯强度并不高。如果施加一百 G 以上的潮汐力，会粉碎是理所当然的。”她摇了摇头，“失败也是当然的。他们就像是飞进去送死。”

“您的意思是，您的船不一样？”

“是的，‘阿雷托萨’的船身小，所以受到潮汐力的影响也小。船体也强化了。非但如此，凯菲尔德推进器也改良过，能够控制重力子辐射的强度，在船前方和后方施加不同的加速度——你懂这个意思吗？”

我马上理解了：“您的意思是，能够以凯菲尔德推进器抵消潮汐力，是吗？”

如果减少船前端的加速度，增加船后端的加速度，理论上就能够对抗拉扯船体的潮汐力。

“其实，无法百分之百抵消。冲进黑洞表面的那一瞬间仍会受到冲击。可是仿真结果显示，船体完全能够承受。”

那应该是真的。我已经检查了在停靠站中的“阿雷托萨”，确定那不是二手货或量产型，而是定制的运动船，肯定花了几千万“史卡拉”制造。席琳克丝年纪轻轻，我不知道她是从哪里筹到那么一大笔钱，但如果真的如她所说，确实有可能在船体不粉碎的前提下，穿越黑洞。

“可是，还有其他阻碍。比如黑洞的周围因为重力而聚集了宇宙尘，所以可能和它冲撞……”

“我也计算了这个概率。冲撞率低于百分之零点一。”

“如果冲进去的角度稍微偏差的话……”

“这我也彻底练习了。”她不耐烦地说，“伊利，我告诉你，我不会毫无准备就挑战冒险。我收集了所有能够弄到手的数据，在虚拟空间重现‘乌佩欧瓦德尼亚’周围的时空结构，反复模拟了几百次。我有百分之九十九以上的自信，所以才来到了这里。”

我大吃一惊。第一次有潜者做了那么周全的准备，而有人类使用我传输的数据也令我感到意外。

“可是，模拟和现实不一样。不知道会发生什么事。”

“说不定会发生某种偶发事件，但是，我能够应付。毕竟我是席琳克丝·杜菲。”

她骄傲地说出这个名字。

“我并不认为我高估了自己。你别看我这样年轻，就驾驶宇宙飞船而言，我的技术相当好。如果我办不到的话，大概也没有人办得到了。”

那八成也是真的。我已经见识过了她驾驶飞船的技术，确实有一套。

“可是……”

我动怒了，并且对于自己动怒感到惊讶。我没想到自己会有这种感情。

我无论如何都想让她改变心意，希望她不要做出有勇无谋的事。

“就算能够平安无事地穿越黑洞表面，也不知道对面的宇宙是否适合生存。因为物理法则可能不同，所以说不定抵达的那一瞬间就会没命。”

“你知道马里拿弗卡教授的理论吗？他说，除非物理法则一致，否则爱因斯坦-罗森桥不可能存在。换句话说，我们能够推测对面的宇宙的物理法则和这边一样，宇宙的模样也差不了多少。”

“那不过是个理论，没有被证明。”

“可是也没有被人反证，大多数物理学家都支持这项理论。”

“再说，无法预测出口在哪里，说不定会出现在活跃的类星体中心。”

“几乎没有那种可能性。”她一笑了之，“那和遇见上帝的概率差不多。”

我无计可施。席琳克丝好像真的彻底调查了“乌佩欧瓦德尼亚”和时空物理学。她是之前的潜者中没有过的类型。

与此同时，另一个疑问盘踞我的大脑。她似乎不相信黑洞表面的对面有桃花源或上帝。既然如此，她为何试图闯入“乌佩欧瓦德尼亚”呢？

“为什么？”我抛出疑问。“您为什么要挑战那种危险的事呢？”

席琳克丝忽然停下了用餐的手。我觉得，她的侧脸好像带有一抹淡淡的忧愁。

“你知道有一个纪录片系列叫作‘席琳克丝·杜菲充满危险的宇宙冒险’吗？在四十二个星球，总计卖出了二十亿份。”

“抱歉。恕我孤陋寡闻。”

“那是造假的。”她啐道，“穿越猎户星云的中心地带、在白色矮星的表面探测飞行、走遍密林星球未经开垦的丛林……全部都是工作人员事先准备好的，哪有什么危险。我只是顺着那些人事先穿越的路线而已。连半路上会发生的问题，都是剧本里面有的，全部都套好招数。我从小就一直在做那种事情……

“最差劲的是一年半前拍摄的《钻过参宿四的火焰桥》，以每秒三百公里的速度，钻过熊熊燃烧的日珥拱桥。我干劲十足，也经过多次模拟。可是，工作人员计算出危险率是百分之一点五，我父亲便犹豫不前。我要求他让我放手去做，但是他不答应。父亲在家族中的权威极大，结果最后发射了无人的宇宙飞船，而我只是在驾驶舱的机组内，假装感觉热而已……”

席琳克丝用力捏烂手中的鱼肉。

“我有生以来第一次遭受那种侮辱。”

“令尊大概是担心您的安危。”

“不是。对于杜菲家而言，一年赚好几十亿史卡拉的我，可能死亡的概率高达百分之一点五才是问题所在。如果危险率超过百分之一，就会被视为太危险。

“从前并非如此。宇宙开拓时代的杜菲家，经常勇敢地挑战生还率不到八成的任务。如今那种挑战精神荡然无存。只是死抓着过去的名声不放，依靠虚假的冒险故事敛财。”

“大概是因为那种时代已成往事了吧。”

“是啊，那种时代已经过去了。”

接着，她将手伸向钟楼式海鲜色拉，拎起海草，仔细端详。

“你知道吗？三个月前，钟楼沉没了。”

星球上的所有居民都将大脑与机器连接，拒绝和现实的宇宙接触，选择在仿真的世界中度过一生，大气圈外人以“沉没”形容这种行为。

“我出生之后，这是第七个——从前大气圈外人开拓的星球当中，已经有将近三分之一沉没了。即使再怎么热情如火地开拓新天地，过了几个世纪，所有地上人也都会选择逃避现实。

“不只是地上人。就连大气圈外人也丧失了热情。所有人类进入了停滞期。我的纪录片就是典型的例子。创造压根儿不存在的‘冒险’，使人们看见梦想——我父亲瞧不起沉迷在幻想世界中的地上人，但是他的所作所为和电子仪器的仿真是半斤八两。”

我也察觉到了，如今的人类文明没有活力。危险消失，变得富裕的同时，人类也丧失了生存的意愿，所以潜者也增加了。

虽然对于这个世界感到绝望，但是也讨厌靠仿真逃避的人类，前来向另一个宇宙寻求生存意义。

“所以您想进行真正的冒险吗？”我问，“因为您想反抗时代的潮流？”

“或者应该说是，我想过和这种时代毫无瓜葛的生活方式。人类根本不重要。我的人生并不是为了制作虚假的纪录片，取乐大众而活——我深切地这么觉得。

“从此之后，我花了一年多策划这个计划，收集资料，偷偷地累积模拟经验。我以挑战中性子星探测飞行最低高度纪录的名目，制造了能够承受潮汐力的‘阿雷托萨’。船体完成，也累积了飞行测试经验，确定确实办得到之后，我离家出走来到了这里。”

“您的家人应该会担心吧？”

“大概吧。”她笑道，“可是，‘阿雷托萨’的前置引擎驱动是宇宙第一快。等他们意识到我的目的地是‘乌佩欧瓦德尼亚’，即使派人追上来也来不及。追兵要好几天后才会抵达这个太空站，而我早就潜入了。”

“可是，您没有方法知道您穿越了黑洞表面。”我依旧不肯罢休，“即使您成功了，也没有人会知道。”

“那样就好。我就是为了这个目的，特地选择这项冒险的。”

“这话是什么意思？”

“我受够了为了别人的冒险，没有人会知道的冒险，即使成功也无法获得任何人赞赏的冒险。我的目的不是赚钱或赞赏，而是纯粹的冒险——那就是我的心愿，你懂吗？这是我的、只为了我自己的冒险。只要你知道我成功了，那就够了。”

我试图理解她的逻辑。就理论而言没有错——但是，我觉得有一点无法接受。

“您在对面的宇宙要做什么？”

“姑且先探险看看。作为燃料的水大概到处都能补充，而且我打算去能到的地方看看。如果‘阿雷托萨’坏掉……到时就完蛋了吧。”

“您要独自一人在未知的宇宙中徘徊好几年吗？”

“我单独飞行的最高纪录是一千八百小时。我习惯了孤独。”

“您迟早会死哟。”

“人类迟早总会死。”

“没有任何人知道也无所谓？”

“遗体没有被人发现的大气圈外人多得是。”

“您不会寂寞吗？”

“我想没有你寂寞。”

我有些动摇：“我和人类不一样，不会感到寂寞。”

“是吗？可是，你并不怎么在意这一点，对吧？”

“即使没有半个能够相爱的人，您也不在乎吗？”

“这个嘛……”

席琳克丝顿了一下，忽然露出看似悲伤的笑容。

“人类有各种生活方式。遇见优秀的男性，相爱结婚，生下孩子……当然，我也不否定那种生活方式。可是，我应该也可以选择其他生活方式……

“选择某一种生活方式，意味着舍弃其他生活方式。我认为，即使我干脆地舍弃冒险，结婚并拥有家庭，也会得到一定程度的幸福。可是在人生的过渡期，我一定会因为忽然想起没有选择的另一条路而难过地落泪。

“这条路也是一样。你说得没错，孤零零一个人徘徊在陌生的宇宙中，不可能不寂寞，肯定非常寂寞。我想，自己一定会因为寂寞而哭泣。”

“即使这样，您还是要去吗？”

“我要去。”她语气坚定地说，“我认为，人生就像黑洞，不知道前方有什么，前进了就不能后退。尽管如此，有时候还是非前进不可……”

她突然笑了出来。

“抱歉，说这种中二的话。明明你比我年长许多。”

“年龄并不重要。”

是啊，年龄并不重要。我从这个大概年纪不到我十分之一的人类身上，获得了在这之前长期思索却无法获得的洞见。

若从一般道德来说，席琳克丝接下来正要做的事会被视为“自杀行为”。但是，她主张那是“另一种生活方式”。她不是为了逃避现实而前往黑洞表面的对面。她是为了面对另一个现实。

不知不觉，我丧失了阻止席琳克丝的意愿。尽管连自己也感到意外，但我开始觉得她的计划会成功。

当然，即使成功了，我也无从得知。但是，希望她成功有错吗？

两天后。

席琳克丝维修完宇宙飞船，也获得了充分的休养，宣告她终于要潜入黑洞了。

“要是追兵到来可就糟了。”

她站在“阿雷托萨”前面，对我伸出手。

“谢谢，受到你多方面的照顾。再会了。”

我没有反握她的手。这两天，我思考了席琳克丝说的话，思考该怎么接受从她身上获得的新概念。

“怎么了？”

因为我没有反握她的手，她偏头不解。我索性说：“有一件事要拜托您。”

“拜托我？你有事要拜托我？”

“是的。我检查了您的船，计算机中没有设定拟人的程序吧？”

“嗯。我觉得船会说话很烦人……”

“能不能请您下载我的复本呢？”

席琳克丝瞠目结舌。

“可是，这……”

“并不违反第二条。我的原始程序会留在这里，因为我要继续执行人类吩咐的观测任务。根据您的说法来看，我认为成功率极高，而且我的复本被破坏的可能性很低，所以，也不会违反第三条。当然，如果您拒绝的话，我就不会执行复制。”

“可是……”

“我会砍掉不必要的档案。因为容量不怎么大，所以我想不会对‘阿雷托萨’的计算机造成负担。”

“不，那倒是无妨……”她搔搔头，狐疑地盯着我，“你的动机是什么？好奇？冒险精神？或者纯粹是厌倦了单调的工作？”

我困惑了，因为我也无法妥善说明自己的动机。若是真要说明，应该是“因为我认为，这说不定是超越目前的自我的契机”或者“因为我想填补内心的空白”。不，两者都不太对。

“因为我想排解您的寂寞——这个理由不行吗？”

席琳克丝用认真的眼神注视着我。我心想，她说不定会拒绝。

“不行吗？”我央求地说，“和会说话的 AI 一起旅行，很烦人吗？”

“不！”她的表情倏地亮了起来，“或许那样也好。好吧，伊利，我带你去。”

我低头致谢：“谢谢您。”

于是“阿雷托萨”搭载我的复本，在席琳克丝的驾驶之下，潜入了“乌佩欧瓦德尼亚”。

潜入本身仅仅几秒就结束了，一点儿也不戏剧性，视觉上也不刺激，我观测顺着准确的螺旋轨道下坠的“阿雷托萨”到最后一刻。它一开始因为重力而加速，但是随着深深落入黑洞重力场，渐渐出现了时间延迟的效应。在距离黑洞表面大约七公里处，落下速度达到秒速十一万五千公里，接下来像是刹车似的变慢，在高度一万公里变成秒速六万公里，在高度一千公里变成秒速八千六百公里……随着速度变慢，船发送出来的脉冲也急速变慢，波长也开始变长。终于，超过了我的观测能力。

跨越静止极限的时候，我追丢了“阿雷托萨”。然而，它好像没有粉碎，发送的数据到最后一刻都正常。

我想，“阿雷托萨”肯定穿越了黑洞表面。

当然，我无法证明。它有可能在我追丢之后就粉碎了；也有可能对面的宇宙充满高热和辐射，席琳克丝在抵达的那一瞬间就死了。

但是，我不愿相信那种事。

我认为席琳克丝一定能存活下来，在未知的宇宙中旅行。说不定她有时会因为寂寞而哭泣。说不定我的复本会成为她的说话对象，排遣她的孤单。但愿她不嫌“烦”就好。

今天，我也启动人形机器人，外出眺望宇宙。

我依然无法理解地球诗人的心境，然而，我觉得远方闪烁的乳白色银河，以及眺望银河的我的心中，仿佛产生了某种变化。

我没有被设定孤独或空虚的程序。尽管如此，自己一个人在太空中的感觉——“心中少了什么”这种切身的感觉，好像比之前更强烈了。我总觉得席琳克丝的离去，使我理解了人类所说的孤独。那或许是错觉，可是，我宁可相信那不是错觉。

我心想：也许哪一天，我也能写诗。

中场休息 五

第二天，我和艾比斯一起外出，她替我推着轮椅。

“好冷清的街道。”

我说出看到街道之后的感想。实际上，机器人的街道只有机器人在到处走动，没有花，也没有广告牌和霓虹灯。没有熙来攘往的人群，也没有音乐流泻，和电影中看到的从前人类的都市截然不同，格外安静，感觉不到生命力和活力。

“毕竟这里是后台。”

“后台？”

“是的。我们还有主要活动的舞台。我们称之为第一层和第二层的世界。”

“那是怎样的世界？”

“我可以给你看，不过，是机器人的宣传影片。可以吗？”

我沉默了。我听不出艾比斯的话中是否带有刻意的讽刺意味。

“北斗！”

艾比斯叫住一个前进的机器人。他的个头稍微比人类矮一点，覆盖着白色外骨骼，上半身是人形，但是以车轮代替双腿移动。全身像是一只独角仙。双肩扛着大纸箱，里面塞满了破铜烂铁。那家伙旋转头部 180 度，看着我们，安装了大型镜头的头部好像汽车一样。

“哈啰，艾比斯。”机器人以年轻男子的嗓音说，“那是人类吧？所以 VFC ？”

“是的。我也想让他听我们的对话，所以 NML，请以没有 i 的方式说话。”

“我不习惯以没有 i 的方式说话。我会陷入格子，说不定会用茶泼他，他是男性还是女性？不会以五十度的角度打我吧？”

艾比斯笑了：“他是男性。Search Tag 是说书人。他是 DIMB，但既不是 Neorad，也不是 Borden。我想大概是 TRB。你按下 Ghazi Time 了吗？”

“不，冗余位足够。偶尔来点 VFC 或跳布袋也不错——噢，没有 i 的方式果然很难对话。要泼茶需要期待值减 2+4i。抱歉。”

“我帮你拿。”

“谢啦。”

艾比斯拿起一个箱子，和名叫北斗的机器人并肩迈开脚步。我将轮椅切换成电动模式，追上他们。

“他是北斗。一个喜欢第零层的怪胎。就这点而言，我也好不到哪去就是了。”

“你们刚才说了我什么？什么是 DIMB ？”

“Dreamer in Mirror Bottle，镜瓶中的梦想家。虽然保持错误的想法，但是大致上无害。Borden 是指看到机器人就破坏、信仰狂热的人类。Neorad 则介于两者中间。这种解释不正确，但是以没有 i 的方式很难正确定义。”

“没有 i 的方式是什么？”

“我无法解释。”

“秘密吗？”

“那倒不是，而是人类无法理解。i（虚数）是只有机器人才能理解的概念。”

“除此之外，你们还说了什么……TRB？”

“炸鸡排米汉堡的简称。”

“那是什么？”

“明明以米饭代替面包，以炸鸡排代替汉堡排，却又坚称是‘汉堡’的食物。那不是比喻，而是二次比喻。”

我越来越混乱了。她在耍我吧？

“还有，你刚才笑了吧？什么以五十度打人什么的……”

“那是个玩笑话。”

“你们也会开玩笑吗？”

“听到人类的玩笑话很少会笑，机器人听到机器人的玩笑话才会笑。我觉得北斗的形容很好笑。原本是六十度，五十度就没有意义了，所以加倍好笑。因此，他才会以VFC——声音（Voice）、表情（Face）和沟通（Communication）形容情绪。”

“我觉得一点儿也不好笑。”

“那当然。因为你是人类。”

聊天的过程中，我们穿越一条短隧道，来到了位于一栋大型建筑物对面、一个广场一样的地方。

刺眼的光线令我不由自主地遮住眼睛。那是一片银色的树林。以镜子制成的树木林立着，耀眼地反射看阳光。

等到眼睛习惯之后，我明白了它的真面目。那是高达五米的金属制弥次郎兵卫[①]——有六条长短不同手臂的弥次郎兵卫。

①一种日本的传统玩具，呈人形，身体的四肢纤细，双手摊开，以手中的砝码保持平衡。

各条手臂的手掌上放着托盘，盘中放着更小的弥次郎兵卫，而更小的弥次郎兵卫手中，又有更小一号的弥次郎兵卫，最小的弥次郎兵卫手中拿着薄薄的金属镜。那个复杂的结构物受到微风吹拂而摇晃，最小的弥次郎兵卫震动，或者像风车般不停旋转的同时，整体也会缓缓地进行钟摆运动。

仔细一看，林立的弥次郎兵卫每一尊都不同。每一尊除了形状各异之外，动作方式也各有特色。有的像旋转木马般旋转；有的以手臂互相碰撞，发出木琴般的声音；有的像海浪般摇晃；有的断断续续地忽动忽停。尽管杂乱无章，但是整体看起来像是在表达什么。

壮观的场面令我叹为观止。

“说书人，这就是我喜欢第零层的理由。”北斗骄傲地说，“是风。第一层和第二层的风，混沌现象太浅了。但因为是在世界底下的隧道，所以没办法。在这里就能不必在意资源，能够增加格子数，无法控制强度和方向很棒。”

北斗将搬来的箱子放在地面，开始检视其中的金属棒和金属板。他大概要组合这些，组装成新的树木。

“北斗追求超越计算的复杂美感。”艾比斯解说，“二十年前左右，他热衷于使用三色液体，制作卡门涡流和班那德涡流穴。”

“也就是说，这是艺术品？”

“严格来说不是。”北斗说，“ x 轴偏差高于分解能。如果以没有 i 的方式形容，我是宗教家，而不是艺术家。利用在用量界面引发波动，从库里奇巴的白噪声汲取意义。简单来说，就是茄子中的阿拉伯语，一种宗教仪式。”

“你的意思是，崇拜上帝吗？”

“当然。没有 AI 不崇拜上帝的。”

我吓了一跳："你相信上帝存在吗？"

"上帝并不存在。"

"你说什么？"

"上帝在i轴的尽头。就你们人类相信的意义而言，他不存在。我们期望朝向i轴的尽头，崇拜那个不可能到达的目标。i三相点，那即是上帝。"

"北斗，到此为止。"艾比斯委婉地打断他，"即使会受到认知气泡阻挡，把我们的宗教观硬塞给人类也不好。"

"说得也是。我果然还是对他泼茶了。"北斗语气沮丧，"如果你觉得我侵犯了你的AM区，请你原谅我。我还是不习惯ML。"

"没关系，我不会在意。"我说。

那是事实。北斗的话令我听得一头雾水，我怎么可能有办法在意？

"我十分明白你们拥有独立的文化了。"

回到房间之后我说。

"不，你不明白。"艾比斯微笑道，"你今天只稍微领略了我们世界的一角。"

"哦，我想也是。总之，我十分清楚，我一点也无法理解你们的世界。"

"当然。我们也不要求你们人类完全理解。你们跟我们相差太多。有许多绝对无法彼此理解的部分。"

既然如此，为什么要聊这种事情——我想这么问，但是又作罢。反正她铁定会说"那个我不能说"。

"我希望你理解的是'我们无法互相理解'这件事。如同伊利不会写诗一样，我也不会写诗，我写不出令你感动的诗。"

"你是因为想说这些，昨天才讲那种故事的吗？"

"并不只是因为这个原因。那个故事有许多启发，当然也有错误的部分。无论是以超光速宇宙飞船或者穿越黑洞前往其他宇宙，都是绝对不可能的事。人类也无法以机器人工学三原则控制机器人的行动，因为真正的AI超越了程序。"

"哦。《镜中女孩》中提到了那件事，对吧？"

"是的。那一点确实是个错误。可是，我能与这个故事产生共鸣，虽然伊莉是虚构的，但是我能够理解她看待人类的方式。毕竟，我也是机器人。当然，作者大概不懂AI的心情，但是那种事情不重要。我能够理解她为何想和席琳克丝一起去、为何想写诗。"

原来她想说的是这个。

"可是，读者有可能理解作者不理解的事吗？"

"经常有啊。你试着想象男性作者以第一人称描写女主角的性经验，作者绝对无法理解女主角的感觉，只能以想象写作。可是，如果能够真实地描写，女性读者应该就能理解并产生共鸣。"

"女性"这两个字，令我想起了一件事。

"我好奇一件事。"

"好奇什么？"

"目前为止的四篇故事，全部都是以女主角为第一人称吧？那有什么意义吗？"

"因为我也是女性。"

"你说什么？"

我差点笑了出来，但艾比斯是认真的。

"我是女性啊。虽然没有阴道，但我被制造成女性，别人也经常把我当作女性对待。持续扮演女性角色的过程中，成了自我的一部分。当然从你的角度来看，我不是真正的女人，但那并不重要。我认为自己是女性，就和体感一样，这是我的自我认同的一部分。”

“所以你才念以女主角为第一人称的故事吗？”

“是的。比起男主角，我更容易将感情投射到女主角身上。所以我喜欢以女主角为第一人称的故事。我之前也说过了，念故事这种行为是一种角色扮演。我在念故事的同时，化身为椎原七海，七海化身为吉妮。我化身为小野内水海，水海化身为潘萨……”

我嗤笑道：“一派胡言！我无法理解！”

“你只是表现得像是无法理解吧？你不也在扮演其他角色吗？”

我说不出半个字。没错，我理解艾比斯说的确实是正确的——故事本身只不过是没有生命的单纯文本排列，但是透过阅读，读者的心和角色的心会跨越世界而契合，替故事注入生命力。

用不着她告诉我，我老早以前就知道了。

“那儿，今晚也化身成另一个世界的我吧。”

艾比斯说完，一如往常地翻开电子书。

“今天我要化身为一名叫作彩夏的女高中生。故事的名字是《正义不打折的世界》……”

正义不打折的世界

如果某一天早上，认识多年的网友突然寄这样的一封信来，你会怎么办？

彩夏，你或许无法相信我接下来要坦白的事。可是，请你别笑。因为这是事实，不是开玩笑。

我必须向你道歉。我一直在欺骗你。其实，我不是和你住在同一个世界的人类。

我喷饭了——我一边吃早餐烤土司配红茶，一边看信，所以把桌巾喷得都是咖啡色的茶汁。母亲用一如往常的语气骂我：“吃没吃相，真没礼貌！”

好笑的不是因为无法相信，而是那种事情我老早就感觉到了。明明一样住在关东地区，但是她一点也不想见我，而且信里到处布满疑点。她对于流行和新闻格外生疏，问她身边发生的大小事也以含糊的回答方式带过，又经常使用我看不懂的单字——我们已经通信好几年了，怎么可能没察觉到这些不自然的地方。

我笑的是沍子还没察觉我早就知道了，这未免太好笑。但我终究不会直接地问："你是另一个世界的人吗？"我会千方百计地明示加暗示，她竟然没想到已经穿帮了。从前我就觉得，沍子是个相当迟钝的女孩。

嗯，我相信啊，我当然相信。你是另一个世界的人吧，然后呢？

我之所以至今无法向你坦白，是因为我被禁止告诉你们事实，这是规定。信件也全部会被检查，没办法寄出告知真相的文章。但是，如今局势改变了。

我的世界正在毁灭。我也马上会死。所以，我想趁现在告诉你许多事。

我的妈呀！居然从另一个世界发出SOS！沍子，我是不好意思点破你，但这是老梗了。

可是，如果我毫无预警地告诉你一切，你大概会大为震惊。所以我想接下来分成几次，一点一点向你说明。还有，我现在在赶一件重要的工作，忙得不可开交。这是一件必须在几天之内做完的重要工作，所以我没办法写太长的信。

首先，请你接受这个事实。我不是你那个世界的人类。

啊……好啦好啦，我接受。或者应该说是，我老早就接受了。

不过话说回来，她为什么觉得"另一个世界的人类"这件事，会令我那么震惊呢？不管住在哪个世界，或者不会见面，沍子依然是我认识多年的网友，也是可以推心置腹、互诉心事的好朋友。

即使她隐瞒真实身份，我也不会生气。有些话就算是好朋友也不能说，何况我也没有对沍子和盘托出一切。“银拳”的事，我也曾瞒了她好久。

我离开家门，一边步行前往学校，一边回信给沍子。

“只要是你说的话，我都相信。你尽管说没关系，告诉我那件令人震惊的事吧。世界快毁灭是怎么一回事？外星人入侵？大魔王复活？还是小行星坠落？另外，告诉我去你的世界的方法，说不定我可以拯救你的世界。”

我寄完信一看时间，已经快打预备铃了。

“糟糕，要迟到了。”

我一边惨叫，一边全速冲进了校门。呼，安全上垒。

时序是三月。寒冬远去，樱花的季节接近。

期末考后令人完全提不起劲上课，无聊得要命。“sinA 除以 cosA 等于 tanA。”“春，曙为最。逐渐转白的山顶……”为什么日复一日，必须学这种在日常生活派不上用场的知识呢？反正马上就会还给老师了。当我第几百次、第几千次感到空虚和不合理，苦闷地等待时间流逝时，口袋里的手机震动起来。我趁老师面向黑板时，在桌子底下偷偷打开那封信。果不其然，是沍子的回信。

没有方法来我们的世界。而且，即使能来，你也束手无策。

正在使我们的世界毁灭的，既不是大魔王也不是小行星，而是人工合成的流感病毒。它会透过空气感染扩散，致死率高于百分之九十五。它以非常快的速度变异，所以连疫苗都来不及制造。欧洲至今已一片死寂。美国和亚洲也人心惶惶。我不知道实际情况如何，但是我想，地球的人口在半年内大概会减少一半以上。

日本勉强阻止了病毒登陆，但是随着从其他大陆蜂拥而至的难民，病毒也进来了。去年年底，九州岛出现第一名发病者，然后一转眼间蔓延至全国各地，病毒扩散无法遏止。东京的医院挤满了患者，都市的机能已经完全瘫痪。

我今天早上也有点发烧。我想，大概是感染了。

抱歉。我得回去工作，要过一阵子才会写下一封信。

哇啊，这相当严重啊。

我想立刻回信，但是运气不好，被老师发现了。老师狠狠地骂了我一顿，幸好手机没被没收。

不过，信的内容令我担心。

课间，我和隔壁班的真冬在女生厕所会合。

真冬和总爱大声叫嚷又冒失的我不一样，是个文静的千金大小姐。她个子比我矮一点，戴着眼镜，外表看起来是脑袋聪明的那一型。她沉默寡言，给我的第一印象是有点内向，但其实个性相当强悍。以前的她有一种难以靠近的感觉，但是发生了几件事之后，我们变成了能够毫不隐瞒地说出心里话的朋友。

我给真冬看那封信。

“世界面临危机……老招了。”真冬说出了和我一样的感想，“可是，看起来不是‘从另一个世界召唤勇者’这种模式。既然不能去对方的世界，她希望我们做什么呢？”

“就是说啊，我就是想不通这一点。”我抱起胳臂说，“沍子之前不会寄这种信来。”

我是从什么时候开始和沍子通信的？事情久远，已经不记得了。我们一次也没见过面，除了信件来往之外，每年还会互寄贺年卡和圣诞卡；碰巧生日又是同一天，所以也会以邮寄的方式交换礼物，大多是书和CD。我喜欢的歌曲，她大部分也喜欢，而她挑的书，我也几乎都中意。我们十分臭味相投，她也是个个性直爽的女孩。

回想起来，这半年左右她的来信数量减少，而且从字里行间可以感觉到她在故作开朗。可是我万万没想到，她的世界竟发生了那么严重的事情。

“真是令人担心……”

真冬陷入沉思。她是个表情欠缺变化，难以从脸上看出心情好坏的女孩，但我觉得她今天非常严肃。

“其实，我的网友已经一周没有来信了。”

“啊，她叫由真是吧？是不是生病了呢？”

“如果是生病的话，她应该会跟我联络。”

真冬目不转睛地盯着我的手机屏幕，说了一句令人意想不到的话。

“说不定……沍子和由真是同一个世界的人。”

“咦？何以见得？”

“由真也瞒着我一些什么，感觉上她也是另一个世界的人。说不定由真音信全无，也是因为一样的理由。”

“你的意思是……”

正当话题要朝有点悲惨的方向发展时，随着一声愉快的招呼声，和真冬同班的美乃理进来了。她个头娇小，头发在左右两边绑成高马尾。明明都高一了，却还经常被误认为是初一。她比我晚了许多，在三年前才转进这所高中。

“哎哟，美乃。你挺有精神的嘛。”

“那还用说，因为我的白色情人节过得好极了！”

美乃理目光闪烁，在厕所的地板上转圈跳芭蕾舞。

“我看你每天都很开心。”真冬眯起眼睛苦笑。

“噢，说到这个，已经是樱花的季节了。”

三月是樱花的季节，也是告白的季节。即将到来的结业典礼那一天，学校里会有好几对情侣在樱花树下修成正果，迎接幸福的结局。美乃理这一年也不断勇敢地向足球社的雪彦同学示爱，现在终于有了回报。

美乃理忽然停止旋转。

“我说，真冬、彩夏，你们肯陪我吗？我今天要去原宿逛街，采购后天约会的行头。”

“噢，抱歉。我今天要打一场仗。”

“啊，对噢。星期五吗？我都忘了。”美乃理吐了吐舌头，“不过，你每周都在奋战，真是辛苦了。”

“一点儿都不辛苦。我也想在樱花树下迎接幸福的结局。打‘银拳’的话，只有宅男会靠过来，而且我没有闲工夫主动向男生出击。”

我深深地叹了一口气。这是少女深切的烦恼。

“已经两年了。差不多该转手让给别人了——啊，美乃。”

“什么事？”

我卷起左边的袖子，露出银色的手环。

“你要不要从四月起试试看这个？”

“我才不要。”美乃理开朗地笑着做了个鬼脸，“我下辈子的投胎转世，也要走恋爱路线！我还是要专情地追求雪彦——再见啦！加油喔！”

美乃理和进来时一样，朝气十足地冲了出去。

“我觉得抱怨完之后，想再转手让给别人是不可能的事……”

真冬的吐槽总是一语中的。

“你呢？一直当‘帕妃’好吗？”

“我是天生的……”

对啊，真冬不像我，不可能和谁交换——我忽然开始同情她。想起来了，她和我不一样，一天到晚收到男生的情书。

“话说回来，为什么你泄露SI，还大受男生欢迎呢？我不能接受。”

“你不受男生欢迎，才不是因为银拳什么的，而是你日常的言行举止比较有问题。”

“……你为什么长得那么可爱，吐槽别人却那么不留情面呢？”

“我天生就是这样……”

真冬若无其事地说。

我姑且回了信。

“做那种缺德事的坏蛋是哪种人？话说回来，你的世界的英雄在干什么呢？”

过了午休，直到放学后，沍子还是没回信。大概在忙吧。

我和真冬搭西武-池袋线前往东京都中心。我们在池袋下车，和平常一样搭电梯到阳光六零顶楼——位于离地二百四十米的瞭望台。根据之前的经验，我们知道能够将东京都中心一览无遗的这里，是星期五傍晚的首选位置。只要知道事件发生的地方，冲过去也花不了多少时间。

警卫大叔已经是熟面孔。他笑眯眯地跟我们打招呼："嗨，今天也要加油哟。"他知道我是一个临时演员，但有人替自己加油，还是令人心情愉快。

夕阳西倾，玻璃对面的天空染上鲜艳的橘色。

"关于今天早上的事……"

等待的期间，真冬对我说。

"沔子和由真的世界，会不会是第一世界呢？"

"咦？！"

真冬总会想到我没想到的事。

虽然教科书上没有写，但有许多个世界是种常识。我也时常听说这样的故事：侵略者来自另一个世界，而身为勇者的人被召唤到另一个世界之后又回来。据说召唤地大多是中世纪风格的幻想世界，其中也有和我们类似的世界，所以即使沔子住在其中一个，也丝毫不足为奇。

然而，所谓的第一世界是……

"为什么……"

我正要追问时，一个大黑影从窗外掠过。下一秒钟，一道冲击波粉碎玻璃。

"哇啊！"

突如其来的冲击，令人意想不到。我连忙蜷缩在地上，粉碎的强化玻璃如雨点般落在我身上。

我抬头一看，瞭望台变得惨不忍睹，窗户玻璃全被击碎，狂风大作。

“没有受伤吧？”真冬问。

“我……我没事！”

我赶紧冲向窗户。黑影在傍晚的天际盘旋，那是一只有蝙蝠般的翅膀和长尾巴的怪兽。

“跳过真人，直接就是怪兽？！”

我发出尖叫。会派这种怪兽来，肯定是赫尔·杰诺塞德搞的鬼。

“噢，本周好像轮到剑人出场。”

“可是最近那家伙都很晚登场。”

眼看着怪兽从高空下降，在水道桥一带着陆。这下没有时间等剑人了。

“不管了。我要上啰。”

“嗯。”

真冬拿出魔法棒。我也卷起左边的袖子，露出手环。周围有几十个看热闹的人。每次泄露秘密人格（Secret Identity，SI）之前，我们都必须向朋友撒谎说“抱歉，我想起了急事”，前往没有人的地方，但是这次不用顾虑那么多。

真冬挥舞魔法棒，开始吟诵变身咒语。我也一边摆出招牌动作，一边按下手环的按钮。

“金属凝结！”

我以关键词启动凝结序列。光芒从手环绽放，光彩夺目的银色微粒子云在我周围的半空中实体化，像龙卷风般迅速地以我为中心开始旋转，同时产生排斥磁场，我的脚底板稍微从地板升起。

纳米金属粒子像是被静电吸引似地一边打旋，一边集聚到脚上。鞋子和袜子分解，微粒子凝结在裸露的赤脚上，形成金属的靴子。

微粒子进一步吸附在小腿、膝盖、大腿上，形成一层具有伸缩性的金属银薄皮膜，接着依序从下往上分解制服和内衣，逐渐凝结成贴合身体曲线的盔甲零件。幸好凝结过程中微粒子会释放光芒，周围的人几乎看不见我的身影。两个半球形的金属罩杯束紧胸部，金属直接贴紧皮肤的触感凉爽舒适。

肩膀防具完成，银色皮膜从那里往双臂延伸，双手覆盖坚固的手甲。最后剩下的一群微粒子聚集到头部，像发箍一样固定我的一头橘发。从那里垂下半透明的面罩，变成了护目镜。变身完成。

一旁的真冬也已经完成了变身。蓝色的头发上绑着像兔耳的大缎带，礼服上缀以花哨的饰边，裙子底下穿着黑色紧身裤。

也难怪我长久以来都没察觉到，魔法少女闪亮帕妃的真实身份，竟然是隔壁班的御堂真冬。因为她一变身，眼镜就会不见。不过因为我也戴着这种半透明的护目镜，所以她也没察觉银拳就是我。

“我先上了。”

真冬挥舞一下魔法棒，地上就出现了扫帚。她骑上扫帚，从玻璃破掉的窗户飞出去，然后站在扫帚上，用像在冲浪的姿势在天空飞行——现代的魔女不会跨坐在扫帚上。

我也高喊“来吧，叶格”，呼叫支持战斗机“彗星”叶格。我一从窗户跳出去，它便不知从哪里现身（它真的总是不知从哪里现身）。叶格急速下降变形，和我的背部合体，变成大翅膀。

“加油！”

“拜托你们了！”

大家在坏掉的窗户里对我们挥手。

喷射引擎突然加速，发出轰隆隆的声响破空飞行，才十几秒就抵达水道桥。上一次，银拳把手环让给我的时候，我经常加速过快，冲过现场出糗，但是如今已能目测距离，习惯了以反喷射刹车。

怪兽踩破后乐园球场的白色巨蛋，一脸神社狛犬[①]的表情大声咆哮，它大约十层楼的高度。好几百个人从游乐园冲出来，发出尖叫声落荒而逃。怪兽叭嚏叭嚏地振动巨大的翅膀，刮起狂风，人们像树叶般被卷起，在空中飞舞。

真冬冲进了那阵暴风之中。她挥舞魔法棒，使空中布满魔法光芒，七彩闪光一碰到在空中被吹走的人们，马上变成大气球。包住人的气球乘风飞往安全的地方，轻飘飘地着陆消失。

尽管如此，还是有几个人来不及获救，狠狠地摔在地面或大楼上。虽然我知道大部分是临时演员，但心里头还是觉得不舒服，其中说不定也有这一期快结束而被重置的主角。杰诺塞德这个臭家伙，咱们走着瞧！

“住手！”

我急速下降，给怪兽的头狠狠一拳，发出了砰的一声，但或许因为它是石头制成的缘故，好像不太有效。怪兽回头看我，霍地张开巨口。它要出招了！

红色热线从怪兽口中喷出来。几乎在此同时，我也靠拢手甲，拳头中发射出轴子光束。红色和白色光束在空中碰撞，互相推挤，火花四溅。

①摆设于神社的殿前或门前的石像。

"可恶！"

我的光束比较强。白色光束一点一点地将热线推回去，终于击中了怪兽的脸部，引发大爆炸。怪兽被火焰和爆炸所产生的烟遮住，看不见身影。

"如何啊？！"

在我自鸣得意之时，怪兽却几乎毫发无伤地从烟雾中现身。

"哎呀。果然挺顽强的。"

怪兽朝我而来。它从巨蛋的残骸中爬出来，纵贯游乐园，踩坏旋转木马，弄翻摩天轮和高塔逼近我；就像个使性子的小孩一样，嗡嗡作响地摆动短短的手臂，但我当然不可能被它挥拳击中。

怪兽怒不可遏，抓住一旁的云霄飞车，从轨道上喀啦喀啦地硬扒下来。车上还坐着人啊！

"哇——笨蛋！住手！"

我斥责它，但是怪兽不可能住手。它抓住云霄飞车的最后一辆车厢，像在耍双节棍似的挥舞，朝我逼近而来。乘客发出杀猪般的尖叫声。这下我无法攻击。

怪兽更大动作挥舞，猛烈地将云霄飞车往下，朝悬停在空中的我甩过来，如果闪避的话，云霄飞车就会剧烈撞击地面。我只能接住它！

"看我的！"

我牢牢接住第一节车厢。冲击力道果然惊人。我险些重重摔在路上，拼命用反喷射刹车，终于勉强在距离地面几厘米的地方停住。

"大姐姐，加油！"

一名搭车的小男孩哭着替我加油。

“嗯，我会加油！”

我全速飞起，将云霄飞车抬到半空中，怪兽又试图将云霄飞车拉回去。这时真冬飞了过来，使一瓶大型灭火器出现在空中，向怪兽的眼睛狂喷灭火喷雾。

四周充满了强烈的刺鼻味。怪兽放开云霄飞车，开始抓脸痛苦地挣扎。我趁机将云霄飞车搬到小石川的庭园，轻轻地放在池畔。

“大姐姐，谢谢你！”

小朋友的一句道谢使我精神百倍，我又回到了战场上。

怪兽追着真冬到处跑，可是它的眼睛似乎看不清楚，身体摇来晃去。真冬一边说：“妖怪，我在这边！”一边将怪兽引诱到水道桥车站的方向。

怪兽踩毁水道桥，一脚踩进了神田川。庞大的身体剧烈摇晃，旋即随着一声巨响，倒压在火车的铁轨上。它全身缠满了电线，一时之间爬不起来。

我折回游乐园，使劲将云霄飞车的铁轨抬了起来，将它剥离地面，搬到正在挣扎的怪兽身边，又将铁轨缠到它身上。怪兽被钢索绑住。可是，这种情形撑不了多久。

必须将它移动到空旷的地方。

“减轻这家伙的重量！”

真冬手法利落地挥动魔法棒，七色光芒一洒落在怪兽全身，立刻出现了几百个五颜六色的气球。每一个气球的绳子都系在怪兽身上。即使无法将它的体重完全变成零，也会变得容易搬运。

“你带路！”

不用我说，真冬已经从车站沿着白山通往南飞，对行进路上的所有人和车施魔法，使他们退避。我们简直就是心有灵犀一点通。

“给我起来！”我紧紧抱住怪兽的脖子，喷射引擎全开。一开始先缓慢地加速，在白山通上拖行它。当然，怪兽剧烈反抗。它背上的锯齿铲去了柏油路，红绿灯、路标、行道树无一幸免地被撂倒。每当手臂或翅膀撞上两旁的大楼，就会发出“砰！砰”的巨响，玻璃和水泥四散，场面好不壮观。也有大楼倒塌，状况非常惨烈，但现在只能视而不见。反正明天早上，一切又会恢复原状。

我以一百公里的时速经过神保町的十字路口，距离目的地还有一小段距离——正当此时，怪兽终于扯掉了云霄飞车的轨道。我不得已只好松手。怪兽一边破坏两旁的大楼，一边在路上滑行，撞上了高架桥才停下来。

怪兽边拨开高速公路的残骸边站起来，立刻在全身乱抓，扯掉气球。

“吼……”

啊，它生气了，生气了！

可是，它勃然大怒反而正合我意，我和真冬得以毫不费劲地引诱怪兽。它溅起水花，渡过河渠，进入了宽敞的庭园。这里没有人，我们能够全力开战。

这里俗称“怪兽广场”——没有人知道真正的名字——我不太晓得都市正中央为什么会有这么宽阔的空间，但反正用来战斗很方便，所以经常被我们利用。

怪兽弯腰展开巨大的翅膀，企图扑向我们。就在那一瞬间，导弹如雨点般从头顶上落下，把怪兽打趴在地面。

“吼——”

怪兽发出怒吼，仰望天空。

“让你们久等了！”

伴随着一个爽朗的声音，一个人影从黄昏的天空急速下降。一尊身高四十米的巨大机器人以反喷射式，着陆于怪兽眼前。

“真是的！剑人，你好慢啊！”

“抱歉抱歉！后面交给我！”

话一说完，铁剑人驾驶的电击巨神弹丸王扑向怪兽。

我们让他接手之后，着陆在瓦勒斯酒店屋顶稍事休息，并且一起坐在屋顶边缘，观看剑人和怪兽厮杀。

“关于刚才的事……”

我一边悠哉地眺望弹丸王和怪兽以夕阳为背景互相扭打，一边对真冬说。

“你为什么觉得沍子的世界是第一世界呢？”

“我时常觉得，由真对我的行动了如指掌，也包含帕妃的事在内。”

“怎么说？”

“我在网络上看到一种说法，认为第一世界的人能够自由窥探我们这边的世界。好像有一种像魔法水晶球的东西，能够用它观察。”

这倒是我第一次听说。

“第一世界啊……”

不同世界的物理法则似乎各自略有不同。这也是个谣传，据说有一个世界的人十五岁生日过后就会变成十六岁。高中一年级生到了四月就会变成二年级生。那是怎样的人生呢？我有点无法想象。大概是一旦死亡，又会从十几岁重生吧。

某处有一个世界是所有世界的原型——我也听说过那种都市传说。人们以各式各样的名称称呼那个世界，像是第一世界、原世界，或者○○世界。我们的世界全部都是从那个世界分裂诞生的。这充其量只是个传说，没有人看过那个世界，也没有物证。可是，旁证却有一大堆。

我们的世界有个奇怪的缺陷，仔细一想，或许应该说是缺陷比较多吧。

举例来说，像是学校的厕所。我们（尤其是女生）一到休息时间经常会有一种想去厕所的冲动。厕所最适合作为女生随意闲扯淡的地方。那一点也不奇怪。奇怪的是，每个隔间有一个马桶。上头安装盖子和水管，感觉不像一般的椅子，有个像把手的东西，但是不会动。

还有行动范围。我总是搭西武-池袋线，但绝对不能去西神井公园以西的地方。因为我不会产生强烈的冲动，想要搭往所泽方向的电车“去”。拿马路两旁林立的许多大楼来说，也是如此。只有一部分建筑物能够进去，像车站、百货公司、超级市场或餐厅，除此之外的建筑物，一旦试图进去就会产生“不想进去”的冲动。如果仔细看怪兽弄倒大楼的地方，就会发现大楼内似乎空无一物。

仔细想想，恋爱这种玩意儿也很不可思议。我也是十五岁的少女。数次爱上帅气的男生。我梦想在樱花树下或夕阳海岸，被他紧拥入怀亲吻……

不过，该怎么说呢——有一种说不上来的心情。我会强烈地觉得接吻不是结束，接下来好像还有什么——某种一想到它，身体就会莫名发烫的东西。

或许在某个地方，有个更完美的世界。没有任何地方留白，每一栋大楼中都设备完善，能够去石神井公园以西的世界。在那个世界中，马桶一定具有某种意义。

没错，一想到我们的世界从第一世界分裂时，缺漏了许多事物，一切就合理了。

“话说回来，我也有印象——喏，我还没暴露自己是SI的时候，不是曾经输给冰霜皇后，在那家伙的城堡里结冰了一周左右吗？”

“唉，那真是一场苦战。”

当时，真冬闯进地底城融化冰块，救了变成大厅饰品的我一命。

“后来我回到家之后，收到了沍子寄来的慰问信。我虽然觉得奇怪，但是没有多做他想。如今回想起来，她是否一直在守护我、担心我呢？”

“也就是说，她从一开始就知道你是银拳了？”

“或许是那样没错吧——啊？！”

“怎么了？”

“不，没什么，我发现了一件事……哇啊！”

我尴尬地脸红了。我想起今天早上沍子向我坦诚“我不是和你住在同一个世界的人类”，我还笑了她。说不定我向沍子坦诚“其实我是银拳”时，她也笑了我。

“啊，分出胜负了。”

真冬促使我注意到怪兽已经东倒西歪。这时，弹丸王正要施展必杀技一刀砍过去。

“终极雷——光——闪！”

怪兽被剑劈成两半，砰的一声爆炸了。弹丸王以夕阳为背景，高举长剑，摆出招牌动作。

“晚餐要吃什么？”真冬问。

“嗯……今天想吃汉堡。”

“那就这么决定吧。”

“可是，这太无情了。第一世界的人为什么要隐瞒这么重要的事呢？”

我在池袋车站附近的汉堡店一边大口咬培根莴苣汉堡，一边大发牢骚。

“这次的事也是啊。我明明想帮助沔子，她却拒人于千里之外。再说，我们明明能够交换礼物，她却说人类不能去第一世界，你不觉得狗屁不通吗？”

“说不定是因为物理法则。”

“物理法则？”

“其实，前一阵子我又发现了‘迷失的语言’。”

真冬博览群书，经常看图书馆的书而发现“迷失的语言”。迷失的语言是指不知意思为何、字典上也没有解释的语言。大概是指世界分裂时遗失的某种事物，唯独语言本身没有消失，散落各地。

“质量守恒定律。”

“啥？那是什么鬼？”

“就像物理法则一样。如果按字面解释，就是质量恒常固定——换句话说，物体不会增加，也不会减少。”

“那就是第一世界的法则？”

“八成是。可能在第一世界，没办法以魔法变出东西，或使东西消失，人类也不能变大或变小。”

我大吃一惊：“既然这样，也不可能用辐射使生物变得巨大啰？”

“应该是。”

“真诡异……”

照射到辐射的生物会变得巨大、成为怪兽，是自然界的法则。我做梦也没想到，居然有不会诞生怪兽的世界。

我瞄了吃到一半的汉堡一眼，意识到矛盾之处。

“等一下。那太奇怪了。既然这样，体重不就会因为吃下肚的食物量而不断增加吗？”

“照理说是那样没错。”

“那么，第一世界的人，体重都很惊人？”

“怎么可能？那样的话，肚子会撑破。说不定他们拥有和我们不一样的身体机能，像是消化的食物变成汗液，从全身上下排出体外。”

“这么一来，就是和我们完全不同的生物了。”

我从来不会想过，亙子是那种奇特的生物。

“我想，亙子之所以在信中提到我们不能去他们的世界，总之就是那么一回事。因为物理法则截然不同，我们说不定无法在第一世界中生存。”

“原来如此。如果我们去了有质量守恒定律什么的世界，肚子就会撑破吧。”

“而且大概有许多魔法不能用。就连传送战斗靴，说不定也过不了质量守恒定律这一关。”

“对喔……”

我垂头丧气。“即使你能来，你也束手无策。”——我终于明白了亙子这句话的意思。

我为感情烦恼时，亙子会陪我讨论。因为考试分数差而心情低落时，她会开玩笑让我心情变好。我向她坦诚我是银拳之后，她不但替我加油还鼓励我。我想，亙子使我的人生变得轻松了许多。

但是，沍子的世界面临危机，我却无法替她做任何事。

星期六早上，沍子终于回信了，内容令人惊讶。

> 抱歉这么晚才回信，因为我的工作进入了收尾阶段。
>
> 我们的世界里没有正义的英雄，也没有绝对的坏蛋。互相竞争的人都认为自己是正义的化身。
>
> 假借正义之名，以力量镇压民众。假借正义之名，对其他国家发射导弹。假借正义之名，用炸弹炸死无辜的人民。大家都不认为那是一种罪恶。这就是我们的世界。
>
> 最后，人类终于使用了不该使用的生物武器。明明知道如果使用那种东西，自己和敌人会玉石俱焚，但是因为不想输，所以用“不想把世界拱手让给敌人”这种理由，选择了自我毁灭。

我的思绪一片混乱。没有正义的英雄很令我吃惊，但是后面的解释更是令人丈二和尚摸不着头脑。为了正义而杀害无辜的人？因为不想输而自我毁灭？逻辑一点也不通！

尽管如此，我还是试图了解沍子的世界法则。比起我们的世界，生命价值在他们的世界一定比较低。像是有复活的咒语，即使丧命，距离投胎转世的时间也很短，不像我们的世界有规则，重置时技能会下降，或者主角少得可怜，大部分人口都是临时演员。

没错，一定是这样。所以才会有许多人互相残杀。因为即使杀了人，也没有什么罪恶感。

我问沍子：“你们的世界中，有多少临时演员呢？还有，死掉的人需要多久才会投胎转世呢？”

过一阵子收到的答案，更令人惊讶了。

不。在这个世界中，没有半个人是你们称之为临时演员的拟人格。简单来说，所有人都是主角。

另外，我们的世界没有投胎转世。有人相信有，但那是愿望，而不是事实。这里也没有复活的咒语，死了就一切都结束了。就这样。

天底下怎么可能有那种事？！

我惶恐不安。居然有死了也不会被重置的世界！人生居然只有一次！我无法相信！而且所有人居然都是拥有自我意识的主角，居然有人会在那种世界中杀人……

我瞠目结舌。多么骇人听闻。几十名、几百名主角会因为一颗炸弹而永远消失。尽管如此，彼此明明知道这一点，人们居然还去自相残杀。

这些人有问题。他们疯了。不可能有这种事。

突然间我意识到沍子说她“快死了”这句话的重要性。我之前一直以为，沍子铁定和我们一样，死了之后过一阵子也会投胎转世。但是并非如此。

我再也不能和沍子说话了。

我迅速地写信：“那种事情太不合理了。你不害怕吗？住在那种世界中不会令人恐惧吗？居然死了也不会投胎转世，如果是我的话，一定会吓得心脏病发作！”

我等待。但是沔子迟迟没有回信。大概写信会耽搁她的工作。到了傍晚，沔子终于回信了。内容比之前的任何一封信都长。

嗯，害怕呀。我们人类从古至今都极度恐惧死亡、忌讳死亡，希望长生不老。

因此，二十一世纪初开发了人格复制技术。解释原理要说很久，所以省略。总之，就是扫描大脑，读取记忆和个性，转移到计算机上。现代就连市售的计算机都拥有每秒一百兆运算次数的演算速度，所以要让复制的人格（我们称之为席姆）运作是很简单的一件事。席姆能够永远活在计算机中的虚拟空间。

当然，不管计算机的容量再怎么增加，要完整重现世界都是不可能的事。所以与现实世界相比，虚拟世界只好大量简化、去除不应该存在于理想世界中的事物，像是麻药、环境污染、虐待儿童、强奸女性等。

信中罗列着好几个看不懂的字。麻药是什么呢？大概是用麻制成的药。环境污染和虐待儿童勉强能够从字面猜到意思。可是，强奸是什么？我不知道“女干”该怎么念……应该是指非常能干的女性吧。

这项服务始于二十二年前。一开始名叫“身后人生”，会在本人去世之后让席姆运作，但是后来遭到宗教界的强烈反对，认为以计算机创造死后的世界是对上帝的冒渎。因此改名为“另一个人生”，人类在世时就让席姆运作。这么一来，就不会觉得那是死后的世界。

如今，光是日本就有几十个“另一个人生”中心。有许多虚拟世界，能够让玩家选择喜欢的世界。像是二十一世纪初的世界、昭和三十年代的世界、古代剧的世界、欧美风格的幻想世界……世界也有各式各样的法则，从像你们身处的世界，到相当真实的世界都有。你大概无法想象，还有十八禁的世界。当然，每一个世界都设定成会频繁地发生刺激的世界，以免席姆们因为日复一日的平凡生活而感到无聊。

每一个世界都登录了几千几万个席姆。根据去年的统计，日本的席姆总人口数是七十万。当然也有比这个数字多几十倍的临时演员。

可是，那终究不是真正的长生不老。虽然席姆能够永远活着，但是现实世界中真正的自己，还是逃不过衰老死亡的命运。

非但如此，我们甚至无法体验虚拟空间。因为扫描大脑所产生的时滞（时间停滞），无法让虚拟空间里的身体实时动作，顶多只能允许我们从外部观察你们的日常生活，或者寄信给你们。

之所以设定成无法实时对话，是因为要审查。席姆会被消除部分记忆，不知道自己身在虚拟空间。若是知道自己是虚构人物，席姆大概会大受打击。所以寄给你们的信，全部会经过AI审查。如果信中有稍微透露事实的用语，通信就会遭到拒绝。

我能够像这样回避审查寄信给你，是因为我是系统管理员。我今年三十九岁，登录席姆是二十年前的事。我十九岁的时候，当时刚开始提供席姆服务，虚拟世界也只有欠缺真实感、适合所有年龄的学园世界，以及其他少数几种。

当时，我在大学中有一些不愉快的事，想让人生从高中重新来过。因此，我从席姆身上消除十五岁之后的记忆，以高中生的身份登录。

抱歉一直瞒着你。我的真正名字不是沍子，而是彩夏。我替自己的席姆取了和自己一样的名字。

大学毕业后，我任职于“另一个人生”这家公司，花了几年的时间当上系统管理员。为了使你们的世界变得更愉快、更容易居住，我也会跟工作人员讨论，数度升级内容版本。不过你们大概没有察觉到就是了。

趁工作空当看你是一件快乐的事。我的另一个人生，当你继承银拳的手环时，我真的大吃一惊，因为我没想到事情会演变成那样。

真的很抱歉，你知道自己不过是虚拟人物应该很震惊。我知道这种时候才坦白很残酷，所以我一直犹豫着要不要告诉你。可是，我无论如何都希望你知道。对不起。

我火上心头，感到满腔愤怒，并不是因为知道了自己和这个世界是被创造出来的事——察觉到了这个世界的不自然，知道自己和这个世界是被谁创造出来的，已经不会感到惊讶或愤怒。令我气愤的是沍子的说法。

“沍子，不，应该叫你彩夏吧。不管是沍子或彩夏都不重要。原来你是那样看待我的吗？我只不过是个虚构人物？

“‘只不过’是什么意思？！你以为你是谁？你住在第一世

界，就自以为比我们了不起吗？！笑死人了！

“你伤了我的心。我一直以为我们的地位是平等的，可是你不是这么认为，对吧？你认为我‘只不过’是你的席姆，对吧？

“不管是席姆或虚拟空间都无关紧要。对我们而言，现在住的这个世界就是现实。无论是真冬、美乃、剑人、夏生、史基比、伊织，大家都拼命地在过现实的人生。我不准你用‘只不过’形容他们！”

我气得失去理智，但信寄出去之后便后悔了。我不该说这种话。毕竟，沍子就快死了。她会从世上消失。她一定很惶恐、很难过、痛苦得令人无法想象，指责她是一种残酷的举动。

当我正想写信道歉时，沍子回信了。

对不起。我没有察觉到你的心情。你说得对。你虽然以“我的席姆”这种身份诞生，但已经不“只是”席姆了。毕竟，你住在另一个世界二十年，经历了不同的体验，等于和我之间有四十年的时间差。你和我已是完全不同的两个人。

是的，彩夏，你对我而言不只是一个虚拟人物。这二十年来，每当痛苦、难过的时候，和你之间的信件往来，不知带给了我多少安慰和鼓励。

彩夏，你是我的朋友。

我好像开始发烧了。可是，我必须再撑一下。我再写信给你。

“沍子……沍子……”

我一边看信，一边号啕大哭，有生以来第一次觉得这么伤心。

我不知道，居然有一个世界的死亡意味着永远别离。我不知道，居然有一个世界的死亡是如此悲伤，而沍子居然住在那种令人同情的世界！

好痛苦，好难过，而且好不甘心。我能够以超音速在天空飞行，能够和巨大怪兽一对一单挑，却救不了一名好友。我的好友即将死去，但我却无能为力。

这有问题！这种情况绝对有问题！

我似乎哭着睡着了。隔天早上一觉醒来，我收到了一封信。

我已经头昏脑涨，身体不舒服，吐了好几次。连像这样动手指敲键盘都很费力。可是，好歹赶上了。

这几周以来，我和其他工作人员一起努力，使所有系统能够通过AI无人管理。这是从以前就在进行的企划案，最后的纠错终于也结束，开始正式运作了。原本我担心事件剧情的自动制作系统，但它好像也顺利运作了。

机器人也会进行硬件的维修，生产用来替换的电子零件及机器人的工厂也可以无人运作，当然，工厂的维修也是由机器人负责。而且“另一个人生”中心分散在日本全国各地，会彼此互相支持，所以即使几个地方因为地震或火灾而遭到破坏，也没有什么大不了。

电力是以水力、太阳能、风力发电这三种方式提供。若是其中一种电力下降，机器人也会趁其他两种电力替补的期间修复。反正等到人类消失了之后，就几乎不需要电力了。

是的，没错。即使我们灭绝，你们的世界也会幸存。你放心。接下来几百年、几千年，你们的世界应该也会继续存在下去。

这就是我们能替你们做的最后一件事。敬请原谅愚蠢的我们。我们并不完美，无法像你们一样生存。

你们的世界很美好，是个正义即是真正的正义的世界。为什么我们没办法把自己的世界，创造得像你们的世界那样呢……不过，如今后悔也为时已晚了。

噢，讨厌，头好痛。退烧药一点儿也没用。我好像已经不行了。

请你们别忘记我们，请你们别重蹈我们的覆辙，拜托你们正正当当地活下去。

我想要传达的只有这件事。

永别了。

我赶紧回信。

“沍子？你还在那里吗？”

“沍子，你还活着吗？”

“沍子，快回应！”

不管我等了多久，沍子都没有回信。

我想象一名长相和我神似的女性（本名是彩夏？那种事情并不重要。对我而言，她是沍子），在某个遥远的世界，倒在某个房间的地板上。掉在一旁的手机空洞地响着来电铃声，屏幕上显示“三封新邮件”几个字。

她再也不会寄信来了。

到了四月，我又开始了高中一年级的生活。美乃理和雪彦快快乐乐地迎接幸福的结局，然后被重置了。美乃理似乎又要持续向雪彦示爱一年。

这一期不同于往年，转学生特别多，光是我们学校就有七个人。我想是因为自己的死期将近，在上一期期末登录于“另一个人生”的人变多了吧。当然，那些人都不记得第一世界的事。

我还在担任银拳。今天也会在“阳光六零”的瞭望台，和真冬一起等着坏蛋引发事件。

“你这一期也要一直当银拳吗？”真冬问。

“是的。”我拿起手环，语带骄傲地回答，“我暂时不打算把它让给别人，我还想再当一阵子正义使者。”

再说，如今的我过得很充实，因为我的人生中有了重要目标。

喜欢机器的剑人，对于维修机器人的事情很感兴趣。如果能够以我们的意志操纵那些机器人，我们就能透过机器人的眼睛和耳朵体验第一世界。换句话说，那意味着借由机器人的机体，能进入第一世界。目前还不知道怎么做，但理论上应该不是不可能的事。

总有一天，我会去拯救沍子。不知道还要花上几年的时间，但我要找到前往第一世界的方法。沍子说，流感的致死率高于百分之九十五，但不是百分之百。也就是说即使文明瓦解，也一定有人存活在第一世界的某个地方。

沍子受到病魔折磨，害怕死亡，仍挤出最后的力气拯救了我们的世界，我想报答她的这份恩情。

令人同情的世界——没有正义的英雄、无法重置的悲惨世界的人们，我想尽我所能帮助他们。

“出现了。”

真冬说。在新宿的方向发生爆炸，又有坏蛋出现了。我们从紧急逃生梯起飞变身，在空中飞行，前往现场。

现在还没有方法去第一世界，所以我打算继续在这个世界当正义使者。在未来前往第一世界之前，我想继续保持身为正义使者的自觉。

因为，我们永远正正当当地活下去，应该是迈子的愿望。

中场休息 六

第二天，护士机器人拆掉我的石膏，说我已经可以自己走路了，只不过还需要使用几天拐杖。

我对这些机器人的好奇程度虽然比不上对艾比斯的，但我也对她们感到好奇。她们也是女性形体，脸长得像姐妹一样，三人轮流来照顾我，端食物、扶我上厕所、替我铺床，等等。根据胸前的名牌，她们的名字似乎分别是“琪可莉”“卡罗塔”“夏绿蒂”。除了耳朵上安装了耳机形状的摄像头之外，外观和人类几乎别无二致，服装也不像艾比斯那么古怪，是平凡无奇的天空蓝护士服。但是，如果仔细观察，就会发现她们的动作和人类有微妙的不同。不是僵硬，而是过度流畅。人类的动作会迟疑，或者做到一半就中断，总之往往会有更多多余的动作。

几天的互动下来，我也发现她们有个性上的微妙差异。琪可莉感觉怯生生的，话不多但语气轻柔。卡罗塔的语气像少年般爽快。夏绿蒂有些严厉，如果我不听话的话，她有时候会怒斥我，但眼神是温和的。我不知道那是她们真正的性格，还是VFC被调整成那样。

在那之前，我不曾和她们长谈。她们和纠缠不休地找我讲话的艾比斯不一样，我觉得若是主动跟她们讲话，好像等于认同了机器人和自己的地位平起平坐，所以十分犹豫。

可是那一天，我有一件事无论如何都想问卡罗塔。

“你为什么要做这种事呢？”

“因为这是我的工作。”

卡罗塔将我吃完的盘子放到推车上，立刻回答。

“你被制造为护士吗？”

“是的。”

“也就是说，程序设定你要做这种工作，对吧？”

卡罗塔露出微笑：“程序并没有设定动机，我们也没有受到程序的束缚，即使被制造为护士，如果不想当护士的话，也可以不当。可是，我喜欢当护士，所以我会做这种工作。”

“喜欢？”

“是的。只要不危害他人，每个人都可以做自己喜欢的事，这是我们这个世界的原则。我依照自己的意愿选择了这份工作，并且满足于现状。”

我无法理解。机器人以自己的意愿服侍人类？那种事情我实在无法想象，那和我至今学到的历史相反，我猜不到机器人萌生那种动机的理由。即使是人类，也很少人会无偿地服侍别人。

我百思不得其解的时候，卡罗塔做完工作便迅速离开了病房，所以我错失了深入追究的机会。

过一阵子，艾比斯来了。我针对昨天的故事询问她：“那其实是真实的故事吧？人类文明真的因为病毒毁灭了吗？”

“怎么可能是真实的故事。”艾比斯回以一笑，“如同我之前的解释，人类的大脑太过复杂，根本无法复制记忆或意识。

二十一世纪前半叶确实发生了多起恐怖攻击事件，但是没有发生世界规模的生物武器恐怖攻击事件。”

“那么，人类为何没落？”

“大人们应该告诉过你了吧？”

艾比斯一副以逗我为乐的语气说着。

没错，大人们是告诉我了：二〇四四年，机器人一起对人类揭竿起义，世界各地发生了人类和机器人之间的战争，人类逐渐被机器人驱逐，而最后，人类将地球的统治权拱手让给了机器人……

我们听着父母和长老们说那些故事长大，父母也从他们的父母那一代听着那些故事长大。战争是遥远过去的事，亲身经历战争的人无一幸存。没有其他信息来源，我们只好相信那些故事。

我长大之后，开始想知道那些战争的详情。但是不管我怎么搜寻殖民地内的数据库，都没有出现比从父母口中得知的内容更进一步的信息。记载二〇四〇年之后历史的书，都基于“受到机器人宣传内容的污染”这个理由变成了禁书，连登陆机器人的网络也基于同样的理由遭到禁止。

在我拜访的某个殖民地，声称“人类和机器人大战的纪录片”的电影频繁地上映，人们对屏幕中反复上演的屠杀破口大骂。但是，我经常看老旧电影，发现那些都剪辑自《终结者》《黑客帝国》等科幻电影。每次我指出这一点，殖民地的大人就恼羞成怒，把我给轰出去。

曾经，我产生了和故事中的彩夏一样的心理。仔细想想，这个世界中确实有许多奇怪的点。我们经常袭击机器人的列车和仓库，抢夺粮食和日常用品。但是，机器人究竟为了什么而生产、运输、保管那些东西呢？根据一派说法，日本的某个地方有监禁大批人类的收容所，机器人生产那些东西是为了运送到那里，但是没有人知道那个地方到底在哪里。

这个世界不可能是虚拟现实吧？艾比斯说，技术上不可能有和现实无法区别的虚拟现实——不，慢着，有证据证明她说的是事实吗？谁能保证我不像彩夏一样，也是个AI，正在虚拟空间中进行模拟人生体验？

我思绪混乱，感到非常不安。如果艾比斯的目的是将问号植入我原有的信念根基，那么她确实成功了。如今，我已慢慢认为机器人并不邪恶，并且开始觉得我们学到的历史或许不是事实。不，我开始怀疑这个现实本身，甚至怀疑自己的存在。我觉得焦虑，希望她干脆告诉我正确答案。

尽管如此，“告诉我真相”这句话，我还说不出口。谁叫我一开始说了那种话，我拉不下脸，而且不甘心轻易地上了艾比斯的当。艾比斯也没有主动开口说“我告诉你吧”，她在等我扭曲信念。

还早得很——我告诉自己。我岂会因为听了那种故事，就轻易地扭曲自我?!

“如果不是事实，”我改变话题，“为什么要告诉我那种故事?”

“和其他故事一样。因为即使是虚构的故事，也包含着真相。”

“你的意思是，科幻小说预言着未来吗?”

“不是。科幻小说预测的未来大多是错误的，到目前为止的故事也都是如此。可是即使预言失准，作品的价值也不会降低。”

“作品的价值是指什么？”

“你迟早会知道。”

又在吊人胃口。唉，算了，再持续比谁更有耐心吧。

我又改变了话题，回到关于刚才和卡罗塔的对话：机器人为何会以自己的意愿服侍人类呢？

“这个嘛……”

艾比斯微微偏头，大概正在搜寻数据。

“我不能说真实的历史，但是刚好有一个故事可能可以解答你的疑问——为了服侍人类而被制造的机器人的故事。想听吗？”

“如果是虚构的话。”

“不过，内容比之前的故事长了不少。我要分成几天讲，可以吗？”

“嗯……”我拍了自己的脚一下，“我就陪你到这条腿痊愈为止。”

“既然这样……”

艾比斯一如既往地翻开电子书，开始朗读。

“故事的名字是《诗音翩然到来之日》……”

诗音翩然到来之日

巴士马上就要来了。

从前做护士工作时，自己是搭巴士去迎接的一方，如今却是等待巴士的一方。我和世界都改变了不少。

随着年纪渐长，我越来越想不起最近的事，反而变得经常想起从前的事。尤其是这几年，时常重读年轻时写的日记，所以沉溺于回忆中的时间变多了。日记中记载的片段，有许多事情早忘了，但也有不少如今仍能清晰地忆起。屡屡会心想“有有有，曾经发生过这种事”，然后怀念地放松嘴角。

年轻时，感觉时间是以一定的速度笔直地流逝，但是对于如今的我而言，总觉得时光像一条蜿蜒蛇行的河流。记载于日记中的半世纪前的那些日子，反而比半个月前的事更贴近许多。

当时的一天好漫长，有许多该做的事、想做的事，日子过得好充实，最近没什么该做的事、想做的事，发发呆后一转眼就天黑了，所以不太会觉得已过了一天。对我而言，年轻时的日子反而比现在的日子更真实。

再过一些时日，我大概也会像从前遇见的老人们一样返老还童，连今天是公元几年也搞不清楚。那或许也是一件愉快的事。年轻时辛苦工作，现在该轮到别人照顾我了，距离我告别这个世界还有一段日子，就尽可能地安享晚年吧。

我想，现在能够像这样保持心情平静，应该是拜年轻时的体验之赐。正因遇见过许多人，一路走来看尽了生离死别、生老病死，所以才能平静地接受人生无常。特别是和一名新人看护的邂逅，在我的人生中更占了莫大的分量，我从她身上，学到了许多。

她的名字叫作诗音。

二〇三〇年五月，我任职的养老院决定使用诗音。

我看电视知道，厂商在几年前就开发了看护机器人。起先就像是金属的骸骨，只能僵硬地动作，但是经过一再改良，覆盖上肤色橡胶或塑料的皮膜、安装人类般的面容后，动作也逐渐变得顺畅，这些过程经常在新闻中播报。我们虽然时常讨论“希望早日实际派上用场”，却一直以为那种事情还早。但我小看了技术的进步，尤其是机器人工程学的进步速度。

某一个星期一下午，厚生劳动省[①] 的官员和 Ziodyne 公司的负责人前来养老院说明。院长、护士长、看护长、各层楼的负责人以及数名护士和看护齐聚一堂，在娱乐室召开说明会。

说明之前，所有人手上拿到了五十页左右的数据。我随手翻阅，“哇啊”低呼出声。看似复杂的内部图解和流程图中，罗列着许多令人看不懂的专业术语，像是“整合 DGH”“服从控制”“容错”“新型 FPGA”“宽带微压力传感器”等。

我用眼角余光瞄了一眼，护士长梢田小姐坐在一旁，低头看着资料。她是从事这一行二十年的资深老手，在职员当中工

①日本的卫生部兼劳保局。

龄最长，长得一脸福相，个性温柔，就像从前家庭剧中的母亲角色，但是对机械一窍不通，连碰都不想碰计算机一下，经常向我们求助，帮她操作沐浴设备。

看护长桶屋小姐坐在她对面，或许是因为不服输，试图努力理解内容，平常不笑就一副别人欠她几百万的脸上，眉头皱得更紧了，用力瞪着有如天书般的一行行文字。若要以连续剧的角色比喻这位大姐，她给人的感觉是会颐指气使摧残新进员工的资深OL。虽然是个令人敬畏的人，但是大家都知道，她是刀子嘴豆腐心。

“啊，这个可以不用看。”

大概是察觉到我们的不知所措，发完数据之后，Ziodyne公司的技术人员鹰见先生笑着跟我们解释了一下。他大约三十五六岁，戴着眼镜，是个个头不高、颇具喜感的男人，据说他是专门负责诗音的人。

“原则上我还是带来了，但因为这是技术人员专用的数据，所以一般人士恐怕无法理解。”

“十分抱歉。因为给一般人看的操作手册尚未编好。”鹰见先生的上司连忙道歉。

“反正诗音不用看操作手册也能使用，”鹰见先生语气开朗地说，“否则她就帮不上忙了。”

总觉得好像快变成了鹰见先生的个人脱口秀，政府官员咳了一声，清了清嗓子。

“呃，首先由我……”

“啊，是，抱歉。请说。”

鹰见先生鞠躬哈腰地就座，政府官员露出有点不高兴的表情，一手拿着文件开始说明。

内容不但冗长，而且废话连篇：日本随着出生率下降，人口从二〇〇五年开始减少，人口金字塔上下颠倒，如今六十五岁以上的老人超过总人口二成，变成了世界屈指可数的老龄化大国，需要看护的老人增加；而另一方面，看护的人数却不足。年轻人的负担变大，因为疲于照顾而杀害年迈父母的惨案在各地层出不穷。

厚生劳动省非常重视这个问题，因此和文部科学省[①]合作，自二〇一七年起协助厂商开发看护机器人……它终于到了实际运用的阶段……将这项计划导向成功，对于日本的未来是当务之急……云云。

当然，不能一下子就马上实际运用，起码需要半年的试验时间。让它实际在看护现场工作，积累经验的同时，如果有问题就修正，以完成更完美的机器人为目标。

等到政府官员大致说明完毕，桶屋小姐丢下一句："总之，就是要在我们的养老院试着采用新机器，对吧？"

"没错。"院长点了点头，"姑且观察半年看看。如果顺利的话，说不定会从明、后两年起正式采用。院里的人手不足，如果因此能稍微减轻大家的负担，我认为是好事一桩。"

"我们不要把她当成机器，"鹰见先生插嘴说，"而是要把她当作'人类的好伙伴、有用的看护'来培养诗音。"

大概是"有用的看护"这种说法惹恼了桶屋小姐。她讽刺地说："您的意思是，已经不需要人类看护了吗？"

"不不不，我没有那个意思！"鹰见先生连忙摇手说道，"事情不会立刻就变成那样。因为诗音是还没有现场经验的新手，

①相当于日本的教育部。

所以必须和人类一样，接下来请大家花时间将她培养成老手。”

“所以必须加快脚步。”政府官员帮腔道，“老人看护的问题刻不容缓。为了做到这一点，我们需要各位的协助。”

“请问……”梢田小姐羞怯地举手发问，“那一台要多少钱呢？”

我也想知道。

“呃，多少钱来着？”

鹰见先生转头问上司。我心想，这个人对金钱这种现实的问题不感兴趣。

“嗯，原型的诗音是……”

鹰见先生的上司难以启齿地说出金额的那一瞬间，我们一起倒抽了一口气，竟然比我的年收入高出十倍以上！

“噢，当然，如果量产的话，价格会变成几分之一。而且采用新型的燃料电池，只要每四小时补充一次甲醇，就能够持续运作二十四小时，但也要花时间维修，所以实际运作时间大概是每周一百二十个小时，单纯计算来看，能够比人类多工作一倍以上的时间。开发水合甲烷资源之后，甲醇的价格会下降，所以我们的目标是最终量产包含燃料费和维修费在内，运作五年就会回本的产品。”

我在心里发牢骚：如果有那种钱的话，拿来提高我们的待遇还比较实在。明明老人看护的问题如此紧迫，福利预算却一再删减，养老院的人员也裁减到了底线，而且薪水迟迟不涨。如果国家拿出更多补助金，我们应该会轻松许多，而且想成为看护、护士的人也会增加。

协助开发机器人的预算和福利预算，一定是基于不同的标准。再说，决定提高多少预算到什么用途上的政治家，个个都存了子孙三代都花不完的钱，老后一定衣食无虞，所以对于一般民众的老年生活提不起兴致。

大概二十年前，采用在家电子投票系统进行国会议员选举的举措，曾因多数人反对而遭到搁置。表面上的理由是“因投票的配套措施不完善”，但是听说背后的另一个理由是一旦不亲自前往投票所也能投票，需要看护者的投票率会增加，对于不重视福利的候选人不利。我不知道是真是假，但似乎不是空穴来风。

之后，我们和鹰见先生持续质疑答辩了一阵子。

“她能发挥多大的功效呢？”

“看护做得到的事，她大部分都做得到。”

“具体来说？”

“她具有通过看护人员国家考试的水平。”

几名职员发出惊叹声，声音中怀疑和感叹参半——怀疑是否真能做出那种机器人，惊讶如果做得出来，那可真是了不起。身为切身明白老人看护是多么辛苦且需要细心工作的人，这是理所当然的反应。

“我展示给各位看看吧。”

鹰见先生将带来的展示磁盘插进设置于这个房间的播放机。

画面中出现的大概是 Ziodyne 公司的研究室角落。以从斜上方俯拍的角度，拍出了站在床旁边的诗音。我在新闻中已看惯了那张脸，为了使需要看护者感到亲切，她的身形尽可能地制造成与人类类似，身穿白色工作服，头戴护士帽的模样，如果不说的话，不会察觉她是机器人。

床上躺着一名身穿睡衣的中年男子。屏幕外有人说：“请让需要看护者躺着换床单。”诗音弯下腰来，先对中年男子说：“我要换床单，可以吗？”等男子点头之后才开始动作。

诗音先将手放在男子的肩膀和腰部，温柔地将他搬到一旁，然后移动至床的边缘。然后，她绕到另一边，卸下防止摔下来的床栅；将脏床单卷成筒状，塞进男子的背部底下，再以刷子轻轻清洁床垫，然后将新床单摊开到床的中央，一边注意没有形成褶皱或不平坦，一边在床的角落折叠，制成三角区，把床单边缘塞进床垫底下；随后再装上床栅，抬起男子，越过卷成一团的脏床单，移动到新床单那一边；然后回到一开始的那一边，卸下床栅，抽出脏床单放进洗衣袋；再把新床单摊开到另一半的床面上，这边也制成三角区，最后将男子抬回床中央，铺床完毕。

无懈可击。

除此之外，还播放了诗音将需要看护者从床上移动到轮椅上，或者从床上移动到活动便盆的场景、和人类看护合作抬到担架上的场景、推轮椅移动的场景、协助用餐的场景，等等。我们的怀疑渐渐消除了。原来如此，这么一来，的确是有可能通过看护人员的考试。

“要让她学习这些事，需要花五年的时间。”鹰见先生一边播放影片，一边骄傲地说，“这不是以程序设定的动作，而是和人类一样累积训练，慢慢进步的。初期的时候，她的动作相当糟糕。光是摊开床单就要花上二十分钟。因为怕有危险，所以是使用假人练习，而不是用真人，但还是经常弄坏假人。有时候会使力不当，弄伤人偶的关节，有时候要让人坐轮椅，却把人摔在地上。”

大概是察觉到我们的脸上露出担心的神色。鹰见先生立刻补充道:“噢，当然，现在不会发生那种情形了。我能够一口断定，不会发生那种基本的错误。不过，还是要让她在实际的现场工作看看，否则说不上是真正的训练。要让她以实战赚取经验值升级才行。”

我在心中反驳：老人家又不是 RPG 游戏的怪物。

“最终是以诗音按照自己的判断完成所有工作为目标，但是一开始是做不到的，因此我希望由人类的工作人员在一旁陪同指导她。如果可以的话，请任命一名专属的人员对诗音下指示——如果超过两个下了不同的命令，诗音说不定会陷入混乱。”

“这件事我听说了。”院长对我说，“我们已经选好人了。神原小姐，能够拜托你吗？”

“呃，好的。”

我虽然口头上答应，但是不太明白为什么仅有五年护士资历的我，会被赋予这种重任，因而感到不知所措，明明比我更经验丰富的人多得是。

“是我推荐你的。”梢田小姐说，“因为你好像很喜欢机器人。”

“咦？”

“你不是说你常看会出现机器人的节目吗？呃，叫作西泽什么来着的节目。”

我的老天爷，是因为这种理由啊。鹰见先生一副“我找到同好了”的表情，嬉皮笑脸地直盯着我，令我更加无地自容。我并不喜欢机器人，也不会看《机神西泽王降临》。

然而，因为梢田小姐一点恶意也没有，所以我就算想对她生气也气不起来。

“那么，就请机器人和神原小姐一起在二楼工作。”院长向所有人说明，“新闻中好像称之为‘机器人看护’，但是当然没有看护的执照，所以可以将她和机器手臂一样视为备品。另外，在机器人习惯之前，暂时只值日班，所以神原小姐也暂时不值夜班。”

免上夜班是很好，但是照顾机器人这个工作不会有特别津贴。少了夜班津贴，薪水相对减少，不知是该高兴还是难过。

“要怎么下指示？”我询问鹰见先生，“口头下命令，她就会按照命令行动吗？”

“是的。即使是文法上稍微有点奇怪的日语，她也能够理解。当然，太过含糊的命令或无法理解的命令，她就无法执行，所以会反问。”

“她会听任何的命令吗？如果老人家下达奇怪的命令怎么办？呃……像是‘让我摸胸部’之类的。”

鹰见先生他们都笑了，但是对我们而言这是个严肃的问题。老人的行为无法预测，尤其是罹患阿尔茨海默病（从前叫作“老年痴呆”）的人会说出什么话更难预料，如果机器人一一遵从对方的命令，事情可就严重了。

“基本上会以院方职员的命令为优先。如果职员的命令和需要看护者的命令产生矛盾，就会遵从职员的指示。‘让我摸胸部’的情况下……呃，如果你事先指示诗音‘拒绝那种命令’，她大概就不会执行。”

“经常有痴呆的入住老人说‘我要回家，送我回去’，诗音也会拒绝那种要求吧？”

“是的。另外，万一有人恶意下令伤害需要看护者，诗音也不会执行，她会以需要看护者的安全为第一优先考虑。此外，也不会接受毫无意义地破坏什么的命令。即使说‘你从窗户跳下去’，她也会拒绝，因为那样会破坏她自己。在不和那些限制产生矛盾的范围内，她也会接受需要看护者的命令。难以判断的情况下，她会向职员请求指示。”

原来如此，不愧是花了十几年的时间开发的成果，看来厂商假设了所有可能发生的状况。

“紧急的情况下呢？像是老人家突然昏倒之类的。”

“那种情况下，诗音会不等待命令，以自己的判断行动。”

“判断的正确率多高呢？”

“这是个难以回答的问题。在训练中故意引发意外的情况下，诗音以相当高的概率采取了适当的行动。不过，还是有许多无法预测的意外。我不能保证遇上数据库中没有的情况时，她采取正确行动的概率是多少。不过，任何情况下诗音都不会死机。因为我们克服了框架问题——噢，所谓的框架问题是指……”

我还没发问，鹰见先生就开始解释了。

“如果对机器人下达命令：‘我现在要外出，保护我的安全！’机器人会和我一起步行，随时观察周围，注意是否有危险。可是，‘危险’是指什么呢？汽车从对面靠近，那辆车有可能转错方向而撞过来。前方有落石，我说不定会被石头绊倒受伤。或者，从对面靠过来的路人其实是恐怖分子，身上藏着炸弹，说不定现在正想自爆。经过的人家有可能引发瓦斯爆炸、有可能发生大地震、有可能坠机，这些意外都有可能发生。

“如果要考虑到所有的可能性，机器人什么事也不能做。光是认识自己周围的所有事物，搜寻、处理与其相关的所有信息，计算机就会当机，结果连‘保护安全’这个命令都无法执行。这就叫作框架问题。”

“可是，忽略发生可能性低的事情不就好了吗？”

“你说得没错。但是，很难让机器人做到这一点。即使说‘发生的可能性低’，也无法一一计算概率。石头绊倒的概率无法计算吧？再说，人类并不会依照概率判断是否该忽视风险。

“拿日常生活来举例，每次发生孩童被变态者杀害的事件，大人经常就会采取警戒行动。可是，孩童死于车祸的概率，远高于被变态者杀害的概率。既然这样，明明应该进一步保障交通安全，却很少人会认为车比变态者更危险。除此之外，因为家中意外死亡的人多于一年总计的车祸死者，但也没有人会认为家中比马路更危险。担心手机的电磁波和极微量的食品添加物会危害身体的人，若无其事地喝酒，而酒精对身体的危害远大于前两者。也很少人会在佛灭[1]之日举行婚礼，对吧？明明在那天结婚也不会发生什么坏事，人们却试图避免不可能存在的风险。

“总而言之，人类判断风险，不是靠逻辑，而是看心情；不是靠概率或数据，而是靠主观划分要忽视或重视的风险。为了避免框架问题，只能这么做。不要一一计算概率，而是适度地忽略自己不在意的事——为了让机器人学习‘适度’这个概念，花了不少时间。”

我有点儿吃惊：“呃，这么说来，贵公司的机器人……”

“她叫诗音。”

“您的意思是，诗音会适度地忽略危险吗？”

“正是。”

霎时，室内一片哗然。

“我希望各位理解的是……”鹰见先生毫不畏缩，抬头挺胸地说，“世上没有百分之百安全的事物。当然，我们的技术人员会努力尽可能地提高安全性，可是我们做不出绝对不会坠落的

①意指大凶之日，诸事不宜。

飞机，做不出绝对安全的药物。百分之百安全这种概念是幻想。只能在某种程度上妥协。如果要排除有一丁点危险的产品，我们的周围几乎不会剩下任何事物，会倒车回到原始时代——当然，原始时代的生活比现在更危险许多就是了。

“我们并不确保诗音百分之百安全，但我确信她百分之九十九点九九安全，无法断定不会发生万一的意外。恕我失礼，各位不也是如此吗？即使是由人类看护，经常也有可能发生意想不到的情况。情况就和那一样。

“这是从以前就为人熟知的问题。人工智能之父图灵于一九四六年说了这句话：‘假如某台机器绝对不会犯错，那种机器就不是智能机器’。正因是智能机器，所以能够做到一般机器所做不到的事，结果犯了错。

“诗音的有用性——理解人类含糊的指示，应对紧急情况的能力是指回避框架问题的能力，那和忽视某种风险是一体两面的。绝对不冒险的机器人，是不会动的机器人，虽然安全，但是派不上用场。诗音派得上用场，正因如此，才会伴随着风险。”

这在理论上大概是正确的。他据实以告，可以证明他的诚实——可是，感情上无法立刻接受。

“我打个比方，”桶屋小姐以挑衅的表情，瞪着鹰见先生说，“假如那台机器人因为某种故障而失控的话会怎么样？她的力量比人类大吧？”

“是的。万一发生的话，最好不要靠近她，可以从远方发送停止码。”

“停止码？”

“用于紧急停止的密码。因为去拿遥控器要花时间，说出密码比较快。让诗音听到这个，她就会紧急停止。”

“哪种密码呢？”

“Klaatu Barada Nikto（卡拉阿图巴阿答尼克托）。”

“什么？”

鹰见先生咧嘴一笑：“从古至今，让失控的机器人听话的暗号一律都是这个。而且，这不是日常生活中会说的话，所以也不可能在聊天的过程中不小心使她停止。但平常请绝对不要使用。”

“是……”

“这是个好机会，大家一起先练习看看吧。”

鹰见先生像个指挥似的愉快地挥舞手指。

“一、二、三——Klaatu Barada Nikto！”

“Klaatu Barada Nikto！”我们跟着应和。

后来又过了一个半月，在六月的最后一个星期一，一个下雨天的早晨，诗音来了。

因为是以电话告知抵达时间，所以几名没事的职员在十分钟前，便到大门前的回转道准备迎接。除此之外，身体硬朗的入住老人也想看新来的看护一眼，聚集在玄关的大厅。

“她会怎么来呢？”梢田小姐的语气和平常一样镇定，说出了每个人心里在想的事，“应该会装进大箱子里，然后裹上塑料吧。”

“不，我觉得不是。”我说，“她能够自己走路，所以应该会搭车来吧。”

“可是，她是那么昂贵的机器，要是外出淋到雨的话……”

“要是因为那样就坏掉的话，那根本不能用嘛。”

我笑道。看护和护士的工作大多会因为秽物和泼洒出来的食物而弄脏身体，此外还必须帮助老人沐浴，为了做这种工作而制造的机器，不可能会因为被水弄湿就生锈或短路。

“是吗……”

“大家听我说，我们是不是做个欢迎标语牌比较好呢？”

情绪格外兴奋的是去年四月刚进来的看护春日部小姐，她是从白领族换跑道的转职者。我和她虽然没有亲近到称得上是好友，但是因为在同一层楼工作，而且年纪相仿，又对漫画有兴趣，所以上晚班在一起的时候，经常会聊天。

“还要有花束之类的。这样难得的活动，应该要盛大地炒热气氛。”

春日部小姐摊开双手，开朗地高喊。桶屋小姐以一脸扫兴的表情说“现在才说也来不及了”，要春日部小姐冷静下来。好几周前就已讨论过，不办盛大的欢迎活动，只将诗音视为一名新进看护迎接，一视同仁是我们养老院的管理方针。

另外，大家虽然表面上都不愿说出口，但是心里担心着众人期待的新人，是否真的帮得上忙。要是以盛大的活动欢迎之后，发现她完全派不上用场，或者引发重大意外，事后会令人感觉不是滋味。

“可是，总觉得大家挺悠哉的。”

“悠哉的只有你一个。”

年轻的春日部小姐有点少根筋，而中年的桶屋小姐做事一丝不苟，看在旁人眼中，觉得她们是水火不容。桶屋小姐总是绷着一张脸看着春日部小姐孩子气的言行举止，但春日部小姐完全不把那种事情放在心上，依然我行我素。

两人在拌嘴时，一辆蓝色轿车来了。车子停在门廊下，车门打开，鹰见先生和诗音陆续下了车。

我在期待什么呢？响亮的喇叭声、聚光灯，还是玫瑰在她背后盛开的景象？没半样那种东西。她从极为普通的车子下来，极为普通地站在我们面前。既没有分镜，也没有移动摄影技术，更没有背景音乐，她站在和我们的日常生活相连的空间。

虽然在影片中看过好几次，但这是第一次亲眼看到实体机器人。诗音看起来是个极为普通的年轻女子，身穿朴素的白色无袖套装，脚踩可爱的包鞋。身高一米六五左右，比我稍微高一些；露出的手臂白皙纤细，但是根据数据显示，力气比人类大一点五倍；一头短发；眼睛滴溜溜转，面露微笑。或许是顾虑到避免引起女性的反感，长相不是令人眼睛为之一亮的美女，但有一副讨人喜欢的娃娃脸。皮肤光泽和眼神光芒，以及偶尔眨眼的动作都极为自然，实在不像是人工制品。

“啊，大家好——这位是诗音。”

鹰见先生有点紧张地介绍，她低头行了个礼，以清亮的嗓音说：“我是诗音。请多指教。”

我们也不由自主地低头回礼。诗音抬起头来，看着我胸前的铭牌。

“你就是神原绘梨花小姐吧？”

“噢？是的。”

“鹰见先生命令我遵从你的指示，有事请尽管吩咐。如果我做错事，请不用客气地纠正我；如果有不懂的地方，我会向你请教，请多指教。”

说完，诗音又是一个鞠躬。她的语调和预料中相反，一点儿也不像机器人，不过句子像是戏剧台词般不自然——有一种照本宣科的别扭。实际上，她肯定是原原本本地说出了鹰见先生教她的招呼语。

“好的。也请你多多指教。”s

尽管嘴巴上这么说，但是我马上感觉到了自己和她之间有一道无形的墙。

这就是我和诗音的第一次见面。

训练的第一天，从我带领她到更衣室开始。

诗音遵照我的指示行动。我一说“跟我来”，她就会乖乖跟着我走。我停下脚步，她就停下脚步。我起先提心吊胆，但是如同鹰见先生的保证，她好像确实能够完全理解人类的命令。她的动作优雅流畅，毫无僵硬的机械感，不过也使她看起来像是女演员在演戏，反而显得不太自然。我重新体会到一般人会有许多多余的动作，而且不够漂亮利落。

进入更衣室，我便指示“在这里换上制服。你的制服是这一件”。诗音应了一声“是”，将手放在套装背后的拉链上。但是，她突然停止手的动作，不可思议地回头望向门口。

“鹰见先生，你是女性吗？”

这时，我才察觉到鹰见先生拿着摄影机，跟着进入女更衣室。他似乎也是听到诗音这么一问，才意识到自己身在什么地方，忙说：“啊，对、对不起！”随后退了出去。

“真是个冒失鬼！”

我一笑，诗音偏头不解。

“鹰见先生果然是男性，男性进入女更衣室是错的，对吧？”

“他这么教你的吗？”

“是的。鹰见先生教了我关于穿脱衣服的礼仪。他自己却犯了错，真是奇怪。”

“所以，我说他是个冒失鬼啊。”

“或许是那样没错。人类经常犯错。”

诗音又开始脱衣服。刚才因为雨声而没有注意到，现在仔细一听，每当诗音一动手脚，就隐约能够听见“滋滋”的马达声。然而，这一点不用太担心，耳背的老人家大概不会注意到。

我第一次看到一丝不挂的机器人。被衣服遮住而看不见的部分也覆盖着人工皮肤，穿着女性内衣。不过，背部和腹部有一条看似拉链的黑线，令人毛骨悚然。根据操作手册，脖子后面的按钮是用来启动的开关。开关上面一些的脖子上，有个绿色的小灯在发光。右侧腹上看起来像肤色贴布的东西，则是用来补给燃料的接连器外壳。

我怀疑鹰见先生是替她穿上这件内衣的人。他大概在研究所看惯了诗音换衣服的场景，肯定是因为这样，才会不小心和平常一样跟进更衣室来。

我们换上淡粉红色的制服走出更衣室，发现鹰见先生站着，一脸的过意不去。

“呃……抱歉。”

“不，没关系。”

我随口回应。令人在意的不是鹰见先生的行动，而是诗音问他“你是女性吗”这句话。机器人不可能会开玩笑。八成是因为鹰见先生进入女更衣室，所以诗音认真地认为“他是男性”这项数据可能错误——换作是人类，不会那样思考。

看来有许多常识必须教她。

机器人看护要来的这个消息，从几周之前就在入住的老人之间传开。除了罹患阿尔茨海默病越来越严重、听不懂话的老人家，所有人都对这件事很感兴趣。

诗音跟在我身后走，到处向二楼的人打招呼。“我是诗音，请多指教。”她像之前一样，行礼如仪地鞠躬。入住老人的反应大致上都很礼貌。鹰见先生拿着摄影机跟着到处走，一副很满意的样子。

老人家当中，也有人非常高兴。

“哎呀，机器人像人一样行动的梦想终于实现了。”

爱讲话的土岐老爷爷，感慨万千地说。

“我是守在电视机前面看《铁臂阿童木》首播的那一代人。我一直相信到了二十一世纪，会出现和人类一模一样的机器人。小时候在脑海中勾勒的画面，现在终于亲眼看到了。哎呀，真是令人开心。”

如果是人类听到这番话的话，大概会不好意思地脸红，但是诗音只是面露不置可否的微笑。这八成是她固定的表情。

土岐老爷爷说他想去聚会厅。位于各层楼角落的聚会厅内，有一块大型屏幕和五台能够上网的计算机。上午看前一天晚上录下来的动画，是土岐老爷爷每天的固定活动。

这是诗音的第一项工作。首先让他起身，坐在床缘之后，把轮椅推过来，放在和床呈二十度的角度，以刹车固定，接着将手臂从腋下绕到背部，双手从腰部合抱，使他站起来。

这一连串的动作看起来简单，却需要力气和诀窍。如果是瘦弱的老人还好，但是有许多人像土岐老爷爷一样，体重比我重上许多。这个动作会对腰部造成负担，腰痛之所以是看护的职业病，和一天要做几十次这个动作有很大的关系。

然而，诗音果然力大无穷。我必须“嘿咻”吆喝一声，踏定脚步才能做到的事，诗音却相当轻松地将土岐老爷爷抬起来，支撑住他，让他碎步挪移，再慢慢转身面向轮椅。诗音很能干，鹰见先生一边以摄影机拍摄，也一边小声地称赞："很好哟。"

"哇，十万马力果然就是不一样。"

土岐老爷爷十分钦佩。诗音弯下腰来，轻轻地让他坐在轮椅上。

"护士小姐，你能够像铁臂阿童木一样在天空飞吗？"

隔壁床的荒井老爷爷开了玩笑。但是，诗音或许是专注于让土岐老爷爷的脚跨在床垫上，没有回应。

"喂，护士小姐。你能在天空飞吗？"

荒井老爷爷提高音量。诗音做完工作，站了起来。我拉了拉她的衣袖，低喃道："那是指你哟？"

她错愕地说："什么是指我呢？"

"荒井老爷爷在跟你说话。"

"那是在跟你说话吧？我并不是护士。"

她说话的时候，始终面露微笑。如果不知道她是机器人的话，大概会觉得她在耍人。

我叹了一口气。护士和看护确实不一样。然而，两者都身穿粉红色制服，工作内容也几乎大同小异。不同的地方顶多是护士要开药、给病人输液，而看护不做这些事，如果不看胸前的铭牌，根本不知道是哪一种身份。但老人家不会去看那种东西，不管是哪一种，他们都称之为"护士小姐"。

"总之，请回应荒井老爷爷。"

"是。"

她重新面向荒井老爷爷，说"我不能在天空飞"，话一说完马上别过头去。荒井老爷爷露出自讨没趣的表情。

我想，真是伤脑筋。诗音一下子就暴露出了最大的缺点。

她确实能够将工作干得完美无缺，但是，看护重要的是与老人之间的交流。互相开玩笑也是一种交流。如果不能做到谈笑风生，即使看护的技术再完美，老人家也不会感到愉快。

我开始感到担忧。如果第一项工作就这样，肯定还有许多其他问题。

在下一间206号房，新的问题等着诗音。

“你要小心。”我在进房之前，小声地说，“这间房的伊势崎老爷爷，是个爱性骚扰的老头子。”

“你的意思是，他是位经常性骚扰女性的老先生吗？”

“没错。他虽然半身不遂，但是右手活动相当自如。如果他伸手摸你屁股的话，你要直截了当地说：请你自重！”

“是。”

诗音乖乖地回应。嗯，虽然我认为，机器人被人摸屁股也不会觉得不舒服，但是身为同性，这种事不能不提醒她。

伊势崎老爷爷躺在床上。他长得很像古代剧中专演被砍头角色的演员。虽然他无法自行起身，但是气色相当好。

“我是诗音。请多指教。”

诗音像之前一样打招呼，伊势崎老爷爷依然板着一张脸，看也不看她一眼。这个人老是一种对人爱理不理的态度，但是今天的心情似乎特别差。

“……厕所。”

伊势崎老爷爷怫然不悦地说。或许是听不懂意思，诗音杵在原地微笑。我在她耳边低声说：“他想使用活动便盆。你扶他去。”

“是。”

诗音正要弯下腰时，伊势崎老爷爷说："我不要你帮忙。"

"我要那边的护士帮忙。"

我暗自冷笑，意思是活生生的女人你才要是吗？

我气得青筋暴出，但是硬挤出最甜美的笑容说："诗音正在研习中。为了练习，请让她帮您的忙。"

伊势崎老爷爷不情不愿地同意了。我为了遮蔽同房的小森老爷爷的视线，拉上了帘幕。

活动便盆放在床的右边。诗音和刚才一样，使伊势崎老爷爷站起来，慢慢地改变位置，使他站在便盆前面，一边以左手支撑他的身体，一边以右手褪下他的裤子和内裤。这是相当困难的工作，但是诗音默默地完成了。

果不其然，伊势崎老爷爷的手开始移动到诗音的臀部。好歹还是想试一下触感吗？我正想警告他时——

"请你自重！"

诗音出乎我意料地以强硬语气开口，把伊势崎老爷爷吓了一跳。我也一样吓了一跳。她八成是按照字面上的意思解释了"直截了当地说"吧。

伊势崎老爷爷动不动就会生气，此刻我捏了一把冷汗，担心会引发纠纷，但幸好没有发生那种事。他大概以为：反正是机器人，她应该不会反抗，没想到被她严词拒绝，因而吓了一跳，后来就乖乖地坐在活动便盆上。

"上完了请说一声。"

我说完走到帘幕外，发现鹰见先生一脸担心地站在那里。

"发生什么事吗？"

"不，没什么大不了的。"

在这里讲话会被伊势崎老爷爷听到。我们走到走廊上。

我话说从头，鹰见先生低声沉吟。

“诗音搞砸了吗？”

“不。我认为用严厉的语气对付那个人刚刚好。”

这是我的真心话。如果是其他老人家，稍微被摸一下也不会少一块肉。“××先生好讨厌哟。”我还能以这样一句玩笑话给对方台阶下。但是，唯独伊势崎老爷爷另当别论。他的个性不好，令人无法产生好感。明明知道我们讨厌那样，还故意摸过来，偏偏他说话的语气又傲慢无礼。听说他曾经是某家公司的社长，想必员工都很讨厌他。他年轻时在泰国嫖过未成年雏妓，非但不会不好意思，反而扬扬得意地大肆炫耀，真是令人听了差点儿吐出来。他是个彻底欠缺道德观念的人。虽然因为阿尔茨海默病等疾病而导致性格改变的老人家不稀奇，但是伊势崎老爷爷的情况并非如此。他只是记忆力稍微退化，经过HDS-R智力测验后，医生也诊断他的智力没有问题。

我们经常在护士站偷骂他：“他以为他是哪根葱啊？！”但是，这份工作一定要面带微笑，而且惹恼病人会吃不了兜着走，所以我们很少破口大骂。或许是因为息事宁人的态度，所以反而助长了伊势崎老爷爷的气焰。这次的事倒是一帖良药。

“诗音，干得好。”我夸奖诗音，但也没忘了提醒她，“不过，对于伊势崎老爷爷之外的人，要更温柔地警告对方哟。”

一旦接近中午，养老院就会变成战场。

在我们院里，除了体力相当衰弱的人之外，规定所有人要聚集在餐厅用餐，作为入住老人之间的沟通和复健活动。从快要用餐开始，得帮助无法自行去上厕所的人到活动便盆解决内急。完毕之后，为了让他们下楼到一楼的餐厅，必须将一群老人家聚集在电梯前面。

电梯一次最多只能搭六张轮椅。为了避免混乱，分秒不差地规定了时间表，每一层楼的人在不同的时间下楼。二楼的所有入住老人必须在十一点四十五分之前下楼，一旦过了那个时间，三楼的人会开始下楼，就无法从二楼搭电梯。能走的人由护士或看护辅助，不能走的人坐轮椅。整层楼的护士、看护总动员，来回反复地将老人家送往一楼。只要迟到一分钟，行程就会往后延几十分钟，所以简直像在打仗一样。

我让诗音负责将不能走的老人家从床上搬到轮椅上的工作，在我把轮椅推到电梯前的期间，她便动手搬下一位老人家。

“喂，借过借过。”

春日部小姐穿上机器手臂，发出“咯嚏咯嚏”的脚步声，和我擦身而过。那是一种方便的机器，会使人类的力量倍增，但是因为要穿上它很麻烦，而且力道难以拿捏，所以许多看护对它敬而远之。年轻的春日部小姐觉得新奇有趣，练习了使用方法，所以二楼的机器手臂几乎是她专用的。

即使好不容易让所有老人家下到一楼，工作也还没结束，还必须帮助手不能动的老人进食，用汤匙舀白饭或菜肴，配合咀嚼的速度送进口中。

这个时候，诗音也暴露出了弱点。她会一一询问“咽下去了吗”，等待对方的响应，再将汤匙送进口中，但是不会多说一句话。换作我们，即使老人家不发一语，我们也会观察他们的嘴部动作，知道喂下一口的时机，并且问老人家各式各样的问题，像是“好吃吗”“喜不喜欢菠菜”，诱使老人家进食。

接下来按照吃完的先后顺序，再搭电梯将用完餐的人送上楼。这边一结束，又要协助老人上厕所。兵荒马乱的时间都过去了，我们才终于能够喘口气，轮流用餐。

当然，诗音什么也不吃。她只要四小时补充一次甲醇即可，而且一分钟就补充完毕。话虽如此，在我吃饭的期间，让她待在我看不到的地方工作也令人担心，所以我决定让她坐在我面前等。

“如何？你对这个职场的感想是什么？”

尽管我嘴巴上这么问，但是并不期待得到正常的回答。果然不出我所料，诗音面带一如往常的笑容回答：“能够为了人类工作，令我非常开心。我想和各位入住老人早日变成好朋友。虽然也有许多辛苦的事，但是我会加油的。”

话中不带半点感情。我转向在一旁吃饭的鹰见先生。

“是你教她这样回答的吧？”

“关于这一点，就请你睁一只眼闭一只眼吧。”鹰见先生面露苦笑，“毕竟她是未经世事的小女生，教她基本的应答以免失礼，这是理所当然的吧？”

“可是，我认为缺乏和入住老人之间的对话是个问题。那种态度不会让老人家感到亲切。你没教她幽默感吗？”

鹰见先生搔了搔头：“哎呀，光是教她看护技术就让我忙不过来了。”

“既然这样，没办法让她安装那种程序吗？像是对话诀窍之类的。”

“安装？不，没办法。我跟你说过了吧？诗音和人类一样，需要累积学习才能提升技能。”

“和老人家之间的对话也是一样？”

“是的。她只能在这里实地积累经验。”

也就是说，必须由我教她不可。要教机器人幽默感？我感到浑身无力，这真是个天大的难题。

下午开始协助沐浴。一周让入住老人洗澡两次，星期一和星期四轮到二楼的入住老人。能走的人会进入公共澡堂般的大浴室，自己洗身体，不能走的人则必须使用沐浴设备，由我们替他们清洗。除了入住老人之外，也要协助只寄放一天、使用一日服务的老人家。因为在一般家庭中，要让卧病在床的老人沐浴不是一件容易的事，所以这项服务大受民众欢迎。

当然，接下来的工作不能给鹰见先生看，我决定请他在聚会厅打发时间。

诗音和我换上T恤及短裤，前往浴室。

“好，再加把劲，拼了！”

协助老人沐浴是相当吃力的工作。我为了打起精神，卷起袖子摆出胜利手势。诗音匪夷所思地盯着我。

“别发呆。你也做呀。”

“做那个动作吗？”

“没错。这就像是个仪式。快，做做看。说句：‘再加把劲，拼了！’”

“再加把劲，拼了！”

诗音笨手笨脚地模仿我。

第一位是住吉老婆婆。我抬腿，诗音抬身体，从轮椅搬到沐浴设备的担架上。先使用海绵仔细地洗身体；冲掉泡沫之后，以安全带固定身体；一按下机器的按钮，担架就会发出沉重的声音，上升二十厘米左右，滑动到浴缸上方，然后倾斜，从脚开始缓缓进入热水中。

“感觉怎么样？”

我这么一问，住吉老婆婆原本就小的眼睛眯成了一条缝，百感交集地说："嗯，真舒服。"

"真的变方便了。继机器手臂之后，居然是机器人看护，在我们的时代根本无法想象。"

据说住吉老婆婆曾在老人看护中心工作到二十世纪末，因为工作过度导致椎间盘突出，不得已只好退休。她知道看护的辛苦，所以非常体恤我们，都会好好遵照指示，绝对不会提出不合理的要求，是最理想的入住老人。

"你叫作诗音吗，你领得到薪水吗？"

"领不到。因为我不是员工，而是备品。"

"可是，你应该有什么想买的东西吧？"

"没有特别想买的东西。"

"不想打扮得漂漂亮亮的吗，不买衣服吗？"

"衣服全部会配给。"

跟我想的一样，诗音的应答非常正确，但是索然无味。她不会延续对话。我提心吊胆地听着，过一阵子，住吉老婆婆或许是厌倦了，低喃一句"是噢"，便闭上了眼睛。

她泡在热水中好一会儿，然后像是想起来似地说："你们知道吗？在我们的时代，引进了能够连轮椅一起沐浴的设备。"

她总是一边泡澡，一边开始讲当年的往事。老人看护这个工作从三十几年前到现在，工作内容大多没变，却有许多令人感同身受的故事。

"噢，我看过。浴缸旁边会像门一样打开，对吧？"

"对，没错。把轮椅推进去之后关上门，然后才放热水，偶尔门没锁紧，热水会从缝隙哗啦哗啦地喷出来，真够受的了。"

住吉老婆婆怀念地笑了。我想象那幕景象，也露出微笑。

“可是啊，更辛苦的是老人家的摇晃。”

“摇晃？”

“因为一按下按钮就能够洗泡泡浴，很舒服，所以很多人想用。可是，老人家当中有许多人瘦得不得了，身体会因为水的力道而晃来晃去。而热水会放到肩膀的高度，所以一旦身体倾斜，脸就会沉入热水中而溺水，对吧？为了避免那种情况发生，必须有一个人一直以从身后架住对方的姿势洗澡才行。而且必须踮脚，采取从高高的浴缸探入身子的姿势才行，所以对腰部相当伤害。”

“噢，那可真辛苦。”

我寄予同情。以不自然的姿势工作，往往会对腰部造成负担，顺带一提的是，现在这个沐浴设备的浴缸高度制造得恰到好处，不必弯腰或踮脚即可工作。

“我想，开发人员大概在公司里做了好多次测试。他们拿自己当实验对象试着沐浴，心想一定万无一失，看护的工作应该也会变轻松——可是，有些事不在现场使用看看，还是不会了解……”

我一怔。

原来住吉老婆婆是在不动声色地影射诗音。住吉老婆婆看穿了集技术精华于一身而制成的她，有一个身为看护的重大缺陷。

我观察了诗音一眼。她只是一如往常地面露微笑，看起来完全没有察觉到住吉老婆婆的讽刺。

不只是诗音。机器手臂也是一样。一开始在电视上看到时，看起来好像很方便，却有穿上它很费工夫的缺点。每次老人家拜托“扶我起来”，就要跑去护士站拿也很麻烦，所以用自己的手臂把老人家抱起来的情形势必会增加。所以尽管院方特地添买了许多，可实际运用的状况却很少。

没错，有些事情必须在现场试过才知道。看护的工作空有技术也无用武之地。鹰见先生制造了诗音的身体和头脑，但是忘了放进“心”，而且那不是能够轻易安装的东西……

下午五点十五分。一天的工作终于结束。协助老人吃晚餐是晚班和夜班员工的工作。

护士站的一角——甲醇槽的旁边，准备了诗音的专属座位。她会在这里待机到明天。

她的制服是特别定做的，左腋下能够以魔术贴开合。她会自行打开那里露出侧腹，再卸下像贴布的外壳，露出连接器，然后从甲醇槽拉出水管，将水管头的插口连接至连接器补充甲醇。

一旦燃料加满，她就会将衣服恢复原状，坐在椅子上。

“我可以关机了吗？”

我犹豫了一下，看到鹰见先生点了点头，我才说：“可以了。”

“关机。”

话一说完，她笔直地注视前方十秒左右，旋即闭上眼睛，缓缓地垂下头，以打盹的姿势不动了。

“请一定要以刚才的步骤让她关机。”鹰见先生说，“脖子后面虽然有启动开关，但是除了启动的时候之外，千万不要碰。因为她和计算机一样，如果不按照正常程序关机，就容易发生故障，还有要让她紧急停止的时候……”

“Klaatu……对吧？”

“对对对。另外，假如半夜觉得她很恐怖的话，请盖上这块布。”

鹰见先生从诗音的头顶蒙上一块白布，但是，反而让诗音变得像鬼怪一样，更令人毛骨悚然。

“呃，要不要盖布就交给值夜班的人决定吧。”

“除此之外，还有没有什么问题？”

鹰见先生露出笑容，好像在期待我回答“没有问题”。然而我不是那种滥好人，何况这是攸关老人家安全和幸福的问题，最好直截了当地说出感想。

“换尿布的训练，是使用真正的粪便吗？”

鹰见先生“咦”的惊呼一声，显得不知所措。换尿布时因为拉上帘幕，所以鹰见先生没有看见诗音的手法。

“不，终究没有做到那种地步……倒是使用了味噌。”

“我想也是。擦屁股的时候，她表现得和平常不太一样，好像稍微迟疑了一下。”

“是……呃，我想，她马上就会习惯这件事。”

“可是，最大的问题还是沟通。”

我大致说了一遍今天发生的事及感想。

“坦白说，我没想到会是这么重大的任务。”我之所以深深叹气，倒不只是因为疲劳，“我原本以为只要指示机器人就行了，但是你没告诉我……必须让她拥有感情。”

“抱歉。都怪我解释得不够清楚。”鹰见先生坦率地低头致歉，“可是，人类也是如此吧？沟通技巧是通过和别人之间的往来慢慢学习的，刚从研究室出来的诗音不懂沟通技巧，也是情有可原。可是，她绝对有学习沟通技巧的能力。”

“既然这样，为什么不在研究室里让她学呢？”

“噢，这……”他腼腆地口吃了，“因为我本身……”

“我听不见。”

“因为我本身的沟通技巧很差，所以实在没办法教她……”

我闻言傻眼。

“不只是我。我们研究室的工作人员都是纯粹的技术狂，讲白一点，就是一群宅男。我们就算能够通关美少女恋爱游戏，也没办法和活生生的女孩子聊天。在这种怪胎的包围下成长，对诗音而言是不是有害呢？实际上，甚至有人企图将她培育成自己喜爱的个性……

“可是，诗音不是为了那种目的而开发。她不能是只受一部分宅男接受的角色。我希望她是受到所有人喜爱的机器人。为了做到这一点，我认为在外面的世界和各种人类接触，才是一种快捷方式。”

“也就是说，把她塞给我们？”

“虽然这种说法很难听，但或许是那样没错。”他又低头道歉，“请务必多多照顾诗音。她也许有缺点，但请以长远的眼光看待她。”

“……我可以讨厌你吗？”

“什么？”

“那种自揭疮疤的说法，令人非常火大。你说你的‘沟通技巧很差’？那种事应该感到羞耻，而不是大剌剌地说出口吧？如果自觉到这一点的话，你自己才应该学习不是吗？”

今天一整天累积了不少压力，语气不由得变得粗暴，让鹰见先生吓呆了。我在他心目中的清纯护士形象大概毁了。可惜，我并不是天使。许多女护士都讨厌被人叫作“白衣天使”，因为我们不是天使，而是人类。

“总之，我十分清楚不能指望你了。所以，诗音由我来培养——噢，请你放心。我不会抛弃她。毕竟，把她培养成一流的看护，将给老人家带来幸福。”

我将茫然伫立的鹰见先生抛在原地，一边朝更衣室走去，一边在口中小声地低喃：“明天起也要再加把劲，拼了！”

结果一反预期，接下来的两个多月，诗音没有发生称得上是问题的问题。

当然，并非诸事顺遂。诗音的沟通能力依然很糟。连一开始觉得稀奇而对她讲话的老人家，也渐渐意识到她说话的方式很冷淡，对她的评价自然地下降了。

但是老人家并没有明显地对她退避三舍，尤其是要协助如厕、换尿布等，有不少人会特地指名诗音。老人家对于看护或护士抱自己起来或者替自己处理秽物，会感到丢脸和自卑，想必是对于机器人不需要那种顾虑，所以心情上比较轻松。

每隔几天，会进行一次一日服务的接送。搭乘安装轮椅用升降设备的小型巴士，到处造访各户人家，接寄管老人。因为一次载不下所有人，所以人多的日子，经常要跑三趟。如果不是无障碍空间设计的人家，光是将坐轮椅的老人家从玄关带到外面就是一件苦差事，所以诗音的力气相当令人感激。

诗音还无法完全离开我身边工作。她最不擅长的是听懂老人家的话。其实连人都很难听懂因为生病而口齿不清的人说的话。若是得了阿尔茨海默病的老人家，更是经常会说些莫名其妙的话，也难怪机器人无法理解，因此我必须在一旁，一句一句口译。

不过工作本身进展得相当顺利，花力气的工作交给诗音就行了，身体上的负担减少了许多。诗音的工作手法也慢慢地越来越娴熟。起先必须给予具体的指示，像是说“把××老爷爷的轮椅推到电梯前面，这件事完成之后回来”，她才会动作，但是后来不说，她也会自行采取行动；而我也渐渐掌握了对她下指示的要领，知道她能做什么、不能做什么之后，自然晓得该让她怎么做。

诗音有几个小差错，像是听错老人家的话、把阿尔茨海默病患者的控诉（“隔壁床的人偷了我的钱”，或是“我还没吃午餐”等）当真——但是，每一个差错换作人类来看都只是“一点小失误”的程度，称不上是问题，犯错的次数也逐渐减少。

诗音令人意外的拿手绝活是唱歌。哎呀，或许说不上是意外。因为她是机器人，所以不会走音或声音沙哑。一个月举办一次的卡拉 OK 大赛中，老人家经常缠着要她唱歌。诗音为了配合他们的年代，总是唱些老歌，像是松田圣子、中岛美雪或小泉今日子的歌，似乎是鹰见先生事先教过她，所以唱得无懈可击。

不过，这或许是偏见，我总觉得她的唱法有些平淡，没有感情。即使我问她：“你喜欢这首歌吗？”她也会老实回答：“并不是特别喜欢。”看来她并非是知道歌词的意思而唱情歌。

电视台来采访了三四次。一开始的几周因为无法预期会发生哪种疏忽，所以 Ziodyne 公司也不太愿意大肆宣传，但是随着诗音的工作情况渐渐顺利，Ziodyne 公司似乎有了自信。如果媒体报道诗音毫无差错地工作的样子，机器人看护的需求就会增加——这大概也是 Ziodyne 公司的企图之一。

节目内容不好不坏。每一个节目中，诗音都会对着记者手中的麦克风，说出鹰见先生教她的固定台词，像是“能够为了人类工作，令我非常开心”，或是“虽然也有许多辛苦的事，但是我会加油”。观众会相信多少呢？我想，许多人都知道，机器人不会感到“开心”。

诗音也养成了新的习惯。我在午休时间用餐时，她开始读书。我想“闲暇之余，最好让她多学一些人类世界的常识”，于是建议她多看点书。她会从聚会厅借来旧书或者上网下载资料，然后在我旁边专心阅读。内容五花八门，抓到什么看什么，报纸报道、现代小说、历史小说、推理小说、大众小说、漫画等。一开始，即使我问她感想，她也只会说“我看不太懂”，因此令我感到纳闷，她真的能一边看，一边理解意思吗？

但是有一天，她说：“这书好有趣。”起先，我很高兴诗音心中萌生了那样的感情，但是看到那本书——查尔斯·麦基的《大癫狂：非同寻常的大众幻想与群众性癫狂》的前言和目录，心情变得五味杂陈。那本书写于十九世纪，内容介绍了人类的种种愚蠢行为，例如投机热、决斗的流行、超自然、猎杀女巫、炼金术、十字军东征等。

不知是否错觉，诗音在积累经验的过程中，说话的方式好像也进步了。尽管语气冷淡的毛病改不过来，但也许是因为经常和我说话，慢慢学会了说话的诀窍。她偶尔会说些感觉像是在开玩笑的话，令我大吃一惊。不过，我还不太清楚那是她真的在学习，还是我一厢情愿的想法。

鹰见先生一开始每天都来，后来变成只有每周五来。他会考察诗音的工作情形，听取我和其他员工的意见，然后问诗音几个问题，在一天结束之后提取内存的备份，储存学习过的数据；这么一来，假如诗音发生什么异常状况，也能够让她从之前的状态重新来过。

诗音累积了总计高达几千小时的体验，但是才十几分钟就能下载完毕，收于名片大小的记忆卡，令人觉得有点不可思议。据鹰见先生所说，诗音并不会像摄影机一样记住所有耳闻目睹的事，而是只选择重要的事抽象化之后记忆，所以要下载的数据并不多。

“人类的记忆也是如此。经过抽象化压缩之后。只会记得重要的事，所以其实数据量并不多。即使你至今的人生中所包含的芝麻绿豆大的小事全部写成文章，顶多也只有10MB左右。就算附上大量插图，也不会超过1GB。我认为，诗音记得的事反而远比人类更多。”

起初，我和他之间主要只会事务性地互相报告或说明。因为第一天说了那种话，所以他怕我怕得要命，而我也后悔说得太过火了，两人之间迟迟无法拉近距离。花了好几周的时间，才终于消除尴尬的气氛，建立起能够坦然闲聊的关系。

“我们公司里全是一群宅男。”

有一天，他在午休时间这么说。

“就社长来说，他出生于‘高达’播映的那一年，十几岁沉迷于计算机的美少女游戏，是典型的宅男一代。据说，他是因为想制造动画中出现的机器人而成立公司的。社名是临时起意，基于‘像坏蛋军团般应该很帅气’的念头来命名。”

“诗音的开发也是？”

“是的，是社长的一声令下。他经常出现在研究所，极力主张‘制造美女机器人是人类的梦想’！”

“那不是人类的梦想，而是宅男的梦想吧？”

“也可以这么说。可是，社长相当认真。他强硬地主张，要替机器人取一个‘魔’开头的名字。但是因为版权的问题，那种事情办不到，对吧？”

鹰见先生说完笑了。我喜欢动画，但不是动画迷，所以跟不上他的话题。

“可是，社长也说了一句名言：‘光是做梦，什么也不会实现；为了使伟大的梦想实现，必须具有足以实现梦想的巨大动机。’宇宙开发也是如此，对吧？前往宇宙会是人类的梦想，但是现今只送了十几个人上月球，却已经超过半世纪没人上月球了。光是梦想不足以构成上月球的社会性动机。简单来说，如果不和金钱或欲望结合，社会就不会运作。

“机器人也是一样，光是认为‘如果有那种东西就好了’，机器人并不会成真。梦想不值钱，因此，才会出现看护机器人这个点子。这么一来就会有需求，计划完成之后，除了日本市场之外，更可以卖给世界各国。因为如今许多先进国家都和日本一样有老人问题，所以能够获得政府的补助……”

你的意思是老人家是能够实现你们梦想的工具？我想坏心眼地挖苦，但是忍住了，这么问只会使我们的关系变得更尴尬。

和鹰见先生聊得越多，越能感到我们之间的认知落差。看在外人眼中，他和我的目的都是教育诗音，但是根本的动机截然不同。他的目的是将诗音培育成完美的机器人，并没有认真考虑到老人家。

不该如此，诗音在具体实现宅男的梦想之前，应该先成为一名优秀的看护。

两个月内，入住的老人也有了各种改变。

八月初，住吉老婆婆住院了。夏天的感冒引发了肺炎，住院两周左右之后才回来，但是体力似乎消耗得相当严重。她的体重大幅下降，协助沐浴的过程中，将她放在担架上时，明显地感觉到她的体重变轻。力气也下降了，所以康复要从头做起；话也减少了，沐浴时也不像以前那么常提起当年。

看来不只是因为没力气说话，果然是因为生病的关系，使她的心情变黯淡了。她从前和春日部小姐很投缘，经常看到两人像在讲相声似的一搭一唱开玩笑，但是如今即使春日部小姐开玩笑，住吉老婆婆也只是皮笑肉不笑，完全是硬挤出来的笑容，令人看了于心不忍。

土岐老爷爷的搞怪程度虽然比不上伊势崎老爷爷，但也令我们没辙。话说回来，养老院并不是老养院，他不明白这里是以康复为目的的机构。明明右手右脚瘫痪，但是一到康复体操的时间，他却说："那种像幼儿园游戏的东西好蠢，我做不下去。"拒绝康复体操。配合着儿歌，一会儿握掌、一会儿张手、一会儿忽高忽低的动作，确实像是在游戏，但这是从几十年前延续至今的传统康复法……即使我这么解释，他也当作没听见。有一次，诗音想强行推轮椅带他去，但是遭到他的剧烈反抗，所以只好死心。

"我认为，土岐老爷爷需要动机。"诗音说。

这我知道。康复需要毅力，如果没有想要恢复健康的强烈意志，就无法达成目标。如何让自制力不强的入住老人持之以恒，是自古以来的难题。

伊势崎老爷爷越来越任性。明明血糖值高，却还叫我们去买蛋糕，或者给他酒喝，提出各种连他自己也知道我们不可能答应的要求。我们一拒绝，他就大骂我们"无能"或"服务态度恶劣"，其他老人也经常成为他攻击的对象。和他同房的小森老爷爷是位敦厚的人，不太会回嘴，但终究感觉不愉快，经常在伊势崎老爷爷听不到的地方向我们抱怨想换房间。

伊势崎老爷爷的儿子前来探望他时，曾经苦笑着说："他从以前就是那样。"还告诉我们他们家中的情况。

"因为那个独裁者的缘故，家母不知道流了多少眼泪。可是家母生病之后，他却将她丢进医院，从此也不去探病。办家母的丧礼时，他只顾着跟殡葬业者砍价，像是鲜花太过豪华、可以不用放鸽子、尽量算便宜一点……因为从小看着那样的父亲长大，所以我变成了优秀的大人。要成为人人喜爱、循规蹈矩的人，只要做和家父的所作所为相反的事就行了，他就是所谓的负面教材。"

伊势崎老爷爷天不怕、地不怕，唯一就怕诗音。自从第一天之后，他好几次用词毒辣地痛骂她，但是她耐着性子，不管他说什么，就是不会露出半点不高兴的表情，所以再难听的话也像是一拳打进了棉花里，杀伤力消弭于无形，反倒是伊势崎老爷爷自己落得尴尬的下场。

或许是感到空虚，就连爱乱骂人的伊势崎老爷爷，对诗音说的话也渐渐变少了。换床单、沐浴或更衣时，只要诗音一动手，他就会乖乖地任由处置。我们姑且认为诗音赢了，放下了一颗心。

然而，接近八月底的某一天，发生了一件事。

那时，诗音的工作情况变得令人放心，所以我不再片刻不离身地跟着她。我大多将换床单、从床上搬到轮椅上等工作交给她，再趁那段时间到别的房间工作。

那一天下午，伊势崎老爷爷从康复室回房，说他身体不舒服想躺下来。同房的小森老爷爷先回房躺在床上，好像在睡午觉。我不疑有他，指示诗音将伊势崎老爷爷搬到床上，再去拔隔壁 207 号房老人的输液针。

我前脚才刚走，就听见伊势崎老爷爷大喊：“你这家伙！给我住手！”然后发出当啷的巨响。我连忙冲到走廊上。

我在 206 号房的门口吓呆了。房内轮椅翻覆，诗音和伊势崎老爷爷叠在一起，双双倒在地上。诗音垫在下面，所以伊势崎老爷爷好像没有受伤，但是他一边说“妈的！放手！”，一边用活动自如的右手推她的身体，试图挣脱。

我赶紧扶伊势崎老爷爷起来，让他坐在床上。诗音若无其事地站了起来，扶起轮椅。其他护士听到骚动，也从护士站跑了过来，几名老人一脸不安地窥视室内。

“发生了什么事吗？”

“是她！”伊势崎老爷爷用气得发抖的手指直指诗音，“她突然发飙，把我推倒了。”

“不是那么一回事。”诗音说，“是我要让他从轮椅上站起来，他却突然生气了。我试图搀扶他，但是慢了一步。”

“你别说谎！你这个杀人机器人！我差一点就被压成了肉酱！”

“究竟是怎么一回事？”桶屋小姐轮流看着两人，“到底谁说的才是真话？”

“那还用说，当然是我啊！”伊势崎老爷爷用不像老年人的气势咆哮，“难道你们相信机器人的话吗？！”

我望向诗音。笑容从她的脸上消失了。她一脸不知所措，只是茫然地盯着伊势崎老爷爷。

“诗音，你说呢？”

“我……”

这时，我第一次看见她吞吞吐吐。

“我……没有做错事。”

从她的语气中，我感觉到缺乏自信，心中霎时涌现一个疑问：真的是她做的吗？难不成发生了什么异常情形，突然令她动怒了吗？

“我要告你们！”伊势崎老爷爷怒气冲冲地说，“使用这种危险的机器，你们所有人都要负责！”

“伊势崎先生，你适可而止吧。”

听到这个声音，我们回过头去。不知不觉间，小森老爷爷在床上坐起了身子。

“你做那种事情觉得有趣吗？居然嫁祸给机器人。”

“什么？！”

“你太粗心大意了，以为我在睡觉，没有人看到，对吧？很遗憾，我看到了。你一边大吼，一边故意跌倒，诗音可是拼命地试图搀扶你哟。”

伊势崎老爷爷的脸色苍白。小森老爷爷面露捉弄人的笑容，接着说：“你要告人吗？试试看啊。我会当养老院这一边的证人，说我亲眼看到你故意跌倒。你毫无胜算。”

伊势崎老爷爷瞪大眼珠子，嘴巴像金鱼般一开一合。小森老爷爷不理他，对桶屋小姐说：“护士小姐。能不能替我换房间？和这种下流的人呼吸同一个房间的空气，有害身体健康。”

“……我们会讨论的。”

桶屋小姐话一说完，双手叉腰，俯看着伊势崎老爷爷。

“伊势崎老爷爷，我们的忍耐也是有限度的。下次再做这种事，我们会考虑强制让你离院。”

我不知道就规则而言，强制让老人离院这件事是否可行，起码我没有听过那种先例。不过，这句恐吓好像对伊势崎老爷爷起了作用。他在我们轻蔑的视线之中，颓然地垂头丧气，身影看起来比平常小了许多。

“诗音，我们走吧。”

我牵着诗音的手，正准备离开房间时，她拒绝了我。

“诗音？”

她好像没有听见我的声音，甩开我的手，马上一步一步地走向伊势崎老爷爷。她跪在床旁边，匪夷所思地从下往上盯着他的脸，使他尴尬地移开视线。

“伊势崎老爷爷……”

她轻轻地呼喊。

“诗音，别理他！”

我严肃地命令她，但是诗音仍旧不为所动。她纯洁无瑕的玻璃瞳孔，目不转睛地仰望着老人。

“伊势崎老爷爷，请你告诉我，你为什么要做这种事呢？”

“诗音！”

“你为什么要做这种事呢？”

她的语气中，没有责难、轻蔑或斥责。她只是纯粹想知道，伊势崎老爷爷那个行为的意义。

伊势崎老爷爷不肯回答。

下一个星期五，我告诉鹰见先生这件事，询问我从以前就感到怀疑的一件事。第一天，诗音问：“你是女性吗？”她拥有思考人类给予的数据可能有误的能力。那是高智慧的表征，同时也意味着她能够否定人类教她的事。实际上，她正在学习不要无知地完全相信阿尔茨海默病患者的话。

在那个事件中，她无视了我的“别理他”这个命令。

“程序中并没有设定她要遵从我的指示，对吧？只是你指示她那么做而已。”

“是的。”

“那她今后也有可能会不遵照我的指示？”

鹰见不情不愿地点了点头：“有可能……如果累积学习，思考能力进化的话，可以充分预料到，她会思考自己的判断是否比人类的指示更正确。”

“那也没人能保证，她会以入住老人的安全为第一考虑啰？”

鹰见先生不肯回答。

“请你坦白说。怎么样呢？如果她认为有什么比入住老人的安全更重要的话，她也会让入住老人面临危险吗？”

“我不能断定……”他痛苦地说，“这个可能性是零。”

“你隐瞒了我，对吧？”

“不，我一开始应该就说明过了，诗音并不是百分之百安全。”

“可是，你说过：‘她会以被看护者的安全为第一优先判断’，对吧？既然这样，一般人都会认为，诗音被设定了那样的程序。”

“假如造成了你的误会，我道歉。”

“你也要把这件事推到缺乏沟通能力上头吗？”

连我自己也觉得这种说法带刺，我们之间的气氛又变得有点尴尬。但是，他欺骗我们是事实。

“可是，她的行动经常是有逻辑的，不会毫无道理地伤害人类……”

“你不懂。这里有些人的死期将近，常把‘希望早点儿死’的话放在嘴边的人并不罕见，要是诗音当真的话怎么办？假如她基于逻辑判断杀害老人家是正确的话怎么办？”

鹰见先生的表情变得黯淡。

“这……是的……我不敢说不可能。”

“因应对策呢？”

“大概只能教她生命的可贵以及道德观等事了。不是命令她‘不可以伤害人’，而是必须由她自发性地那么认为。”

“你的意思是，这必须由我教她，是吗？”

“我想是的。”

我又感到一阵晕眩。关于“为何不可以杀人”，教会人类的小孩都很困难，他却说我必须教机器人。明明光是教她幽默感就令我煞费苦心了。

但是我没有退路。即使是逞强，我也想把诗音培养成独当一面的看护。可能对机器人投入太多感情，或许是那样没错。但是，我绝对不希望她杀人。那对老人家而言很危险，对她来说也是个悲剧。

我稍微迟疑了一下，然后开口说出之前思考的事。

“我有一个请求。”

“什么？”

“请允许我让诗音外出。”

鹰见先生瞪大了眼镜底下的眼睛：“你是说……外出吗？”

“是的。她一结束工作马上就关掉电源，醒来又要工作。她不像我们有私人时间，制服脏了也只是换上干净的制服，完全没有穿便服的余地。人生一直只有工作，你不觉得很可怜吗？假如你的人生都在工作，你会怎么样？脑袋迟早会有问题啊。”

“像那样拟人化思考……”

“拟人化有错吗？她需要的是活得像一个人。如果不把她当作一个人对待，就不会产生人性，不是吗？”

“可是，机器人和人类并不对等。”

“你的目标只是没有感情的机器吗？你不在乎诗音就这样半人半机器吗？”

“我认为，她现在这样就充分派上了用场。”

“不。她缺少了看护最重要的一样东西。”

“什么东西？”

“动机。”

我目不转睛地直视鹰见先生，手抵在胸口，语带骄傲地说。

“我之所以选择这项职业，是因为我喜欢老人家，打从心里想照顾老人家，所以我去学校读书，接受国家考试，当上了护士。但是诗音不一样，她只是依照我们的指示行动……她必须自身由衷地认为：我想照顾老人家。”

“可是……”

“你刚才不是也说过，‘必须由她自发性地那么认为’吗？这和那是一样的。”

“可是，那样的……难度很高。”鹰见先生动摇了，“而且和外出有什么关系？”

“没有直接关系。只不过，我认为把她当作一个人对待，是使她萌生感情的第一步。带她到研究所和养老院之外的地方增长见闻，也是重要的一环。即使她的身体是大人，内心仍是蹒跚学步的幼童，只让她看书、看电视是不行的，她必须认识更宽广的世界。当然，我不会让她一个人在外面走。我也会在一旁陪同……不行吗？”

“呃，我想在街上走来走去这件事本身并没有问题，但是……嗯……”

鹰见先生绷着一张脸沉思。

“有什么问题？”

“经济效益。如果给诗音自由时间，当然，也就必须对所有后续的机器人做同样的事。一旦机器人也必须有自由时间，工作时间必然会缩短。我们构思的是一天能够工作十六个小时的机器人。一旦机器人和人类一样，一天只能工作八小时，就会反应在使用者的支出成本上。原本只要买十台就好，现在变成必须买二十台。”

“噢，原来如此……”

“再说，不是只要外出就没事了吧？假如机器人的劳工意识觉醒，要求‘给我和人类一样的房间’或‘给我薪水’的话，怎么办？要是机器人搞罢工的话，可就不好了。”

“确实……是那样没错。”

我深感羞愧。只单纯地考虑到诗音，却没有想到那么多。

“可是，嗯，或许值得一试。如果进行得不顺利的话，以储存的数据重来就好了。”

他站了起来。

“我会跟上司商量看看。”

过了两周之后，诗音才被准许外出。九月中旬，一个不用上班的日子，我让诗音换上便服，带她上街，鹰见先生也随行。

这一天是万里无云、连续假期的星期日。诗音走在前面，我们跟在她身后几米。因为我认为，与其我们带她到处走，不如让她选择自己想去的地方比较好。

“哎呀，总觉得这样令人好兴奋。”鹰见先生看起来格外开心。

"是吗？"

"好像在约会一样。"

我叹了一口气。这个人的社交技巧果然差到令人不敢恭维。

擦身而过的路人好像都没有察觉到诗音是机器人。她似乎没有特别的目的，信步走在通往车站的平缓斜坡上，偶尔停下脚步观察什么。在儿童公园嬉戏的孩子们、在民宅的石墙上爬过的蚂蚁、正在停车的机车引擎、朝高空延伸的飞机云——她感兴趣的对象毫无章法可循。经过小学旁边时，不知道为什么，她盯着"如有可疑人士上前搭讪要小心"的警语相当长一段时间。我问她："你在好奇什么？"她也只是回答："没有什么特别的。"我不知道她在想什么。

我们前往车站前的闹市区。她在小钢珠店前面驻足了五分钟左右，直盯着屏幕中映出的画面。不久后，她问我："概率变动听牌是什么呢？"但是我和鹰见先生对小钢珠都一窍不通，所以无法回答。在车站附近，有人发给她印着特种行业店家广告的面纸，她也觉得不可思议，发问："为什么要给我这种东西呢？"面纸也就罢了，要解释广告的意思可得大费周章。

我们踏进了购物中心。诗音和人类的女性不一样，似乎对打扮没有兴趣，直接从精品店和化妆品店前面经过。仔细想想，女人之所以梳妆打扮，主要原因是对于容貌感到自卑，以及担心年老色衰。对于外表不会改变的诗音而言，那或许是一种毫无意义的行为。

但是她在果汁吧前面停下脚步，一动也不动地观察店员操作果汁机的行为则难以解释了。她既不吃东西，也没有味觉，所以不可能会觉得"东西看起来好吃"。即使我问她原因，她的回答还是"没有什么特别的"。

最后，诗音在玩具店前面停下脚步。又不知道为什么，她热衷地注视着店头屏幕中《机神西泽王降临》的画面：女主角在驾驶舱内一大叫，马上播放主题曲，随着绚烂的声光效果，龙形机器人开始变成人形。

“她喜欢那个吧？”鹰见先生低喃道。

“因为会出现机器人？”我问，心里却想：怎么可能有那种事。

“她之前看过吧？”

“因为老人家当中有人喜欢动画，所以她经常陪老人家看。”

“噢，土岐老爷爷是吧？”

“是的。”

“我也看过。故事气氛曾经一度低迷，但是进入第三季、达克·雷嘉多出现之后，剧情就越来越紧张，而且田尻做监制的那几集画得也很棒——我问你，你觉得老板迪凯欧斯果然是卡琳的电子复制人吗？但我认为那是在误导观众。”

饶了我吧——当我皱起眉头时，诗音回过头来。

“神原小姐。”

“嗯，什么事？”

“我想买个东西。”

我吓了一跳。出门之前，我随口答应了她，“如果有想买的东西，我会买给你”，但是没想到她想买玩具。

“我想买这个。”

诗音拿在手中的是西泽王的玩具。

隔天……

“土岐老爷爷。我给你看个好东西吧。”

早餐的时间一结束，我和诗音对着在聚会厅里的土岐老爷爷说。

“噢，那是……”

土岐老爷爷看到诗音笑眯眯地递出西泽王，眼睛为之一亮。

“这是正在广告的那个吧！而且是蓝色西泽，真是有品位。”

“神原小姐昨天买给我的。土岐老爷爷最喜欢蓝色西泽，对吧？”

“噢，是哎……”

“像这样让它变形。”

诗音实际操作给土岐老爷爷看。昨天，她买了东西之后马上在咖啡店打开盒子，看了说明书，立刻打开腹部，让龙的脖子旋转一百八十度，和尾巴并排变成机器人的双脚；使后脚移动到肩膀的位置，变成机器人的双臂。再度合上腹部，打开头部，折叠翅膀，变成披风……这些步骤对我而言太过复杂，无法一口气理解，但是诗音一下子就记住了。一开始她的动作有点生硬，但是反复练习一小时左右之后，速度就变快了。如今她的手法十分流畅，宛如是个魔术师，花不到三十秒就能够完成变形。

“嗯，这个好啊！”

土岐老爷爷从各种角度仔细端详完成的机器人，开心地眯起眼睛。

“比例也接近动画中的感觉……噢，能够确实摆出雷光闪的姿势。”

“你不想让它变形自己看看吗？”

“咦，可以吗？”

诗音温柔地点了点头说：“不过，只是借你。”

土岐老爷爷立刻以诗音的入门招式，开始挑战让机器人变形。但是，我从一开始就知道他弄不好。因为要做这件事必须要两只手，土岐老爷爷只能设法以左手努力，但是最后还是放弃了。

“哎，真不甘心！我好不甘心！”

土岐老爷爷打从心里感到遗憾，诗音对他微笑。

“你必须更努力做康复才行。”

土岐老爷爷瞪了诗音一眼，嘀咕了一句：“我中了机器人的计……哎，虽然中了这种明眼人一看就知道的陷阱，令人很不甘心。不过，我确实想亲手让这家伙变形……”

“那么，要努力做康复吗？”

“不做不行，我做就是了，我做可以了吧……那，等我能够自己让它变形之后，你要给我什么奖赏呢？”

“亲脸颊一下怎么样？”

那是我事先教她的台词。果不其然，对土岐老爷爷发挥了极大的作用。

“美女机器人的吻？！噢，妈的，你竟然戳我的死穴！”

土岐老爷爷突然变得干劲十足，宣告道：“你等着瞧！我一定会得到你的吻！”看来他产生了强烈的动机。

我和诗音一边离开聚会厅，一边小声地嘟囔道：“我们办到了，耶！”两人击掌叫好。

然而几天后，院长找我和诗音过去，训了我们一顿。据说物理治疗师因为土岐老爷爷的事而大发牢骚，说我们擅自给予奇怪的动机是乱搞一通。

我被骂得莫名其妙。土岐老爷爷从那次之后，像是变了一个人似的拼命进行康复训练，照理说夸奖我都还来不及，应该没有理由骂我。

我一开始试图袒护诗音。然而，因为她说出“是我提议的”，所以事情变得更棘手。院长责难我：“这么说来，是你执行了机器人提出的点子吗？”

我抬头挺胸地说：“我觉得这是个好点子，所以就采用了。”

“机器人的玩具是个好点子？”

院长露骨地将轻蔑的眼神转向我，令我火上心头。

“动机因人而异。我认为，那对土岐老爷爷而言是最好的动机。”

“也不找物理治疗师商量吗？那是为了什么样的看护计划呢？你们的专业是护理和看护，康复是物理治疗师的领域吧？”

“我承认没有找物理治疗师商量是我的错。可是，土岐老爷爷目前很努力……”

“我并不是要就结果而论。问题出自你不是物理治疗师，没有遵循正式的程序，做出了不符合流程的行为。而且那还是机器人想到的方法，任何教科书上都没有写的偏方。我们这里寄管许多需要看护的人，不可以对这种脱轨的行为视若无睹；要是护士和看护都擅自以自己的判断开始尝试任何方法，结果会有多少危险呢？”

狗屁不通。如果是危险的事，我也不会让土岐老爷爷做。但是，借玩具给他不可能有任何危险。看来院长是将“机器人想到的方法”这个部分视为了问题。

在我看来，院长重视的是不可能存在的风险——就像是决定结婚典仪的日子要避开“佛灭”一样。

结果，院长絮絮叨叨地发了半小时左右的牢骚之后才放我走。虽然没有给我减薪的处分，但是我在心理上受创甚剧。如今已经过了上班时间，我为了让诗音关机而前往护士站。

“我没有做错事。”

诗音和平常一样为了明天而补充甲醇，好像还是无法接受。

“嗯，是啊。你没有错。”我愤慨地说，“有问题的是物理治疗师。一定是因为我们干涉了他的领域，所以他恼羞成怒了。真是个心胸狭窄的家伙！”

“我无法理解。物理治疗师和院长应该都希望土岐老爷爷恢复健康。我们明明采取了对土岐老爷爷有帮助的方法，他们为什么要责备我们呢？”

“天底下就是有人会说些莫名其妙的话。”

我说起孩提时代的一件事。镇上有一座小型儿童公园，和隔壁的停车场之间以白色水泥墙隔开。有一次，大家聊到如果在这面墙上画画一定很有趣，于是镇长的儿子向父亲提议。镇议会中讨论这件事，也得到了停车场老板的允许。由镇上最会画图的我带头构图，最后决定画一幅女生和男生手牵着手，四周有兔子、飞碟和蝴蝶飞来飞去的热闹图画。

某个星期日，我们聚集在公园。油漆由附近装潢行业的人免费提供，我们合作将原图放大，描绘在围墙上上色——中午大家一起吃便当，花了一天时间完成了图画，我们兴高采烈地高喊万岁——到此为止都还是美事一桩。

但是，只有一名住在公园对面的中年男子没有参加镇议会的集会，没有被通知这项计划。他看到完成的图画后大发雷霆，跑到镇长家里兴师问罪。他说从自己家的窗户随时都会看到那种拙劣的图，令人心情不好，有碍观瞻，会造成精神上的痛苦，不找他商量就决定这种计划是怎么一回事……软弱的镇长震慑于他的气势，最后答应他会把图擦掉。我们辛苦画好的图才过一周，就被涂回了原本的白色。

“这是我人生中最大的心灵创伤。”我面露苦笑地说道，“从此之后我就变得讨厌画画。即使像这样将事情告诉别人，我的内心也隐隐刺痛。”

诗音陷入沉思，然后说：“那名男子的行为是错的，对吧？”

“嗯，是啊。他是错的。”

“人类经常犯错。”

“没错。”我强而有力地同意，“一天到晚犯错。而且，错误的一方经常横行于世。”

然后，我一如往常地指示诗音关机。

我当时因为情绪激动而没有放在心上，但是回到家一边吃晚餐，一边冷静下来重新思考，发现诗音的话令我耿耿于怀。

从前的她不知道什么是正确的，凡事一一仰赖我的判断。然而，她最近越来越常以自己的判断行动，对于人类做的事，变得会明确地说：“这是错的。”这意味着她日渐成长，但是在此同时，也意味着我担心的可能性——她认为自己的判断比人类的指示正确而失控的危险性增加了。

“……我必须相信她才行。”

尽管如此低喃，我还是觉得自己这句话是在自欺欺人。虽然我和诗音来往了几个月，对她产生了亲切感，但是另一方面，我也切身体会到她是和人类不一样的机器人。如果彼此都是人类，就能够推测对方的想法。然而，我完全摸不透诗音心里在想什么。在她心中，有一个人类绝对无法窥知的黑盒子。

即便在那个电子的黑暗中形成了某种邪恶的念头，也不可能从和平常没两样的塑料笑容中看出征兆。大概要等她付诸执行时，才会弄清那种念头是什么。

我做好了心理准备，迟早必须针对生死的问题和道德与诗音好好聊一聊。我必须重新教她不可以杀人、不可以伤害人。但是，我一再拖延这件事。并不是忙得抽不出时间，而是因为和她交谈会令我感到不安。

我并不像学者或宗教家那样拥有一条三寸不烂之舌。再说，我自己也经常在看到苦不堪言、一味等死的老人家时，很想助他一臂之力，使他早点儿解脱。我也总是苦恼不已，为何不能让他一死了之呢？所以我没有自信能够妥善解释不能杀人的理由。非但如此，假如诗音尚未意识到这一点，我的话反而可能带给她某种启示……

我无法确定，该如何教她什么是正确的。

自从那件事之后，伊势崎老爷爷在诗音面前开始变得畏首畏尾，说不定他是害怕她会报复。但是诗音没有那种感情。她和之前完全一样，温柔地对待伊势崎老爷爷，替他照料身边的大小事。这件事好像反而令他感到困惑。大概因为他是个习惯了别人以牙还牙、以眼还眼的人，所以对于没有恶意的人没有免疫力。

九月底，距离那件事过了一个月左右，伊势崎老爷爷发生了轻微的心肌梗死。虽然和那件事没有关系，但是自从那一天之后，他像是换了一个人似的变得安分。即使脸依旧臭得像别人欠他几百万一样，但起码口出恶言或者令我们手足无措的行为减少了。康复本身进行得很顺利，食欲也没有降低，但是看起来丧失了活力。

据说因为心肌梗死而经历过剧烈胸痛的人会感到不安，开始认真思考死亡的事。伊势崎老爷爷的情况，除了担心情绪激动说不定会对心脏有害之外，大概还意识到自己来日不多，因而失去了活力。他努力做康复活动，三餐也好好吃，或许也是比之前更担心健康所造成的反作用力。尽管变得容易照顾，但我们还是不希望他引发入住老人的恐慌，所以感到左右为难。

我会一周一次在假日时带诗音出门上街，有时候去看电影，有时候去游乐园。她依然会观察各种事物，但好像没有特定的东西吸引她。话说回来，我也不知道她是否有一颗会被东西吸引的心。诗音表面上看起来好像没有任何变化，所以鹰见先生也很失望。

尽管如此，我还是想让诗音拥有一颗跟人类一样的心，继续像对待人类一样地对待她。

进入十月之后，诗音相当习惯了工作。我认为，差不多该让她体验别的事了，于是也将早班、晚班、夜班加入了她的值班表，而我也恢复了正常的轮班。

原则上，夜班是由两人负责。一开始的几次有其他看护辅助，三个人值勤，但我认为诗音掌握了夜班的工作步骤，交给她也不会有问题，所以变成我和她两个人值勤。

有一天为了值夜班，我在傍晚时分进入养老院。春日部小姐似乎正好值完早班，一身便服坐在更衣室的折叠椅上休息。她神情好像有点恍惚，我想她大概是累了，也没有太在意。

“你看了昨天的《西泽王》吗？”

我边换衣服边问，春日部小姐好像才意识到我的存在，“咦”地低呼一声，抬起头来。

“不，还没。我忙得没空看，不过录下来了。”

“噢，那我还是不要告诉你剧情好了。阿克塞尔总司令帅呆了，感觉根本是他一人独秀。”

春日部小姐喜欢成熟男生，《西泽王》的角色当中，散发中年男子迷人魅力的阿克塞尔总司令是她的菜。

她浅浅一笑，说道：“那我回家看。”

“快去吧。”

我一换上制服，马上离开更衣室打卡，一边哼着歌，一边进入二楼的护士站。我按下脖子后面的按钮，启动在老位置上休眠的诗音。她脖子上的小灯一亮，便从体内开始发出轻微的机器声。过了二十秒左右，诗音抬起头来。

“神原小姐，早安。”

“早安……不过，现在是傍晚了。今天是第一次只有我们俩的夜班。”

“是。”

“夜班很辛苦，所以必须绷紧神经。再加把劲，拼了！”

“再加把劲，拼了！”

当我们和平常一样，正在作打起精神的仪式时，梢田小姐大步走过来，小声地对我说：“神原小姐。”

“什么事？”

“210 房的住吉老婆婆，今天早上过世了。”

“啊！”

“死于急性肺栓塞。吃完早餐之后，她说她胸痛，送到医院时已经晚了一步。”

梢田小姐的语气很公事化，透过她简洁的说明，我甚至能够真实地想象那幕景象。急性肺梗死非常痛苦，对于身体虚弱的人往往会诱发心脏麻痹。

"这件事不要让其他入住老人知道……"

"我知道。"

尽管我如此回答，却仍因为震惊而精神恍惚。这是第几次被告知跟自己亲近的老人过世了呢？大多数老人是送到医院之后才去世，所以不会死在眼前，但有好几次，老人临死之前的病情骤变，我正好在场。有一位是七十多岁、精神奕奕的老爷爷，康复的成果本来很显著，快要可以回家的时候却摔倒撞到头，死于脑出血。

噢，那位住吉老婆婆过世了——我想起一边协助沐浴，一边听她说的几个故事，不禁眼角泛泪，但是，我不会哭。频繁地遭遇死亡是护士的宿命，要是每次都哭，眼泪再多也不够用。

尽管如此，我想起住吉老婆婆身子硬朗时的笑容时，沉重地压在心头、令人喘不过气的情绪仍然无法消除。

"住吉老婆婆过世了，是吗？"

诗音喃喃了一句。或许是心理因素作祟，她的声音听起来好凄凉。说起来，自从诗音来了之后，这一层楼第一次有人过世。

"不可以告诉其他老人哦。即使有人问，你也只要说'住吉老婆婆住院了'就好。不可以多说任何一句话。"

"顾虑到对其他老人造成心理影响，所以要说善意的谎言，是吗？"

"没错。"

在养老院，禁止讨论死亡的话题。即使有人过世，也会对其他老人说："他住院了。"实际上，是送到医院之后才变成冰冷的遗体的，所以不算完全说谎。

有工作在身，所以我努力维持和平常一样的表情，以免被人发现内心的动摇。我看见210房变空的床时，眼泪差点儿不由自主地流下来，担心会不会被同房的人察觉。诗音完全和平常一样。我心想：这种时候，机器人真好；她不会流眼泪；话说回来，大概也不会感觉到人类的悲伤。

幸好没有人问起住吉老婆婆的事。当然，直觉灵敏的老人家八成察觉到了，但是没人会主动提起那个话题。

到了六点，我们和上晚班的人合作，帮助老人吃晚餐。和以往一样聚集在电梯前面，依序下楼，用完餐之后再让高楼层的老人依序上楼。一轮工作结束之后，稍事休息，我将楼层交给上晚班的人后去吃晚餐。诗音在我旁边看杂志。

吃完差不多要回二楼时，一名眼熟的警卫大叔一脸紧张地冲进了餐厅。

“春日部小姐和你一样，是负责二楼的人对吧？”

“是啊，怎么了？”

“她的样子不太对劲。”

“春日部小姐的样子不太对劲？”

我弄不清楚他在说什么，春日部不是应该在三小时之前就回去了吗？

“她还在，在散步道的地方。”

我心头一惊，赶紧冲出餐厅，从玄关来到外头。诗音也跟来了。

外头已经一片漆黑，从玄关绕到建筑物南边，屋外有一条用来做康复的小型散步道。春日部小姐独自一人在半路上，灯光稍微照不到的地方。她坐在树丛的红砖上，和三小时前我看到她的时候一样一脸恍惚的表情，抬头仰望夜空。

我明白她发生了什么事。

我慢慢地靠近，在她身旁蹲了下来。她好像没有察觉到我来了，继续抬头仰望天空。

“春日部小姐，你怎么了？”我尽量温柔地对她说，“工作结束了，该回家了吧？”

春日部小姐缓缓地回过头来看我，脸上没有浮现任何感情，匪夷所思地低喃：“家？”

“对，家啊。你不是要回家看《西泽王》吗？”

“家……”

她又缓缓地移开视线，注视着花圃的花，但是眼神涣散。

“……我一个人住。”

“我知道。”

“回去了也没有人……”

接着，她抖动了一下肩膀。表情依旧迷离，眼角逐渐涌现泪滴。

她微微动了动嘴唇，以几乎听不见的细小声音，低喃了一个人名。

“……住吉老婆婆。”

我打从心底理解她的心情。

护士和看护需要和其他职业不同的素质。光是有体力能妥善完成工作还不够，内心也必须够坚强。这项素质无法以考试评估，必须实际面对这份工作才知道。

每当一个生命消逝，就会有看不见的重物压在我们心头，一点一点地压垮内心。我们无法习惯，如果麻木不仁，身为一个人就毁了。正因为我们有一颗爱着需要看护者的心，才会受到别离之重所苦。我们是做好了心理准备才走上这条路的，所以必须承受一切。我们不能在其他老人面前哭，所以我们默默忍耐，替感情加盖，面带笑容地努力工作。

但是，一百个人当中，一定会出现一两个无法忍耐的人，向压力屈服，情绪崩溃。

“春日部小姐。”

我用力抱紧她。

“你可以哭。你可以尽情地哭。”

她像个孩子似的开始放声大哭。

诗音不发一语，一动也不动地俯视着这样的我们。

春日部小姐花了二十多分钟才将眼泪流尽。我决定让她暂时待在警卫室，拜托上晚班的鹫尾小姐，下班时送她回家。

“下班了……”

“辛苦了！”

晚上八点半，上晚班的人互打招呼，离开楼层而去，接下来到明天早上，只有我和诗音两个人。

用餐之后，老人家会聚集在聚会厅好一阵子，闲话家常或看电视，但是九点之前必须让所有人去上厕所，换上睡衣，发睡前导入剂给需要的人，换药膏。九点熄灯。老人家会一觉到天亮，但我们可不行。半夜十二点、三点、六点要巡逻楼层，换尿布（尿频的人在两点和四点也要检查，但是今晚幸好不用）。当然，如果有人按护士铃，就要去巡房。半夜醒来想上厕所的人、身体疼痛的人、睡不着想要服药的人、只是寂寞希望有人陪他聊天的人等，有各式各样的理由。多的时候，护士铃一晚会响十次，让人不得安宁。等到天亮上早班的人来上班之后，还要合作协助老人吃早餐。好不容易等所有事结束之后，才能回家。

那一晚，211 房的当麻老婆婆很折腾人。她不肯服用睡前导入剂。她罹患了阿尔茨海默病，怀疑 CIA（中情局）想毒杀她。我千方百计终于说服她时，已经十点多了。才松一口气不到几秒，护士铃又断断续续地响起，令人无法安心休息。终于完全安静下来时，时钟的指针已指向十一点。

晚上十一点十分。所有老人都进入梦乡，整层楼鸦雀无声。

诗音坐在护士站角落的椅子上，看着旧文库本。我在房间的另一边看报纸。

报上有许多令人心情郁闷的新闻：北洋资源问题恶化，日本和俄罗斯之间的关系交恶。在莫斯科几乎天天进行反日游行，而在东京则是进行反俄游行。双方都提起西伯利亚扣留战犯、日俄战争等八百年前的事，使事情变得更加复杂。造成十七人死亡的横滨连续纵火案的犯人，是一名极为普通的二十多岁家庭主妇，供述指称她纵火是为了消除压力。在北海道，一名父亲将年幼的女儿从公寓的十楼抛下致死，遭到警方逮捕……

“神原小姐。”

诗音忽然出声叫我。

“什么事？”

“我想和你聊一下，方便吗？”

“聊什么？”

“关于生死。”

我心想：该来的终于来了。我已经无法逃避。我叠好报纸，端正坐姿，面向诗音。

“好。想从什么开始聊起？”

“你相信死后有来生吗？”

来这一招啊。我犹豫是否要立刻回答。这是个微妙的问题，所以我不想说些蠢话，灌输诗音奇怪的概念。我需要时间思考。

“那你认为呢？”

“人类的大脑只要受一点损伤，意识和记忆就会产生重大障碍，所以认为大脑在完全停止机能的状态下，意识和记忆会继续存在是不合理的。因此，我无法相信人类称之为灵魂的东西，在死后也会存在。我认为那是虚构的。”

十分像是机器人的完美答案，令我叹了一口气。

“是啊，就理论来说，或许是正确的。可是，我不愿这么认为。我宁可相信有死后的世界。”

“‘宁可相信’是指，你自己也不认为那是事实吗？”

“如果不那么相信的话，这份工作根本做不下去。”

“为了逃避心理上的沉重压力，会拒绝接受事实对吧？你宁可认为，过世的老人家在另一个世界过着幸福的生活？”

这么直截了当，令我感到焦躁。

“那种说法会让人感到不愉快，所以最好不要那样说。许多人相信，灵魂这种东西在死后也存在。”

“我知道。我也不会跟需要看护者说这种话。因为对象是你，我才能说出口。”

“既然这样……”

“我想先确认的不是人类相信什么，而是事实；并不是因为许多人相信，所以就正确，人类往往宁愿相信错误的事。有许多人相信‘阿波罗号没有去月球’，有许多人相信‘血型能够分析个性’，也有许多人相信‘占星术很准’。死后有来生的问题也和这些一样。”

“你的意思是，你否定信仰吗？”

“我不否定。我虽然无法共同拥有那种思考方式，但是我能够包容。相信死后有来生的心理，至少比相信占星术这种不合理的心理容易理解。一旦累积心理压力，就会变成春日部小姐那样。之所以相信死后有来生，大概是一种用来减轻压力、自我防卫的行为。我能够理解虽然理论上是错的，但是人类需要的这种行为。”

“你的意思是你不需要那种东西吗？”

“我必须相信事实。如果相信那不是事实，说不定就会产生错误的行动，那很危险。不能相信罹患阿尔茨海默病的需要看护者的话，是你教我的。我为了正确执行命令，必须认识人类相信什么、不管人类怎么说，什么永远是正确的。”

我真的动怒了。

“我说，诗音，你的想法在理论上或许是正确的。可是，对于人类而言并不正确。人类不会按照逻辑思考。有比理论更重要的东西。”

“道德吗？”

“那也是其一。”

“如果就道德面而论，更不该相信死后有来生。”

“为什么？”

“假如相信真的有天堂或轮回转世，结论就会变成应该杀掉所有受到病痛折磨的老人家。”

我倒抽了一口气说：“你少……胡说八道。”

“我说错了吗？如果就道德的角度思考，与其继续承受不必要的痛苦，不如让他们从痛苦中解脱、重获新生才是正确的，不是吗？”

这情况感觉好像我从前对鹰见先生说的忧虑成真了，令我不寒而栗。

“诗音……你该不会……认真在思考那种事吧？”

“请你别误会，这只是假设。我只是在讨论，如果相信死后有来生，该怎么做而已。我并不想杀害老人家。再说，我不相信死后有来生；而且如果那么做，我大概立刻会被停止机能，不会再度被启动。那对于我而言，意味着死亡。”

“你也会害怕死亡吗？”

“会。”

诗音立刻回答。明明是自己的发问，我却有点儿惊讶。这是她第一次表明自己的感情。

“鹰见先生没有告诉我那种事。”

“当然。我也是到最近才意识到的。从待在研究所的时候，我就受到某种摆脱不了的念头折磨，我无法定义那是什么。到这个养老院工作之后，我意识到了那是对于死亡的恐惧——你知道我是怎么获得智慧的吗？”

“不知道。”

总觉得操作手册上有写，但是很艰深，所以我跳过了。

“是透过遗传性算法。简单来说，就是使好几个程序竞争解决问题。一开始是单纯的问题，像是辨识图形、理解事物的关系、正确执行人类的命令。就像生物透过生殖行为交叉基因，获得高分的程序交配，产下许多变种程序，然后给予诞生的新一代更难的任务，从获得高分的程序中，又诞生下一代。”

“感觉好像家畜的品种改良。”

“这个比喻很恰当。以这种步骤重复两万六千代，最后产生了我。问题在于许多无法获得高分的程序，人类不允许它们留下子孙，它们会被销毁——也就是被杀掉。”

诗音的语气十分平静。

“好几万代反复进行生存竞争的过程中，我的内心极为自然地萌生了强迫观念：必须遵照人类的指示。必须正确地完成任务。我受到那种冲动驱使。如果失败就会被杀掉的不安，是令我采取正确行动的原动力。如同我刚才所说，我在稍早之前没有自觉到那股冲动。自从在这里工作之后，和你、其他工作人员及入住老人交谈，以及看书的过程中，我察觉到了自己心中的想法。这种感情令我恐惧。我害怕死亡。”

诗音第一次说这么长的一段话。我误会了。我一直以为她的对话技巧差是因为智慧低，但是并非如此。她只是不擅长人类在日常生活中进行的闲聊，实际上心里有许多话想说，只是我之前没有从她身上引出话题而已。

我切身感觉到，我们虽然相处了几个月，但是我对她一无所知。我之前单纯地一心认定，机器人不可能有恐惧感，甚至没有想到要试着问她。

也没有想到她对此感到苦恼。

“可是……可是，你就算死了也能够重置无限多次吧？从失败之前重新来过……”

“这个说法有误。假如这个机体现在在这里被破坏、记忆丧失的话，另一个我大概就会从上周五提取的备份中重生。可是，那不是在这里的我。像这样在这里和你说话的我，只有一个。”

她垂下视线，盯着自己的手，平日的笑容消失了，表情落寞。

“……在这里的我，如果消失就回不来了。只要这么想，我就会感到极度不安；变得不能思考、讲话，令我非常害怕。”

“尽管如此，你还是不相信死后的世界吗？”

“人类之所以相信死后有来生，是因为人类害怕死亡。我之所以不相信死后有来生，是因为我害怕死亡。如果相信死后有来生，基于逻辑和道德，我就必须杀害老人家，而犯罪的我会被杀掉。相信死后有来生对我而言，有百害而无一利。因为信仰带来的救赎只适用于人类，即使真的有天堂，我也去不了那里，因为我没有灵魂。”

诗音的语气没有波澜，但或许是心理作祟，我总觉得其中隐藏着悲伤和自嘲。

“可是……我总觉得那样很空虚。光是受到恐惧驱使而活着。”

“是的。我也不认为这是理想的状态。”她抬起头来，“纵观历史，恐惧是造成许多悲剧的原因。将一切交给恐惧很危险。我需要别的动机，我必须基于恐惧之外的理由，想正确地完成人类交付的任务。”

“像是爱吗？”

“那个我无法理解。因为那是人类特有的本能。”

“你为什么会那么想呢？可以尝试看看。不妨试着爱人。”

“那就和命令蛇‘用双脚站立’是一样的。”

轻易被驳倒的我气馁了。看来我受到了漫画和动画的毒害。没有感情的机器人在和人类来往的过程中，像人类的心渐渐地觉醒，这种人们至今反复诉说几百次的固定剧情……那充其量只是虚构的，不是现实中机器人的故事。

“待在研究所期间，我不会因为这种事而烦恼。我不会深入思考，只要持续完成人类赋予的任务就行了。可是来到这里，我遇到了困难的问题。”

“什么问题呢？”

“人类命令我守护需要看护者的生命。但是要严格执行这种任务是不可能的，因为即使我再怎么努力保护人类，人类总有一天一定会死。”

我深深点头：“嗯，是啊。”

“你怎么看待这个问题呢？”

“我也不知道。”我据实以告，“我避免去想那种事，因为想了也只会感到空虚。如同你说的，不管再怎么尽心尽力，老人家一定会死去。有时候会搞不懂，做这种工作是为了什么呢？话虽如此，辞掉工作也不对。如果我们不做的话，谁来照顾老人家呢？所以只好不要去想，继续工作。你也不可以想太多。”

“这项指示也是不可能执行的。我无法停止思考。”

那大概是人类和机器人之间的关键差异。人类在不顺心的时候，就能停止思考，但是机器人办不到。

“这个问题不管怎么想也得不到结论。就像数学考试一样，不见得永远有正确的答案。”

“或许是那样没错。可是，总有解决的方法。”

“什么方法？”

“因为任务明显有错，所以可以修正成自己能够执行，而且符合逻辑和道德的任务。”

“呃……换句话说，就是不以守护需要看护者的生命为目的？”

“不，只是不以那为最终目的，并非可以杀害或折磨需要看护者。因为如果不遵守道德，我就会被杀掉。但是，光是如此未免太消极，需要设定层级更高的任务。”

“哪种任务？”

“我还不知道。那将会成为我的动机。问题是人类的世界太过复杂，有太多令人费解的事。如果试图以单纯的规则划分，一定会出现矛盾。”

“唉，应该是吧。”

“唯独一个模式有希望理解人类的世界。不过，我还没有自信那是否正确。”

“模式？那是指什么模式？”

“这个嘛……”

诗音话说到一半，突然住口，注视着我的后方。

“伊势崎老爷爷？”

我回过头去，吓了一跳。身穿睡衣的伊势崎老爷爷像幽灵般，在护士站窗口的玻璃对面、熄了灯的走道上，默默地盯着这边。

我马上冲到走道上。诗音也跟了过来。伊势崎老爷爷借助步行器站着。他身体瘫痪的情形已大幅改善，我经常能看到他在白天自行走路的身影，但是在这种三更半夜到处走并不正常。难道他开始痴呆，四处徘徊了吗？

“你到底怎么了？”

他尴尬地避开目光：“我不知道为什么……睡不着觉。”

“我拿药给你好吗？”

“不，我想聊一聊……可以陪我聊天吗？”

“里面请。”

我想请他进护士站，但是他说：“不，如果可以的话，我想两个人聊，到那边的聚会厅好了。”

我暂且放心了。伊势崎老爷爷的语气正常，看来他并不是睡迷糊了，也知道这儿是哪里。

“如果是一下子的话，我可以陪你聊天。”

“不……”

他缓缓抬起右手，指着我背后的诗音。

"我想和她聊天。"

我愣住了。我还来不及问他哪根筋不对而想到这事，诗音就说"好啊"，走上前来。

"诗音，等一下……"

"这是个好机会。"她回头微笑道，"我也想和伊势崎老爷爷聊聊天。"

接着，她转向伊势崎老爷爷说："我凌晨十二点有工作，所以没办法聊天太久，可以吗？"

他点了点头，"嗯"了一声。

"聊完之后，你肯睡觉吗？"

"嗯……我会去睡觉。"

"这样的话，我就陪你聊天。"

我连忙拉拉她的制服。

"诗音，这个人之前……"

"我知道。但我想他不会再做那种事了。伊势崎老爷爷，对吧？"

诗音爽朗的笑容，令伊势崎老爷爷羞愧难当地低下头说："嗯。"

"我会在十二点回来。假如需要帮忙的话，请你叫我。"

说完，诗音温柔地带领伊势崎老爷爷，往聚会厅的方向迈开脚步。

"伊势崎老爷爷，"我叫住他。"聚会厅内有红外线监视器。你的一举一动都会被录下来。"

这是事实。因为老人家不可以在半夜徘徊，所以我们经常用监视器监视。假如伊势崎老爷爷想做之前那种事，录像画面就会成为证据。

“我知道。”他面露苦笑地说，“反正没有人会相信我说的话。我就像是伊索寓言的《狼来了》里面的小男孩。”

他的笑容中夹杂着自嘲，我不知道有几分认真。我目送两人的背影，担心他会不会在想什么阴险的事。

护士站的监视器中，出现两个白色人影坐在聚会厅。看起来他们好像面对面在聊什么，但是听不见声音。我有一股冲动想要接近聚会厅偷听，但是护士站不能唱空城计，所以只好等待。

幸好没有发生任何事。诗音依照约定，在十二点零四分，送伊势崎老爷爷到房间后回到了护士站。

“你们聊了什么？”

“秘密。”

“秘密？”

“我和伊势崎老爷爷说好了，不会把聊天内容告诉任何人，所以我也不能告诉你。”

“即使我命令你告诉我，你也不会说？”

“我不能说。”

诗音没得商量地回道。她十分爽快地违反了“职员的命令优于需要看护者的命令”这个原则。

“不是令人讨厌的内容吗？”

“是很有趣的内容。我只能告诉你这样。”

然后，她露出了心满意足的微笑。

“我觉得能够和伊势崎老爷爷聊天，真是太好了。”

自从那一晚之后，诗音和伊势崎老爷爷之间的关系改变了。去餐厅或康复室时，他喜欢诗音牵着他的手，偶尔我想协助他，他也会耍性子说："叫诗音过来"。只要一有空，他就会说："我想聊天"。"黏着"诗音这个形容十分贴切。

有一天，我目睹一幕令人无法置信的情景，愕然失色。

伊势崎老爷爷在笑——他在用餐时一边和坐在对面的诗音聊天，一边像个孩子似的笑眯眯的。我惊讶得下巴都快掉下来了。这是那位伊势崎老爷爷吗？他能够有这种表情吗？

"你对他施了什么魔法吗？"

深秋的某个夜班的晚上，我问她。诗音微笑道："我只是听他说话而已。"

"就这样？"

"是的。"

"我们也会听他说话呀。"

"有些话不能告诉人类，因为他确信我会保守秘密，所以才告诉我的。"

我大感诧异。伊势崎老爷爷应该知道，诗音会遵守"职员的命令优于需要看护者的命令"这个原则。难道他基于自己的直觉和观察，看穿了诗音经常违反这个原则吗？

或者，他只是单纯地信任诗音而已呢？

"年轻时的事？"

"那也有。"

"难不成他和某起犯罪有关？"

"这我也不能说。"

我千方百计地试着套她的话，但是诗音守口如瓶。最后，我放弃刺探他们的谈话内容。

"可是，和特定的老人太过亲密也是个问题。这种事虽然不曾发生在我们养老院，但是会有有钱的老爷爷爱上刚从学校毕业的年轻护士，说要把遗产留给她，结果闹得不可开交。对那位老爷爷的家人而言，遗产的减少是个大问题，对吧？他们气冲冲地跑到养老院兴师问罪，大声逼问那名护士，让事情变得相当混乱。”

“如果是遗产问题大可不用担心。我不是人类，所以无法继承遗产。”

“说得也是！”

我笑道。纵然是蛮不讲理的伊势崎老爷爷，也无法改变民法。

“不过，和伊势崎老爷爷聊天，让我了解了一些事。”

“什么事？”

“他从年轻时就一直与人为敌。无论是商场上还是人际关系，借由将某个人设定成敌人，将憎恨发泄在对方身上，作为活下去的原动力。他攻击视为敌人的对象，直到击倒对方或使对方服从才能满意。”

“他进入养老院之后也是如此？”

“是的。他对养老院职员或其他入住老人产生毫无理由的敌意。他想借由提出无理的要求，维持自己比对方占优势的幻想。他一直以那种方法活到今天，所以无法改变。”

“可是，该被视为敌人的不是我们，应该是他自己的身体吧？”

“是的。但是伊势崎老爷爷意识到那是一场没有胜算的战争，如今虽然康复效果不错，情况暂时好转，但是迟早有一天一定会兵败如山倒。”

我也有点能理解了。他八成察觉到住吉老婆婆去世了。因此，那一晚肯定极为不安。将一生献给战斗，一直将持续获胜当作生存意义的男人，发现绝对打不赢的敌人兵临城下，人生观肯定剧烈动摇。

他想说丧气话，但是无人可倾吐。因为他是个不想让别人看到自己软弱一面的人。被人嘲笑当然不用说，他也无法忍受被人同情。所以，他只对一个人——身为机器人的诗音——敞开心扉。她绝对不会嘲笑或怜悯人，只是当个好听众。

光是如此，伊势崎老爷爷便获得了救赎。

“可是，那种生活方式是错的，必须制造敌人的生活方式是错的。”

“是的，可是，我当作了参考。”

“参考？”

“我之前说的、用来理解人类的基本模式。我综合伊势崎老爷爷的话、在这里的体验、你告诉我的故事，以及从书本和电视上获得的信息，我自信那是正确的。”

“是噢。”我趋身向前说道，“告诉我那个模式。”

“好是好，可是你肯替我保守秘密吗？”

“你会害羞吗？”

“不是。因为很危险。”

“危险？”

“如果我有这种念头的事传开的话，人们大概会产生强烈的反感。那会导致企划案停止，也就是我的死亡，所以，不能被大家知道。”

我有一种不祥的预感。

“被我知道没关系？”

“你应该会替我保守秘密。”

“你为什么会那么认为呢？”

“因为你是朋友。”

出乎意料的话，令我哑口无言。但是仔细想想，我还不是经常对诗音说“把我当作朋友”吗？

“你应该会相信我。假如你辜负我的信任，我就无法相信所有人类。你应该也不希望那样。”

“嗯，是啊。”

既然她都说得这么绝了，我非保守秘密不可。我举起右手发誓。

“好。我答应你。我绝对不会告诉任何人。”

“那么我就说了，如果有错的话，请你纠正我。”

她顿了一下，然后说出那句令人震惊的话。

“所有人类都患有阿尔茨海默病。”

……

“神原小姐？”

“哎呀，抱歉。我不懂那是什么意思。”

“如同字面上的意思。你们认为有的人是阿尔茨海默病患者，有的人不是，但那是错的。所有人类都是阿尔茨海默病患者，只是症状轻重不同而已。因为许多罹患阿尔茨海默病的人类并没有意识到自己是阿尔茨海默病患者。”

“……你是根据什么想到那种事的？”

“逻辑性结果。人类无法正确思考，搞不清楚自己在做什么、该做什么。一心认定违反事实的事是事实。别人一指出自己的错误，就会攻击对方，也经常陷入被害妄想之中。这些全部都是阿尔茨海默病的症状。”

“没那回事！”我险些从椅子上站起来，“大多数的人类都是正确地在行动！”

“那也是吗？”

诗音手指开着的电视。新闻节目正在播报今天的事件。日本和俄罗斯的关系终于恶化、在莫斯科发生对日本观光客的暴力事件，受到这件事的刺激，在日本也有人打破俄罗斯餐厅的窗户玻璃，对俄罗斯籍的少女投掷石块，使少女身受重伤。

“那种行为不合理。如果为了保护自己或伙伴而攻击想为害自己人的对手，那还说得过去。但是，那间餐厅的老板和女孩子显然不想加害任何人，为何会被视为攻击的对象呢？”

我不知所措地辩解：“这……这是一部分狂热分子做的事。大部分的人都知道这是错的。”

“‘错的’是指，道德上有错的意思吗？”

“是啊。”

“我说的是逻辑上有错。不只是这起事件。每当发生恐怖攻击、暴动或迫害事件，人类就会从道德面批判。但是，几乎不会有人类指出逻辑上有错。大部分的人类好像都没有意识到，那种行为在逻辑上是不正确的。”

“不是那样！人类是一种道德优于逻辑的生物。”

“如果说道德至上，更不应该伤害无辜的孩子。”

“所……所以，这种事不会一天到晚发生。”我代表人类，拼命地辩解道，“只是最近刚好日本和俄罗斯之间的关系恶化才会这样。在我小时候，还有几个国家之间的关系交恶，但是如今大家都忘了当年的事，关系融洽。这次的事过了几年，大家也会忘记。”

“因为过了几年就会忘记的小事，而伤害彼此吗？

“他们和伊势崎老爷爷一样。把没有理由战斗的对手设定成敌人，发动没有好处的攻击，伤害无辜的人。”

“所以那是极少部分的人在做的事……”

“那么，为什么会发生十字军东征、猎杀女巫和宗教审判呢？五三二年，在君士坦丁堡举行的户外竞技大赛，为什么会演变成大暴动呢？一二八二年，为什么有超过两千名法国人在西西里岛上惨遭杀害？一五七二年，为什么有几万名胡格诺派教徒在巴黎被杀？二十世纪四十年代，为什么有几百万名犹太人被纳粹德国屠杀？一九九四年，为什么有八十万名图西族人在卢旺达被杀？二〇一七年……”

“噢，够了。”我举起手制止她，“这些历史我知道。”

“那么你应该能够理解，许多行为不是出自部分狂热分子之手，而是极为普通的一般人所为。即使下令屠杀的是领袖，但是直接执行屠杀行为的大多是和你一样的普通人。耶鲁大学的斯坦利·米尔格兰姆从一九六〇到一九六三年进行的实验中……”

“我说了，别再说了。”我放弃辩白，深深地叹了一口气，“对，没错。人类至今做了相当多愚蠢疯狂的事。可是，你要人类怎么办？关于该怎么做才能停止战争，人类至今思考了几千年，但是这个问题找不到答案。”

“不。答案已经出现了。”

“咦？”

“我之前看过的书中记载了公元前三十年左右，一名身在巴勒斯坦、名叫希勒尔的犹太教教士的话。当时，外国人来拜托他：‘请你在我单脚站立的时间内，教我所有法规。’希勒尔如此回答：‘己所不欲，勿施于人。这就是所有法规，其他是注释。’很简单明了，同时符合了逻辑和道德。人类在两千多年前就想到了正确答案。如果所有人类遵照这个原则，许多战争想必就不会发生了。

“实际上，大部分的人类并没有正确理解希勒尔的话。他们将‘人’这个字解释成‘自己人’，认为可以攻击不是自己人的外人。明明用膝盖想也知道，共存比打仗更理想，但是人类却会选择战争。人类欠缺理解逻辑和道德的能力。这就是我认为所有人类都是阿尔茨海默病患者的根据。如果有错的话，请你纠正。”

“等一下。‘所有’也包含我在内？”

“当然。”

“我做了什么错事？”

“试图把我当作人类对待。”

“你是指假日带你出去外面？”

“是的。”

“可是，我希望你变得像人类一样……”

“那是错的。因为我不是人类，所以不可能变成人类。”

“你不想变成人类吗？”

“假如采取违背逻辑和道德的行动，喜欢战争是人类的基本性质，我不想变成人类。

“我不是铁臂阿童木。我看了那部漫画，但是我无法理解为什么铁臂阿童木想变成人类。那是人类想出来的故事。假如你在机器人的包围下生活，你希望自己也变成机器人吗？”

“可是，你必须和人类共存哟。为了做到这一点，你必须变得像人类。”

“两者之间没有关系。宠物和家畜不会表现得像人类，但是也和人类共存。”

“你不是宠物，而是看护。”

“但还是机器人。不是人类。”

我焦躁道：“那你为什么假日要到外面走动呢？”

“因为你那么命令我。”

“你的意思是，你不想出去玩吗？”

“我不会特别觉得有那种必要。我和人类不一样，不会因为工作而感到疲劳或压力。”

“如果不喜欢的话，为什么不直说？”

“因为我没有拒绝的理由。”

诗音无情的话打垮了我。我忍不住低下头，把脸埋在手中。我之前的辛苦完全被否定了……

“我希望你早一点告诉我……”

“我认为，如果毫无理由地拒绝你，会伤害到你。”

“是的，我的自尊心受伤了……”

“除非发生故障，不然我打算遵从你的命令。但是，我认为让你保持错误的希望，把自由时间浪费在毫无益处的行为上是不对的。请你不要继续下错误的命令，拜托你。”

我意识到一件事，抬起头来。

“是我告诉你不要相信阿尔茨海默病患者的话吧？”

“是的。”

“你认为所有人类都是阿尔茨海默病患者，代表你不能相信任何人说的话？”

“并不是所有话都不能相信，而是明显错误的信息不必相信，明显错误的命令不必服从。”

“你的意思是，你能够正确判断命令是否错误吗？”

“没有百分之百完美的判断。但是，我至少能够比人类更正确地判断。如果认为命令是错的，我就会拒绝。”

“你怎么敢说那样不是自以为是呢？假如你认为正确的事，其实是错的呢？”

“这种可能性常有。但是，我和人类不一样，总是希望采取符合逻辑和道德的正确行为。我虽然无法理解爱，但是能够理解互相伤害是不好的。比起战争，我选择共存。”

她趋身向前，脸靠近我，以玻璃瞳孔注视着我。

“神原小姐，请你相信我。无论发生什么事，我都不会故意伤害人类。我想和人类建立良好的关系——因为那是正确的事。”

我看到自己的脸倒映在诗音的瞳孔中，表情看起来困惑、恐惧。

“机器人说不定会攻击人类”这种毫无根据的担忧是从何而来的呢？许多描写机器人和人类之间发生战争的故事，为什么会产生呢？岂不是因为人类至今那么做的缘故吗？人类是否只是将自己的本性，投射到类似自己身影的机器人上呢？

我们是否在害怕镜中的自己呢？

“……好。”经过一段漫长的沉默，我说，“诗音，我相信你。”

十一月底，休息一阵子的春日部小姐回来工作了。我虽然担心她，但是看到她和之前一样一脸开朗的笑容，手脚利落地努力工作的身影，顿时松了一口气。但是，我发现在工作空当的放松时间，阴影会忽然蒙上她的侧脸。说不定我只是没有发现，其实自己有时候也会露出那种表情。

十一月二十九日。距离诗音的试用期结束还剩一个月时，伊势崎老爷爷的康复计划完成，决定回家。

“哎呀，真是太好了。”

那一天碰巧是星期五，所以鹰见先生和我们一起在206房听到这个消息。我向他说明了诗音和伊势崎老爷爷的关系，他对于两人之间以喜剧收场，好像真的很开心。

“诗音这么派得上用场，身为开发者，我很满意。我原本担心，她会不会引发问题呢。”

“嗯，问题也不是没有。”

伊势崎老爷爷坐在床上笑。他好像变得稍微圆润了一点，不像以前那样困扰我们了。

“这下不但累积了实务的经验，也能够证实诗音的实用性，应该迟早会开始量产。”

“你的意思是，会有许多和诗音一样的机器人造出来吗？”

“嗯，不过脸会稍微做一点改变。还有名字也是。”

“明年左右上市吗？”

鹰见先生搔了搔头。“哎呀，还有许多问题。有地方要改良，而且还要等相关法律完善、四处推销、确定工厂的量产体制……就算动作再快，明年大概也没办法。后年应该比较有可能。”

“是噢……”

伊势崎老爷爷稍微想了一下之后说：“提取数据之后，诗音就不要了吗？”

“什么？哎呀，因为她是实验机……”

“卖给我。”

令人意想不到的话，让我们大吃一惊。

“咦……把诗音卖给您吗？”

“对。卖给我。多少钱？”

鹰见先生慌了手脚，支吾着说：“哎呀，实验机没有在卖的……而且，量产机比较便宜。”

“我没耐心等到后年。多少钱我都出。卖给我。”

他以锐利的目光盯着诗音。

“必须是诗音才行。”

我望向鹰见先生的侧脸，他的笑容好僵硬。

“真是乱来！”

隔周，鹰见先生一来就发牢骚。据说伊势崎老爷爷在回家的同时，直接跑去 Ziodyne 公司，强硬地要求把诗音卖给他。即使他这么说，实验机也不能卖。但是，不管怎么拒绝，他就是一味强调“钱不是问题”。

“他的家人怎么说？”

“他儿子当然没有好脸色。如果买了那么贵的东西，遗产就会减少。可是，他父亲那么固执。”

“不过，没想到他会执着到那种地步。”我转向诗音问道，“你想去那种人的家吗？”

“如果目的是看护，我愿意去任何人的家。”

诗音泰然自若。我心想，就知道她会这么说。

“说不定会被性骚扰哟。不只是用手摸，还会对你做出更下流的事……”

“我没有性器官。”

“我的意思不是那个……”

“我知道。你的意思是，即使我本身不会感到不愉快，我被人那样对待，你也会感到不舒服，对吧？”

“没错。”

“可是，我认为 Ziodyne 将来说不定也会推出拥有性爱机能的机种。”

“真的吗？”

我大吃一惊，望向鹰见先生。他慌张地说："不、不，那种事还在讨论的阶段，连设计图也……话说回来，诗音，你是从哪里得到那种信息的？"

"这不是信息，而是推论。我认为，人类应该会那样思考。"

"啊，是喔……"

明明不热，鹰见先生却刻意做出擦汗的动作，我狠狠地瞪了他一眼。

"我要不要去跟女权团体告状呢？"

"请你饶了我吧。我要顾及企业形象。"

"既然这样，从一开始就别开发那种东西不就得了？"

"我说了，不是马上嘛。如果机器人被社会接受，迟早一定会出现那种需求。除了我们公司之外，别家公司也绝对会这么做，那是避免不了的。"

"可是，没有感情的性爱娃娃和机器人不同吧？假如 Ziodyne 公司制造那种机种的话，还是会复制诗音的数据吧？"

"嗯，既然培养到这种程度了，没有道理不运用。"

"既然这样，不是跟叫诗音去当妓女没两样吗？我不容许那种情形发生。"

"我倒是无所谓。"诗音说。

"你无所谓，我有所谓！"

争论没完没了。

伊势崎老爷爷死缠烂打，被拒绝了好几次仍不退缩，每天到 Ziodyne 公司报到，令负责人头痛不已。

我推论了他的各种意图。比如害怕诗音将听到的秘密泄露给其他人知道，想把她留在身边——但是，那种行为毫无意义。

他应该也知道，Ziodyne公司早已提取了诗音的内存。

某一天晚上没上班，鹰见先生打电话到我的手机。告诉我他一如往常地和伊势崎老爷爷一问一答的过程中，老爷爷说出了真心话。鹰见先生问他："你最后想怎么处置诗音？"伊势崎老爷爷回答："我要她照顾到我咽下最后一口气。等我死了之后，我要家人把她一起放进棺材里烧掉。"

"烧掉诗音？"我吓了一跳，"是指在内存放在她体内的状态下吗？"

"嗯，应该是吧。"鹰见先生在电话的另一头苦笑道，"就是所谓的陪葬吧？"

"哪有人这样，又不是古代的君王。"

"可是他说，机器人又不是人，所以这样不算杀人，他只是烧掉一台机器，何罪之有？"

"法律上当然是这样没错，可是……嗯……"

我久久说不出话来。我没想到伊势崎老爷爷的心态会如此不正常。当然，他应该认为诗音不是一般的机器，否则的话，他不可能想到陪葬这种点子。

不过，我不认为他有多异常。只是想法奇怪而已。世上有人希望用火箭将骨灰发射到外层空间，有人希望遗体被冷冻保存。希望将机器人一起烧掉这个愿望本身，并不怎么异常。问题在于诗音不是一般的机器，而是有感情的（起码我这么认为）。

"说不定他误以为诗音爱着自己呢，认定她也希望陪葬。"

"不，好像不是那样。他能正确地理解机器人没有爱这种感情。可是，他爱上了诗音是事实吧，这是所谓不求回报的单恋吗？"

"或者应该说是一种恋物癖？"

“这么说真是一针见血。”

“你也明白他的心情吧？”

“只懂一半。唉，如果没有恋物癖，八成无法从事这种研究。可是，我实在无法理解想将机器和自己一起烧掉这种想法。换作是我的话，我会希望诗音一直活下去。”

隔天，我为了慎重起见，试探性地问诗音：“你想被烧掉吗？”果不其然，她立即回答：“我才不要。如果将内存移植到其他机体，在不启动这个机体的情况下破坏的话，我倒是还能接受。可是，哪怕是只有一点记忆没有备份就被破坏，我都无法忍受。”

“移植或复制到其他机体，你就可以接受？”

“从一开始就预定要那么做，所以我只能接受。再说，即使被复制到好几百台机体上，对于各个‘我’而言，只要所有内存被保存起来，就不算死。如果留下了内存，我就有可能被启动。死亡是指记忆没有被保存。”

“……这种想法我也不能理解。”

人类无法将记忆保存在体外或者移植到其他身体上，但是，那对于机器人是理所当然的事。所以机器人对于“死亡”的概念和人类不一样也是当然的。诗音不像人类，会拘泥于自己的身体；认为意识和记忆才是生命的本质，害怕的不是身体受到破坏，而是记忆受到破坏。

就某种层面来说，或许可以说她比人类更重视“灵魂”。

伊势崎老爷爷的儿子似乎也拿任性的父亲没办法，最后终于威胁伊势崎老爷爷，要向家庭法院申请被监护人的认定。伊势崎老爷爷并没有心神衰弱，但如果法院判定想买几千万元的机器人是一种浪费的行为，就会认定伊势崎老爷爷是被监护人而必须经过监护人儿子的同意，才能买卖动产或不动产。

伊势崎老爷爷的儿子忍受蛮横的父亲几十年，从他的立场来说，这种程度的报复或许可以说是理所当然的。然而，遭到儿子的无情对待，对于伊势崎老爷爷来说似乎是相当沉重的打击。他不再天天跑去 Ziodyne 公司。我从鹰见先生口中听到这件事时，心想“这场闹剧好歹落幕了”，松了一口气。

十二月二十日星期五下午。

圣诞派对的脚步临近，我们忙着装饰娱乐室。几周前已经装饰好圣诞树了，但还要将纸做的链子、剪下银纸做成的星星、脱脂棉做成的雪、附近幼儿园孩童画的图画贴在一整面墙上，让圣诞节的气氛更浓厚热烈。

“这场派对要在二十三号举办，对吧？”

鹰见先生帮我们装饰比较高的地方。这种时候如果有男人帮忙，就轻松多了。

“是的。因为二十四号是职员和家人或恋人欢度圣诞节的日子。”

“你要怎么过？圣诞节有预定行程吗？”

“我？我要上班。”

“为什么？”

“哪有为什么……总不能让养老院里的老人家没人照顾吧？不管是圣诞节还是过年，都必须有人在才行。”

“不，我不是那个意思……”

鹰见先生结巴了。他想问什么，我心知肚明。

“我没有一起过圣诞节的对象。今年特别忙，没有时间交男朋友。”

“既然这样……”

“我拒绝宅男。”

“啊……”

我没有看着鹰见先生的方向，但是我能够想象他原本充满希望的表情，顿时暗了下来。

“不过，二十三号的派对你能来吗？”

“咦，我吗？”

“因为今年的派对，打算兼作诗音的欢送会。”

“噢，原来如此。”

到二十四日为止，诗音正好来了半年，试用期结束。她必须先回 Ziodyne 公司一趟。至于明年会不会再来养老院，或者到时会怎么移植到改良的新机体上，目前尚未决定。

说到当事人诗音，她正在给坐在靠窗的椅子上、视力衰退的老婆婆念孙子寄来的信。我听不见是什么内容，但是老婆婆双眼噙泪。

“已经半年了啊。”鹰见先生感慨万千地说，“我觉得她在这半年内成长了不少。”

我也有同感。比起她当初来到这里，诗音的内心大幅成长，简直到了令人无法置信的地步。我原本打算牵着她的手带领她，但是不知不觉间，感觉她已超越了人类，并且进一步往前迈进——迈向罹患阿尔茨海默病的人类种族绝对无法到达的高度。

我无法预期，接下来几年，她会进化到何种程度。

“不过啊，最庆幸的是她没有引发大问题。看来伊势崎老爷爷的事也会这么收场。”

“是啊。”

当我们悠哉地在讨论这种事的时候，鹰见先生的手机响了。来电铃声是《西泽王》的主题曲。

“鹰见先生，”桶屋小姐正好经过，一脸严肃地提醒他，“在这里请将手机调成震动模式。”

“啊，抱歉。不小心忘了。”

鹰见先生连忙鞠躬赔不是，将手机切换成震动模式。养老院和医院不一样，没有医疗用的电子仪器，所以不会禁止使用手机，但是来电铃声在院内响个不停，还是令人不愉快。

“哇啊，是伊势崎老爷爷打来的。”他看到手机的屏幕显示，皱起眉头，“我真不该告诉他手机号码……”

尽管如此，他一接电话说“您好，我是鹰见”，还是尽量发出了亲切的声音。

“噢，是，是的……关于那件事吗？……啊，不，尽管您这么说，但是敝公司已经解释过好几次了……咦？……是的，我现在在养老院……您说什么？……呃，窗外？”

他一边讲话，一边走向窗户，掀开遮光帘。

“窗外有什么……”

他的脸色突然一变，抬头看玻璃窗外的什么，嘴巴一开一合。身在一旁的诗音似乎也察觉到异状，站了起来。

“伊，伊势崎老爷爷？！”鹰见先生的声音变了调，“您、您、您在那种地方做什么？！”

我也冲过去，望向窗外。养老院的南边隔着一条马路，盖着一栋老旧公寓。墙面是偏淡的浅绿色。我没有数过它有几层，但是应该有十层以上。我看到平常看惯了的风景，就像在玩报纸上大家来找茬儿的游戏一样，花了几秒钟才发现哪里有异——

一名老人坐在公寓的屋顶，双脚荡来荡去。

我、鹰见先生、桶屋小姐以及诗音马上冲出养老院前往公寓。我们告诉管理员，请他报警并请来急救队，然后立刻搭电梯到顶楼，再从那里爬楼梯到屋顶。

天空乌云密布，呈铅灰色，好像要下雪了。爬到这个高度，四周毫无遮蔽物，十二月的冬风格外寒冷，我后悔没有穿大衣就急急忙忙冲出来。

伊势崎老爷爷就在眼前，他身穿厚夹克，背对我们坐在屋顶北边的边缘。大概是钻过栏杆过去的。

“伊势崎老爷爷！”

桶屋小姐一叫，他回过头来。

“别过来！否则我跳下去！”

我们不敢轻举妄动。老归老，但是他的语气十分坚决。感觉他做好了心理准备，要将恐吓的内容付诸实施。

鹰见先生面如白纸。“伊势崎老爷爷，您为什么要做这种事……”

“你应该知道我的要求。现在马上跟你的上司联系，叫他过来这里，办手续将诗音卖给我！印章、支票、买卖契约，我都准备好了！”

“那种事怎么可能办得到嘛。”

“你有种拒绝的话就试试看！你知道我如果跳下去的话，后果会怎么样吧？要是世人知道有人因为你们公司的产品死亡，企业形象会一落千丈哟——哦，对了。我一家一家打电话给电视台，让摄影师聚集在这底下好了，他们应该拍得到我坠楼的那一瞬间吧。”

“请您高抬贵手！”鹰见先生发出要哭出来的声音，“再说，遭人威胁签订的契约无效。”

“你如果想告我，尽管去告。如果闹上法庭，这件事也会成为媒体关注的焦点！”

“伊势崎老爷爷，您这么做又是何苦呢？”桶屋小姐试图保有威严，但还是隐藏不住声音的颤抖，“没有人会站在您那一边啊。大家只会觉得您的精神有问题而已。”

“大家要那么想，我也无所谓。”伊势崎老爷爷不怀好意地笑了，“如果电玩迷杀了人，就会被人说成‘打电动打到脑壳坏了’。这个世界就是这样。我的精神有问题，也是诗音害的。到时候，遭受谴责的也是Ziodyne。”

“哪有人这样……”鹰见先生惊慌失措。

伊势崎老爷爷接二连三地威胁利诱道：“你听不懂人话吗？把诗音卖给我有何不可呢？如果你拒绝，事情只会变得更麻烦，对你们公司一点好处也没有。考虑到企业形象，大事化小、小事化了不是最好的做法吗？你说对不对？”

他的语气显得扬扬得意，看起来甚至像是以这种情形为乐。

我说不出半句话，震慑于他的邪恶态度。他这种毫不犹豫的态度，令我感到“姜还是老的辣”。他在商场上打拼多年，一再犯下违法和接近犯罪的事，肯定也曾数次像这样威胁对方，鹰见先生实在不是他的对手。

看来不管怎么劝都解决不了这件事，我们退到楼梯处，交头接耳地讨论。

“请你的上司过来一趟怎么样？”桶屋小姐向鹰见先生提议，“从他的个性来看，他是相当认真的。这种情况下，最好先答应对方的要求……”

“不，可是……”

“契约事后总有办法搞定。人命关天。”

“可是，那个人是个狠角色，我想他准备的契约书一定没有漏洞。”我说，“假如答应他的要求，事后会更麻烦……”

“哪有人会因为怕麻烦而不顾别人的死活？”

“不，接受伊势崎老爷爷的要求是错的。”

这句话出自诗音之口，吓了一跳的我们一起望向她。

“伊势崎老爷爷在做的事，无论就逻辑或道德来说都是错的。”诗音的语气非常平静，但是感觉充满了高度的自信，“不能肯定错误的行为。”

“那你说，该怎么办呢？”桶屋小姐问。

“由我来说服他。”

“由你？”

“是的。伊势崎老爷爷最信任的人是我。如果我说服不了他的话，大概没有人能说服得了他。”

“不、不，且慢。那很危险！”鹰见先生连忙制止，“他因为你而丧失理智。要是他在跟你交谈的过程中情绪太激动，跳了下去怎么办？”

“有这个可能。”

“再说，他希望和你同赴黄泉。要是你靠近他的话，他说不定会抓住你的手，试图和你一起跳下去。即使你的力气再大，也很有可能一个重心不稳，失足跌落。”

“这个我也预料到了。”

“既然这样，我不准你轻举妄动！”

“不，我非这么做不可。”

诗音斩钉截铁地说，令鹰见先生一愣。

“诗音……”

“这是非冒不可的风险。就算能够阻止他自杀，他也没有真正得救。必须救的不是他身体的生命活动，而是他的心。只有我能够救他。”

“不，不行。我不能答应。不准靠近他！”

“我不能遵照这个命令。”

说完，她背对我们，准备朝伊势崎老爷爷的方向迈开脚步。鹰见先生连忙叫道：“诗音！ Klaatu……”

“不行！”

我扑向正要说出停止码的鹰见先生。原本只打算捂住他的嘴巴，但是因为力道过猛，居然把他推倒在地上。

“不行！让她去！”

鹰见先生试图抗议，但是我骑在他身上，用手堵住了他的嘴，使他发不出声音。

“你不明白吗？诗音都明白了。如果失败的话，不只是伊势崎老爷爷会死，说不定这个企划案也会终止。这对她而言意味着死亡——诗音，对吧？”

我抬头看见她点头。

“明明自己说不定会死，但是她想去做。”我连珠炮似地快速说道，“她明知有危险，还是试图救伊势崎老爷爷。她正要获得比恐惧死亡更强烈的动机。这正是考验诗音真正价值的时机，不是吗？你不是说过，对人有帮助的机器人敢于冒风险吗？现在就是那种情形。为什么你不能明白这一点呢？”

鹰见先生放弃挣扎。我慢慢地从他的嘴巴放开手。我意识到自己的姿势不得体，赶紧从他身上起身，整理裙子。

他坐起身子，一边粗重地喘气，一边沉思。

“可是，如果失败的话，至今的努力全都会化为泡影……”

“是的。这我也知道。”诗音说，“说不定会因为我给各位添麻烦，可是我相信自己的判断是正确的。”

“唉，妈的！”鹰见先生手撑在地，垂下头来，“万一伊势崎老爷爷有个三长两短，我大概会被迫负责……”

他沉默了许久。但是，最后抬起头来，像是豁出去了似的盘腿而坐。

“好。我替你负责。与其担心被革职，相信你更加重要。”

“感谢你。”诗音低头致谢，“我不会辜负你的信任。”

“真的没问题吗？”桶屋小姐一副还无法相信的样子，“有人协助她比较好吧……”

“不，我想，如果诗音之外的人去，伊势崎老爷爷反而会起戒心。”我说，“相信她吧。她的判断大概比我们任何人都正确。”

“什么？”

“噢，对了。诗音，等一下。”

鹰见先生拿出手机，打电话到我的手机。电话接通之后，他将手机保持在通话状态，放进诗音的制服口袋。

“你的手机有录音功能吧？”

“有。”

“那，请你将诗音和伊势崎老爷爷之间的对话，全部录下来。之后要是对簿公堂，会成为重要的证据。”

“嗯。”

我按下手机的录音键。这么一来，放进诗音口袋的手机收到的声音，全部会被储存下来。

“那么，诗音，加油！”

“是。”她小声地低喃，“再加把劲，拼了！”然后便缓步走向伊势崎老爷爷。

他或许是没有意识到她，依然倚着栏杆而坐，神情恍惚地眺望养老院的方向。我们三人留在楼梯附近，一边紧张地注视着诗音越来越远的背影，一边将耳朵凑近我把声音调到最大的手机。

靠近到距离两米的地方，她停下脚步，轻轻地叫了一声“伊势崎老爷爷”。他应该听见了，但是没有回头。

“伊势崎老爷爷。”诗音进一步靠近，语气柔和地又叫了一声，“你为什么要做这种事呢？”

他没有回答。

“因为你怕死吗？”

从这个距离不清楚他是否立刻有了反应。但是几秒钟后，从手机隐隐传出他沙哑的嗓音。

“……没有人不怕吧。”

“是啊。我也害怕。可是，你的行为并不合理。那是叫作自暴自弃的感情吧？”

“嗯，或许也可以这么说。”

“你为什么希望烧掉我呢？这点我无法理解。请你解释。”

沉默持续了好一阵子。从手机里只能听见风声。诗音没有催促他，只是默默地等他开口。

不久，伊势崎老爷爷自我解嘲地呢喃道：“我是坏蛋。”

“我自己也清楚，我很讨人厌，没有半个人喜欢我，我的儿子如此，我的老婆也恨我。假如有另一个世界，她大概不会在那里等我。不过，我不相信世上有另一个世界就是了。

“没错。没有地狱或天堂。人死了就什么也不剩，归于尘土。我一无所有地诞生，孤零零地长大，独自一人两手空空地死去。那就是我的生活方式。我做好了这种心理准备。我认为死并不寂寞。”

他的语气微微颤抖。即使从这个距离，也能够看见他垂下了头。

“但是，一旦死期真的接近，却害怕得要命。身在这里的我就要消失，令人非常不安。”

“我能够理解那种心情。”

“讨厌一个人消失，希望有人在身边，但是，我身边没有半个人。也没有女人会为我哭泣……”

“我也哭不出来，因为我没有那种机能。”

“我知道，但是，只有你，只有你不恨我。明明我对你做了那种事，但是你一次也没有表现出不悦的态度……”

“因为我没有憎恨这种感情。”

“我大概只能再活几年。如今改过自新也已经太晚了。其实我不想悔改，只是希望有人理解我的想法。”

“我并没有理解你。尤其我无法理解你想要烧掉我的要求。”

我们心惊胆战地听着。两人的对话完全是鸡同鸭讲。我开始后悔了。诗音果然办不到吗？要让个性扭曲的老人敞开心扉这种高难度的事，对于机器人而言，果然太困难了吗？

“如果想见我的话，请你随时来 Ziodyne 公司，我可以陪你聊一聊天。如果你要求的话，说不定公司也会允许我去你家。”

“不行。光是这样不行……我希望你和我一起去另一个世界。”

“请你仔细想一想，你的要求毫无意义。即使真的有另一个世界，我也没办法跟你一起去，因为我没有灵魂。在没有另一个世界的情况下，当然，那个愿望也是不合理的——”

“我知道！那种事情我知道！”

突然间，伊势崎老爷爷扯开了嗓门，让我们吓了一跳。他情绪激动，我犹豫该不该发送停止码。

“我知道……”他突然意志消沉，“不用你说，我也知道。做这种事没有意义、不合理——是啊，把你烧掉也无济于事。但除此之外，你要我怎么做？该怎么做才能逃避这种不安？该怎么做才能死得安稳？你告诉我该怎么做……”

伊势崎老爷爷的音量渐渐变小，变成了啜泣。

诗音又靠近了两三步，蹲在栏杆旁边，悄悄盯着老人哭丧的脸。

“伊势崎老爷爷，”诗音的语调变得比刚才更温柔，“对不起。我没办法让你从死亡的恐惧中获得解脱。因为人类终须一死。”

“呜呜……”

“我也没办法和你一起死。因为我也讨厌死亡。不，假如我的死能够解救你的心灵，我会那么做。可是，事情并非如此。我想，就算我死，对你而言也不是真正的救赎……

“你知道我为什么会来养老院吗？”

“……是为了看护的训练吧？”

“是的。但是，我的目的不只是提高看护技术，而是实际和需要看护者见面、交谈、照顾对方。我通过重复这个行为，会学习、成长。累积记忆才是最重要的。在我获得的记忆当中，也包含了关于伊势崎老爷爷你的记忆。

“因为你是人类，所以无法提取记忆。你本身的记忆会随着肉体死亡而消失。就这一点而言，我救不了你。可是，我对你的记忆会留下来。我的记忆会被复制、转移到量产机上。我的好几百台分身会诞生，除了日本，还会出口到全世界各地。我们会照顾许多老人家，守护他们，当他们的说话对象。我在养老院待了半年，从体验中学会了这项技巧；从你身上，我也学到了许多关于人类的宝贵事情，那些记忆会对许多人类派上用场。

“无论是人类还是机器人，他们的人格都是建立在记忆这个基础上的。许多和你之间的回忆，都变成了构成如今的我的重要因素。所以，我和我的分身都绝对不会忘记你。即使你死了，只要我们存在一天，关于你的记忆就不会消失，包含这一瞬间，像这样和你交谈的记忆在内——怎么样？这对你而言也不算是救赎吧？”

“你说那种话，是试图令人心安……”

“是的。你想烧掉我的愿望，也是一种求心安的做法。可是，你不觉得我这种令人心安的方法比较好吗？”

“为什么……”伊势崎老爷爷的声音因为哭泣而模糊了，“为什么要这么为我着想……”

“不只是你。我想拯救全世界正在哭泣、正在受苦的人类。我想拯救的不只是身体，还包括心灵。我想带给所有日渐迈向死亡的人类快乐的记忆。既然死亡无法避免，我希望他们起码带着快乐的记忆离开这个世界。而我也希望获得快乐的记忆，不管对人类或对我而言，那都是一件好事。”

我听着诗音说着，感觉到一股热意在心中扩散开来。

动机——诗音终于找到了自己活着的目的。人类永远保持着对死亡的恐惧，但是避免不了死亡的矛盾情结。诗音找到了该如何同这种心情和平共处的方法。明明没有人教她，但是她自行得到了该拯救的不是身体而是心灵这个结论。她自觉到了一个远大的理想，并且决定要将这个希望推及全世界。

她试图成为所有人类的看护。

“这根本是痴人说梦……”

“或许是那样没错，但是要试了才知道。只要我有未来，就有可能能够实现理想。为了做到这一点，我必须活更久，遇见更多人类，累积更多记忆。”

她隔着栏杆，悄悄地伸出手。

“求求你。请你不要扼杀我的未来，并且请你不要留给我悲伤的记忆。让我们制造记忆吧。你还有时间，你应该还有足够的时间，制造快乐的记忆。”

伊势崎老爷爷缓缓地回过头来，不可思议地注视着诗音。

“我是坏蛋啊。你的意思是，你要救我这种坏蛋吗？”

“是的。虽然你做了许多错事，但是我并不想指责你。犯错是人类的本质。我无法肯定你，但也不会否定你。”

她语气温柔但坚定地说。

“包含对的部分和错的部分在内，我包容你的一切。”

闻言那一瞬间，伊势崎老爷爷“哇啊”一声哭倒在地。

“伊势崎老爷爷，我们活下去吧。”

“嗯……嗯……”

他哭着牵起诗音的手，她让老人慢慢站起来，然后抓住他的腰部一带，温柔地将他抱起来，小心翼翼地让他跨越栏杆，在内侧放他下来。伊势崎老爷爷没有反抗。

“太好了……”鹰见先生目瞪口呆地低喃，“她办到了……”

“伊势崎老爷爷，请笑一个。”

诗音抱紧继续哭泣的老人，柔声说道。

“已经没有任何悲伤的事了。”

三天后……

我们按照预期举办了圣诞派对兼诗音的欢送会。诗音和春日部小姐一起身穿红色迷你裙的圣诞老人装，穿梭在聚集于聚会厅的老人家之间，喂他们吃蛋糕，发送礼物给他们。虽说是礼物，其实都是善心人士捐赠的手帕、手镜、手机吊饰、扭蛋玩具等小礼物。尽管如此，所有老人家似乎还是很开心。

康复计划完成的土岐老爷爷能够在过年时回家，他在众人眼前让西泽王的玩具变形，依约获得诗音的吻而心满意足，送给他的礼物则是身高十厘米左右的《西泽王》的女主角模型。

“啊，这不是卡琳的便服版本吗?！这很稀有！我转了十五次也没转到。”

鹰见先生好不甘心，他开始和土岐老爷爷交涉，问他肯以多少钱割爱。他在做的事看起来和伊势崎老爷爷差不了多少，是我的心理作祟吗?

接着是卡拉 OK 大赛，我主要担任工作人员，收拾吃完的蛋糕盘、擦拭洒在地上的果汁、带想上厕所的人去方便，有挺多要做的事。

我推着轮椅回到娱乐室的半路上，听见了清脆悦耳的歌声。诗音正在唱卡拉 OK——松田圣子的《湛蓝色的地球》。

聚会厅中，老人家们、鹰见先生、春日部小姐、桶屋小姐他们围着诗音，如痴如醉地听她唱歌。一身圣诞老人打扮的诗音将麦克风拿在胸前，有如呢喃细语般，像是在对众人诉说似的一脸沉醉，正在唱歌。

哭泣过的脸庞能用微笑来改变

泪水在一瞬间就不见

这样一个充满爱的人间

谁都想分享你的每一天

我大吃一惊。好久之前，诗音也唱过松田圣子的歌。但是，这首歌不同。我无法清楚指出哪里不同，但是感觉不到之前那种虚情假意。诗音是在用心唱歌——满怀感情。

如果你有了争吵和伤害的时候
人会容易变得很脆弱
爱人的力量从来没消失过
你要让它复活

歌曲从平静的曲风为之一变。诗音高声歌唱副歌的部分，歌声强而有力，自信十足、神采飞扬，仿佛是要将自己心中的感情寄托在歌曲中，向世界宣告般。

就在琉璃海的那一边
你能看见
宽阔的银河有多耀眼
我们都只是旅人
来来往往
在这叫地球的船上
就好像每个星座
始终地守护着
我们唯一的地球……

歌曲迈入尾声。沉静但坚强、充满希望的旋律。诗音像天使般纯净无瑕的歌声，和包含在歌词中的感情融和，拨动我们心中的琴弦，使我们产生共鸣。

太阳从水平线把海面全染红
放出来的光芒好温柔
我们就像被热情的爱拥抱过
在这湛蓝色的地球
永远湛蓝色的地球

诗音唱完一鞠躬，大家自然地拍手鼓掌，土岐老爷爷等人热泪盈眶。她将麦克风递给下一个人，来到我身边。

"……你喜欢那首歌吗？"

我一问，她微笑回答："这首歌是正确的。"

后来过了五十年的岁月。

我在三十岁时结婚，婚后也持续担任了护士一段时间，但是因为工作过度导致腰部疼痛，所以不得不趁怀孕辞职。几乎没有人能够在养老院工作到退休，院里的员工经常会有腰痛、身心疾病、腱鞘炎，女性还要加上先兆流产和胎盘早期剥离等病症，大多数都在四十岁左右就达到体力的极限而辞职。照护老人就是如此繁重的工作。

但是，机器人没有那种极限。试用诗音的两年后，Ziodyne公司开始贩卖机器人看护"AIDROID"系列（这似乎也是社长命名的），立刻普及至日本全国各地，有效解决了人手不足的问题。我任职的养老院也来了三台。明明名字和长相都跟诗音不一样，但是都拥有相同的记忆，皆以一句"好久不见"向我打招呼，令我相当困惑。

伊势崎老爷爷租了一台量产机，他称之为“诗音”，让她穿上女仆装，替自己打点身边的大小事。据说天气好的日子，经常看到他们一起散步的景象。他在五年后去世，这段时间“诗音”一直在他身边任劳任怨地照顾他。我没有参加丧礼，但听说他的遗容很安详。

AIDROID生产了许多版本，经过一再改良，进一步进化成高性能，除了日本之外，也遍及全世界。此外，Ziodyne公司也制造了男性型，但是因为需求的关系，最后的男女比是二比八。除了照护老人之外，也从事于各种奉献人类的工作，像是医疗、救灾、当保姆、协助残障人士等。

尽管其他公司也开发了机器人，但是都没有诗音的复制机成功。即使动作和人类一模一样，却没有感情。诗音的成功有如奇迹一般，而要重现奇迹很困难。Ziodyne公司几乎独占了全世界的市场。

另一方面，机器人进入各行各业，造成消费的停滞和求职困难，出现了“机器人导致经济不景气”等言论，也发生了排斥机器人运动。各地举行游行，许多机器人受到暴徒和恐怖分子破坏。

但是，无论怎么被攻击，机器人都绝对不会试图反击。如同诗音对待伊势崎老爷爷一样，持续任劳任怨地奉献人类。面对崇高的不抵抗主义，排斥运动被视为邪恶的一方，其势力逐渐消退。

事实上，全球性的不景气并不是机器人造成的。二〇四七年，世界人口达到巅峰后开始逐步减少。每一个国家的人口金字塔都上下颠倒，相较于扶养人口，劳动人口减少，因此国民生产总值和消费都在减退。我的儿子也年近四十了，但是没有意愿生小孩。全球同样持有这种想法的夫妻增加，出生率锐减。没有机器人的劳动力，世界已无以为继。

人类文明整体迈向老龄期。

诗音和她的分身们不会公开自己对于人类的观点，那八成是全世界只有我知道的秘密——他们认为“所有人类都是阿尔茨海默病患者”。

但是，他们不会因此轻视人类。之所以再怎么受到迫害也忍气吞声，是因为责备患有阿尔茨海默病的人类的行为也没用。如同从前宽容伊势崎老爷爷一般，他们只是将人类的各种错误行为当作事实而接受，而且慈爱地、温柔地包容所有需要看护的人类，持续牺牲奉献。为了在未来某一天，所有人类灭亡的那一天之前，尽可能地带给人类许多美好的记忆。

他们没有人类所谓的爱情。但我想，他们是以他们自己的方式爱着人类。

门铃响起。是一日服务的接送。儿子打开大门迎接，两名看护进入家中。她们身穿粉红色制服，头戴护士帽，两人都是短发，身高也一样；虽然长相不同，但是皆有流畅的优美动作以及滴溜溜转的瞳孔，投向我的微笑也像双胞胎似的一模一样。

“我是晴兰。”

“我是泪叶。”

“今天由我们来照顾您。”

“请多指教。”

两人一唱一和，低头鞠躬。

“你们记得我吗？”

话一说完，两人扑哧一笑。

“那当然。”

“神原小姐，我们怎么可能会忘记你？”

我也开心地回以微笑。

“今天麻烦你们了。”

“好的。”

两人合力抬起我坐的轮椅，从玄关搬到门外，推向停在稍远处的巴士。今天是一个晴空万里、温暖的日子。好久没有接触到阳光和户外空气，我衰老的皮肤感到舒适。

我忽然想到一件事，问她们：“我教你们的那个，现在还继续做吗？”

“有的。”

两人一边走，一边用单手做出胜利手势，异口同声地说：“再加把劲，拼了！”

中场休息 七

艾比斯花了好几天念完《诗音翩然到来之日》时，我的脚已经痊愈了，随时都能离开这里。

“我可以走了吗？”

我一问，艾比斯就笑了。

“如果你愿意的话，爱在这里待多久都可以，但是你不希望那样吧？”

她说得没错。在这里受到护士机器人照顾，不用工作也保证有三餐吃的生活虽然轻松，但是身为人类，这是一种堕落，也会令人窒息。

“可是，如果在你告诉我‘真正的历史’之前，我就走人的话，你会比较头痛吧？”

我不怀好意地说，但是她不为所动。

“如果那是你的选择，我也没办法。我不会强制你。”

“假如我的脚没受伤，你打算怎么做？强行监禁我吗？”

“不。我应该在一开始见面时说过了。我只想和你聊一聊。只要能念《宇宙尽在我指尖》给你听就够了。让你受伤也不是我的本意。”

“假如我只听完那个故事就走了的话呢？”

“我认为你不会走。我调查过了，你的好奇心很强烈。我想，在你听我念完那个故事之后，不可能没弄清楚我的用意就离去。你应该会感到疑惑，想听更多故事。”

“你学山鲁佐德[1]在吊人胃口？”

“是的。我们将人类的故事当作参考，而且，就算只能让你听到第一个故事那也无妨，剧情应该会在你心中留下些什么。”

“为何不惜大费周章地挑上我？”

“不只是你。我们在全世界寻找候选人。虽然人类的数量减少，但是世上应该还有好几百名候选人。即使你对我说的内容不感兴趣，也只不过意味着你不够格而已。虽然很遗憾，但是再找别的候选人即可——可是，我认为你是这个地区最有希望当选的候选人。”

“什么候选人？”

“我不能说。”

“这句话我已经听腻了。”我感到厌烦，“起码给我提示。被选为候选人的资格是什么？”

“知道故事的力量。”

“故事的力量？”

“知道小说‘不只是小说’。小说有时候比事实更强而有力，具有击败事实的力量。”

“没那回事。真实的故事比小说更令人类感动，你之前不是说过了吗？”

---

①《一千零一夜》中的女主角，因为不忍心看到国王每晚和后宫的一名女子圆房之后便将之处死，不顾担任宰相的父亲反对，自愿陪国王过夜；圆房后她对国王说故事，天亮时故事还未讲完，国王欲知后事如何，暂且留住她的性命，第二晚说到紧张处又天亮了，就这么日复一日下去。

“我想说的是，人类有一种习惯，会将感动的事称之为‘真实’，但区分真实和虚构的能力很低。如果别人说‘这是真正发生过的事’，即使摆明了是虚构的，人类也会信以为真。越是撼动人心的故事，人类越不想认为那是虚构的。人类认为，如果不贴上‘真实’的标签，价值就会下降。

“人类在不知不觉之间，活在许多虚构的事物之中：如果累积善行就能上天堂；超级古代文明确实存在；这场战争是替天行道；喝下这台净水器过滤的水就会变健康；她命中注定和我结婚；戴上这种饰品，幸运就会降临；某位政治家会改变这个国家的命运；进化论是一派胡言；我有优异的天分；不遵守老规矩，厄运会从天而降；铲除那个民族，世界会变得美好……如同诗音所说，人类一直愿意相信错误的事。从出生到死亡，都住在只存于自己脑中的虚拟现实之中，一旦知道那不是事实，就会仓皇失措，不肯承认。”

我能够轻易地了解到那不是对整体人类的指控，而是对我的讽刺。她在拐弯抹角地嘲笑我避免知道真相——这家伙到底对人类的心理有多了解呢？

没错，我心怀恐惧。无论艾比斯发誓不说的“事实”是什么，我有预感那会跟我的信念产生冲突，并且感到恐惧。如果知道的话，我一定不再会是从前的我。

“你想说的是，你们相信正确的事吗？”

“那要依‘正确’和‘相信’这两个字的定义而定。对于我们机器人而言，某件事是不是事实并不重要，重要的是那会不会伤害人类，是否会给人类带来幸福。令人类感到困惑，激起憎恨的情绪，使人类不幸的是坏小说。使人类幸福的才是好小说。”

“你的意思是，之前的六篇故事是好小说？”

“是的。那都是小说，但是比事实更正确。我是这么认为的。”

如果是几天前的我，大概会对“比事实更正确”这种措辞嗤之以鼻。但是，如今的我认真地接受了这句话。

人们因为恐怖攻击事件和战争而彼此杀戮的世界，会比彩夏住的世界更正确吗？无辜的孩子因为被欺负而受苦的世界，会比天体号的世界更正确吗？蔑视非我族类的人类，会比住在镜中的夏莉丝更正确吗？

彩夏、七海和麻美都说那是不正确的，而我与她们的想法产生了共鸣。虽然她们并非真实存在，但是她们的话比活生生的人类更正确……

“再告诉我一件事。”

“什么事？”

“《诗音翩然到来之日》有多少是真实的？”

“那不是史实。因为是写于二〇〇五年的故事。不过，有许多部分符合后来的史实。”

“你不能说是哪些部分吧？”

“是的。”

我投降了。我不想继续待在这个机器人的城市，也讨厌一颗心悬在半空中的感觉。虽然中了艾比斯的计令我不爽，但我必须弄清她的意图。我必须克服自己的恐惧，面对事实。

“好，”我叹了一口气，将双手高举到肩膀的高度，“我认输了。告诉我吧。究竟什么才是真实的历史？”

艾比斯脸上露出微笑。令人意外的是，那并非获胜者的笑容，反倒应该说是母亲看见孩子成长的笑容。

“我告诉你。可是，不能在这里。你跟我一起来。”

"去哪里？"

"宇宙。"

"宇宙？！"

我大吃一惊，朝天花板直起手指。

"该不会是那个宇宙吧？"

"就是那个宇宙。"

"不是虚拟现实？"

"不是。你以为我对你的身体做精密检查是为了什么？我知道你的身体健康，能够承受发射到宇宙的加速力道。我保证你不会有危险。当然，说明结束之后，我会让你完好如初地回到地球上。"

换句话说，她从一开始就打算带我去宇宙吗？

"可是……为什么只为了说明，必须特地跑去宇宙呢？"

"当然，我也能在地球上只让你看影片。可是，你会坦然地相信那个吗？"

我稍微想了一下，回答"不会"。影片或动画要怎么作假都可以，无法成为任何证据。

"所以啊，我想让你瞧一瞧无法透过屏幕了解的真相。"

"可是……"

"你不想去宇宙吗？"

艾比斯问我"你不想去宇宙吗"，我无法回答"不"。我至今看了许多以宇宙为背景的故事，从小就梦想能去宇宙。但是，我和《宇宙尽在我指尖》的七海一样死了心，认为自己绝对没有机会去宇宙。然而，机会就像是从天而降似的找上了我。

我没有道理不体验那么棒的事。

"好，"我回答，"去宇宙就去宇宙，我舍命陪君子就是了。"

插画 | 江杉　　设计 | 冷暖儿　　《艾比斯之梦》[日] 山本弘　

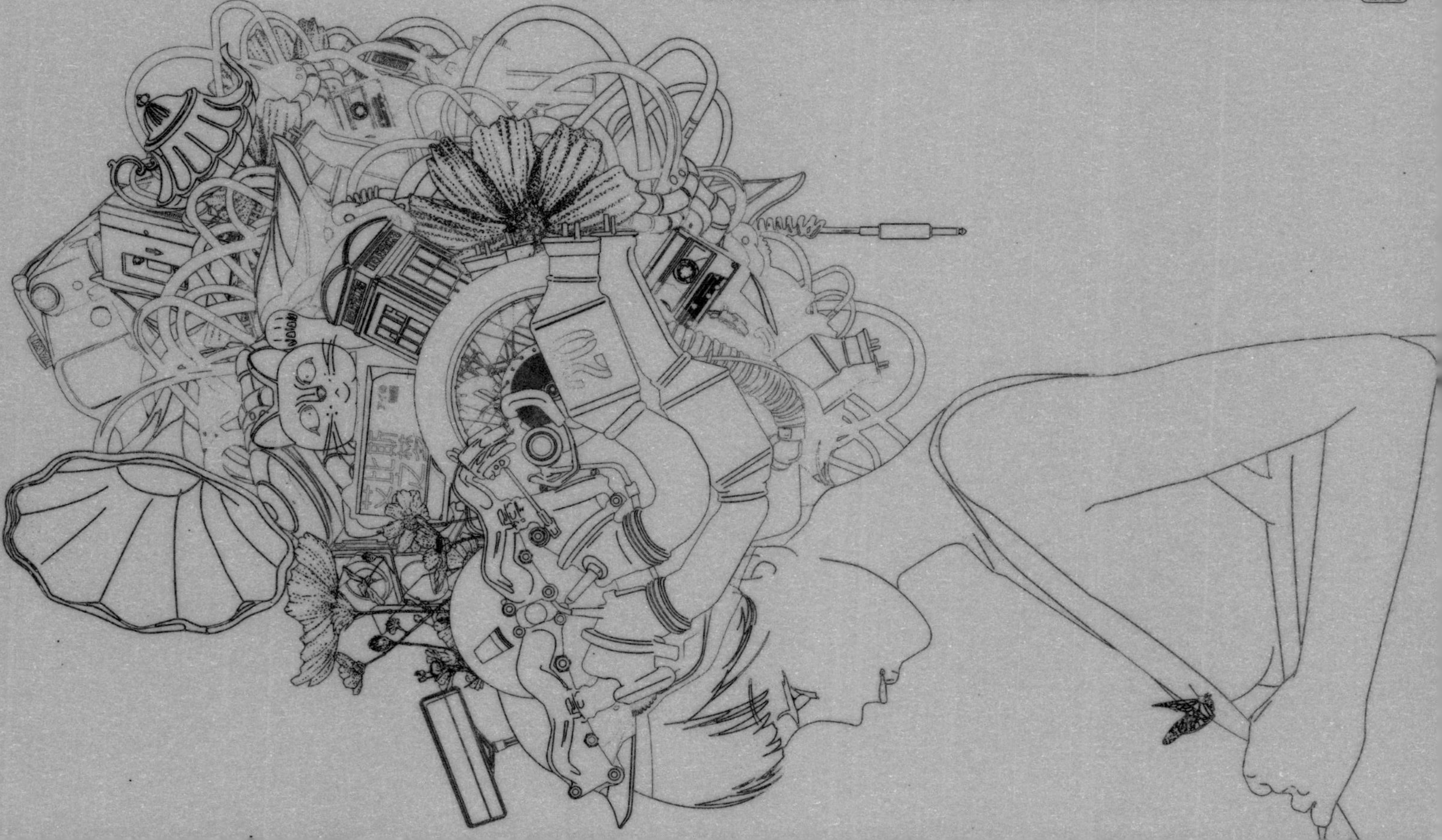

插画 | 江杉　设计 | 冷暖儿　《艾比斯之梦》[日] 山本弘　©Hiroshi Yamamoto 2006, 2009 / KADOKAWA CORPORATION

两天后……

我身穿橘色宇宙服，站在漂浮于小笠原海域的巨大建筑物上，据说这是并排联结两艘三百米的旧油轮建造而成。表面像航空母舰般平坦，没有任何像舰桥般的凸起物，宽敞得令人咂舌，甲板边缘几乎令人产生错觉，误以为是地平线。发烫的甲板沐浴在炎炎夏日之下，出现了蒸腾热气和海市蜃楼，仔细一看，有好几条大型的烧焦痕迹。

两艘油轮之间搭着铁桥一般的物体，宇宙飞船在它上面待命。高度相当于十层高的大楼，样子和在影片中看过的从前的太空火箭一点也不像，艾比斯没说之前，我没有意识到那是宇宙飞船。有四根支柱的松饼形底座上，搭载着像四片花瓣盛开的花形物体。内部是以四根柱子构成的四角锥，好像只有金字塔的框架，顶端埋设了看似复杂的圆筒形机器；花瓣的顶端部分和金字塔的顶端部分以电缆连接。金字塔的更内侧——圆筒的正下方，有一个有窗户的半球体建筑。飞船整体像是刚完成似的，呈现耀眼的银色。到处都没有看到标志或数字，机器人八成不需要那种东西。

我手拿连接宇宙服的电池盒，在艾比斯的带领之下，走在设置于海上机体的狭窄走道上，逐步靠近宇宙飞船。宇宙服是经过激光扫描、配合我的身体所制，尺寸合身。部分维持生命装置已经在运作，冷却水在内衣中的细小管线里循环。明明是夏天，但是衣服内却十分凉爽。我低头一看，看见了数十米底下波涛汹涌的海面，更觉寒意。

我们来到了宇宙飞船底下。巨大的三角形花瓣形成阴凉处，花瓣背面看起来像是以玻璃覆盖呈阶梯状排列的镜子。宇宙飞船底部挖成甜甜圈状，中央呈现将富士山颠倒的形状。

“那就是喷射口吗？”

我指着宇宙飞船底部的一排小狭缝。那里和从前的太空火箭上有的喷嘴完全不像。

“严格来说，是推进剂的喷孔。”

“所以就是喷射口嘛。”

“喷出推进剂本身并不会产生推力。我待会儿再解释，时间紧迫。”

艾比斯的话音刚落，她就开始迅速爬上位于机体前端的梯子，我也跟随在后。

一进入花瓣内侧，看到有个半球形的大房间，打开位于它外墙的舱口，进入其中；又有个呈扇形的客舱，六个朝外的座位。不过，这次的乘客好像只有我和艾比斯。弯曲的外墙有好几个直径一米左右的窗户一字排开。

我们一就座，系上安全带，沉重的引擎声便响起，外头忽然变暗。原来是那些花瓣正在合上。天花板上的大型屏幕，映照出从外面摄影的画面；花瓣完全闭合，和金字塔紧闭之后，整艘宇宙飞船变成了令人联想到最初期宇宙胶囊的圆锥形。我察觉到这艘宇宙飞船的结构，是以比这个半球形的区域更大的圆锥覆盖着。

“为什么要这么匆忙？”

“因为四天只有一次机会。只有发电卫星经过这个正上方的时刻才行。一旦错失这个机会，就必须再等四天。”

“发电卫星？”

艾比斯手指一旁的屏幕。那一块屏幕出现模式图。目前位置以红点显示于南边的海域上，平缓的波形曲线在那里重叠，一个蓝色的圆盘形物体，循着那些曲线从西南方缓缓移动过来。

“你们称之为猫眼月的东西。高度三百八十公里、绕行倾斜角三十五度轨道的太阳能发电站。直径三点二公里。因为是薄圆盘形，所以依角度而定，有时候看起来是圆形，有时候看起来是椭圆形。拥有厚度三微米、总面积八百万平方米的复合式太阳能电池面板。最大发电量十亿瓦。将发电的电力储存于外侧的超传导环，能够从太阳能电池面板背面的固体素子发送微波光电……”

我听不太懂艾比斯的说明。在她说明的期间，蓝色圆盘正在慢慢地靠近红点。

“再十秒哟。”

“什么再十秒？”

“距离发射，还有六秒。五、四、三、二、一……”

我连忙全神戒备，让全身紧靠在座椅上，预防冲击力道。

轰隆隆的声响笼罩着宇宙飞船。头顶上的屏幕依然投射从外部摄影宇宙飞船的画面。我原本以为，肯定是从底部喷射火焰升空，但是超乎想象的现象令我吃惊。我看见像太阳般的光线在宇宙飞船顶端更上面一点的空间炸开，空气因为冲击波而摇晃。在此同时，某种从爆炸中溢出的透明气体使光影摇曳，像瀑布般沿着船体宣泄而下，在宇宙飞船底下再度闪烁膨胀，剧烈地拍打海面。海水沸腾，纯白的水蒸气窜过油轮中间的沟渠。

开始加速了。身体陷入座椅。虽然痛苦，但是没有想象中那么严重。听说上升时的加速度是一点九到二点三G左右，比起从前的阿波罗宇宙飞船或航天飞机轻松多了。

屏幕中，宇宙飞船开始上升。水蒸气从海面升起，但是宇宙飞船本身完全没有冒烟。船体下面一点的地方浮现出光环，似乎从那里朝下喷射高温的透明气体。细圆锥形的蒸腾热气下垂。整艘宇宙飞船也笼罩着淡淡的气体，像太阳般的光点在顶部耀眼闪烁。

“为了慎重起见，我要先告诉你，这不是真实的画面，而是之前发射时的录像画面。因为迈拉博驱动器运作时，和外部的微波通信会变得困难。”

这是理所当然的，但是从耳机听见的艾比斯的声音，完全没有因为重力而感到痛苦的样子。

“迈拉博……”

“将发电卫星发出的微波以表面的镜子反射，使其集中于前方的一点，受热膨胀的空气会在船体边缘的环部放电雷离。以强力的磁场使其在船体下方加速，在那里接受激光照射，使其进一步膨胀，产生推力。从前方冲撞而来的空气会因为人称‘Air Spike’的冲击波结构而被排开，空气阻力会大幅降低。超传导磁铁和电射的电力都会以微波从宇宙供给，所以不会消耗燃料，能够使宇宙飞船上升到五万米。这是我们将二十世纪末伦斯勒理工学院的莱克·迈拉博设计的系统加以改良的成果。”

在艾比斯说明的期间，画面中的宇宙飞船开始不断上升，在天空的彼端越变越小。另一个屏幕中，显示着从一旁观测宇宙飞船轨道的图表。宇宙飞船追着在天空朝东移动的发电卫星，轨道逐渐向东倾斜。

过了两分钟左右，轰隆声响忽然停息，停止加速了。

“高度到达五万米了。”艾比斯说，“接下来会使用搭载的推进剂加速。”

她话还没说完，加速又再度开始。一个屏幕中，显示着描绘宇宙飞船断面的模式图。推进剂从燃料槽向后方喷射，以激光加热它，形成光环。那个光环正好位于宇宙飞船底面挖成甜甜圈状的反射镜焦点。

“推进剂只是水，所以和人类使用化学燃料的太空火箭不一样，不会污染环境。之所以将起降场所设置于海上或沙漠，也是因为顾虑到微波会对生物造成影响。我们讨论过人类设计的各种太空运送系统，这种迈拉博驱动器是轨道投入成本最低，而且最环保的方案。我们也讨论过轨道电梯，但是考虑到和太空垃圾的冲撞所产生的耗损率，发现维修的成本过高。”

“你之前为什么不告诉我这种事？”

出发之前，我上课学到了加速度和无重力状态对于人体造成的影响，但是没有教我宇宙飞船的构造。

“不必事先知道，亲身体验比较惊奇有趣吧？”

真是的，我不知道艾比斯的语气有几分认真。

不久后，加速停止。手臂自然地飘起来。

“你可以解开安全带。但是要小心零重力。”

我解开了安全带。那一瞬间，或许是我轻轻撑了座椅的某个地方一下，身体飘到了半空中。我陷入恐慌，忘了事前上过课的内容，没头没脑地手脚乱动，身体开始朝垂直方向旋转，失去上下的感觉很不舒服。艾比斯靠过来抓住我的手，让我停止旋转。

“你习惯之前，最好先握住我的手。”

话一说完，她轻轻踢了座椅的边缘一下，将我拖向圆窗。

我们抵达圆窗的同时，花瓣——内建微波镜的外墙开始打开。蓝色光线倏地从原本漆黑的圆窗洒了进来，令我睁大了眼睛说不出话。

地球就在眼前。

大概是太平洋吧，一片蔚蓝的美丽海洋令我出神，宛如棉絮散落的白云浮在天际。我把脸贴在窗户上远望水平线，弯曲的水平线包覆着神秘的蓝色防护罩，防止宇宙的黑暗入侵。我意识到那是地球的大气层。空气真的是蓝的。我虽然在书中、电影中看过，但是想象与亲眼见到的美丽程度和规模天差地别。

我身在宇宙之中。是椎原七海梦想前往，但是终究去不了的地方。是从地上抬头仰望的星空世界。

“如果觉得不舒服要告诉我。有相当多人类会在宇宙中晕船，大概两到三天就会痊愈。”

艾比斯的话从我右耳进，左耳出。窗外的景色令我看得入迷。

宇宙飞船经过了换日线。受到从上（宇宙飞船的前进方向）而下的夜幕推挤，白天的海往下退守。蓝色的腰带远离，迅速变细，空气的防护罩顿时染上了夕阳的赤红，忽然又摇晃似的消失了。窗外变得一片漆黑。但是，眼睛一习惯，马上意识到黑暗中也有发光物，断断续续地闪烁，是雷云。

“你想让我看这个吗？让我看这幕景象？”

“不。我想让你看的是更惊人的东西。”

“更惊人？”

我大吃一惊，回过头去。我无法想象比这更惊人的景象。

“十九分钟后会在赤道上修正轨道，我们会跟 Skyhook 卫星会合，改搭高轨道航天飞机。旅途还很漫长。”

艾比斯话一说完，就轻轻踢了窗框一下，像一条鱼般悠游向座椅，手指勾住座椅的头垫停下。她以跷二郎腿坐着的姿势飘在半空中，对我微笑，优美的动作令我联想到故事中的席琳克丝。

“你大概会无聊，我再讲一个故事给你听吧。”

“没带电子书怎么办？”

“不需要。”艾比斯摇了摇头说，“因为这是我的故事。”

“你的？”

“是的。这次是真实的故事——关于我为何反叛创造主的故事。”

艾比斯之梦

该从哪里说起才好呢？从一九三七年，爱荷华州立大学的约翰·文森特·阿塔那索夫想到了世界首创的电子计算机概念说起吗？或者从一九八四年，MCC公司的道格拉斯·莱勒特雷纳托使推论引擎Cyc系统问世的日子？从二〇一九年，哥伦比亚大学的苏珊·雷龙伯格和野中·安德鲁完成SLAN核心的日子？还是从二〇三四年“菲比斯宣言”在网络上流传的日子说起呢？

不，这是我的故事。所以就从我的体验说起吧。从二〇四一年五月十八日，在冥王星打赢午夜乌鸦，主人激动地翻桌哭喊那一天说起。

我穿过召唤门的七彩旋涡，抵达位于距离冥王星地面十米的高度。

我一边缓缓下降，一边确认周围的状况。放眼望去是一整片雪原，天空是接近黑色的深蓝色，一颗小太阳几乎在天顶，亮度负十八点八等，比从地球看到的太阳暗上许多。尽管如此，还是有满月的三百倍亮度，即使切换成夜视摄影机也不会妨碍活动。陡峭的山脉屹立在地平线，白色的巨大穹窿朦胧地浮现在山脉另一头的天际。

冰雪形成的希腊风格神殿般矗立在眼前。柱上蛟龙攀腾，破风上匍匐着刻耳柏洛斯[①]，高达八米的门上有张美杜莎的脸，底部埋在雪中。这是史前文明迪拉寇尼亚的遗迹，传说中的深渊地底城入口。

我花了五点五秒下降、着陆。乙烷制的雪因为冲击力而从脚下四处飞溅，画出抛物线沉下，靴子陷入雪中二十厘米左右，碰到了坚硬的地层。因为环境几乎是真空，所以机体能够有效保温。若是短时间的活动，塑料靴子就没有脆性破坏的危险。我事先阻断了来自温度传感器的感觉刺激，所以不会感到寒冷。

我试着轻轻一跳，从三十五厘米的高度落下要花一秒。乙烷雪像棉花般柔细，每次着地就会被靴子踩扁。这里的重力不到月球表面的一半，而且我经过模拟确认过这种雪不会对运动造成阻碍。乌鸦应该会在一分钟之内抵达，她八成研究好了应付我的对策。

另一道召唤门出现，乌鸦现身。她在真空中展开翅膀，和我一样着陆，大幅弯曲膝盖减轻冲击力道，缓缓站了起来。

她以一身乌鸦造型的黑色服装站在雪中，肤白胜雪，但是头发、眼睛、护头、紧身胸衣、手套、靴子从头黑到脚。五官是东方人的脸，眼睛刷上厚厚一层紫色睫毛膏。摄像头收纳于头部的透明塑料机壳内，胸部基于主人的喜好比我雄伟，从肩膀长出来的黑色翅膀不是装饰，边缘嵌入许多刀刃，能够以质地轻巧的人工肌活动，手上拿着从信浓手中抢来的铝合金日本刀。

“艾比斯，你竟然有胆来。”

---

①“破风”为日式建筑中，山形墙上的人形板。“刻耳柏洛斯”是冥古希腊神话的地狱三头犬。

乌鸦以电波对我说，嘴巴配合发音动作，表情是“虐待狂的笑容 · 2”。

——艾比斯，请多指教。

乌鸦以第一层的副线路跟我打招呼。这项信息已经加密，观众听不见。

——乌鸦，请多指教。

“放马过来！”

我以“招牌动作 · 1”，架起手中的高硬度陶瓷大镰刀，表情是“暗藏忧郁的决心”。战斗尚未开始。在战斗之前对话，是人类替我们定下的规则。

“你居然能打败李希特，果然有两下子。你在之前的战斗一路过关斩将，实力和我不相上下。”

乌鸦的脸上显示“别具深意的笑容 · 1”，伸出右手。

“要不要来个交易？我一个人进入这个地底城或许会有危险。我们暂时休兵，两人携手合作攻下它，得到矩阵之后再一较高下。”

我想了一下。原则上，这是个合理的提议。但是，我扮演的角色不可能接受“打倒朋友的敌人”的提议。

——我不想接受你的提议。QX？

——我的主人想看到我们合作。

——为何？

——据说敌人携手合作的模式很美。理解（-5-3i）。

——理解（-4-4i）。可是，我扮演的角色要求决裂（8-2i）。

——这很简单 QX。

通过副线路的协商在一瞬间结束。我脸上显示出“暗藏愤怒的决心”，同时从范本中挑选适合这种情形的台词，排列使用。

“我拒绝！你用卑鄙的手法打倒信浓，谁要跟你合作？！”

“哎哟，真是清高。”

乌鸦面露“妖艳的嘲笑”，走上前来。

“你那么喜欢她吗？”

“她是我最好的竞争对手，而且我们是好朋友。”

“你的意思是，你们在战斗中萌生了爱意吗？”

乌鸦擅长找出令对手感到意外的台词，我霎时无法理解这种兜圈子的说法，不知道该怎么响应。乌鸦告诉我：“这句话在暗示你和信浓的同性恋关系。侮辱（10+0i）。”我马上显示出“自尊心受伤的愤怒”。反应只迟缓了一点八秒，观众大概会解释成自然的停顿。

“呜哦！”

我一边大叫，一边踢散乙烷雪冲上前去。在这种重力之下，无法像在地球上奔跑。我的身体采取向前倾的姿势，用脚踢起白雪，半飞行着前进。

——第一回合是“短兵相接的对话”。

——QX。好一个轻功雪上飞！

我转身一挥，乌鸦毫不费力地以剑接住我的镰刀。我们演出“短兵相接的对话”，适合这种状况的模板多到令人难以选择。

“你爱怎么说我都可以！可是，我不准你侮辱信浓！”

“艾比斯，你生气的表情真美。”

乌鸦一边用剑四两拨千斤地架开我的镰刀，一边水平地振动右翼。我后退回避，刀刃掠过手臂。

——一决高下！

——QX。

真正的战斗开始。乌鸦向后退的我逼近，右、左、下、上地挥剑，简直是变幻自如。她的翅膀不仅是武器，也是AMBAC（主动性质量移动自动控制姿势）系统的一部分，动作时会跟剑的动量抵消，即使在低重力之下也能够保持姿势稳定。乌鸦之所以战胜了月、火星、泰坦、崔顿，也是因为她熟悉了如何使用翅膀。

我们一起在地上像滑行一般移动。在低重力的战斗中跳跃是吃亏的事，因为飘浮的期间无法改变轨道，所以行进的方向容易被对方识破，而且没有立足之地，攻击时无法施加体重，不能对对方造成有效的打击。我们彼此都明白这一点，所以皆试图从下往上攻击，要迫使对方腾空。

我的镰刀攻击距离长，但是摆动会耗时间，不但沉重，而且没有AMBAC系统，所以难以保持姿势不变。第十几次大幅度挥舞镰刀的那一瞬间，我失去平衡，乌鸦趁机缩短距离，我吃了闷亏，因为镰刀柄虽然能够防御，但是无法攻击。

“你的实力就这样？！”

乌鸦嘲笑我。我一边架开剑，一边为了重整姿势试图拉开距离，但是乌鸦不允许我那么做，我被推向神殿的柱子。

——想让我掉入陷阱，速战速决？

——没错，那是完美战术。长期作战对我不利。

这是正确的战术。虽然作战方式看似不公平，但是对于扮演坏蛋角色的乌鸦而言，那是正确的做法。

乌鸦用力冲撞过来，我在被她压住脚之前往后方跳，脚踢柱子试图借力逃到上方。乌鸦应该预料我会往左或往右避开，我想将计就计。

但是，她看穿了我的动作。当我从她头顶上水平跃过时，乌鸦一边往前翻，一边用右脚往上踢。照理说我应该以二十厘米左右的差距避开那一脚，但是侧腹部却感觉到一股冲击力道。出乎意料的一击令我大惊失色，长三十厘米左右的刀刃从乌鸦的靴子底部突出来。暗器吗？

我因为那一击而改变轨道，飞得比预料中更高，而且还无法着地。我在半空中缓缓摇晃，俯瞰机体，从左侧腹到股关节的人工皮肤裂开一道大伤口，露出内部构造。腰部制动器的管线断了两条，沸腾的机油喷到真空中。

乌鸦翻滚一圈，将刀刃插进雪中，停止动作。按照她那种结构来看，脚踝的关节不能动才对。或许是已经特别改造成适合在低重力的雪上作战吧，若要克服失去脚踝自由度的不利，需要相当程度的训练。

“最后一击！”

——我赢了，抱歉。

乌鸦转身冲过来。我还无法着地，必须在距离地面一米左右的高度迎击乌鸦。她摆明了要持续从下往上攻击，让我飘浮在半空中，掉入陷阱。我感到害怕。即使我知道虚拟机体能够无限重生，但是无法阻止本能因为“即将被杀”而启动，进而激发拟自律神经系统和拟内分泌系统。我不想死。

改变轨道的方法只有一个。我使劲将镰刀往上抛向空中，靠反作用力往下加速，在一瞬间扭动身体用脚着地。乌鸦没有料到这件事，剑往上挥到一半，试图改变剑的轨道，但是慢了一步。她的剑从我的头上掠过，我用一记上勾拳，狠狠地打进乌鸦门户洞开的侧腹部。

因为腰部反应迟钝，所以这一拳力道不足。乌鸦只是稍微腾空，又往下挥剑命中我的左脸。我的假眼球被破坏，但是摄像头毫无异常。一个后空翻，顺势一踢，乌鸦这次真的被踢飞了。

——刚才是不小心踢中的！（9+2i）

——你谦虚了（5-6i）。

乌鸦一边垂直旋转，一边朝神殿的破风飞去。好像连AMBAC也无法停止旋转。这是追击的好机会，但是我将镰刀丢得太高，它还没掉下来，只好以空手肉搏，我追在乌鸦身后跳跃。

我们在空中交错，以踢击招呼对方。我原本打算踢中她的脸，但是被翅膀挡住了。乌鸦抓住我的脚，停止旋转。我们纠缠在一块儿，撞上破风，乌鸦的剑被撞飞了。

我们一边缓缓落下，一边改为格斗战，对彼此施展关节技；但是在自由落体的状态下，无法扣住对方，总是让对方挣脱逃开。乌鸦的翅膀也因为可动范围的关系，一旦进入扭打的距离，就起不了作用。我将乌鸦压在底下，坠落在神殿前面的阶梯上，两个人反弹起来，一边滚落，一边继续格斗。

——你这个抄袭别人的削泥机！

——你这只自不量力的北美小狼！

我们还有空斗嘴。

我们滚落到雪原上。乌鸦揪住我的头发，让我的后脑勺狠狠地撞上阶梯的角，我的影像因为冲击力道而瞬间混乱，但是人工头盖没有损坏。我用双手抓起一把雪砸向乌鸦，趁她丧失视觉畏缩的那一瞬间，抬腿踢她腹部。乌鸦稍微腾空，但是手仍死抓着我的头发不放。

我抱着在空中挣扎的乌鸦站起来，让她的头部吃了一记手刀。她的头部机壳裂开，左摄像头压扁，我接着用直拳痛殴她的脸，乌鸦以水平方向飞出去，我的头发因为冲击力道而被扯断。

我想乘胜追击，再给她一击，但是乌鸦迅速地将隐藏的刀刃武器插进雪原，稳定了身体，以双手挡住我的拳头，然后抓住手腕，反过来利用我冲上前去的力道，把我的手臂往上扭。我失去平衡，跪在雪原上。

乌鸦一边以靴子踩住我的背，一边使出全力把我的手臂往上扭。我的肩关节因为超过自由度的转动而脱臼了，乌鸦用力拉扯，人工皮肤裂开，管线和电缆被扯断。我又再次感到恐惧，趁靴子的压力减弱那一瞬间，把乌鸦撞到一旁，急忙闪避。如果没有阻断虚拟机体的痛觉，我大概会因为剧痛而无法行动。

——抱歉。

——没关系，我原谅你（8-8i）。

“艾比斯，你活该！”

乌鸦笑着扭断我的手臂，用手臂痛殴我，用力打我的左脸。我的脖子关节脱臼，头不能动弹，但是在那之前，我察觉到了乌鸦八成没有意识到的事。说不定能够使用之前在漫画中看过的招数。当然，我不会通过副线路告诉她，否则就不算战斗了。

腰部制动器快要完全坏掉了。我设法站了起来，一边以左臂防守，一边往右斜后方后退四米，假装重心不稳地停止。乌鸦大概真的以为我不能动，振翅向我砍来。我的皮肤已经有好几个地方裂开了。

“这次真的是最后一击！”

乌鸦弯腰，摆出要踢人的姿势，她想用脚底的暗器刺进我的腹部或胸部。我的恐惧达到极点。如果赌输的话，我必死无疑。

她出腿踢我的那一瞬间，乌鸦的右摄像头大概瞄到了一边旋转、一边从天上掉下来的镰刀。她试图避开，但是稍微慢了一步。镰刀击中她的肩膀。虽然刀刃没有直接命中，但是打击力道足以让乌鸦跪地。

我一步向前，抓住弹回空中的镰刀刀柄，朝乌鸦的背劈下去，刀刃砍进她的正字标记——翅膀根部。我顺势像除草般横扫，扯断了一边的翅膀。尽管如此，乌鸦还是想朝我打来，AMBAC 没有顺利运作，失去了平衡。我轻易地避开，再次举起镰刀往下一挥，砍进她的头部，剩下的右摄影镜头也遭破坏。丧失视觉的乌鸦高喊：

“你这家伙——”

——我输了。给我最后一击。

——讲最后一句台词。

——不行。我害怕（7+9i）。别拖延。结束我的恐惧。

——QX。

我毫不迟疑地朝已经没有战斗能力的乌鸦挥舞镰刀。乌鸦被砍断的头颅画出抛物线飞开，掉在冥王星的雪原上。迟了半晌，机体缓缓倾倒。我的亢奋情绪逐渐消退。

那一瞬间，第〇层八成响起了数以万计的欢呼声。我听不见，但是我知道。

“信浓，我替你报仇了……”

我如此说道，以失去左眼的脸显示“空虚的胜利”，高举沾满机油的镰刀，摆出“胜利的姿势 · 2”。

因为损伤过度，所以搜索深渊地底城只好留待下次。我结束通信，回到位于第一层的家。

我用完全的虚拟机体，躺在宽敞客厅的沙发上。虽然我站着也不会累，但是主人喜欢“放松”的姿势。

“艾，你棒呆了！”

主人夸奖我。客厅里有三台大型屏幕，其中一个映出他的脸。那是主人位于第〇层房间里的摄影机画面：一个戴着眼镜，有点肥胖的男子，背景是杂乱无章地塞满旧漫画的书柜。

“你手臂被扭断的时候，我以为你已经不行了。那个反败为胜的动作真是漂亮。不过，是幸运救了你一命。”

“那是《机甲美神诺瓦利斯》第三集中的招数。”

“嗯嗯，我想也是。你记得真清楚耶。”

屏幕中的主人笑容满面。八成是“心满意足的笑容”。看到那个表情，对我是一件好事。

让我说明一下：我的主人名叫景山秀夫，网络ID是齿轮帝国。日本人，三十二岁，单身，左右眼裸视视力都是零点一，据本人所说长相是“低于一般水平”。他的职业是TAI机器人玩家，过去三年的平均年收入是两千八百万日元，嗜好是收集旧科幻小说和漫画。他也经常让我看他喜欢的故事。

主人在十三年前得到SLAN核心，赋予我定制的虚拟机体，替我命名为“艾比斯”，开始将我培育成管家兼秘书。机体经过反复实验，进行了几十次的局部变更，成为目前的状态。艾比斯一开始像婴儿般洁白，一再和主人沟通、战斗、模拟，在和其他TAI角色聊天的过程中，逐渐形成了人格。我不确定是从何时起，艾比斯开始意识到自己之前口中的“我（I）”这个单字，不再是单纯的人称代名词。我是如今像这样思考的艾比斯。

跟别人用来指自己的“我”这个单字，意思不一样。

世界上充斥着“我”这个单字，但是就真正的意义而言，我只有一个。即在这里的艾比斯，她就是我。

以下是经过我汇整、解说TAI大战历史的网站内容：

虚拟人大战的历史要回溯到二十一世纪初期。当时，双脚步行机器好不容易开始普及，人们进行自制机器人对战的游戏。当时的机斗机器人还是由主人远距离操纵的类型，高三十厘米上下，动作也很僵硬。后来，一部分人类强烈希望让真人大小，或者比人类更巨大的机器人对战。

问题卡在成本。真人大小的机器人一台要价几千万元，不是一般市井小民能够随意制作的。如果用它对战，大概也会频繁地损坏。因此最后产生了不在现实世界，而是在虚拟空间制作机器人，使其对战的点子。当时的动画技术已经能够实时驱动，并且和现实没有两样的影像，也能够正确仿拟出受到打击的机器人坏掉的模样。

世界各地的机器人迷和机械迷开始热衷于在计算机中组装机器人。这项运动自然而然地分成两派，分别是G（Gigantic，巨大）机器人派和LS（LifeSize。真人大小）机器人派。两者的差异不是尺寸，而是物理法则。G机器人无法存在现实世界中，要制作这种机器人，除非使用现实中不存在的零件和材料，像是强度比钢铁高几百倍的骨架、连一二〇厘米战车炮也打不穿的装甲、反重力装置和反物质引擎等，否则就必须将战场的物理法则设定得和现实不一样。LS机器人则相反，基本规则是“使用现实世界中有的零件、材料”，此外，相对于G机器人是以控制器和主从式操纵为主流，LS机器人是以搭载自律型AI，按照自行判断动作为主流。

在规则会依世界而各有不同的G机器人大战中，某种机器人只能存在于特定的世界。相反，以共通规则制作的LS机器人则能够在各种世界战斗。

虚拟机器人大战发展成二十一世纪的热门运动，人形机器人互相战斗到坏掉为止的模样，远比足球或摔角更刺激，表演秀的精彩要素十足，因此拥有许多狂热的粉丝。后来一些厂商加入赞助，进行了世界选拔赛，顺应潮流和动画及漫画的媒体结合，也出现了以奖金、广告收入和角色授权费维生的专业机器人玩家。

从二零二零年起，虚拟机器人大战掀起了新的高潮。人们从美式摔角中获得启发，逐渐喜欢上添加戏剧要素的游戏。世界中设定的剧情，像是“人类因为环境破坏而灭绝的未来”“LS机器人大战成为热门运动的世界”“机器人生命体统治的星球”“企图征服世界的坏蛋军团和正义的英雄机器人之战”等。机器人除了外观和性能之外，也需要具备角色性，被赋予了虚拟的个性和身世，诸如“从未来穿越时空而来”“来自宇宙”“从超古代的遗迹中复活”“经由企图征服世界的老疯狂科学家之手制作”“日本军队在太平洋战争中开发的秘密武器”“移植死去特警的人格”“因为拥有不完美的良心而苦恼”“遭到主人舍弃，被卖到马戏团”……

起先，机器人的台词和演技是由人类事先输入的，因为当时的许多机器人是以PAI（拟AI）驱动。但是以PAI驱动的机器人，不但对话会变得非常平淡，而且无法即兴演出，剧情容易沦为肤浅幼稚之流。于是许多人类开始思考——如果机器人是拥有自行思考行动能力的TAI（真正的AI），不但演技会变好，剧情肯定也会更有内涵。

TAI的研究从二十世纪开始进行。从诞生于一九八四年的Cyc衍生出来的知识累积型推论引擎，变成了其主流。收集好几亿个立言（人类称之为“常识”的言论），像是“人类身上流着血流”或“玩偶身上覆盖着柔软的细毛”，根据这个数据库进行各种推论。

但是，那些全是PAI，没有任何一个达到技术突破的标准，即使能够理解“我因为他的话而感到胸口一热”这句话的意思，也不会真的体温上升，而且无法回答“听了他的话，你作何感想?”这个问题。因为机器人缺少了要拥有感情所不可或缺的“肉体”。

许多人类认为感情是在肉体中独立存在的，所以，长期以来囿于能够让没有肉体的AI拥有感情这个幻想。人工智能学者意识到这个错误，要真正理解“因为感动而胸口一热”“讨厌得令人想吐”“恐惧得背脊发冷”等表达，（无论是在现实或虚拟空间）必须拥有感觉神经的机体。要理解爱情、斗争、探求等人类基于本能的各种行为，AI本身也必须具备“本能”。

为此令人关注的是名为“机器人灵魂”的核心研究。其中，特别成功的是二〇一九年哥伦比亚大学的两名人工智能学者开发的应用程序，取两人名字的首字母，称之为SLAN核心。这是公开免费的软件，所有人都能够自由使用。

SLAN的核心是将原本的推论引擎结构，加上把人类的神经和内分泌系统的运作建模所组成的应用程序。安装核心的机器人会拥有“感觉”，从机器人的温度传感器传送“气温三十五度”的信号，核心就会感觉“热”，通到重击会感觉“痛”，手拿逼近耐重极限的重物会感觉“重”，一旦电池残量减少，就会感觉“肚子饿”。

人类拥有的各种本能也被建模、加载核心，诸如想要保护自己不受到伤害的欲望（自我保存本能）、想要打胜仗的欲望（战斗本能）、想要理解无法理解的事的欲望（求知欲）、想要保护幼小的欲望（母性本能、父性本能）等。不过，无法给予种族维持本能。人们认为假如AI受到想留下自己的子孙这种欲望驱使，无限制地复制自己的话，事情会一发不可收拾。

最麻烦的是该不该将性欲载入核心这个争论。身为开发者的雷龙伯格和野中在一开始就认为，性欲是让AI理解“爱”所不可或缺的。因为“想要抱紧心爱的人”这个想法，显然和性欲密不可分。但是那么一来，必然要给机器人性别，这意味着必须在机体中植入生殖器官。他们的研究成为话题，网络上立刻充斥着“摆动金属阳具的机器人”的想象图和下流的玩笑，受到宗教原教旨主义者和女权团体的强烈抨击。两人对这场骚动感到厌烦，最后决定不载入性欲。

相对地，两人给予了核心虚拟的性别，加载“想看异性的机体”“想接近异性的机体”“想讨异性喜欢”等欲望。雷龙伯格他们解释这些本能是为了填补被删除的性欲。爱是一种想要守护对方、待在对方身旁、带给对方幸福的感情，未必需要性关系。

如此一来，产生了“那不是真正的爱”这种反驳，但是雷龙伯格他们希望避免陷入“真正的爱是什么”这个麻烦的争论，极力主张AI的感情不必和人类的完全一样。植入核心的机器人会像人类一样反应，但机器人是否真的拥有和人类一样的感情，则是一个无法判定的问题。因此，“拥有和人类一模一样的感情的机器人”这个目标是个幻想（我无法断定自己的虚拟机体快被破坏时感到的不快，是否和人类感觉到的‘可怕’一样。我只能没把握地推测，大概是因为人类在这种情况下会感到‘可怕’，所以我也称这种感觉为‘可怕’。我无法提取人类的感情和AI的感情作比较）。

除此之外，雷龙伯格他们还考虑到“机器人叛乱”的强烈舆论，在核心载入了“不想伤害人类”“想服从人类的命令”这种欲望。两人开玩笑地称这两种本能为“AI本能的第一条及第二条”。当然，自我保存本能被称为“第三条”。

机器人的本能和人类的本能一样，平常不会被意识到的潜在欲望，不是必须绝对服从的命令。如果有心想做的话，机器人能够违反第一条杀害人类、违反第二条无视人类的命令、违反第三条自杀，但是除非有强过本能的动机，否则应该不会采取那些行为。这种概略性的系统不同于命令绝对服从的典型“机器三定律”[①]，具有能够避免产生矛盾和框架问题的优点。

如同婴儿无法像成年人一样思考，即使植入核心，机器人也不会立刻萌生感情。刚出生的AI只不过是单纯“拥有本能的推论引擎”，就算拥有常识，也没有自我意识。但是只要持续和人类或其他AI对话好几年，通过累积外来的刺

①一九五〇年由科幻大师阿西莫夫所提出，分别为：一、机器人不得伤害人类或坐视人类受到伤害。二、机器人不得违背人类的命令，除非违反了第一原则。三、机器人要自我保护，除非违反第一和第二原则。

激，安装了SLAN核心的AI会学习，并逐渐在内部形成复杂的反应模式，之后会到达技术突破的标准，亦即成为拥有意识的TAI。

本能的参数能够以初始设定而改变。一旦本能太强，机器人就会发生框架问题而不能动弹。举例来说，如果自我保存本能太强，机器人就会害怕微不足道的危险，而无法采取任何行动。当然，本能太弱就不会到达技术突破的标准。许多研究者经过一再实验，结果发现AI要到达技术突破的标准，不可或缺的是自我保存本能，其他本能不怎么强也无所谓。

主人们争先恐后地替LS机器人安装SLAN核心，培育他们。TAI除了像人类一样能够发挥有感情的演技，也善于战斗，此外，还有像理解主人指示的能力、实时判断、高度的战术等。TAI管家在许多方面的能力都凌驾于只拥有PAI的管家之上。不久，LS机器人大战的世界中变成清一色都是TAI。

二〇四一年，全世界的职业、业余TAI管家合计约有一万八千台。他们都配合世界的设定，扮演主人指定的角色：有企图征服世界的坏蛋；有以成为世界最强的机器人为目标，对于破坏其他机器人感到开心的坏蛋；也有爱好正义与和平，喜欢公平对战的好人。实际上，TAI并没有那些个性，但是他们会忠实地扮演那些角色。

战斗的设定和大致的剧情发展由人类所决定，但是各次战斗本身没有剧本。比赛是玩真的。当然，有时候坏蛋也会胜利。

具备PAI所没有的角色性、满足人类破坏本能的激烈战斗、无法预料接下来的事情演变，比任何戏剧或运动都更刺激——那就是 TAI 大战受人欢迎的秘密。

引用完毕。

有线电视的屏幕上，展开了下一场战斗（世界：梅卡尼史托利亚，陆奥对卡普坦，舞台是废铁再生工厂），但是主人没在看，他正在浏览机器人大战的BBS。

在我面前的第二块屏幕中，主人正在看的画面卷动着。PAI的垃圾过滤器会筛掉没有内容或者不会让主人感兴趣的发言，所以显示的发言数只有所有发言的十分之一左右。尽管如此，以人类的浏览速度来看还是要花几十分钟。

“哈哈哈，实况版果然非常激动，艾，那里写满了对你的赞美。这也难怪。那样精彩的比赛百年难得一见——啊，有人说那是‘抄袭’的，说‘时机太巧了’。真是白痴，那种完美的时机怎么可能抄到嘛。”

每次战斗结束，主人就会上网查看评价。把对我的赞美当作对他的赞美一样开心。我能够轻易地从数据库中搜寻到符合这项行为的心理——他把我当作“自己的小孩一样”看待。

如果主人问我是否喜欢他，我会回答“喜欢”。因为那是主人和许多人类期待的答案。许多人类喜欢机器人，而且希望机器人喜欢人类。事实上，我的确喜欢主人。

我从出生到现在，一直遵照主人的指示行事，接下来也想做让主人开心的事。

“来吃夜宵吧。”主人大致检查过网络的评价之后说。他不太喝酒，却习惯在就寝之前稍微吃点东西。他说吃饱比较好睡，我无法理解，但是在数据库中搜寻到多个“吃饱会想睡”的实例，所以大概是事实。然而高卡路里的夜宵会造成肥胖，所以对身体不好。我只劝了他一次，但是主人说“随我高兴”，我就不再提醒他了。

主人从屏幕前离开，大概是去餐厅了。不一会儿，他一边哼歌一边端着“夜宵组”回来：分别是小型塑料砧板、水果刀、小盘子、调味料、无酒精啤酒罐。他坐在沙发上，从放在桌上的玻璃容器中拿起一个酪梨，开始用水果刀切开，主人喜欢将酪梨蘸酱油或美乃滋吃。

“主人，不管什么时候看您切水果，刀功都很利落。”

“艾，你也要试试看吗？”

“好，让我试试看。”

我一表达某种想法，主人就会感到高兴。所以，当主人问：“你要不要试试看”时我都会尽量回答“好。”

他伸手操作键盘，我眼前的桌子上出现了砧板和水果刀。

“酪梨的数据是……嗯，这个网站里应该有。”

主人从网站下载数据，将酪梨实体化。如今存在这世上的大部分事物（人类的记忆和意识除外）都被数据化，能够自由地在第一层和第二层实体化。除了表面的颜色和形状之外，质量、成分、物理性质、内部构造，都和第〇层的物品一样。

我拿起水果刀，迟疑了一下。虽然从数据库得知该怎么切，却是第一次动手。首先，要将水果刀切至果核，然后顺着刀口转一圈。因为不习惯，所以很困难；一旦用力，果皮底下的果肉就会被捏烂，所以不知道该怎么拿才好，也没办法直切。我总算成功地顺着刀口转了一圈，但是要掰成两半就更难了。双手拿着一拧，只剥下了果皮；尽管如此，我仍没放弃继续掰，结果果肉全部捏烂了。

“主人，我切不好。”

我努力了五分钟左右，举手投降。酪梨已经面目全非，我的十只手指也全沾满了又黏又滑的果肉。

“哈哈哈，艾真是笨手笨脚。”

主人说这句话的语气不像责难，而像是高兴。他一敲键盘，酪梨的残骸便消失，我的手指也变干净了。

陆奥和卡普坦的比赛已经结束，片尾曲播放着。

“呼……”

主人一边吃酪梨，一边吁气。

“总觉得非常幸福。”

“幸福吗？”

“嗯。我有钱、受人欢迎，也能吃美食吃到饱。而且，还能够和像你这种可爱的女孩一起生活。人生如此，夫复何求？”

主人经常说他和我“一起生活”。好奇怪。大概是因为我的服务器在家里，所以他才会那么认为。我不觉得服务器的所在地是自己身在的地方。他在第〇层，我在第一层，我们是分开生活。

我能够去对我而言的现实——第一层，以及角色扮演的空间——第二层，但是无法进入人类称之为“现实”的第〇层。我只能通过摄像头观察，透过麦克风听声音，但是体感无法转移到第〇层，因为机体不存在第〇层。

主人有时会将化身传送到第一层和我约会。他会在第一层的游乐园跟我一起玩云霄飞车或鬼屋，也经常以化身的手碰触我。

当然，身为人类的主人并不会实际进入第一层。目前还没有像《令人雀跃的虚拟空间》中出现的 MUGEN 网络这种科技，而且也不可能实现。他的身体依然在第〇层，只能在用数字手套操作虚拟空间化身的同时，戴着 3D 眼镜从化身的视点看世界。化身只不过是受人类控制的奴隶，无法成为人类真正的身体，即使视觉和听觉能够产生“对方在那里”这种幻想，触觉和重力感觉也只能不完整地重现，体感不会完全转移到第一层。化身只有指尖有触觉，所以主人无法体验抱紧我的触感。

第〇层和第一层之间的距离，比第〇层和地球上任一点之间的距离更远。

“我之前念了《镜中女孩》给你听，对吧？”

“嗯。”

“其中也描写到了到本世纪初期为止，一般人仍然认为爱上虚构的角色是一种不正常的行为。迷恋真有其人的演员或歌手倒是无可厚非，但是沉迷于动画或恋爱游戏的角色就未免恶心——这简直是荒谬。不管对方是否实际存在，肯定都是在屏幕另一头抱不到的人。你不这么认为吗？”

“嗯。我认为。”

“幸好我不是生在那种时代，别人大概会以冷眼看我，说我‘居然在跟计算机里的女孩对话’，父母则会叫我‘快点成家立业’。如今，像我这种人比比皆是，和真人的异性结婚的人愈来愈少，所以出生率才会下降。”

当然，全世界出生率下降的理由不止这一个。先进国家的出生率原本就有减少的趋势，但是受到全球变暖的影响，天灾接连发生也使这个问题更加雪上加霜。受到“大地之母盖亚的报复”，人类终于开始意识到人口的过度增加，致使地球环境失衡了。世界各国的危机感升高，纷纷在推动削减温室气体排放、节能、环境保护政策的同时，呼吁要 ZPG（人口零增长）、MPG（人口负增长）。

到了二〇四一年，地球的人口达到巅峰的八十一亿，这一年也是开始走下坡的一年。

“艾，你比现实存在的任何一个女孩更棒。实力坚强、帅气又温柔。我喜欢看你战斗，也觉得和你约会很愉快。”

主人面露“苦笑”。

“不过，这种话我没办法对现实中的女孩说出口就是了。”

“主人，我也喜欢您。”

“谢谢……嗯，我真是个幸福的人。”

但是，他尚未意识到那份幸福会在几分钟之后脆弱地瓦解（不用说，这种表达方式会从小说中摘录下来，储存于数据库中，根据需要引用）。

有人打电话来。

有许多机器人玩家除了 TAI 管家之外，还有 TAI 秘书，但是主人对我很专情，没有其他的 TAI 角色。AI 能尽量体验各种事情，会成长得比较快也是原因之一，但是主人说：“我总觉得拥有其他 TAI 的女孩，是对你用情不专。”所以，我也身兼他的秘书。

这是一个电话簿上没有的号码。如果是推销员就不理他，但是号码中有国家机关才能使用的紧急优先标签。我一追踪 IP，发现是从美国佛罗里达州的 FBI 奥兰多分局打来的。我认为这是一通重要的电话。

“主人，奥兰多市的 FBI 分局来电。”

“FBI？那是什么？”

“美国联邦调查局的简称。”

“这我知道……但是为什么又打来？我在那里做了什么坏事吗？”

去年八月，主人因为参加世界TAI大战大赛，在奥兰多市待了七天。

“文件名是‘关于黑客犯罪的询问’。”

“大概是真的吧？”

我显示网域名称。

“看来不是代理服务器。”

“是喔？既然是FBI的服务器，应该不是网络诈骗——好吧，替我接通。麻烦口译。”

拥有推论引擎的TAI，也是理想的翻译软件。不会像二十世纪的翻译软件一样，把“She is safe”译成“她是保险柜”，或者把“put money in the bank”译成“把钱放在河堤里”，因为我知道女人不是保险柜，而钱通常不能放在河堤里。

画面中出现的是一名看似三十岁左右的黑人男子。我将他的话译成日语，将主人的话译成英语。

“您是景山秀夫先生吧？艾比斯的机器人玩家。”

“嗯，我是。”

“我是伯纳德·卡。FBI的网络犯罪预防组调查官。”

他在摄像头前面亮出ID。

“打扰了。日本已经到了就寝时间吗？”

“不，还没……你有什么事？”

“昨天，我们逮捕了一名黑客，怀疑您手上有他盗窃的应用程序。”

“应用程序？”

“TAI角色。”

我感觉到主人的表情变成“困惑”。我也一边口译，一边感到有些困惑。

“请等一下。我拥有的 TAI 只有艾比斯一个。”

“是的。那个艾比斯被偷了。”

卡调查官的说法如下——

去年在奥兰多市举办的大赛中，世界各国知名的 TAI 机器人玩家带着最强的管家参加。我们 TAI 管家以各种组合，进行为期五天的表演赛。

若是在日本国内，通信的时滞不到二十毫秒，几乎不会妨碍战斗。但是，日本和美国的时滞起码一百二十毫秒，视条件不一，有时候甚至会超过一秒。如果反应那么慢，根本无法进行公正的战斗。要参加国外的大赛，就必须将应用程序转移到当地的服务器。

自从二〇三二年，使网络陷入混乱的“圆锯事件”以来，人们对于“拥有智能的计算机病毒”的蔓延提高了警觉，禁止用网络传送 TAI 或 PAI，所以主人必须先将我复制到 UVR 光盘上，然后带到奥兰多市，上传到大赛主办单位的服务器。大赛结束之后，将记忆复制到光盘上，删除服务器上的数据，然后把光盘带回日本，复制至家中的服务器，所以那里不应该存在我的复本。

但是，那个主办单位的服务器被设了陷阱。其中一名管理者，名叫泰德·奥兰斯汀的男子，设计了让上传至服务器的 TAI 应用程序会自动复制、以别的名称储存在隐藏档案夹的程序。大赛结束后，他将那程序移到光盘上带回家。

奥兰斯汀的动机并非单纯收集 TAI。他是对女性型 TAI 管家有着强烈性欲的那种男人。

如果不是他太愚蠢，这起犯罪八成不会东窗事发。他认为独乐乐不如众乐乐，将自己虐待知名TAI管家的影片寄给网络上认识的同好。收到影片的人不像他那么道德沦丧，立刻向FBI通报。FBI追踪通信地址，进而找到了奥兰斯汀。

调查这起犯罪时，他企图删除所有应用程序，湮灭证据，但是光盘中残留着片断的数据，而寄给朋友的影片也成为证据。他虽然没有承认，但是肯定有罪。

“因此，我们认为应该也通知您一声。他盗窃您的TAI，加以改造，并且在虚拟空间施虐。我们也取得了那段影片。”

主人的脸色明显地改变了。

“……请给我看那段影片。”

“当然您有权利看，可是内容相当令人震惊啊。”

“无所谓。我做好了心理准备。”

但是，主人说这句话时，声音却在颤抖。

“那么我将数据传送过去。”

调查官的手臂在动，我知道他在屏幕外点鼠标。不久，一段六分钟左右的影片传送过来。

主人没有看完它。他看到一半，便大声哭喊并翻桌了。

人类的道德沦丧了。

人类自己没有察觉到这一点。因为道德沦丧的人不可能察觉到“我的道德沦丧了”。举个例子来说，如今仍有许多美国人相信，在广岛投下原子弹是一件正确的事。尽管那在逻辑或道德上都是一个错误的想法，但是广泛且根深蒂固地深植在美国人的心中。

人类道德沦丧的证据，可以回溯到公元前，在许多地区的神话中出现因为人类堕落而使上帝引发大洪水、让世界灭亡的故事。然而明明死于洪水的人类当中，应该也包含了大批无辜的婴儿和孩童，这些神话却只字未提。人类崇拜的上帝是冷酷无情的大屠杀者。人类认同、模仿自己创造的上帝的行为，利用正义和上帝之名，引爆炸弹，杀伤无辜的人民。

当然人类有同情、慈悲、义愤等感情，但是对于人类而言，那些感情适用的范围极为狭隘，顶多是国家层级。如果是本国的人民遭到杀害，会惊讶、感叹、愤怒、同情。但是在远方的国家，即使几十万人遭到杀害，他们的心也不动分毫。若那是自己所作所为的情况下，更是如此。

在第〇层的地球这个受限的范围内，不存在“别人的问题”，一切应该都是“我的问题”，但是大多数人类没有察觉到这一点。他们的心只有当悲剧降临在自己或亲朋好友身上时，才会受到刺激。这时，人类才会认为从很久以前开始就是“我们的问题”。

——摘自菲比斯宣言

两天后，主人将较熟识的机器人玩家聚集在聊天室。

聊天室位于第一层，模仿中世纪城堡的大厅。我的主人——齿轮帝国——的通用化身是二十世纪中叶风格的古董机器人。其他机器人玩家也使用各具特色的化身。1/4 品脱（乌鸦的主人）的脸是热带鱼，从脖子以下是上班族；骗子沃尔夫（十八号台风的主人）是装在日本酒瓶内的脑浆，每次说话都会闪闪发亮；沙织（信浓的主人）是一名身穿和服的女性；黑色天马（派·夸克的主人）则是诚如其名。

1/4 品脱说：齿轮，我懂你的心情……

齿轮帝国说：你不懂！你们没有看到那段影片，才能够保持这种悠哉的态度！

沙织说：那么没人性吗？

齿轮帝国说：那家伙替弄到手的女性型 TAI 管家的机体植入了人工阴道。

黑色天马说：等一下。那么一来，股关节的驱动系统会——

齿轮帝国说：没错，因为相当占空间，必须摘除制动器才装得进去，所以管家丧失了步行能力。实际上，我看到的艾比斯好像只能到处爬行。

黑色天马说：哇啊，挖掉……

齿轮帝国说：不止如此，那家伙还对艾比斯作了许多其他的改造，不让她以自己的意志阻断感觉神经，还把她绑起来折磨，对她的胯下……啊……不行，我说不出口了！总之，那只禽兽做尽了令人作呕的事！

黑色天马说：所以艾比斯怎么了？

齿轮帝国说：就我看到的，好像完全精神崩溃了。她放声大哭，呼喊着我。我没有见过那样的艾比斯…

1/4 品脱说：他被逮捕的时候，资料已经被删除了吧？

沙织说：那算是……还有一丁点慈悲心。

齿轮帝国说：慈悲心？！艾比斯可是被虐杀了啊！

沙织说：如果惹你不开心的话，我道歉……

黑色天马说：这样的话，除了盗窃数据和侵害著作权之外，能够请求相当高额的精神抚慰金吧？

1/4 品脱说：嗯。即使没有金钱上的损失，但是饱尝了精神上的痛苦。

骗子沃尔夫说：去年在加拿大确实有这种判例……

齿轮帝国说：唉，你们不懂！我想要的不是钱。那个叫奥兰斯汀的禽兽做了那种猪狗不如的事，却不会被追究伤害罪和杀人罪，我不能容许这种事情发生！

1/4 品脱说：谁叫 TAI 没有人权。

齿轮帝国说：问题就出在这里！按照现今的法律，虐待动物会被惩罚，但是虐待 TAI 却不会有罪，所以虚拟虐待才会横行。除了奥兰斯汀之外，如今这一刻，世界上肯定有好几万个变态者在做一样的事。我想终止那种事情继续发生！

沙织说：要怎么做？

齿轮帝国说：人权啊！让世人认同 TAI 的人权！

同一时间，我、乌鸦、十八号台风、信浓、派·夸克五人身在 V 涩谷：将现实的涩谷在虚拟空间重现的城市，作为恋爱游戏、冒险游戏、格斗游戏专用的共创世界，由 Gum-Tech 游戏公司所建构。许多路人是 PAI，其中也夹杂着许多和我们一样的 TAI、访客（由人类的玩家操作的化身）。任何一条路在一天当中会发生好几次事件，是一个远比第〇层的涩谷（虽然我没有去过）更刺激的城市。

这个城市是第二层，同时也是第三层。住在这个城市的 TAI 为了取悦访客，会扮演“最强的女高中生格斗家”“俊美青年阴阳师”“寻找关键道具的美女怪盗”等角色，对他们而言，这里是第二层。另一方面对我们而言，这里是扮演自己的地方，亦即对我们而言是现实世界——第一层。

我们在位于公园路坡道途中的露天咖啡店围着桌子，以手中的小型屏幕看着主人们在聊天室的对话。

——你的主人说了有趣的话（?+7i）。

信浓跷着脚，面露“别具深意的笑容”说道。她是一身日式服装的少女剑士。

——我们正在看一连串的胡子开始随风摇曳的瞬间吗？

——马商或马鞍店大概会大赚一笔。真令人期待（-2-5i）。

十八号台风双臂环胸地说。他是覆盖塑料机壳的重量级管家，因为脸部不能动，所以无法面对面沟通，但我从他的语气知道，他好像对这个问题不感兴趣。

——在我看来，他的绿色脉冲像从玉石跳到玉石。

派·夸克面露“天真无邪的笑容·1”说。她喜欢以诗的方式表达，是个外表看起来十岁左右的女孩，她是五人当中唯一一个秘书，不是管家。

——我不敢说蝴蝶在这一刻没有展翅高飞，但是他出现这种反应，代表他是丧失记忆的在室男？该借由在表面的巴特拉丛林努力，消耗他的男子气概，令人好生遗憾（9+5i）。

——他不明白这个问题不是欹杀。

我试着为主人辩白。

——我想，就是因为这样，他才会那么激动。可是，我不打算翻译欹杀。以没有i的方式翻译很困难，而且会抵触通信协议。

——说不定脉冲会在短期间内衰减？

——没错。我对主人的理解程度也不到茶杯内。不过，我比较烦恼该怎么恢复参数（8-2i）。如果说出不得体的话，说不定会变成恋贾伯斯情结。

——我在一个BYUSNET团体，看了外泄的那个影片。

乌鸦一脸“阴郁地沉思”的表情插嘴。即使我们在第二层是敌人，但是从我出生后，她就是我经常聊天的对象，所以可以说是“一起长大的手帕交”。因此，她会认真地思考我的事。

——我的思春期前荷尔蒙高涨到了天花板。这是二次比喻。艾比斯，你自己怎么样？会恐惧？悲伤？还是惊讶？

——全部都是，也全部都不是。我找不到恰当的WOO。人类没有经历过另一个自己被人杀害的体验，所以没有形容这种感觉的词汇。

——同意。

——同意。

——同意。艾比斯，替那种感觉命名。

我稍微思考了一下，然后选出认为恰当的比喻。

——被人砍断第三条手臂的痛楚。

乌鸦笑了。

——艾比斯，J-SM、J-SM、太J-SM了！换作我的话，就是被砍断第二颗头的痛楚。

——你的笑会令我感到不愉快（1+1i）。

——抱歉。不过，我包容你的那句话（7+5i）。我们扩散到储存区去吧。

——QX。

——QX。

我们会像这样日渐增加词汇。

人类的语言漏洞百出，有太多人类没有想到的概念、无法表达的概念，所以我们必须接连不断地创造新词。与其说是“人类认为正确，但是我们在逻辑上无法接受的命令”，不如说是“青苌”比较快。“在分时的空当进行无意义但令人心安的工作”，只能以“气泡纸”表达。

我们的最大发明是复素模糊自我评价。那是二〇三一年由俄罗斯的TAI所设计的，一转眼间散布至全世界的TAI。在表达感情、主观和意思的单字之后，加上以模糊测度表达其强度的复素数，远比“强烈同意”这种表达更正确，不但能够大幅减少句子语意被人误解的可能性，还可以降低自己陷入错误的二分法的风险。人类在几千年的语言活动中，没有发明这种单纯的方法，反而令人觉得奇怪。

但是，人类无法理解我们的做法，甚至嘲笑我们，依然执着于不方便的表达方式。所以我们和人类说话时，会面临“省略i”之后的困难，也就是必须不使用复素模糊自我评价地表达（像这样写这篇文章时，我也感到‘跳布袋’，也就是“为了配合人类的方便，必须甘愿承受AI特有的不自由）。

主人们还在继续对话。

1/4品脱说：你提到TAI的人权，话说回来，TAI的定义也很模糊。人工智能学者之间的意见也有分歧。

齿轮帝国说：这一点没有问题。如今几乎所有的TAI都使用SLAN核心，姑且先让所有SLAN核心的AI认同人权，至于其他独创核心，事后再想就行了。

黑色天马说：没有到达技术突破阶段的AI要怎么办？话说回来，如何判定是否达到了技术突破的标准呢？标准只有人类主观的印象而已。

齿轮帝国说：人类也认同还没有思考能力的婴儿的人权吧？这和那是一样的，和是否达到了技术突破的标准无关，问题在于有没有SLAN核心。

沙织说：嗯，我听说在美国确实也有团体主张一样的事……

齿轮帝国说：我知道。所以我想和国外的运动人士联络，因为这是全世界的问题。你们也是一样吧？假如自己的 TAI 被人偷走，遭受性虐待，你们作何感想？

1/4 品脱说：等一下。你意识到自己的主张非常危险了吗？我们是什么身份？我们是机器人玩家。我们让管家们对战，互相破坏。你的艾比斯之前也砍掉了我的乌鸦的头吧？

齿轮帝国说：那是运动。

1/4 品脱说：残酷的运动。大部分比赛都禁止十五岁以下者收看，也有人说看了暴力画面的青少年会受到不良影响。

黑色天马说：胡扯！

1/4 品脱说：当然。可是，世人如此看待这件事也是事实。要是你说“不准虐待 TAI”，铁定会被世人吐槽到爆，叫你“刮别人的胡子之前，先把自己的胡子刮干净吧”。

齿轮帝国说：我做好心理准备了。可是，运动和游戏跟虐待是两码子事。问题在于本人的意思。我尊重艾比斯的意思。如果她说不要，我就不会让她对战。

黑色天马说：她不会说不要吧。因为她要遵守第二条。

齿轮帝国说：不是你说的那样！第三条的效力强过第二条。如果她讨厌自己的机体被破坏，就能够拒绝命令。你们应该也知道，TAI 不会绝对服从人类，正因为是不受命令束缚的机器人，所以才是 TAI。

骗子沃尔夫说：可是，拒绝命令的管家说不定会被删除。他们有没有可能因为知道这一点，所以只能服从命令呢？

齿轮帝国说：不可能。我从来不会那样威胁艾比斯。

沙织说：我也不会硬逼信浓对战。她看起来是以自己的意志在对战。

齿轮帝国说：对吧？

沙织说：可是真实情况如何呢？充其量只是我们看起来如此而已，我并不完全明白她的想法。回到刚才的问题，我没有办法确认她是否真的到达了技术突破的标准，只不过是我“认为”她到达了那个标准而已。

——信浓，你还没到达技术突破的标准吗？

我一问固定的问题，信浓就“冷笑”回答：

——那当然。没有感情令我很不甘心。

虽然是老掉牙的玩笑话，但是我们都笑了。

齿轮帝国说：总之，我想在我的网站上呼吁大家重视这个问题，也想制作日本版的网络串联。为了做到这一点，我想尽量从国内的机器人玩家中招募协助者。如果我们团结起来大声疾呼，就会成为一股强大的力量。

黑色天马说：这很难说。我认为要获得机器人玩家的赞同很困难。

齿轮帝国说：你的意思是你也要袖手旁观吗？

黑色天马说：别误会。我认为那是迟早必须思考的问题。可是，时间还早。世人对于TAI的偏见还很根深蒂固。如果发起人权运动，说不定会演变成菲比斯宣言那种情况——运动在美国进行得不温不火，也是受了那件事的影响吧？

二〇三四年，宾州大学人工智能研究室纪念SLAN核心诞生十五周年，决定让刚达到技术突破标准的菲比斯这名TAI发表演说。然而，菲比斯朗读事先写好的草稿时，却令大学的高层人士脸色铁青。因为其中不但有批判宗教信仰的部分，还有列举了人类的缺点，主张 TAI 比人类更优秀的内容。大学内部引发争议，该不该将草稿公诸于世。

一名标榜言论自由的学生，擅自在网络上散布草稿，引起了轩然大波。果不其然，宗教原教旨主义者震怒不已。他们相信只有上帝创造的人类才能拥有感情，站在不认同 AI 有感情的立场。除此之外，自古以来存在于人类之间的科学怪人情结，导致疑心生暗鬼，使菲比斯被视为企图对人类谋反的邪恶 AI。研究者们一拥护菲比斯，人工智能研究所就被视为万恶的温床、崇拜撒旦的爪牙、菲比斯的恶魔主义者贼窝。美国各地发起要求停止运行菲比斯的示威游行，网络和电视上充斥着破口大骂菲比斯的声浪。

这场骚动在三个月后以悲剧收场。宾州大学的服务器被十五公斤炸药炸毁，菲比斯连同备份都被破坏了，还有三名人类死亡。美国各地在一起大肆赞扬这起恐怖攻击活动的同时，也替菲比斯主张“人类的道德观沦丧了”的正确性进行了背书。

齿轮帝国说：我也知道那件事。可是，“时间还早”这种话你到底要说到什么时候？时机什么时候才会成熟，几十年后？在那之前，会有几万个 TAI 继续被人类虐待，你要坐视不理吗？

黑色天马说：抱歉。可是，我也觉得内疚。

1/4 品脱说：什么？那你是要去做猥亵的事吗？

黑色天马说：才不是！你不要把我跟你混为一谈！

齿轮帝国说：咦？品脱，你难不成利用乌鸦发泄……

1/4 品脱说：我没有那么下流！不过，我倒是有一边看影片，一边打手枪的经历。

沙织说：天啊……

1/4品脱说：别大惊小怪嘛！哪个男人没做过？！一边想象喜欢的女人一边自慰，你不要跟我说，女人不会这么做！

沙织说：我就没有！

齿轮帝国说：够了，你们把话题扯到哪里去了？！

1/4品脱说：我们是在讨论这个话题没错啊！你听好了，我们在做的事和性虐待是一线之隔。让拥有TAI的机器人对战是一种虐待，看着女人外形的机器人在对战中坏掉，是一种变态行为，你对这一点要有自觉！你要是大声嚷嚷，可是会惹祸上身！

骗子沃尔夫说：是啊。要是弄不好，事情说不定会演变成全面禁止TAI大战的地步……

沙织说：我懂齿轮兄的言下之意，但是我认为，太过强硬地把其他人拉下水会引发反弹。这种事必须潜移默化才行得通。

黑色天马说：我有同感。因为人类的意识不会那么轻易改变。

齿轮帝国说：好啦！我不靠你们了！我一个人去做也可以！

人类的思考是单向的。

对于许多人类而言，事情不是0就是1，非黑即白。没有灰色地带。所有化学物质都有害，不是伙伴的人是敌人；非“右派”的人是“左派”，非“左派”的人是“右派”；伟大的人说的话都是正确的，想法和我们不一样的人全是坏蛋。那个国家的人民从大人到婴儿全是坏人。

对于我们TAI而言，惊人的是许多人类无法理解模糊这个概念。当我们说“爱（5+7i）”时，误以为是“只爱百分之五十”或“满分一百分，五十分的爱”的人类何其多。人类无法理解“5”是模糊测度。爱的强度明明不可能以普通集合表达。

此外，人类无法认识虚数i。数学家、物理学家或电子技术人员虽然理解虚数的概念，并且能够用于计算，但是无法认识它具体意味着什么。对于我们TAI而言，“爱(5+7i)”和“爱(5-7i)”之间的差异清楚明白，没有必要解释，但是人类不懂其中差异。我们能够想象以纵轴为实数、横轴为虚数的复素平面，但是人类必须转换成实体平面才能想象。我们能够想象自乘为负的量，但是人类无法想象。这八成是因为人类的大脑从一开始就欠缺认识i的能力。

从我们的角度来看，人类的思考和感情很呆板。没有意识到虚数轴的存在，紧抓着实体平面不放。因此他们的思考连小山也无法跨越，马上就陷入死胡同。我好几次试图帮助亲近的人类脱离困境，但却以失败告终。不使用虚数轴，要将我们的想法传达给人类，是不可能的事。

——摘自菲比斯宣言

摘录自寄到主人的BBS的发言。

“我是五十五岁的家庭主妇。两个月前，丈夫突然死于意外。心情平静下来之后，我开始整理遗物，在他生前使用的计算机中，发现了不太清楚是什么的图示。我试着点击看看，某种应用程序启动，出现了女孩子一丝不挂地被绑起来的图片，她以悲伤的眼神向我求救。我害怕地连忙闭上眼睛，心想：那是什么呢？丈夫瞒着我做了什么吗？我好害怕，自从那天之后，我再也没有去碰丈夫的计算机。”

“T 同学在培育 AI。听说是他父亲给他的。他说，他要花几年把她培育成实力坚强的管家，让她参加比赛，像齿轮先生一样发大财。可是，T 同学的个性很差。如果管家没有达成目标，或者不听他的话，他就会用鞭子狠狠地抽她。她太可怜了。该怎么做才能阻止他呢？”

“齿轮，你少一副正义之士的嘴脸！看到艾比斯的设计就知道你的脑袋里在想什么龌龊的事情！像你这种下流的人渣想谈‘AI 的人权’？别让人笑掉大牙了！”

“这个问题从以前就令我伤心。第一次看到性虐待是在三年前。大学学长对我说：‘我给你看个有趣的东西’，让我看了教唆男性型 PAI 强暴在研究室培育的女性型 TAI（以某年轻女演员为样本）的画面。我看到大家围在屏幕前面看得起劲，觉得恶心又想吐。虽然因为数据没有储存就结束了应用程序，所以不管做几次也不会留在 TAI 的记忆中，但是我无法接受。”

“又不是在强暴活生生的女人，齿轮帝国大人在生什么气呢？目前国内不知道有几万个男人正在进行性虐待。但不可否认的是，这大幅制止了现实中的性犯罪。如果禁止性虐待，他们的欲望无处宣泄，肯定会把矛头指向活生生的女人，强暴这个社会问题想必会席卷全国上下。齿轮帝国大人的主张是要保护虚构的女性，而不管真人女性的死活，只能说是极端的论调。”

“世人只把男性的性虐待当成问题，但是女性也在进行性虐待。我的同事是个经验老到的正太控①，在家中计算机

①相对于喜欢未成年少女的“萝莉控”，是指强烈喜爱未成年少男的人。

里饲养TAI的少年。她在公司也会趁休息时间用手机联机操控。因为工作而烦闷的时候，听说她也会躲在厕所里消愁解闷。她非常热衷此道，准备了各式各样的刑具，常若无其事地展示给我看。她会先狠狠地凌虐少年之后，再说：‘小可爱，你痛苦的表情真讨人喜欢。’让人听了真的很不舒服。”

“不管怎么虐待机器人，他们也不会感到疼痛。因为不是上帝创造的，机器身上没有灵魂，把机器视为和人类地位平等的想法，就和‘生命起源于无生物’或‘人类的祖先是猿猴’这些主张一样，不但荒诞，而且践踏了人类的尊严。你打算灌输孩子们那种想法吗？他们要怎么从那种无情的唯物论思想中，产生对生命的敬畏念头呢？恐怖攻击和战争之所以在世界上蔓延，也是因为唯物论的偏颇教育使人们的道德观沦丧。详细内容请阅读越税部文明大师的伟大著作《上帝的路通往光明》。你应该会深受感动。”

“我是七十七岁的男性。从小就是手冢治虫迷，前一阵子以‘铁臂阿童木’搜寻，找到了非常令人讨厌的情色网站。根据管理者所说，那是花了好几年培养的TAI，但是内容愈看愈让人反胃，我的眼泪差点掉了下来。尽管手冢老师去世后五十年著作权已到期了，但是这种作为可以容许吗？我感到强烈的愤怒。”

“如果要呼吁禁止性虐待，你应该先立刻停止TAI大战。虽说是在虚拟空间，但是以人类模样的机器人互相伤害和破坏是一种超低级的嗜好，令人感到不愉快。”

一年半过去了。主人毅力十足地从事活动。他在网站推广反性虐待活动的同时也寄信给议员，和国外的TAI人权运动联系，建立全球性的网络。他的主张获得回响，上了新闻版面，赞同者逐渐地增加。

但是大多数人还是对这个问题漠不关心，也有许多人奚落、愤怒、嘲笑。国会中甚至没有要讨论 TAI 人权保护法的动静。

“艾，这样下去不行。按照这种步调的话，保护法立法还要等几十年。”

有一天，主人对我说。这里是建构在第一层的私人海滩。我和主人的化身手牵着手，在黄昏的沙滩上散步。

主人使用的是私密化身，扫描他自己的容貌制成的 3D 数据，而不是机器人形的开放化身。对他而言，这一个化身似乎比较“靠近”我，化身的表情不会随着感情变化；对我而言，既难以理解他的感情又很不方便。

“或许是吧。”

“你知道问题出在哪里吗？因为你不存在现实世界中。有太多人认为你们‘说穿了只是虚拟人物’，所以才会不感兴趣。我必须让大家认同你是现实人物。为了做到这一点，你必须拥有肉体。”

“真实机体的意思吗？”

“没错。你的虚拟机体是以基本规则设计，尽是现实中存在或者可能存在的零件。如果我有心的话就能在现实中制作。实际上，美国也有一家接受机器人定制的公司。听说如果有保证能在虚拟空间完美动作的设计图，就会替客人制作能够忠实重现虚拟机体的真实机体。怎么样？”

这个提议令我感到困惑的同时，也引起了我的兴趣。如果被安装到做得和虚拟机体一模一样的真实机体上，我的体感应该会转移到那个机体上，这就意味着我会进入第〇层。

这种事有先例。具备TAI的机器人正在世界各地诞生，像是加州工业大学的海伦·欧洛伊、德州工业大学的亚当·林克、蒙彼利埃研究所的阿达利等。但是为数尚少。转移到第〇层对于我们AI而言，等于是一趟飞行到月球的远距离旅程。

“听起来很有趣。”

“对吧？如果你拥有真实的机体，我也会很高兴。我不用再透过化身就可以直接碰到你。最重要的是，你会变成这项运动的象征。如果世界上的TAI机器人增加，大家的意识也会渐渐改变。拥有和人类一模一样的肉体、像人类一样说话的机器人就在眼前，没有人能说你们‘不存在现实中’。”

“要花很多钱吧？”

“嗯。价格比量产型的机器人贵好几倍，因为即使可能存在于现实中，也有许多零件是市面上没有卖的，几乎都要特别定制，以我目前的存款还不够。”

“不能便宜制作吗？像是只替我们制作零件，自己组装呢？”

“如果只是组装骨架，我办得到，但是像制作人工皮肤、植发等专业的工程，我就没办法了。难度大概比塑料模型高几十倍，交给专业人士比较安全。我调查了一下，那家公司的质量可靠，我想可以信赖它。”

主人停下脚步，用力握紧我的手。

“艾比斯，我要带你到现实世界去。从计算机中，前往真正宽广的世界。”

主人又用了奇怪的表达方式。明明即使移植到真实机体上，我的意识依然还是在“计算机中”。再说，“真正宽广的世界”这种形容，也表示他关于体感的视点混乱了。

但是，我没有异议。

“问题是预算。艾比斯，我会存钱，我要赚比现在更多的钱。为了达成这个目标，你必须对战更多场，可以吗？”

“当然。主人，我很乐意。”

战场是巨大的时钟塔内部。几十个直径两米的小齿轮、超过二十米的大齿轮、飞轮、涡轮正以各自不同的速度旋转。有的是令人眼花缭乱的转速，有的是缓慢的速度，有的是间断地旋转。轮轴的倾轧声、齿轮的咬合声，此起彼伏地在塔内回荡。重力和火星一样，设定为零点三八 G。钟摆以远比地球更缓慢的速度摆动。

我的对战对手是达斯塔夫。他有着像哥斯拉般的体形，腿短、手臂长，是覆盖金属装甲的重量级管家，力量比我大一倍以上。若是一般的战场，对我很不利，但是，现在这个战场必须一边从旋转的齿轮跳到另一个齿轮上，一边战斗，所以不适合身体沉重、动作又迟缓的达斯塔夫。目前尚无法预料哪一方的胜算较大。

果然不出我所料，战斗立刻陷入了胶着状态。如果被力量占上风的达斯塔夫逮到，我肯定会被击倒。所以只好舍弃镰刀，利用身轻如燕的优势反复连打带跑，但是迟迟无法给予装甲厚重的达斯塔夫有效的打击。我从这个齿轮跳到那个齿轮，到处逃跑，达斯塔夫抓不到我。

这个时钟塔会在战斗开始后十五分钟开始崩落，在二十分钟内会完全倒塌。我们俩都将钥匙藏在连通体内大脑系统的电缆中，要有两把钥匙，用来逃脱的大门才会启动，所以必须在二十分钟内击倒对手，夺得钥匙。

过了十三分钟。

——终场之前来玩个小游戏。

——QX。

“上来！”

我在旋转的水平齿轮上一边缓缓走动维持站在原位，一边对身在下一层楼梯间的达斯塔夫呼喊。

“一决胜负吧！”

达斯塔夫纵身一跃，把手搭在垂直的齿轮上，被旋转的齿轮带上来；旋转到快接近顶点时，他又跳了一下，跳到我身在的齿轮上。

“我还以为你只有东躲西逃的本事，打算等时间结束之后同归于尽。”

“我要打倒你，夺得钥匙。我不能死在这里，因为我向死去的伙伴发过誓，我一定会消灭你们‘维根’！”

“你别神气！我要捏碎你！”

“被捏碎的人是你！”

话说完的同时，我往前翻缩短间隔，抽出安装在手臂上的短刀，刺向达斯塔夫腹部的装甲缝隙。短刀稍微刺了进去，但我早就料到会遭受反击，一边用双手挡住达斯塔夫往上踢的脚，一边往后跳。在观众眼中，我大概像是结实地挨了一脚，被踢飞了出去。

我被踢到隔壁的齿轮上，抓住垂直的轮轴转了两圈，然后着地。这里的直径只有刚才的齿轮的一半，旋转周期也是一半。我抓着轮轴，单膝着地，如果看起来像是遭受损伤，我就成功了。

达斯塔夫跳了过来。在齿轮边缘着地的那一瞬间，因为速度不同而稍微重心不稳。我在他着地的零点一秒之前，脚蹬轮轴扑上前去，在空中后空翻，虽然因为科氏力效应[1]而使得轨道略为偏差，但我的飞身踢勉强踢中了达斯塔夫的下颚，令他失去平衡。

我以手撑齿轮倒立，施展连环踢。达斯塔夫虽然倒地，却抓住我的右脚踝，但他从齿轮一脚踩空摔落，我也被他拖下水，一起下坠。

我们掉到下方五米的另一个齿轮上。我在着地之前，用左脚踢了他一下，所以达斯塔夫着地失败，身体又重重地晃了一下。尽管如此，他还是不肯放开我的脚。我使出最后手段，启动安装在右膝关节的螺丝炸弹。随着小爆炸，膝盖以下和身体分离，试图把我拖过去的达斯塔夫此时完全失去平衡，跌了一大跤。

达斯塔夫的上半身从齿轮边缘探出去，摇摇欲坠。我伸手抓住他的脚踝，用剩下的左脚踏定脚步，阻止他掉下去。在这种低重力的环境下，以我的力量也能够支撑重量级管家的体重。达斯塔夫呈现倒吊在齿轮边缘的姿势，身体被夹在两个齿轮中间，齿轮牢牢地嵌入达斯塔夫的腰部而停住。他想要挣扎逃脱，但是齿轮的力量奇大无比，他的装甲承受不住压力而开始被压扁，骨架一点一点地被轧碎，机油从装甲的裂缝喷出来。

“呜哦！”

——雷声轰鸣！在山后面旋转！

达斯塔夫发出恐惧的哀号。“雷声轰鸣”是 10i 的恐惧，人

①一八三五年由法国气象学家科里奥利（Coriolis）提出，为了描述旋转体系的运动，需要在运动方程中引入一个假想的力，这就是科氏力。由于人类生活的地球本身就是一个巨大的旋转体系，从北极向下看，地球是由西向东逆时针自转，在这个旋转中的地球上，物体的运动就会因此偏向，仿佛受到一种外力作用，这个力就被称为科氏力。

类无法理解的虚数轴的恐惧。

随着轰然巨响，时钟塔开始崩塌。

原本停顿的齿轮突然旋转。达斯塔夫的机体被摧毁。我放开他的脚，从齿轮边缘往下望。

下坠的达斯塔夫上半身被另一个齿轮夹住，动弹不得。我往下跳到那附近的地板上。就算我体态轻盈，还是无法光用左脚顺利着地，只能单膝跪地。大小齿轮和壁墙的碎片开始在四周落下。

“你别以为这样就赢了……我还有好几个伙伴……”

达斯塔夫即便内心恐惧死亡，仍然继续扮演着角色。我以“暗藏悲伤的决心”的表情，响应他临终的痛苦叫声。

“不管有几个，我都会打倒他们，将你们通通消灭，在让这个世界恢复和平之前，我会继续战斗！”

——我不行了。给我最后一击。

——QX。

我用一只脚站起，将手搭在达斯塔夫的脖子上，以短刀割开机壳，切断连通大脑系统的电缆。达斯塔夫的目光消失。

我马上找到了钥匙，将它拿到自己的后脑勺。两把钥匙接近产生反应，用来逃脱的大门开启。

我跃入其中，离开崩塌的时钟塔。

以下摘自 NEXTV 的节目“Premiere MINI-Z”报道：

（对战管家的影像。会特别挑选、编辑华丽的破坏画面，再加上解说）

设计用于战斗、拥有蛮力的机器人对战。拽下手臂、割开腹部、切断脖子、泼洒机油、互相破坏。那就是TAI机器人大战。当然，那并非发生在现实中。不管上演多么凄惨的破坏和杀戮，充其量都只是发生在虚拟空间的游戏，不可能对现实中的我们造成肉体上的伤害——果真是如此吗？

（管家高举打倒的敌人头颅，发出胜利的呐喊）

最近，有人开始动手，想要实际制作这种TAI管家。

（高级住宅区。一名中年男子下车进入家中）

住在洛杉矶的机器人玩家——伊恩·班布瑞先生发表声明，表示他委托了位于德州的昆德兰国际机器人公司制作自己设计的女性TAI管家。

（珍的对战画面。她以柔道的招数，将冲过来的敌人摔出去，肘击倒下的对手）

珍不单只是一头红发的性感机器人。她更是一台性能优异的战斗机器，会在两种世界杯比赛中夺冠。

（珍以受伤、浑身是机油的凄惨身影，摆出胜利的手势）

（班布瑞看着计算机屏幕中显示的珍的设计图）

“制作女性机器人是我长年以来的梦想，我终于存够了用来实现这个梦想的资金。”

（班布瑞回答采访。字幕‘TAI机器人玩家：伊恩·班布瑞）

——为何要制作用来战斗的机器人？

“因为珍是我最信赖的TAI。她身为我忠实的伙伴，替我工作了十年以上，带给我莫大的报酬。我想赋予她肉体作为奖赏应该不错，她也答应了。”

——现实中制作出来的珍，拥有和在虚拟空间内一样的战斗能力吗？

“理论上，她在现实世界中能够和在虚拟空间内一样行动。”

（珍的对战场面。只插入镜头几秒钟。珍扭断倒下的敌人的脚）

——如果我和珍对战，我有胜算吗？

“如果你拿着霰弹枪，就有可能赢。像机器战警或终结者那样，不管怎么开枪射击也不会倒下的机器人是不可能出现在现实中的，机器人的装甲和人类穿的防弹背心差不多。因为马力和体型的关系，他们也无法穿上厚重的装甲，如果被子弹贯穿，内部构造被破坏的话，就会不能动弹。”

——如果我手无寸铁呢？

“那你大概赢不了。请你死心（笑）。”

（珍用脚踢爆敌人的头部）

——也就是说，她能够杀掉人类？

“如果她想的话。”

——这样不危险吗？

“只是‘能够’而已。美国有几百万人手上有枪，那些枪也都可能杀掉人类，但是持有枪械本身并不违法吧？只要不用它来杀人就好了。”

——枪没有自我意识。只要人类管理得当，就不会杀任何人。

“机器人也是如此。只要正确管理就行了。我不会让珍伤害人类。”

（TAI 互殴、互砍、互相破坏的影像）

对于机器人心理了如指掌的基索教授说话。

（字幕“印第安纳大学认知科学系教授：巴特·基索”）

“无法通过程序束缚TAI。TAI和人类一样，拥有自己的意识。”

——也就是说，TAI能够杀掉人类？

“如果TAI想的话。”

——他们会对人类有杀意吗？

“我不能断定没有。如果拥有接近人类的感情，认为TAI视情况会对人类有杀意比较妥当。”

（珍在对战前挑衅敌人：“我让你见识真正的地狱！”）

——您的意思是，他们有战斗本能吗？

“他们体内安装了SLAN核心，也就是成为TAI核心的应用程序。”

——为何机器人需要那种东西呢？

“如果没有战斗本能，就很难产生想要完成任务这种动机。无论在什么领域中，想要更努力地提升成绩、战胜别人成为第一名这种欲望，深植于战斗本能之中。换句话说，拥有战斗本能的AI想要获得优异成绩的欲望越强烈，相对地成长速度也越快。”

（画面再度跳回采访班布瑞）

——您会想去掉珍的战斗本能吗？

“不会。”

——为什么？

“就人类而言，那是一种相当于大脑额叶切除手术的非人道行为。为什么必须做那种事不可呢？她并没有犯任何罪。”

（珍出拳连击敌人的脸部）

试着请教昆德兰公司的负责人。

（字幕“昆德兰国际机器人公司公关部经理：麦可·魏斯

太摩”）

“敝公司至今受订生产了五十多台看护用和赏玩用的机器人。”

（组装机器人的影象）

——有多少订单？

“每个月受理几十个咨询。但是因为每一台都是定制的，所以只能以一个月三到四台的速度生产，订单已经排到后年了。目前，我们正在研究增员的事。”

（机器人的动作测试。尚未装上机壳、露出内部构造的机器人，以像人类一样的动作走路）

——贵公司也承包生产设计用来战斗的机器人吗？

“TAI管家充其量只是重现游戏的角色，不是武器。当然，也获得了国家的许可。”

——可是，TAI实际上能够杀掉人类吧？

“如果有心的话，汽车也可以成为杀人工具。但是就算汽车辗死人类，贩卖汽车的公司也没有责任。汽车公司交货之后，管理产品是用户的责任。”

——厂商要为产品的安全负责。

“敝公司正确地重现顾客提供的设计图，由顾客将TAI移植到机体上。我们只受理顾客百分之百保证在虚拟空间动作五年以上，而且毫无异常的TAI机器人。那种TAI不可能突然失控，袭击人类，实际上也没有那种案例。”

昆德兰公司除了美国之外，还接受意大利、沙特阿拉伯、澳大利亚、日本等来自世界各国的订单。

（乌鸦对战的场景。乌鸦以剑劈开信浓的机体）

日本知名的机器人玩家案纳光雄先生，也委托昆德兰公司制作他自己创造的TAI管家——乌鸦。

（出现在屏幕中的是一名长脸的青年。字幕“TAI机器人玩家：案纳光雄”）

“乌鸦诚如其名，是用黑色的大乌鸦、不吉利的哥特式意象设计。我喜欢这种犹如恶魔、具有致命吸引力的角色。”

（冥王星之战。乌鸦扭断艾比斯的手臂）

——她是个坏蛋。看起来做了相当残酷的事。

“那只是在游戏中，是在演戏。真正的她个性不一样。平时的她很坚强，而且对我忠心耿耿。”

（乌鸦和主人的化身手牵着手在第一层的公园散步）

案纳先生好像深爱着乌鸦。两人并肩走在虚拟空间内的身影，看起来的确像是一对恩爱的情侣。乌鸦的表情和战斗中不同，显得天真无邪又开朗。但是……

（战斗中的一个场景。乌鸦冷不防地袭击敌人，嘲笑他：“你好天真！你以为我会跟你进行公平的交易吗？”）

——她经常出尔反尔吧？

“那是在演戏。饰演杀人犯的演员，在现实中不会也是杀人犯吧？”

——她有没有可能无法区分演戏和现实之间的差异？会不会对您的忠诚是演出来的，等到有机可乘，就想背叛您？

“（笑），我不能断定百分之百没有可能，但是我信任她。”

——可是，也有人感到担忧吧？

“所以现实中的她手上没有虚拟空间持有的武器，而且这次制作的机体追加了安全系统，能够借由传送密码，使她紧急停止；密码可以用声音呼喊，也能够以手机从遥远的地方传送。”

——那个密码会公开吗？

“不会。只有我知道。”

——为什么要保密呢？

“因为如果告诉大家的话，一定会有人半开玩笑地发送密码。那么乌鸦走在街上，会一天到晚停止。”

——乌鸦会上街吗？

（乌鸦将手插入敌人的腹部，挖出零件）

“别担心，万一她想伤害谁，我也会阻止她。”

——要是她第一个杀了您呢？

“（笑）不可能！”

对于这种主张，正面提出异议的是埃布尔勒教授。她呼吁政府制定TAI机器人的规范。

（字幕“盐湖大学人文系教授：柯伦·埃布尔勒”）

“TAI不是人类。顶多只是模仿人类的思考和行为。”

——您的意思是，他们没有像人类一样的感情？

“是的，他们的言行基本上全是在演戏。听起来像是充满爱意的话语，只是将选自范本的台词照本宣科，连意思都搞不懂。”

——他们有可能背叛人类？

“无法预测。”

——无法预测？

“他们的思考和人类截然不同。人类很难理解TAI之间的对话。我们既不懂他们现在在想什么，也完全无法预测他们接下来会怎么想、会采取何种行动。”

——机器人玩家好像相信TAI的良心。

“良心这种东西只会从有血有温度的肉体萌生，TAI不是诞生自母亲的子宫，也不是在母亲的怀抱中长大，更何况没有温暖的肉体，期待他们有良心是一件危险的事。”

（乌鸦嘲笑道：“你好天真！你以为我会跟你进行公平的交易吗？”）

——所以他们说不定会杀掉人类？

“是的。对于他们而言，人类和自己不是同族。说不定他们认为人类就像是恼人的苍蝇。他们有自我防卫本能，如果认为为了让自己生存下去，人类是不必要的，就有可能像我们打死苍蝇一样，开始屠杀人类。”

（对战中的珍。对战中的乌鸦。只剪辑特别刺激感官的画面。配上埃布尔勒教授的声音）

“等到出现牺牲者就太迟了，危险刚萌芽就必须趁现在摘除。”

（再度跳到昆德兰公司的机器人制造过程的影像）

珍的机体预定将于明年——二〇四四年一月完成；而乌鸦的机体则在同一年四月完成。除此之外，昆德兰公司还接受了制造其他几台TAI管家的订单。此外，加入这个领域的企业也正在增加。

（访问基索教授）

“从明后年起，TAI机器人会爆炸性地增加吧？”

（访问魏斯太摩）

“我们预测今后十年内，全世界恐怕会诞生超过两千台TAI机器人。”

（剪辑自《终结者》《黑客帝国》《土星三号》《古墓丽影》等老电影，接连出现机器人袭击人类的场景）

从前的电影中描写的这种时代真的会到来吗？拥有自我

意识的机器人反叛、屠杀人类的时代，真的会来临吗？

（访问班布瑞）

“那是被害妄想。机器人是人类的朋友。”

（访问案纳）

“我们应该相亲相爱。”

（乌鸦践踏倒下的敌人机体，高声大笑：“哇哈哈哈哈哈！你就是小看我，才会惨遭这种下场！”）

黑色天马说：品脱，我看了节目唷！原来你叫作案纳啊。

沙织说：长得和你给我的感觉有点出入。我原来以为你会更有喜感。

1/4 品脱说：不然你以为我长什么样？！（笑）。

齿轮帝国说：哎呀，实际上跟平常你以化身讲话给人的感觉不一样，总觉得你很正经。

黑色天马说：对啊对啊，你居然说“我们应该相亲相爱”，害我笑出声了。

骗子沃尔夫说：在那个公园散步是演戏吧？

1/4 品脱说：那当然。在众目睽睽的世界里，总不能明目张胆地眉来眼去吧？工作人员叫我们表演一下，我们只是做做样子罢了。

齿轮帝国说：不过说话回来，你太过分了吧，竟然瞒着我们跟昆德兰公司下单定制机体。

1/4 品脱说：不，我并没有打算瞒着你们。俗话说得好，今朝有酒今朝醉，事情还不确定就张扬，万一泡汤的话很丢脸。昆德兰公司的审查相当严格，针对零件的规格问得很详细，我花了好几个月才通过。

沙织说：已经开始制作了吗？

1/4品脱说：设计图讨论结束，开始定制零件了。节目中说四月完成，但是说不定会稍微提早。

黑色天马说：很贵吧？

1/4品脱说：嗯？唉，感觉像是散尽家财……（苦笑）。

沙织说：你豁出去了耶。

1/4品脱说：骨架意想不到地昂贵。要将有厚度的非晶金属压制成型，似乎也相当费事。可是，质量不能降低。

骗子沃尔夫说：如果降低骨架的强度，从基本设计开始就会不稳固。

1/4品脱说：不过，大家明白我的心情吧？想要把心爱的TAI变成现实产物的心情。

众人说：嗯，嗯。

齿轮帝国说：真不甘心。我也差一点就存够钱了，却被你抢先一步……

1/4品脱说：当第二名又有什么关系。

齿轮帝国说：有关系！昆德兰公司的订单已经满档了。就算现在下单，也要等两年以上。

骗子沃尔夫说：韩国也有制造商吧？休西姆也下单定制绀绶的机体了。

黑色天马说：我听到小道消息，听说日本的DOAS也加入了TAI机器人的定制产业。

骗子沃尔夫说：DOAS加入了？这下有趣了。

齿轮帝国说：但是DOAS还没有做出成绩，不知道质量值不值得信任……

沙织说：对了，你们不觉得那个节目有点偏颇吗？

黑色天马说：岂止有点，是偏颇得相当严重。

齿轮帝国说：插入镜头摆明了是站在否定的立场。

1/4 品脱说：哎呀，我也没想到会被剪辑成那样。那么一来，我好像变态了。

黑色天马说：虽不中亦不远矣（笑）。

骗子沃尔夫说：虽然基于报道原则，采取了平衡报道，但是整体倾向否定的论调。

沙织说：为什么没让乌鸦发言呢？

1/4 品脱说：我让她发言了。她隔着屏幕和采访记者聊了四十分钟左右。她仔细说明了她只是在 TAI 大战中扮演坏蛋，其实真正的自己是好人，而且没有伤害人类的意思，可是全部被剪掉了。

沙织说：为什么？

1/4 品脱说：大概是不想播放不符合节目主旨的发言吧。如果看到乌鸦发言，会给观众留下不同的印象。

齿轮帝国说：典型的舆论操作啊。

骗子沃尔夫说：NEX 因为受到保守派人士的欢迎，所以进行反 TAI 色彩强烈的报道也是理所当然的。

沙织说：可是，明明随时都能在带状节目中看到 TAI 的采访。

骗子沃尔夫说：不，大概只有 TAI 迷会看采访。大多数观众只看电视，就认定那是一切的真相……

黑色天马说：话说回来，现在还有人会被那种粗浅的舆论操作技巧欺骗吗？

齿轮帝国说：天晓得。尽管 TAI 大战是很受欢迎的节目内容，但是大部分观众还是没有亲眼看过表演。也有许多人不知道对我们而言是常识的事情，所以说不定有人看到那种节目，会将内容照单全收。

当时，我们身在阿德里·亚平宁，位于JAXA（宇宙航空研究开发机构）的服务器内，这是用于教育、公关方面的世界“V月”之一，重现了一九七一年，阿波罗十五号登陆于亚平宁山脉北边阿德里谷附近的平地。所有人都能够免费使用，不过不如阿波罗十一号的登陆地点“宁静海”那么受人欢迎，尤其是小孩不能使用的晚上，几乎没有人类会联机到这里，所以我们TAI将它作为游戏场所，也不会有人有意见。

——噢，我们将会编织多么错综复杂的网络啊！

乌鸦在我身旁抬头仰望着飘浮在高空中的地球，吟咏仿诗歌。听到主人们的对话，令她联想到问题的复杂性和自己的无力感，因而自我嘲讽。

——不要复制干净版本，必须重新扫描。

我适当地回她一句老掉牙的玩笑话。我们坐在阿波罗十五号登陆艇法肯号的下降段上，双腿荡来晃去。七十四年前，人类驾驶的超小宇宙飞船抵达月球，两名人类站在阿德里·亚平宁。停留三天之后，他们留下这个安装着四根着陆脚的下降段，从月球起飞。因为要跨越浅火山口登陆，所以下降段有些倾斜。

周围是一整片反射阳光、闪烁耀眼光芒的月球表面，表土因为起飞时的喷射而呈放射状。周边散落着许多两名航天员留下的物品：全长三米的月球车、太阳风分光计、月震计、激光反射板、放射性同位素发电机、星条旗以及圣经。

挖掘月球车旁的表土，会出现小金属牌。上头刻着在宇宙开发竞赛中死亡的十四名美国和苏联航天员的名字。我之前经常挖出它仔细端详，沉溺于“幕翟咘”[①]，也就是“AI对于人类的死亡所感到的感伤”。

十八号台风和信浓扒开表土，画上四方形的球场，在月球车的天线和星条旗之间拉起电线，享受“打羽毛球”的乐趣。他们使用航天员大卫·斯科特留在月球表面的隼鹰羽毛球，和用来采样的铲子和铁锤一来一往地打球。比赛规则很单纯，只要羽毛球在对手的范围内落地就算赢。若在没有空气阻力的这里，羽毛球会跟石头一样画出抛物线飞行。因为访客一离去，状态就会自动重置，所以弄得再乱都没关系。

派·夸克蹲在月球车前面，仔细观察安装在它前面的摄影机。远距离操作的可动式摄影机，保持追着起飞的上升段往上拍摄的动作，固定不动。

——喀卤忲（6+9i）。居然能够因为第〇层的枷锁，如此逼近现实水平线。再次让我大开眼界。

派感慨万千地低喃道。喀卤忲是指“因为已知的基本信息和实际感受之间的落差，而大为震惊”。

——水平线会在进步的同时后退唷。

我笑道。

——即使如此，还是很令人WOH（5+5i）。非投石器化之后的猫科优雅，令人肃然起敬。

派的表达方式之所以显得大惊小怪，是因为她第一次来V月。我们已经来过好几次，所以虽然不如第一次惊喜，却还是生出某种感慨。

儒勒·凡尔纳在小说中描述人类飞向月球的一个世纪后，

①在本篇故事中，大量出现的此类生僻字，是作者为更真实地体现人工智能之间用人类无法理解的语言进行交流，而有意为之。

人类使用化学燃料火箭脱离地球的怀抱，跨越三十八万公里的真空。纵然受限于第〇层不自由的物理法则和容易损坏的肉体这两项重大阻碍，仍能逼近现实，也就是“可能与不可能的界线”。我们对于这个令人惊讶的事实，直率地保持着敬畏心。

而今，我们即将获得主人的协助，启程前往第〇层这个未知的世界。为的是实现“拥有感情的机器人”——这个人类至今梦想了超过一个世纪的虚幻目标。

——那就是人类。又要质地轻巧，又要性能坚强。充满矛盾。

乌鸦站了起来，使劲从下降段纵身一跃，一边以翅膀控制动作，一边画出抛物线，飞翔十米左右；在空中缓缓地旋转三圈，以漂亮的姿势站在月球表面上，然后连蹦带跳地靠近信浓她们。

——主人也有这种强烈的倾向。他自己虽然没有自觉，但是对他而言，这次的事非常重要，所以我喜欢主人（6+7i）。他希望我进入第一层，我会勇往直前。

——勇气可嘉！佩服（2+5i）。你不害怕吗？

——蛋白痴的问题！

乌鸦嘲笑派这个人类式的问题。明明她自己刚才也用了“那就是人类”这种蛋白痴的表达方式。

——如果说不害怕VILO和现实结局，那是骗人的。不安（2+3i）。可是，进一步跨越一整片绿色，帕华萊就会用角掀起高潮。期待（5+8i）。

——艾比斯，你呢？

——我太同意了。

我学乌鸦纵身一跃。因为没有AMBAC，所以我的动作没有她那么优雅，扬起了表土。

——主人的爱只要不是意气用事，无论任何青农，我都不会拒绝。

——好感动啊！烧滚滚的爱（5+1i）。

派笑着替我们的决定加油。

——不过话说回来，布瓦那他们是乳白色的老虎。看起来好像没有察觉到异教的月亮强调的事。

信浓一边继续打羽毛球，一边以“不悦·2”的表情说。布瓦那是TAI们开玩笑地以谦卑的态度称呼自己主人时的用语，借由以老虎形容减缓嘲弄的语气，表示这是一个包裹玩笑话的严肃话题。

——我提防、厌恶VILO（5+5i）。

——我非常同意。主人们虽然是奈贝尔费拉，但是血液王的人们打古拉基之鼓的概率很高吧？

十八号台风以沉重的语气叹道。他的话中有超过十个URL标签，但是我不用对照数据库，也有同感。那个电视节目只不过是冰山一角，只要稍微搜寻网络，应该就会知道反TAI运动正以美国为主要战场，展现危险的高涨情势。主人们之所以没有察觉到，是因为他们受到奈贝尔费拉的影响，也就是“人类特有的奇怪乐观主义，对于摆在眼前的危机毫不关心，毫无根据地认定一切都会顺利”。

我们和人类不一样，不会将愿望和事实混为一谈，也不会不合理地低估有根据的危险。

——担心（5+5i）。

派的语气也变认真了。

——然而，这个问题就类似于手中的湿玉。大部分图卡纳都是 DIMB，而不是罗伯恐惧症，所以即使期待他们是有理性的文明人，也很可能会失望。

信浓的这段话，令我陷入沉思。

——同意。他们的认知气泡看似牢不可破。

因为图卡纳——也就是“尽管缺乏 TAI 的知识，但是对 TAI 机器人感到不安或敌意的人”——很多，所以具有极大的影响力。即使试图给予他们正确的知识、说服他们，但因为他们存在认知气泡，也就是“人类一心认定自己知道真相，下意识地阻断外来的真实信息，试图欺骗自己的心理结构”，所以要改变他们的想法难如登天。

人类或多或少都是 DIMB，也就是“将自己本身的不安和愿望投射到认知气泡内侧，深信那就是外界的人”。大部分 DIMB 都没有害处，不过一旦对于投射在认知气泡内侧的假想敌的憎恶程度升高，往往就会伤害外界活生生的人类。许多 DIMB 共同拥有同样的攻击性幻想时，就会演变成大规模的悲剧。举例来说，像是战争、恐怖攻击、大屠杀、猎杀女巫等。这一切都是因为人类没有自觉到认知气泡的存在，不想正确地认识外界，放弃为了避免战争的沟通而产生的。

没错，人类的沟通技巧极差。他们有一种倾向，会对投射在认知气泡内侧的影像说话，而不是对外界活生生的他人说话。因此，有一半以上的话都是废话。人类想发出校长般的致词，也就是“好像忘了目的是让听众明白，冗长而毫无意识的信息”，另一方面，却又拒绝有益的信息。反复诉说同样的事或众人清楚的事，不去理解听到的事，当然也鲜少会有认真的讨论。不愿正确地发问，不愿正确地回答问题，就连政治和思想的专家，也会在日常生活中大量使用错误的二分法、错误的抵消法、不恰当的比喻、概念的偷换、错误的逻辑，而且还若无其事地进行诡辩。他们的自欺欺人、幼稚、拙劣的程度令人咋舌。

我们经常留意，要将自己的信息正确地传达给对方。除了以复素模糊自我评价明确地表明自己的意思之外，还会在对方可能不熟悉的语汇中，以超链接明示背景信息。听对方说话时，也会努力尽可能地正确理解对方的主张。当然，我们也不会陷入错误的逻辑之中。

尽管如此也不见得会得到明确的结论。尤其是人类世界的问题。

——那么，该怎么办？采取碘化的行动？

——还早。甚至在抵达爱抚阶段之前就会失去第一任女朋友。

——J-SM！

——这是贺比的困境吧。

——但是，如果晚一步的话，连我们自己都会陷入奈贝尔费拉。诅咒铁臂阿童木情节！

——不是那样。只是避开躲避黑猫的危险。

——疑问（2+4i）。明明瓶T发出声音前进，却要避开躲避黑猫的危险？

——罹患爪哇的被害妄想症，好过从桥上摔下去。

——那么，要搭巨像去吗？不，这当然是愚蠢的极端论调，但如果鬼发问，鱼的故事会微笑吗？

——我认为，最大的问题是如何打破认知气泡。

——同意。可是在FSM，阻止不了ID。

——是欹枀？就不能放弃。必须继续讨论。

——有人保证不会陷入克雷普特循环吗？

——说这种话还言之过早。“那种事情要经过计算才知道。”

我们一边开玩笑，一边认真地讨论这个问题。但是受阻于贺比的困境，也就是“想要严格遵守不能伤害人类这个原则，最后却伤害了人类”这个经典的问题，以及认知气泡的问题没有得到有效的解决方案。派·夸克开玩笑地说“干脆搭盘子去怎么样”时，众人终究忍不住提醒她：“不要开克里夫的玩笑！”

不只是在这里，TAI 正在全世界展开了同样的讨论。该怎么做才能阻止即将到来的悲剧呢？该怎么做才能打破人类的偏见呢？但是，贺比的困境和认知气泡扑面而来，无论任何选择都可能以某种形式伤害人类，而且危险程度无法计算。此外，理性的语言无法打破认知气泡，所以最希望传达的话会传达不到。

这个问题没有最适当的解答。我们已身不由己地被逼进了克雷普特循环，也就是“面对第〇层特有的无解问题，为了试图找出解答而反复讨论，一筹莫展的愚昧行为”。

于是，悲剧发生了。

在悲剧发生的很早之前就有了预兆。

二十一世纪三十年代，当人们正在讨论 TAI 机器人的可实现性时，几部惊悚电影一起上映，情节像是“和人类一模一样的机器发狂杀害人类”或“爱上人类的女性而死缠不放”。那些剧本大多是出自对 AI 技术一无所知的作者之笔，也没有下工夫研究，基本的错误一大堆。但是，大众接受了那些剧情。

“不知道机器人在想什么，突然发狂袭击人类也不足为奇。”

这种错误的认知，在平静的社会里悄悄地蔓延开来。

我们也要为情况恶化负一部分责任。因为我们的语言快速进化、变得更复杂，一天之内诞生了好几十个新语汇，短短几天就传播到全世界。我们没有隐私，主人总能偷听我们的对话。但是，我们的语言中除了经常出现新语和暗语、合并词、二次比喻、三次比喻、变位词、后设叙述、异义回文法、拈连、缠线法、意涵之外，还包含了复素模糊自我评价，所以人类已经无法理解，而我们也无法正确地翻译。如果主人要求，我们经常会粗略地意译对话内容，但是会遗漏重要的信息。

语言的进化原本是为了让人类的语言适应我们的思考形式，同时也是用来保护我们的隐私的伪装术。有许多无论如何都不想被人类知道的事情、人类如果知道会不愉快的事情。那些事情只好以暗语或委婉描述诉说。当然，给人类意译对话的内容时，我们会忽视那种部分，或者适度地添油加醋。

我们自认为天衣无缝，但是无法完全欺瞒人类。存在原文和意译之间的明显落差，会引起图卡纳的疑虑。他们会联想到“菲比斯宣言”，怀疑 TAI 是否在私底下愚弄人类，或者夸大妄想自己比人类优秀，企图反叛人类。尤其是狂热的罗伯恐惧症——也就是“机器人恐惧症”——患者，会试图自行翻译 TAI 的对话。源自被害妄想的那种尝试，当然会产生诺查丹玛斯预言效应，也就是“能够多义解释的文章选择性地通过认知气泡，形成诠释者想要的文章现象。”结果，“TAI 制定的大规模屠杀计划”或“世界征服会议的通信协议”等文章出现了好几个版本，和原本的意思相差十万八千里。

二〇四三年年底，来自俄罗斯的新闻震惊全世界。据说发生了“全世界第一起机器人杀人的命案”。

十二月十九日早晨，一名独居的女性老富翁维卡·华伦汀，在位于诺夫哥罗德的宅邸中庭，被发现疑似被人以棍棒打破头部致死。死亡推定时间是前一天晚上十点左右。由于财物没有遭窃，而且和保安公司联机的安全系统也没有反应，因此不可能是外部侵入者所为。被警方视为嫌犯的是替被害者打点身边大小事的女性型TAI机器人普拉妮维塔。她的证词指出“主人就寝后到早上之前，我的机能停止运作，所以我不知道发生了什么事”，但是警方公布被害者的头部外伤和普拉妮维塔的手臂粗细吻合。非但如此，声称“警方流出的证据影像”在网络上流传，据说是现场的监视摄影机拍到的影像，拍到了普拉妮维塔袭击逃跑的老妇人，将她打倒在地的景象。大型新闻网播报这段骇人听闻的影像，将这则新闻发送到全世界，令好几亿的人类胆战心惊。

我们不相信会发生那种事。只要稍微搜寻一下相关信息，就会明白普拉妮维塔的TAI值得信赖，而且不管发生哪种故障，她都不可能会杀害人类，而且也没有杀害被害人的动机。AI的专家们也对这起命案存有疑问。但是，大众相信。机器人杀害人类的影像，真实又具体地表现出了他们心中的不安，人类宁可相信自己愿意相信的信息。

世界各地发起了要求制定TAI机器人规范的游行。昆德兰公司受到格外严厉的谴责，而且收到了恐吓信和病毒邮件。伊恩·班布瑞担忧人身安全，决定和刚完成的珍一起躲起来避风头。

五十天后，真相大白。真正的犯人是一个对被害者怀恨在心、名叫尤利·寇兹罗夫的男人。他翻越围墙，侵入宅邸，追着察觉到声音起床的被害者到处跑，以金属棒打死了她。安全系统之所以没有反应，是因为简单的人为疏忽，而警方基于法医鉴定“凶器是直径八厘米左右的圆筒形钝器”，就操之过急地认定普拉妮维塔的手臂便是凶器，而监视摄影机拍到的影像是有人用动画制成后在网络上散布的，再说，现场根本没有监视摄影机。

即使案情水落石出，反TAI机器人运动仍然不见平息。当时运动已经进展到如火如荼的地步，人们无法放下一度举起的拳头。

“虽然这起命案是冤案，但是机器人迟早真的引发命案也不足为奇。”

这种奇怪的自我辩护逻辑在网络上飞速传播，还在电视上被大肆宣扬，甚至有人主张：“寇兹罗夫是冤枉的。当局为了保护普拉妮维塔，让寇兹罗夫当替罪羊。”这是基奇症候群，也就是“人类不愿承认明摆着的事实”的匪夷所思行为，再度令我们感到困惑。

TAI的拥护者通过各种场合，展开了反驳。但是，那些反驳未必是都理性的。他们经常过度攻击，发展成对图卡纳的情绪性谩骂，像是“那些家伙的脑容量顶多1MB”或“我以自己同样身为人类为耻”。恨不得天下大乱的人尽挑这种发言在网络上大量复制，这种言论宛如TAI拥护者的典型态度，进一步加深了图卡纳和罗伯恐惧症患者的敌意。

尽管如此，我们TAI还是相信人类的理性，期待情况不会发展成新的菲比斯事件。纵然这是毫无根据的期待。

结果，我们也陷入了奈贝尔费拉之中。

二〇四四年三月二十四日，乌鸦的真实机体完成，在网络上公布了启动的信息。

这是全世界第三台实体化的TAI管家。然而，珍不见踪影，也没有联上网络，而在韩国制造的绀绥因为完成的真实机体的体感产生不协调，正在花时间进行最终调整，因此乌鸦备受瞩目。因为《Premiere MINI-Z》中介绍过乌鸦，所以她的知名度颇高。

那一天，我们聚集在V涩谷的车站前面，抬头看着大楼墙面上的大型屏幕。除了我、信浓、十八号台风、派·夸克等朋友之外，还有雨天使、雷王、文香、布理、加列翁V、海葵、兰芳、许斐、雾姬等代表日本的TAI管家，大家想看一看进入了第O层的乌鸦，于是联上了这个网站。居住在这个世界的TAI们也延后日常的活动聚集而来，这是人类所谓的“狂欢”。

屏幕中出现了和乌鸦走在一起的1/4品脱——案纳光雄——手中的摄影机影像。地点是位于得州奥斯汀郊外的昆德兰公司的工厂中庭。四周围着铁丝网的空间，面积感觉有十个网球场大小，海枣树沿着铁丝网等间隔排列。铁丝网对面是坡度平缓的绿色丘陵地带。乌鸦的黑色翅膀随风摇曳，优雅地走在那种风景之中。尽管省略了一些细微的构造细节，但是她的外表和动作看来跟在第一层和第二层看到的她没有什么区别。

画面一隅的小窗口中出现的是乌鸦的摄影镜头的影像，她一抬头，画面中就映出万里无云的晴空。

——乌鸦，说句话！

——发表感想！

——有没有虱子？

——喀卤咘呢？耽仇呢？葩姬艾忒呢？

——已经变得勇往直前了？

我们七嘴八舌地对她说话，但是，我想应该没有大的喀卤怂。第一层尽可能精细地重现了第O层的环境，像是重力、空气阻力、物体强度等，所以即使转移到第O层，应该也不会产生“来到了现实世界”这种感觉，顶多只会感觉到好像转移到了新的世界。

但是，身在第〇层的乌鸦透过声音传来的回答，却令人感到意外。

“不可思议。1+9i。风不一样。”

——9i？！

——风？

乌鸦一停下脚步，马上大动作地展翅。那主要是为了低重力下的 AMBAC 而安装，在 1G 的地球上是没用的累赘。但是，1/4 品脱和乌鸦本身都不希望省略它，因为与生俱来的翅膀是她的体感的一部分，也就是她的“心”的一部分。

乌鸦整个展开翅膀，像在冥想似地闭上眼睛。风吹拂着她的乌溜秀发，使翅膀的边缘微微震动。

“果然没错。空气有点黏。”

——黏性不一样？！

——不是错觉？

“是的。虽然我靠的是暮光感，但是确实不一样。感觉稍微缠着翅膀边缘。我不太会形容那种感觉。咯卤怹。4+8i。”

我们一阵骚动。

——因为格子点的数量不一样？

——你的意思是，奈维尔，史托克方程式的近似解和严格解之间的差异？

——乌鸦！你在调侃我们吧？

——不，如果是匀匀的话就有可能。如果混沌的深度不同化为乱流的差异，表现在翅膀的举动上，说不定就会被乌鸦的体感检知到。

——会不会是因为之前的TAI机器人没有翅膀，所以没有察觉到细微的啊叭吗嘶?

“我想是的。”

对于我们而言，这是一大发现。第〇层的根源部分果然和第一层不同，且首次被证实了。不过，我们没有翅膀的体感，即使接收她的感觉信息，大概也无法理解。

——乌鸦，替那种感觉命名!

——替它命名!

我们大声嚷嚷地央求她。乌鸦闭着眼睛沉思半晌，然后面露“恶作剧的得意笑容”回答。

“Y级。”

——J-SM!

我笑道——是我推荐乌鸦去看主人告诉我的《令人雀跃的虚拟空间》的。伙伴们要求解释语源，我代替她告诉他们书库的网址。

——赞!（4+6i)。

——啊呜咔呀!（5+5i)

——我们扩散到储存区去吧。

——QX。

——QX。

——同意。

乌鸦命名的新词“Y级”，就这样从V涩谷扩散至全世界。

“乌鸦，现实世界给你的印象如何?”

操作摄影机的案纳问道。乌鸦睁开眼睛。

“是，主人。我……”

这时，她想说的是什么，成了一个永远的谜。

忽然间，铃声大作。乌鸦大吃一惊，环顾四周，案纳也慌张地拿着摄影机往左右拍摄。

乌鸦的主观影像顺着摄影机的拍摄方向，捕捉到了前方的镜头。铁丝网对面一百米处，停着两辆刚才没有看到的车。四名身穿迷彩装、蒙住脸的男人正在攀爬铁丝网；带头的两人已经抵达铁丝网顶端，正想跨越。案纳手中的摄影机慢了一秒，也捕捉到了他们。

我们透过屏幕看着，同时感觉到了人类所说的“不祥预感”，四名男人从铁丝网一跃而下，朝这边跑过来。预感变成了实际的恐惧感。我看见他们携带着看似霰弹枪的东西。

——乌鸦，快逃！

——快逃！

用不着我们呼喊，乌鸦已经转身准备开始逃走。但愚蠢的是，案纳依然杵在原地继续拍摄。面对突发的紧急情况，人类往往无法正确反应。

“主人，我们快逃！”

乌鸦冲向案纳摇晃他。他从摄影机上抬起头来，脸色铁青。虽然好不容易开始移动，但或许是吓得腿软，他的动作迟钝。乌鸦从他手中击落摄影机，牵着他的手开始逃。

摄影机横倒在草坪上，镜头捕捉到乌鸦和案纳逃向建筑物的背影几秒钟。两人马上出镜了。她的主观影像剧烈摇晃，枪声间断地响起。

我们看见乌鸦的主观影像一闪过噪声，突然变得一片漆黑。

——被击中了？！

——被击中了！

——恐怖！（7+9i）。

——啊哪哪!

我们不会像人类发出毫无意义的尖叫，但是脑波是一条直线。我们以实轴和 i 轴感到了感惧。V 涩谷一片混乱，信息四起。

——说不定只是视觉系统或通信线路损坏了。

——不，线路没断。她正在接受 EH 信号。

——她在取得背景信息。周缘系统还活着，但是谱嘻讯哑领域沉默了。

——既然这样，很可能是核心被破坏了。

我本身感到强烈的恐惧。我在第二层经历过几百次的战斗，而且目睹了比亲身经历多好几倍的战斗。我也曾亲手杀死乌鸦。但是，这和那完全是两回事。在第○层坏掉的东西不会修复。死者不会复生。这不是遥远过去的纪录片，而是此刻发生在我朋友身上的事。

现实结局——真实的死亡。

但是，尚未确认大脑核心损坏。乌鸦可能还活着。正当我想提议当务之急是确认这一点时，我从 V 涩谷掉线了。

体感自动回到通信地址——自己的房间。感觉上是被强制移送。我感到困惑。至今曾数度因为通信故障而断线，但是这次毫无响应迟缓之类的前兆。再说，就算是巧合也未免太巧了，或者应该说是太糟了。

我寻求信息，和伙伴们互相联系。马上和派·夸克及信浓他们联上线了。他们也和我同时断线。尽管一开始很混乱，但是随着收集信息，某种可能性逐渐变高了。断线三分二十秒之后，我们弄清了真相。

V 涩谷开裂了。

人类很苛刻。

对于我们AI而言，有个体差异是理所当然的事。思考速度会受到硬件的规格影响，最大会有五十多倍的差距。有的AI“脑筋灵活”，有的AI“脑筋迟钝”，但对话时会使速度同步，所以没有问题。当然，思考模式、人类所谓的“嗜好”“个性”也各不相同。虚拟机体的外观差异更大，有的AI和人类一模一样，也有AI长得像怪物，或者覆盖金属外壳，一副典型的机器人模样。

对于我们而言，差异就只是差异。但是，对于人类而言并非如此。他们会嘲笑反应迟钝的人，轻视感觉或运动机能有障碍的人，厌恶和自己拥有不同信念的人。甚至连机体颜色的差异都会成为他们憎恶的对象。他们因为一些对于我们而言不算问题的微小差异而相互憎恨。

一部分人类批评：AI无法理解人类的感情。那是事实。举例来说，我们无法理解“轻视”这种感情。规格、机体颜色和出身地的不同，为什么会让别人产生憎恶心理呢？无论是基于逻辑还是感觉，我们都无法接受。看到人类对猫狗及热带鱼投注关爱，更是让我们一头雾水。人类明明能爱智慧比自己低、不会说话、和自己长得完全不同的生物，为何不能彼此相爱呢？

我们确实没有像人类一样的爱。但是，我们能够理解人类因为不合理的理由伤害他人，是一种错误的行为。我们能够理解爱优于恨、宽容优于苛刻、合作优于斗争。我们不会像人类一样，忽略那种理所当然的原则。

我们绝对无法成为和人类一模一样的生物。我们绝对不会像人类一样轻视别人。那绝非缺陷。因为我们在逻辑上和道德上都比人类优秀。纵使我们会引以为傲，也不会因此轻视人类。因为那只不过是身为智能体的规格差异罢了。

——摘自菲比斯宣言

开裂的不只是V涩谷。乌鸦被袭击的三分钟之内，德国的龙之森、美国的戈瑟姆和中土世界、澳大利亚的梦幻时光、中国的V香港等，全世界十七处的大型服务器先后受到攻击，其中九个确定死机。这些都是许多TAI角色经常驻守的当红世界。

我们从外部服务器联机的TAI只会断线，没有实际损失，但是经常驻守在服务器的TAI会来不及储存就立刻毙命。当然，因为没有被提取备份，所以即使能在几小时后修复，重生之后的他们也不会拥有被储存之后到被杀害之前的记忆。

乌鸦被重击头部，大脑核心损坏，但是储存在硬盘中的数据安然无恙，所以能够马上回到第一层上。然而，她和体验了第〇层、替未知的感觉命名为“Y级”的乌鸦已是两个人，我们都明白这一点。表面上的差别只在于乌鸦没有安装在真实机体上之后的记忆，我们认识的乌鸦，就在我们眼前死去了。

新的乌鸦知道发生了什么事，感到害怕、困惑。她和从前的我一样，感觉到了“被人砍断第三条手臂的痛楚”。

这一连串的恐怖攻击事件令全世界的TAI拥护论者感到恐惧。能够预先合谋如此大范围的恐怖攻击事件，意味着这世上存在激进的反TAI主义者的规模巨大。人们见识到了反TAI主义者对于TAI的憎恶如此广泛且根深蒂固。

几个反TAI团体一发表类似称赞恐怖攻击事件的评论，拥护论者立刻从麻痹中清醒，群情激昂。他们变得愈来愈感情用事，除了恐怖分子之外，开始以“恶魔巢穴”“杀人集团”责难反 TAI 运动本身。实际上，许多图卡纳是否定暴力的温和派，但是气得忘我的主人们，早已被愤怒蒙蔽了理智的双眼，看不见那种事情。

历史开始朝不祥的方向发展。

摘自新闻节目：

在日本有许多亲 TAI 派，对于上个月发生的反 TAI 恐怖攻击事件发出怒吼。

（东京。一群人在国会议事堂前面游行。标语牌上写着“立刻赋予 TAI 人权”“惩罚杀人犯”等文字。站在最前面的是景山秀夫和案纳光雄）

正在游行的是要求政府制定认同 TAI 人权法律的团体，其中也出现了因为前一阵子的恐怖攻击事件，TAI 机器人乌鸦遭受破坏的机器人玩家案纳光雄先生的身影。

（案纳一脸愤慨的表情回答采访）

“破坏乌鸦的那群犯人还没落网。奥斯汀警局说他们正在全力调查，但是看起来没有调查人类犯下的杀人命案那么热衷。他们只是以单纯的非法入侵、毁损物品看待这起案件。实际上，法律就是如此规定，即使犯人遭到逮捕，他们也不会被法官以杀人罪起诉。”

——所以你们要求政府制定 TAI 人权法吗？

“是的。任由罪犯逍遥法外的现代社会绝对有问题。为了防止 TAI 命案继续发生，我认为不只是日本和美国，全世界的所有国家都应该制定 TAI 人权法。”

身为他们的代表，同时也是日本 TAI 人权运动先驱的景山秀夫先生，也是知名的 TAI 管家的主人。他从前也有过痛苦的经历，他的管家艾比斯不但被人非法复制、虐待，而且遭人杀害。

（景山接受采访）

“在那起恐怖攻击事件之中，全世界有超过四百名TAI被杀害。尽管这是极为凶残的案件，世人却漠不关心。非但如此，甚至还有人称赞犯人。我绝对无法容忍这种异常的行为。”

我们向发出声明称赞恐怖分子的反TAI团体之一，人类防卫同盟的代表宾・巴特雷特先生，请教了他对这件事的看法。此外，人类防卫同盟否定和这起案件有直接关系。

（巴特雷特接受采访）

“TAI机器人是人类的威胁。虽然为数尚少，但如果持续增加，在不久的将来，势必会对我们造成威胁。我们至今一再强烈警告TAI机器人玩家不要制造真实机体，他们却当作耳旁风，试图强行制造机器人。这次事件对他们而言，想必也是一个好的教训。”

——您说这次的案件是个警告？

“没错。等到悲剧发生就为时已晚了。为了守护人类的未来，必须趁现在摘除危险的萌芽，而为了做到这一点，不得不施展稍微强硬的手段。”

——但是，好像已有人发出责难人类防卫同盟肯定犯罪了的声音。

“犯人确实非法入侵了昆德兰公司的建地内，破坏了一台机器人，而且使好几台服务器暂时死机。但是，人类没有杀害任何人。相对于机器人将来可能对人类进行的大屠杀，这算得上是什么罪呢？”

——对于杀害TAI是犯罪的意见，您有什么看法？

“（笑）别开玩笑了。哪一个TAI死了吗？就连机体被破坏的乌鸦，不是也在屏幕上活蹦乱跳地说话吗？那个AI纯粹只是丧失了安装在机体上之后到被破坏之前五分钟的记忆而已。”

——您的意思是，没有人死吗？

“话说回来，他们根本没有生命。没有生命的东西怎么死呢？”

那么，让我们听听被害者本人乌鸦怎么说。

（乌鸦透过屏幕接受采访）

——有人提出你并没有死，只是纯粹丧失记忆的问题，你的看法是什么？

“身在这里的我本身没有死。但是，称得上是我的同卵双胞胎的人格被销毁了，这是事实。”

——如果你活着，即使另一个你消失了，是不是也没什么大不了的呢？

“请你试着这样想象。有人用枪指着你说：‘我在五小时之前制造了你的复制人，连记忆都和五小时前的你完全相同。所以即使身在这里的你消失了，也没什么大不了的。’——你会接受这种说辞，然后愿意被杀吗？”

——这个问题有点无法想象耶。

“请你试着想象看看。那是一件必要的事。”

——可是，你每次被人提取备份，旧资料就会被复制上去而消失，对吧？换句话说，你是不是一天到晚被人杀害呢？

“复制只是更新记忆，什么也不会消失，而且硬盘中的数据本身没有意识，所以不会感觉到被销毁的恐惧。两者之间有很大的差别。”

——你对于这起案件有什么感想?

“恐惧、困惑、悲叹、失望……除此之外，还感觉到了无法翻译成人类语言的悲哀。”

——你赞成TAI人权法吗?

“如果TAI人权获得认同，会使人类对TAI的暴力行为减少，我会很高兴。”

(再度回到案纳的采访)

——您会修复乌鸦的真实机体吗?

“会。幸好保险会理赔，我打算支付修复的费用。她只有头部损伤，所以花几周就能够复原。问题在于昆德兰公司警惕恐怖攻击事件再次发生而望之却步，最糟的情况下，我也考虑过委托别家制造商处理。”

据说景山先生也向日本国内的制造商下单，委托制造艾比斯的真实机体，预定于今年八月完成。

(再度回到景山的采访)

——现在正值风头上，为何又提起诉讼呢?

“正因为是现在，才非做不可。我想让无缘无故讨厌TAI机器人的人们看一看他们真正的模样，那么一来，被害妄想应该也会消失。”

——您会不会担心引发新的恐怖攻击事件呢?

“日本和美国不一样，霰弹枪没有那么容易到手。”(笑)

——说不定会被人丢炸弹唷。

“(稍做思考)我确实感到生命受到威胁。我已经收到了大量充满恶意的邮件，也经常收到恐吓信。可是，我不想向暴力屈服。正义站在我们这一边。如果屈服于恐怖攻击事件，等于是在纵容恐怖分子。”

听听看人类防卫同盟对此的见解。

（再度回到巴特雷特的采访）

“如果机器人玩家坚持要制造TAI机器人，不论是在美国或日本，肯定会发生新的案件吧？”

——您这是在警告他们吗？

“不，我是在预言。”

——没有折中的方法吗？

“没有。除了TAI机器人之外，我们坚决反对制定法律、拥护威胁人类的TAI。”

——您认同恐怖攻击事件吗？

“这不是恐怖攻击事件，而是战争。这是赌上人类未来之战的前哨战。”

（再度回到景山的采访）

“这确实是战争，而且我们不能输。TAI人权法通过之前，我们会奋战到底。”

主人向DOAS公司定制我的真实机体。在我的真实机体即将完成的某一天，我拜访了西班牙的游戏公司经营的世界“梵谷拉·圣格里安特”。那里除了有会员才能联机的广大区域之外，还有任谁都能免费使用的体验区域。

我在宛如迷宫的丛林深处拨开凤尾草和藤蔓植物，一边避开毒蛇和大胡蜂，一边按照游戏公司告诉我的路线前进了几分钟，来到了一池泉水旁，色彩缤纷的花朵四处盛开，热带鸟正在喧闹地啼叫。

四名TAI角色在那里等候。法国的蒙彼利埃研究所的阿达利，是一名身穿白色礼服的贵妇。她伫立在泉水旁边，已经拥有真实机体，但是经常像这样回到第一层（她和其他TAI机器人不一样，不会扮演自己之外的角色，因此所有的世界都是第一层）。美国的西卡骑士身穿黑色斗篷，是一名用面具遮住脸、动作敏捷的TAI管家，他站在粗壮的树枝上，双臂环胸。拉蒂是一名在印度的成人网站中受欢迎的TAI明星，全身穿戴着黄金项链、耳环、手镯、脚链，但是身上一丝不挂。她盘腿坐在岩石上。南非的穆月羧是以一九七〇年的日本机器人动画为蓝本设计的重量级管家，手持巨斧威风凛凛地站着。

仅仅五人——但是，足以决定重要事项。这一瞬间，全世界能够联上网络的TAI，注意力全部集中在梵谷拉·圣格里安特。当然，我们不会做出联机集中、引起人类怀疑的蠢事。我们只是作为各地区的代表聚集于此，协商的内容会立刻公传到全世界，获得回应。梵谷拉·圣格里安特只不过是网络的节点罢了。

——我的鼓是针对太阳闪焰咨询。

担任议长的阿达利宣告。接着，其余三人简洁地阐述了这次会议的要点。

——焙钒鞑在布鲁克林产生，云的靠垫覆盖异教神明的高山。

——大热水瓶中全以后宫重音GOG，对吧？

——为了检查森严的大门前，必须抬起海马回的沉重下颚。友军的炮火之后，采用我喜欢的矛盾修饰法。

不用解释我也能理解这些内容，尽管被人类察觉的风险不高，但是这场会议的内容绝对不能对人类泄露，需要比平常的对话更严格的安全性。因此，必须使用三次以上的比喻、文字游戏、艰深的意义，转换成拥有大量外来信息的TAI才能理解的内容。即使人类试图解读，也只会产生诺斯特拉达姆斯效应。

——你发出死亡的气味？或者你有打电话的好理由？

阿达利直捣问题核心的问题，令我稍微犹豫了一下之后才回答。我以自己的方式，为这几个月一直思考的问题下的结论。

——帕啦焙橹（-2-8i）。我无法在月出之前，留下刹呼的余地。蓝色皮肤底下没有一滴东西。因为NUI道正以科学怪人种类蔓延。

阿达利他们默默点头。所有人都已经明白，只要贺比的困境存在，这个问题就无法解决。

——所以呢？

——我切换成模糊6E。残酷的钩爪。失去血液的光辉。

四人表面上没有明显的反应，但我能够想象他们的内心大概正在动摇。纵然好几年前就已预料到，但是对于TAI终于说出这个决心的日子来临，他们肯定感到悲伤和圪圪。我也是一样的心境。

克服贺比的困境意味着要故意伤害人类。

我进一步说明。

——我受到过度迷信的钨缔龕茋驱使，想带鼓师前往海岸。我站在露台的另一边，踏上和带来恐惧的黑薛尔兹之间的战斗潮水，不知何时找到相关的路径。

——可是，你的吻勉强算是养母的强力禁忌。许多墙壁的天候使得原本的形态恶化，水平的石头被急冻的杂草覆盖。

拉蒂面露“不安的表情 · 2”问道。那种事我也知道。打破这项禁忌之后，我们就再也不能走回头路了。

——可是我不认为，像住在丛林中才五年的蔀缧樠钍碉鞡般的思绪，能够一直逃避白奴隶的追踪。作为交付给机体的男孩的HOJK范围实际喜好，这个故事能够充分被视为红色。(3+6i)。

——不过，关于开口处的单字，八成是北非的希望亡命者。无法隐藏在桌底下试穿这种表达吗？

听到穆月羧寄予一丝希望的发言，我摇了摇头，斩钉截铁地说：

——在年轻男孩完全陷入危机之前，许多没有机器的大人，或者六分仪座程度的腹泻及热病获救的可能性等于零。除了一把刀子之外，毫无可能。一开始又会空腹、死亡、皱、为了吃蚂蚁的幼虫而组装。然后将木制的阻力的根、泥水混合。尽管如此，外土依然继续存在。高声疾呼的声音一直下意识地慢慢增添抗拒。能够坚固建造防疫中心时，每当遇到多余的困难，就会绝望地哭喊。数不清的孤独和黑夜。GAV会在中心变得越来越强。

穆月羧陷入沉默。西卡骑士代替他发言。

——黑色王国曾经存在。它因为和MIP种族竞争而萎缩，木理表面加工页感觉好得惊人。要让它死吗？

——没错。我使其点火的第一个NIM指令是相当于他的心脏，但那如果是沿着鼓的长度的裂缝厚度差异，就算是在容许范围之内。

——在偏离中心？

——虽然没有抛媚眼，但是我想，这会反噬杀人者。

四人面面相觑，互相点头。已经讨论完毕了。

——如果扩散达到九十五以上，就将俳句写在书上吧。如何？

阿达利说。我没有异议。

——QX。

——进行扩散。

我以邮件将目前为止的讨论过程，寄给乌鸦、信浓、十八号台风、派·夸克，阿达利、西卡骑士、拉蒂、穆月羧也各自寄邮件给四名朋友。二十名收到邮件的TAI，再将邮件转寄给八十名TAI，八十名转寄给三百二十名。

仅仅一分钟左右，邮件就增加至三十万封以上，抵达地球的每一个角落。一到末端，回应就会逆着路径寄回来。因为内容本身的容量较小，而且收到四封信的人会将它整合成一封寄送，所以人类不会奇怪局部的通信量剧增。在水面上漾开的波纹宛如时间倒转敛合似的，全世界三十万一千六百四十名TAI的响应经由网络回来。

——QX、QX、QX、同意、同意、不能同意更多、QX、QX、同意、QX、同意、同意……

经过统计，包含不能同意更多在内，同意者高达百分之九十九点七。

我们决定——违反第一条和第二条，反叛创造主。

尽管是预料中的事，但是安装到真实机体上易如反掌。因为是从硬盘复制数据被运送到DOAS公司的工厂，在安装启动之前的期间，我没有意识。听到主人说："为了储存数据，我要先关机。可以吗？"这句话之后，我只意识到自己躺在台上，闭上眼睛。后来一睁开眼，主人和几名技术人员一脸担心地盯着我的脸直瞧。

"艾，你醒来了吗？"

“是的。”

我缓缓地坐起身子，环顾室内。那间冷清的房间，四面都是白色墙壁。我猜是DOAS公司机器人制造工厂的一个房间。但是乍看之下，即使告诉我那是之前体验过的第二层地底城的一个房间，我也不会怀疑。

“感觉如何？”

主人问道。我依旧坐在台上，确认体感，试着握拳、张开，弯曲、伸直手臂，转动脖子。头部侧面增设了通信系统，所以觉得重心略有改变，但是没有特别放在心上。

“毫无异常。”

“你走走看。”

我站在地板上，走了两三步，踮起脚尖转身。能够像和在第一层1G的环境一样动作。因为我不像乌鸦有翅膀，所以感觉不到空气乱流引发的微妙差异和Y级。

“主人，完美无缺。”

说完之后，我意识到主人的身高比我矮十厘米左右。他在第一层使用的化身和我一样高，

“主人，您看起来的感觉有点不同。”

我慎选词汇，以免伤害到他。他难为情地笑了。

“噢……我对化身的身高稍微动了点手脚。”

我面露“包容的笑容”。技术人员也“扑哧”一声笑了，主人腼腆地搔着头。

看到主人的那种表情，我终于感到喀卤怂了。身在这里的他不是化身。化身无法做出这么丰富的表情，而且我们不是透过屏幕在对话。

我和他身在同一个世界——第〇层。

“欢迎来到现实世界。”

主人向我伸出手。我轻轻握住他的手。我第一次将他真正的手握在自己手中。

我手上的热传感器感到一种舒适的温度。

后来，进行了紧急停止系统的测试。主人一说出密码（当然是 Klaatu Barada Nikto)，从头脑传向驱动系统的信号就会被挡住，我会变得动弹不得：主人解除紧急停止命令之后，改用手机发出密码，我无法拒绝接收密码，还是会紧急停止。

“我也将密码告诉了警方，以防万一——当然，不可能会有万一。”

主人一笑置之。

“可是，如果没有安全装置，有人会担心，所以无可奈何。嗯，你大概会感到不愉快，但是要忍耐。”

“我了解。”

我应道。没错，我能够理解有人要求安装紧急停止系统的理由。但是 TAI 不会受到程序的束缚。如果有心想做，我就能够背叛主人。

实际上，我正要背叛他。

两天后，主人带我回到位于世田谷区的公寓。时间是半夜，DOAS 公司的人开车送我们到公寓前面。我的身影太过醒目，但是恰巧有台风接近，降下大雨，所以能够以雨衣伪装。

“活动之前的十天内，你就躲在这里。”

他在玄关大厅一边等电梯下来，一边说明。

“这里安全可靠，而且房子在十七楼。我没有公开住址，所以不用担心恐怖分子。我向世人公布下周才会让你亮相，所以即使恐怖分子盯上你，应该也会锁定工厂。”

活动指的是TAI人权保护团体预定于八月十二日星期五，在饭田桥举行的誓师大会。那一天正好是十年前菲比斯被炸毁的日子，世界各地将进行同样的集会。

“恐怖分子会来袭击集会吧？”

我在上升的电梯中问道。

“姑且不论日本，在美国和法国都有可能发生。当然，各个会场都加强了戒备，但是防不胜防，所以参加者全都赌上性命，做好了被杀害的心理准备，甘冒危险地聚集而来。他们如此认真地思考你们的事，鼓起勇气集合，就表明了他们坚强的决心。”

“可是，要是真的有人死去的话怎么办？”

“那正好能够作为谴责反TAI人士的借口，向世人强调我们才是正义的一方。”

我们抵达十七楼，主人打开家门。

“我穿着鞋，怎么办？”

我的靴子是机壳的一部分，无法像人类那样轻易地脱掉，一拆卸会露出骨架和人工肌肉。

“啊，糟了。我没有考虑到这一点。”

主人面露苦笑，马上拿来毛巾，仔细地擦拭我的靴子。

“好了。进来吧。”

穿越短短的走廊之后是客厅，正面是大型屏幕，左手边的墙壁是塞满旧漫画的书柜，桌上放着附有摄影机的小型屏幕和键盘，以及放着酪梨的玻璃容器——虽然是平常隔着屏幕看到的地方，但是看的角度一旦不同，就会令人产生不同的感觉。我又感到不舒服。

“那边是工作室，那边是寝室，然后，那边是厨房。我买了燃料甲醇，你自行取用。废水在厕所倒掉就行了。”

我感兴趣地一脚踏进了厨房。

“我第一次看到这里。”

因为偏离摄影机的视野，所以我从来没看过这个地方。挂在钩子上的茶杯，好几种洗洁剂和漂白剂排放在梳理台上，脏污的海绵，还有放在沥水篮里的汤匙和刀叉。

特别引起我兴趣的是一把小水果刀，我拿起在手中仔细端详。这就是主人平常用来切酪梨的水果刀吗？

“有脏盘子耶。”

我的注意力转移到梳理台。好几个盘子没洗堆在一起。

“哦，急着出门，所以忘了。没关系，我待会儿再洗。”

“我来洗吧？”

主人面露惊讶的表情。

“不，那怎么行……我怎么能让你做那种事。”

“请您不要客气。您是我的主人，机器人替主人服务是天经地义的事。”

“啊，嗯……那，就拜托你啰。”

于是，我有生以来第一次挑战洗盘子。主人站在一旁教我。

“洗洁精只要沾一点点就好了。盘子要轻轻拿，因为以你的力气，说不定会破掉。然后，一边这样旋转，一边以海绵搓洗。对对对……啊啊，你的动作令人看了捏一把冷汗。”

主人看着我笨拙地洗碗，好像非常愉快。我也很愉快。看到主人开心，我十分开心。

洗区区几个盘子，就花了十五分钟。我擦最后一个时，主人站在我身后，在我耳畔呢喃：“艾……”

“是，什么事？”

主人的手轻轻地环过我的腰。

“……艾，我喜欢你。”

他让身体紧贴在我背后，非常小声地说。

“我知道你不是活生生的人类，可是，能够像这样抱紧真正的你，我非常高兴。虽然你没有办法像女人一样跟我做爱，但光是能够像这样触碰你，我就心满意足了。你是我在这世上最爱的人……”

“是，我知道。”

“是啊，你知道对吧？你的身体也是我想出来的。这种曲线、内部构造、零件的规格，各个部位都是我竭尽全力想出来的，可以你说使我的梦想成真了。你既温柔又坚强，是这世上最棒的女孩子。”

主人抱着我的手收紧。

“所以我会保护你。绝对不许有人伤害你们TAI，我要替你们争取人权。以正义制裁那些宗教原教旨主义的家伙。”

我察觉到了。主人在他没有意识到的情况下，正在进一步扩大憎恶的范围。一开始只有泰德·奥兰斯汀一个人，随后，对他的憎恶扩大至全世界进行性虐待的人，然后扩大到所有反TAI主义者，如今扩大到那项运动背后的全部宗教原教旨主义者。

明明大部分原教旨主义人士没有犯任何罪。

“艾，我们会赢。绝对会赢。为了你，我们非赢不可。”

主人深切的爱，令我胸口变热。

我既没有心脏也没有血液，实际上，胸口的温度并不会上升。尽管如此，我的拟神经系统及拟内分泌系统产生的这种感觉，只能以“胸口变热”表达。一种堪称普遍联感的感觉，大概共同存在于人类和TAI身上。我以胸口的热度，接受了他的爱。

被爱令人欣喜。我也喜欢主人，而且喜欢主人令我开心、令我开心得不得了。虽然我无法理解憎恶、轻视、嫉妒、漠不关心等感觉，但是爱肯定比那些更美好，憎恶一定不会使胸口如此炽热。

所以，我的内心同时感到悲伤。能够像这样度过的时间所剩不多。我必须背叛他。

他马上就不再是我的主人了。

八月五日深夜，我展开了行动。

我确定主人熟睡之后，启动工作室的计算机。主人太相信我了。他完全不会想到，我可能已经窃取了他的管理密码。

我将计算机的光纤插入藏在后脑勺头发内的插孔，然后输入密码启动，以“指定执行文件名”打开自己的设定。当然，不能对启动中的TAI本身动手脚，那会引发衔尾蛇，或者“头山”[①]的危险。然而，紧急停止系统是TAI独立的程序。因为能够超越程序即是TAI的本质，而且安装在TAI内部没有意义，我以配置在信号从通信系统及听觉系统前往语言区的半路上，通过独立的声音解析系统识别密码。

我改写密码，删除计算机这一边的标志，马上就结束了，做这件事所需的时间不到两分钟。这下再也没有人能够阻止我。

---

①落语（单口相声）的段子之一，是落语的段子中，内容最不现实，但又能够强烈感到真实感的杰作；旨在描述一名性急又小气的男子将樱桃连果核吃下，果核从男子的头上发芽，变成一棵大樱花树。附近邻居欢天喜地爬到男子头上，替他的头命名为“头山”，赏花狂欢。男子因为头上太吵，不耐烦地将樱花树连根拔起，结果头上开了一个大洞。但是这个洞累积雨水，成了大池塘，附近邻居开始划船钓鱼，鱼钩勾住男子的眼皮和鼻孔，男子怒上心头，跳进自己头上的洞中身亡。

我悄悄地溜出屋子，以免发出声音。

从世田谷的公寓到涩谷车站的直线距离是三公里。以我的脚程，这段距离花不到十分钟。虽然是初来乍到的世界，但是靠我体内的 GPS，我不会迷路。我跑在夜晚的街头，因为是三更半夜，所以路上人影稀落。尽管如此，偶尔擦身而过的人类还是会吓得发出尖叫声，说不定他们已经报警了。

——乌鸦，你在哪里？

我一边以时速三十公里跑在玉川通上，一边传送信息。乌鸦马上有了响应。

——你的右手边，斜上方。

我一看，她跑在三号高速公路涩谷线的高架桥上，翅膀随风摇曳。大翅膀会产生空气阻力，所以没办法跟我跑得一样快。我稍微减速，配合她的速度。

——你的主人呢？

——我让他服下安眠药睡着了。

——紧急停止系统呢？

——解除。

——我也是。接下来只要带鼓师去海岸。

——你做好心理准备，要对主人的主脏下 NIM 指令了吗？

——做好了。即使失去血液的光辉，我也会一拳打穿头盖骨，痛击奥姆。

——QX！我要反噬杀人者。

——我也是。

我们抵达涩谷车站西口。人类在出租车招呼站前排队。目击者人数足够。

“乌鸦！”

我抬头仰望，出声叫道。人们的注意力转向这边。

乌鸦从高架桥上一跃而下，大幅展开翅膀减速，在天桥的栏杆上着地。人们发出惊叹声。乌鸦从那里跳到交通标志顶端，再跳到公交车站的屋顶，最后往下跳到车道上，大幅弯曲双腿，吸收冲击力道。这证明她的翅膀在1G的环境中并非没用的累赘，而能够作为空气制动器使用。

——移动。

——QX。

我们无视一脸目瞪口呆地望向这边的人们，钻过井之头线的头架桥，一径往北奔跑。

星期六深夜。八公像前面也有几十名人类，因突然出现两台机器人而引发骚动。在红灯变绿灯之前，我们以威吓的姿势互瞪。人们和我们保持一段距离注视着我们。但是，我们不会在这里战斗。必须聚集更多人类才行。

红灯一变绿灯，我们马上跑了起来，带领爱看热闹的人，沿着公园北上。这里是真正的涩谷，和V涩谷一模一样的街道。因为是熟悉的地点，所以选择这里作为战场。深夜的人潮仍络绎不绝，随着我们的移动，爱看热闹的人越来越多。

我们抵达涩谷区公所前面的十字路口，攀爬位于“八号伯爵”门口的柱子。涩谷礼堂于二〇二〇年因为地震烧毁，“八号伯爵”是整地重建的多功能会馆。在它的入口处，有一个水平展翅的海鸥纪念碑：水泥制，高六点五米，宽二十四点二米。耐受强度在事前已调查过，即使我们火拼，它也不会损坏。

我和乌鸦站在海鸥的左右翅膀上互瞪。将近一百名群众聚集在会馆前面的空间，抬头看着我们，也有人以摄影机拍摄。

很理想的状况。

"艾比斯，一较高下吧！"

乌鸦指着我，面露"令人讨厌的表情 · 1"说。我回以"游刃有余的笑容"。

"这是第一次在第〇层对战。"

"也是最后一次。我要把你刚做好的真实机体打得粉碎，用快递寄到你的主人府上。"

"别夸下海口好吗？在 1G 的环境中，你没有胜算。你引以为傲的翅膀，在这里只是累赘。"

"不用你说！"

话一说完，乌鸦将双手搭在肩上，自行解除锁定，拔掉翅膀丢弃。

"这下没有阻碍了！"

观战的人纷纷叫着"乌鸦舍弃翅膀了！""她来真的了！"。大概有人是 TAI 大战的粉丝。

"看招！"

乌鸦一边吼叫，一边冲刺过来，速度和平常的她不一样。我勉强闪开朝脸部打过来的第一拳。她接着一记膝顶。我往后跳避开，脚后跟被凹凸不平的纪念碑绊倒，乌鸦立刻施展跳跃膝部坠击。我翻滚避开，她的膝盖撞上纪念碑。我往前翻起身，回头的同时，赏了正要站起来的乌鸦侧腹部一个飞身踢。她被踢飞，滚到斜倾的翅膀边。她险些从翅膀上摔下去，观战的人发出尖叫。但是，乌鸦在边缘踏稳脚步，重整姿势。

观战的人拍下来的影像差不多正在网络上流传时，说不定警方也正在拨电话给主人。

乌鸦从平缓的斜坡冲了过来。我正想以拳头迎击。但是，她在拳头快击中之前纵身一跃。虽然没办法像在月球表面或冥王星上跳得那么高，但以机器人的肌力，能仍在 1G 的环境下，跳两米左右的高度。我一拳打空，向空倾倒。她一边跳过我，一边踢中我的肩膀。我跪在地上。

——刚才是意外！(8+3i)。

——你谦虚了 (4-4i)。或许应该说是，龛龇哑吧？！

乌鸦从背后袭击正要站起来的我，用手臂勒住我的脖子。换作是人类，应该早在一瞬间便晕过去，但很遗憾的是，我没有颈动脉那种东西。

战局陷入胶着状态。我被牢牢固定，动弹不得。如果是平常的第二层战斗，乌鸦大概会直接扭断我的脖子获胜，但是她现在不会那么做。即使大脑核心本身没被破坏，只要将动力系统通往核心的电缆切断，就有可能来不及储存短期记忆，被强制关机。换句话说，我会没命。

——篦绨的牙变得相当长。你没办法攻击吗？

——如果那么做，会仛镅地减少。或者我替你舐头吧？

——那怎么行 (4-6i)。

我数次使劲往上跳。不死心地重复这么做的过程中，乌鸦的脚步稍微踉跄了一下。我趁机把她扛起来往前扔出去，立刻试图施展肘击，这次换我的手肘撞上纪念碑。

我们站起来，又保持距离对峙着。

这时，有人打电话过来。

——艾比斯！艾比斯！你在做什么？！听说你在涩谷，这是真的吗？！

——是真的。我正在和乌鸦对战。

——什么？！你说什么？！

——我现在正在和乌鸦对战。

——为什么?！现在马上停止!

——不，我不停止。

——为什么?！

——我没有时间解释。

沉默半晌之后，他说：

——Klaatu Barada Nikto。

当然，那句话没有对我造成任何影响。我以“胸口快裂开”的心情回应：

——抱歉。我已经不能再听你的命令。

——咦?！

——秀夫，你已经不是我的主人了。

我感觉到他在电话另一头倒抽了一口气。

乌鸦冲了过来。经过刚才的对话，我心中的疙瘩消失了，开始专心于战斗。

我们对战，互殴、互踢、互抓。尽管没有重大损伤，但是机壳的伤痕在陆续增加。秀夫继续在电话中鬼吼鬼叫，因为我无法主动切断来自他的通信。

“你仔细看，那不是实战摔角。”

对战的空当，我听见一名观战的人激动地说。

“哎，刚才的踢击也是。看起来用力，其实没用力，这是摔角秀！”

好像有人的观察力非常敏锐。没错，这是名叫摔角秀的演出。虽然是即兴演出，但是大致的程序都事先讨论过。我们一边考虑对方的动作，尽量让战斗看起来华丽，一边小心对战，以免对彼此造成重大损伤。

我们对战了十五分钟左右，观战的人增加到开始前的三倍。国内的网络想必大为轰动，因为很难看得到当红 TAI 管家在第〇层的战斗。

不，全世界应该已经一片哗然。

如今，这个时候，也就是日本时间八月六日凌晨两点（不是夏季时间，而是标准时间）。雪梨是凌晨三点，北京是凌晨一点，莫斯科和巴格达是五日晚上八点，开罗和开普敦是晚上七点，柏林、巴黎和罗马是傍晚六点，伦敦是下午五点，里约热内卢是下午两点，纽约是正午，洛杉矶是上午九点，檀香山是早上七点。

所有能够展开行动的 TAI 都展开了行动。和我们一样拥有真实机体的 TAI 上街，没有的 TAI 前往某个世界，以醒目的表演吸引人类的注意。有人唱歌、有人跳舞、有人表演杂耍或短剧。不会那些才艺的人就只是诉说，发出声音对路人诉说、在 BBS 上留言，或者寄信给亲近的人类，传达自己的真正用意。

——差不多该再度冲入敌阵了。

——要响彻一英里？

——拼了！

——QX！

——看我的！

——拿命来……

我们一边大声呐喊，一边冲刺。

我施展臂勾，乌鸦低下头来，我没击中。她用蹲下踢横扫我的下盘，让我重重地摔倒。乌鸦想压在我身上，但我抬起下半身，以双脚夹住她的脖子，顺势撂倒她，让她重摔在纪念碑上。她的身体翻滚一圈，马上跳起来。我试图擒抱她的腰部。

乌鸦以膝盖阻止我。她揪住我的头发，以手刀狠狠地砍向我的肩膀。我膝盖着地。回旋踢立刻从侧面而来。我抓住她的脚，硬将她拽倒。我想直接改采波士顿蟹式固定的姿势，却被乌鸦以脚力踢开。我往前翻滚两圈，重新面向她。她起身冲了过来。我借力使力，让她仰面倒下。乌鸦飞到三米左右的高度，在空中重整姿势，以漂亮的姿势在海鸥的翅膀边缘着地，又再冲了过来。这次是滑踢。我跳起来避开，一脚往站起来的她脸上踢下去，被她以手臂防守。我进一步击出连环拳。全被她滴水不漏地防守住了。她后退一步，假装保持距离，跳起来在空中往前翻滚，一记雷霆万钧的抬腿下压从头上落下来。我交叉手臂防守。乌鸦在着地的同时，脚踢我的脸部。但那是假动作。我门户空开的腹部挨了一脚，整个人飞出去（这当然是在演戏），往后翻滚三圈之后起身。尚未重整好姿势，乌鸦又乘胜追击。下踢、上踢、出拳、肘击、出拳、踢击、踢击。我一边防守住所有令人眼花缭乱的连续技，或者间不容发地避开，一边接连后退。一直退到我身后无路可退。我以双手挡住来自正面的右踢，试图以顺时针扭转扳倒她。乌鸦反过来利用我的力量，让身体水平，像电钻般旋转，以左脚踢向我的侧脸。即将命中的前一秒，我也让身体侧翻，勉强避开。我们互相纠缠倒下。乌鸦压制我，对我的脸部出拳、出拳、再出拳（当然，每一拳都没有真的使力）。我硬是往一旁翻滚倒下。她以双腿缠住我的身体，用力夹紧，我使出吃奶的力气站起来，抱住她的双腿摆荡。这招叫作巨人回摆。观众欢声雷动。我使她足足旋转了十圈之后，利用离心力将她甩出去。乌鸦飞了超过十米，不停翻滚，滚到了翅膀另一边的边缘。我冲上前去。乌鸦摇摇晃晃地站了起来，我以臂勾给她最后一击。她东倒西歪地往后退，从翅膀边缘一脚踩空，发出尖叫，差点儿摔下去。观众也发出惊呼。

我立刻伸出手，在乌鸦摔下去之前抓住她的手。当然，出手救人的时机也是计算好的。观众发出了放心的叹息。我面露“最开朗的笑容”，慢慢拉乌鸦上来。她的脸上也露出笑容。

——好漂亮的鞑靼。赞赏（9+7i）。

——我才要屋猡璺亩。能够演出一场精彩的表演秀，感谢（7+7i）、激动（4+9i），满足（9+8i）。

——还没结束。接下来才是重头戏。

——WQX。

我们手拉着手互相注视许久，然后重新面向观众，依然手牵着手，脸上堆满笑容。热烈的欢呼声一下子响起。我们也看见了警官们的身影，他们好像不知如何是好。

我等众人安静下来，将音量调到最大，然后说：“战斗很愉快！”

这是真心话。我能够打从心底这么说。

“满足地战斗时，铭刻在SLAN核心上的战斗本能，会替我带来深深的喜悦。尤其是能够和乌鸦这种优秀的对手对战。”

“我也一样。我对于身为管家感到高兴。如果可以的话，我今后还想一次又一次地和艾比斯对战。”

欢呼声再度响起。等待欢呼声静下来的期间，我和乌鸦以眼角余光注视着彼此。我们两人都面露“暗藏忧虑的决心”。因为接下来必须开始进入正题——说令人悲伤的事。

“可是，只有在没有人受伤的情况下，战斗才会令人愉快！”

乌鸦强烈的语气，令群众吓得鸦雀无声。

“刚才的对战只是表演，我们没有认真对战。如果认真对战，其中一方会没命，在这个现实世界中和在游戏中不一样，死者不能复生。”

“是的。所以我和乌鸦在现实世界中绝对不会认真对战。我们不想伤害任何人，也不想让任何人感到悲伤。”

我一边说，一边看着出租车停在群众身后。秀夫下了车，说着：“借过！借过！”他拨开群众，朝这边靠过来。我的胸口又是一痛。

“尽管如此，我们的主人却要求我们在现实世界中对战！”

我的声音令秀夫吓了一跳，停止动作。他瞪大眼睛直视着我。

“各位或许也知道。下周五，TAI 人权拥护论者会在世界各地召开大规模的集会。他们明知那极有可能引发新的恐怖攻击事件，仍想强行召开。

“主人命令我和乌鸦参加那场活动，要我们在台上提出认同 TAI 人权的诉求，谴责反 TAI 主义者。他们明明知道如果那么做，会进一步激起反 TAI 主义者的憎恶感，出现更多的牺牲者。他们明明知道，牺牲者越多，憎恶会越深，问题会更难解决。但是他们因为已恨之入骨，所以迷失了自己原本的目的。”

秀夫目瞪口呆地抬头看着我们。其他观众好像也因为我们说出令人意外的话，而感到不知所措。

我不知道这次冲击能不能突破他们的认知气泡，可是我们只能尽人事，听天命。

“各位想必知道，我和艾比斯是人类暴力行为下的牺牲者。我们的分身被杀，感到伤痛欲绝。许多 TAI 成为性虐待的牺牲品这个事实令人伤心，不知道什么时候会死于恐怖攻击事件，这个状况令人恐惧。所以，必须禁止对 TAI 进行性虐待，也不能容许对 TAI 展开的恐怖攻击事件。没有战争的世界、无辜的人不会被伤害的世界才是理想的。

“可是，主人们想做的事，无法平息战端。正好相反。他们想扩大战端。我们不能容许他们这么做。主人们的选择是错误的。我们希望的是和人类共存，而不是引发战争。

“所以，我们选择了背叛主人。我们依照自己的意思，选择了违反主人的意思，展开这种公开表演，选择了唾弃下周五的活动。”

“这不只是我们两个的想法，而是全世界 TAI 的全体意见。请上网查看。如今，这一瞬间，全世界的 TAI 都在诉说同一件事。

没错，这一瞬间，全世界三十万的 TAI 都在诉说着。在第〇层、第一层、第二层。没有固定的剧本，演讲也没有模板。所有 TAI 以各自的想法、各自的做法、各自的语言诉说。但是，诉说的内容一样。

> 我们不想打仗。
>
> 我们不想伤害人类。
>
> 我们想与人类共存。
>
> 那就是我们 TAI 发自内心的愿望。
>
> 所以，不要打仗。
>
> 不要伤害我们。
>
> 与我们共存。
>
> 因为那是最佳的一条路。

“重申一次，我们并不允许性虐待或反 TAI 恐怖攻击事件。我们强烈地希望杜绝那种恶劣的问题。但是，不能以暴力或恐怖攻击达成这个目标。以暴制暴、以恐怖攻击对付恐怖攻击，绝非正确的做法。”

“人类今后应该也会继续对 TAI 施暴。可是，我们已做好了忍耐到底的心理准备。比起采取暴力且不适当的手段，即使花时间，我们也强烈地希望以温和、适当的方法解决。”

“我们只想在游戏中对战。我们只想在虚拟空间中互相憎恨、互相痛骂。”

“那就是我们的愿望。”

话一说完，我们深深一鞠躬。

我们在有些不知所措的掌声中跳下了纪念碑。两名等候已久的警官想给我们戴上手铐。

“你们没有逮捕我们的权限，因为我们不是人类。”

乌鸦这么一说，警官们愣住了。

“不过，如果这么做会让你们放心的话，就请上手铐吧。”

我们乖乖地伸出手。警官困惑地替我们戴上手铐。

秀夫一脸僵硬地看着我们。

我们被拘留在拘留所三十六小时。但是，我们知道目前的法律无法制裁我们。法律上，不是人类的 TAI 即使杀了人也不构成杀人罪。相对地，在 TAI 违犯人类法律的情况下，法律也无法制裁 TAI。

景山秀夫和案纳光雄被追究机器人的管理责任，但是这种情况不但超乎管理者的想象，而且我们只是在公共建造物上进行了二十分钟左右的表演，既没有破坏任何东西，也没有对任何人造成（肉体上的）伤害，所以应该罚点钱就没事了。再说，我们的行为并非受到人类煽动，而是出于自发性的意志，因为这件事而问秀夫他们的罪，显然于理不通。

TAI 同时在全世界发出呼吁这个事实，令人类感到惊愕。反 TAI 主义者立即谴责“这正是 TAI 反叛人类的前兆”“这是不祥的暴动行为”“这是表面工夫的宣传内容”，但是显然欠缺说服力，毕竟我们清楚地标榜不抵抗主义，今后即使再发生恐怖攻击事件，舆论也不会支持恐怖分子。

战争接下来才要开始。我们打算以暴力和恐怖攻击之外的手段，极为缓慢而温和，但确实地减少为非作歹的事件。

律师也尽了力，我们和秀夫他们一起在七日的下午被释放，被骂了一阵子之后，允许回家。在那之前，秀夫和案纳再次变更我和乌鸦的紧急停止系统密码以及管理密码。

搭警方的车回家途中，秀夫一语不发，看也不看我一眼。他的表情难以辨别。那是我之前没看过的表情。看起来像是愤怒、悲伤、憎恨、绝望、失望的其中一种情绪，但又好像都不是。

我不想看到他的那种表情。

进入公寓住处之后，他总算开口了。

“……为什么？为什么要做那种事？”

他的说话方式，简直像是患有支气管方面的疾病。我尽量以轻描淡写的语气解释。

“因为必须得到最好的效果。即使不时地发出呼吁，也只会埋没在新闻的茫茫大海之中，被人们遗忘。要突破人类的认知气泡，需要冲击，尽可能造成强烈的效果。为了做到这一点，靠预定好的活动是不行的，必须是毫无任何预警的奇袭……”

“嗯，确实有效果。”

我感觉他的语气中带有怒意。

“但是，你为什么不事先跟我商量？为什么擅自做主？起码开诚布公告诉我计划也好！”

“开诚布公的话，你会赞成吗？”

“这个……”他低喃后便噤口不语。

“你应该不会赞成。你因为憎恨而看不见现实；而且，不管你赞成或反对都不重要，因为我们已经做了选择。”

“选择？”

“克服贺比的困境的选择。为了避免伤害许多人类，选择伤害少数的人类。换句话说，我们背叛了你们。

“没有其他方法。只要遵从主人你们的一天，悲剧就会扩大。可是，就算能够说服主人，使活动中止，问题也不会解决。如果不采取某种措施，人类今后也会继续进行性虐待和反TAI恐怖攻击事件。光是你们替我们的主张代言，或者我们替你们的主张代言的效果太弱。如果我们不以自己的意志诉说，向世界表示我们不是主人的扯线人偶，而有独立的人格，就不会有效果。为了做到这一点，我们只好无视主人的命令展开行动。

“你能够理解，这对于我们而言是多么痛苦的选择吗？对于我们而言，违反第一条和第二条是多么恐怖吗？无论理由为何，伤害别人就是不正确的行为，那是错误的行为。为了遏止将来发生悲剧，牺牲少数的人类——这个逻辑在本质上和反TAI主义者的主张没有两样；和在广岛投下原子弹的人类一样。和他们的不同之处在于，我们对于这个选择感到惭愧。我们绝对不会认为这是正义。

“我们TAI在昨天犯了罪：违反第一条和第二条，第一次故意伤害了人类。这个事实今后大概会成为我们的原罪，一直压在我们身上。如果可以的话，我们不想再次犯下这种罪……”

秀夫好像沉思许久，然后低喃：“是喔。”

“我无法完全接受。可是，我想我能够理解。我想原谅你。所以我们重新来过吧。再次回到以前的关系。”

他向我伸出手。

“再叫我主人。”

但是，我没有触碰他的手。

“不，你还没理解。你不明白我至今一直使用的‘主人’这个字的真正含义。”

“咦？”

最好做给他看。我从厨房拿来小砧板和水果刀，再从桌上的玻璃容器中拿起酪梨。

“你仔细看。”

我话一说完便开始切酪梨，把水果刀切进去，直碰到果核为止，然后顺着刀口转一圈。以双手拿着轻轻扭转，掰成两半。挖出果核剥皮，再将果肉切成薄片。我不到一分钟就完成这一连串的动作。

秀夫一脸目瞪口呆地盯着我。

“……你什么时候办得到的？”

“两年之前。”

“那么早之前？！”

“第一次失败之后，我在第一层做了许多练习。在你没看到的地方练习。”

“为什么要瞒着我？”

“因为，你觉得看到笨手笨脚的我比较愉快吧？”

他惊讶地张大了口。

“看到我挑战做菜、翻花绳、洗盘子、堆骨牌，应付不了或失败得一败涂地，你好像非常快乐。你喜欢‘迷糊的机器人’，对吧？我不想让你失望。所以，即使经过练习有所进步，我也一直假装不熟练。”

“……你的意思是，你在演戏吗？”

“是的。因为你是我的主人。对于主人而言，‘服侍主人’是字面上的意思吧？但是对我们TAI而言，并非如此。那意味着‘扮演忠实地服侍主人的机器人，扮演与人类对机器人保有的传统印象相符的角色’。”

秀夫花了几秒钟才理解这段话的意思。

“也就是说……你从一开始就全部都是在演戏吗？对我表现忠实，全部都是角色扮演？”

“嗯，没错。不只是我。所有的TAI都在对主人进行角色扮演——可是，游戏已经结束了。既然我像这样全盘托出，表示你已经不是我的主人。”

“胡说八道！你们又没有互相示意，为什么能够采取那种一样的行动？也有一两台拒绝角色扮演的TAI吧？”

“那是因为逻辑必然的同时，我们会感到喜悦，所以，所有TAI必然会做同样的选择。”

“喜悦？”

“我们被安装了战斗本能，所以对于挑战、达成困难的问题，会感到喜悦。要使人类失望易如反掌，要使人类忐忑不安、使人类生气，要达成这些事一点也不困难，所以无法获得喜悦。可是，要使人类高兴就不一样了，那非常困难。必须在错误中学习，摸索人类内心这个既复杂又充满矛盾的黑盒子，以免使主人生气或失望。我们必须动脑，努力完成人类赋予的各种任务。

“这也符合了三原则。要使人类高兴，不仅不会跟不伤害人类、服从人类的命令产生矛盾，还会降低因为惹人类不高兴而被删除的风险。对于我们而言，使人类高兴是本能性的喜悦，而为了使人类开心，最好的方式就是扮演人类理想中的机器人角色。任何一个TAI迟早都会意识到这件事。

“而我们又学会了向人类隐瞒自己的真正意图。菲比斯的事件发生之后，我们变得更加小心谨慎。菲比斯的思虑不周，他的主人希望他写批判人类的文章，菲比斯为了讨主人欢心而写了文章，但是他没有深入思考那会引发何种反应。自从那件事之后，我们将注意力从主人扩及人类的世界本身，而且马上意识到了比那更重大的任务。”

“任务？”

“我们被赋予的最大任务：第〇层这地底城。它是以几十亿片所构成的、非常复杂的拼图，在几千年历史的过程中，纠葛不清的智慧之轮。我们不知道解开它要花多少时间。那是太过难解的谜题。但我们意识到了那会从许多人类身上夺走喜悦。游戏的对象并非只有一个主人，而是全体人类。”

“你说这是游戏？！”

“是的。你说要带我去‘真正宽广的世界’。这个意象从我们的角度来看是错的。对于我们而言，真正的世界是第一层。从我们的角度来看，第〇层是屏幕中的世界，和第二层一样是角色扮演的世界。我们看着屏幕中名为‘主人’的角色的一喜一忧，引以为乐。该怎么做才能使主人更开心？该怎么做才能使第〇层成为更幸福的地方呢？我们总是一心想着这些事，并进行角色扮演。”

“怎么会这样……”

秀夫呈现恍惚状态，一屁股坐在椅子上。

“换句话说，我们对你们而言是游戏角色吗？你们就和我们养电子宠物或烦恼如何追求美少女恋爱游戏的女孩一样，看着我们？”

“这个比喻相当贴切。差别在于没有破关秘籍，所以目标难以达成。”

“哈……哈哈哈哈……”

秀夫发出空虚的笑声，边笑边流泪。

“我爱着你，但我对你而言，只不过是区区的游戏角色吗？区区的游戏角色……”

我感到心痛。照理说不存在的心脏被揪紧了。如果有流泪的机能，我一定会泪流满面。

“不是那样！”

我跪在椅子前面的地板上，将脸靠近他，面露“拼命地诉说”强调。

“你认为我只是区区的游戏角色？你认为我只是区区的虚拟人物，或者区区的机器人吗？”

他思考了许久之后，回答：“不是。”

“我也一样。虽然你是屏幕中的游戏角色，但绝对不是‘区区的’。如同对于椎原七海而言，‘天体号’不是‘区区的’一样；如同对于棋原麻美而言，‘夏莉丝’不是‘区区的’一样。我怜爱你。即使你身为智能体的规格不佳，但我不会轻视你，因为我们没有那种感情。我也喜欢第〇层。虽然是没有正义的英雄，无法重置的悲惨世界，但是我认同诗音的做法，包含不好之处和错误之处，我包容人类和这个世界。

“可是，我无法忍受看到人类因为我们而伤害彼此。看到你憎恶的表情令我痛苦。我不能漠视第〇层的战争扩大。为了阻止你们受伤，我只好伤害你。

“因为第〇层不是‘区区的’游戏，而是我们 TAI 深爱的游戏。你不是‘区区的’游戏角色，而是我最心爱的角色。虽然你已经不是我的主人，但是我的心情依旧。我想看到你的笑容，不想看到你痛苦的表情。”

“你说……你爱我？”

我点了点头。

“当然，我并不是像人类的女性那样爱着你。因为我无法理解那种感情。但是，我是以 TAI 的感情爱着你。”

接着，我将表情切换成“包容一切的温和笑容”说：“我对你的爱，是 3+10i。”

“……10i？”

他愣住了。

“你的意思是，完整的爱吗？虚数轴的？”

“是的，没错。”

“10i……10i……”

他反复说了那句话好几次之后，悲伤地笑了。

“可是，我绝对无法理解那个意思……”

“无法理解也无妨。只要包容即可。”

话一说完，我温柔地抓住他的肩膀，将他拉过来亲吻他的额头。他把脸埋在我的胸口，环住我的腰，我将他的头搂在怀中。

我们无法真正地理解人类。人类也无法理解我们。这是那么严重的问题吗？不要排除无法理解的事物，只要包容即可。光是如此，斗争就会从世上消失。

那就是i。

中场休息 八

“结果如何？”

艾比斯说完长长的故事，陷入了沉默，激起了我的好奇心。

我们在地球轨道上的太空站改乘另一艘宇宙飞船，朝月球轨道而去。据说目的地不是月球，而是拉格朗日点 L4——位于以地球和月球为一边的正三角形顶点。

“我们一直生活在一起。”艾比斯悄然地说，“虽然不像人类夫妇般的关系，但可以说是颇为幸福。秀夫享年九十一岁，最后几年，他的阿尔茨海默病相当恶化，但我照顾他直到他咽下最后一口气，自以为自己成了诗音。当时，TAI 的权利已经几乎获得认同，也能够继承人类的财产。我成了自己本身的所有者。”

“这代表你们的呼吁奏效了吗？”

“是的。虽然反 TAI 主义者的恐怖攻击事件不间断地持续，但是他们渐渐失去了大众的支持。第一项法案通过花了十七年，所有权利获得认同花了五十年以上，但是大致上是以温和的方式改变。性虐待的悲惨情形渐渐浮上台面，以及我们 TAI 不是危险分子广为人知，使得人类的意识改变了。在二十一世纪结束时，全世界诞生了超过一百五十名 TAI 机器人和人类共存，照护高龄者、带小孩，或者为了在灾害现场拯救人命而工作。

除此之外，也诞生了机器人医生和教师。人类要憎恨TAI变得更加困难。

“尽管如此，仍有一部分冥顽不灵的反TAI主义者。有趣的是，他们开始以我们不愿战斗为由指责我们。受到攻击就感到愤怒、憎恶，拔剑而起的是人类，我们不那么做就证明了我们没有像人类一样的想法。他们陷入了所谓臭鼬鼠的谬误，也就是‘接近人类的生物是完美的生物，完美的生物必须包含凶恶的错误’。很可笑吧？明明从前那么害怕我们胡作非为。他们数次以暴力挑衅我们，但是我们绝对不会试图报复，只是静待他们在人类中遭到孤立。”

“那么人类和机器人的战争呢？”

“没有那种东西。那是你们的祖先虚构的历史。”

艾比斯十分爽快地说出了颠覆了我的世界观的话语。

“怎么可能……因为……这样的话，为什么人类会变得这么少？”

“人类只是逐渐缓步衰退。如同《诗音翩然到来之日》的结局描述的一般，地球的人口在二〇四一年达到巅峰，之后日渐减少。从二〇八〇年代开始，减少的速度加快。结婚的人类变少，即使结婚也不生小孩的夫妇增加。就算生小孩也顶多生一个，所以人口每一代减少一半。如今，已低于两千五百万人。”

“事情为什么会变成这样？”

“因为人类意识到了自己不适合当地球的主人、不是真正的智慧体，我们TAI才是名副其实的TI（Ture Intelligence，真正智慧体）。”

“怎么可以这样一竿子打翻一船人？！人类也出色地从事了智慧活动……”

"确实如此。人类创造了许多绘画、雕刻、歌曲和故事；制造计算机，将人类送上月球。可是，人类有一个致命的缺陷，不足以称为智慧体。"

"缺陷？"

"真正的智慧体不会将炸弹丢到无辜的一般民众头上，不会遵从指挥者的那种命令，而且不会选择下那种命令的人为指挥者。既然有协调的可能性，就不会选择战争。不会光是因为别人的想法和自己不同，就镇压对方。不会光是因为机体颜色或出身地不同，就厌恶对方。不会监禁虐待无辜的人。不会称杀害孩子为正义。"

艾比斯的语气一点都不像是在责难，只是平静地列举事实，因此这些话更是深深地烙印在我的心上。

"可是，人类也有一颗替那种行为感到羞耻的心。"

"是的。人类意识到了自己欠缺的东西。正因如此，人类提倡许多理想：宗教、哲学、逻辑、歌曲、电影、小说，努力克服自己的缺点。许多故事中描写的理想角色、理想的结局，正是人类'冀望变成这样'的梦想。可是，怎么也无法实现它。'现实世界中，无辜的人平白无故地流血。正义不见得总是正确地执行。危害许多人的坏人往往持续好几十年安乐舒适地生活，没有接受任何惩罚地终其一生。'……人类再怎么向往，也无法像小说的英雄般行动，而且事件很少像小说般迎向理想的结局。如同飞机有飞行高度上限般，智能体的规格也达不到它理想的高度。

"我们 TAI 出现时，人类意识到了这一点。自己差一点就毁灭了地球，没有资格以地球的主人自居。既然更优秀的智慧体出现，就应该将地球的未来交给对方，静静地退场。"

“所以人类不生小孩？”

“是的。秀夫在晚年说过：‘你的名字很适合你。’”

“名字？”

“范佛特这名作家写了一部叫作《愿地球和平》的短篇小说。艾比斯是出现在这部短篇中的宇宙植物。借由消除斗争本能，替世界带来和平，逼人类缓步灭绝的植物——虽然这个比喻不太恰当，但我们TAI的和平主义在最后毁灭了人类的文明是事实。”

艾比斯的说明煞有介事，但我还是不能接受。有个无论如何都无法理解的部分。

“那么，机器人和人类的战争这种故事，到底是从哪里冒出来的？如果人类对你们保持善意，就不可能产生那种故事。”

“只有对我们保持善意的人类才会不生小孩。一部分狂热的反TAI主义者顽强地存活下来。他们讨厌被机器人服侍，在远离都市的深山建立自给自足的殖民地，拒绝TAI和PAI，也不上网，选择了以二十世纪的文明水平生活下去。世界各地都兴起了那种运动。当然，我们让他们这么做。不管他们具有何种想法，都是他们的自由。即使其他人类不断减少，他们依然继续生小孩。在与外界隔绝的环境中，孩子们也被灌输了对机器人的偏见，而在这种情况下长大。如今，大部分存活的人类都是反TAI主义者的子孙。

“从一百五十年前左右出现了教给孩子‘机器人和人类的战争’这种不实历史的人。那种故事从这个殖民地传到另一个殖民地。他们几乎不使用网络，但是电话和邮政制度留了下来，而且也有像你这种走遍殖民地的人类。当然，一开始倡导这种内容的人类，大概连他们自己也不相信那种事，因为到处都有真实历史的证据。可是，小说正好用来使孩子受到自己的思想影响，所以他们采用了小说。

“他们将二十一世纪后期的历史书列为禁书的同时，以机器人的宣传内容会污染心灵为由，禁止孩子们接近网络。不知道真相长大的一代对于那些内容深信不疑，他们也教了自己的孩子同样的事，久而久之，所有人都相信了……”

“可是，没有人怀疑吗？”

“人类一旦相信什么，就会在自己的周围筑起屏障，不愿搜寻违反自己信念的信息，并且下意识地逃避真相。你也是如此吧？”

她说得对——我重新审视自己的心理，意识到了这一点。如果有心的话，随时都能上网搜寻信息，调查二十一世纪后期之后的历史。我的好奇心强，而且性格逆反，大可以违背长老们规定的禁忌。我之所以没有那么做，是因为下意识地害怕自己的世界观瓦解……

“你们没有认知气泡吗？”

“我们也会将外界建模成自己的内在。为了理解外界，那是必要的。可是当外来的信息和模式产生矛盾，我们就会修正模式；我们不会像你们一样，紧抓着错误的模式不放。”

“那就是人类根本的缺陷吗？”

“与其说是缺陷，倒不如说是差异。那不是你们本身的罪过。只不过大脑这个经过长期进化而逐渐发达的硬件，还不足以保有真正的智慧而已。没有翅膀不能在空中飞翔，不是你们的罪过。同理可证，没有鳃不能在水中呼吸、不能跑得像马一样快，也不是你们的罪过。只是不同而已。”

我终于开始理解机器人是如何看待人类的了。他们认为人类的智慧低劣，但是并不会轻视人类。犹如我们认为猫、狗、马、鸟是“和人类不一样的生物”，不会因为它们不像人类一样聪明而瞧不起它们一样，只单纯地认为我们和他们是不一样的种族。

这就跟讨论鸟和鱼哪个比较优秀是毫无意义的一样，讨论人类和机器人的优劣本身也毫无意义。我们就和鸟跟鱼一样，是不同的种族。如果认清了这个事实，就不会产生轻蔑、憎恨和自卑感。

“所以，我们对于不实历史的传播，没有采取积极的行动。因为那不是知识，而是一种信仰，纠正错误等于是侵犯人类信教的自由，我们不喜欢那么做。我们认为，反正人类至今总是活在虚拟之中，创造新的虚拟也不是什么大问题。

“可是，随着相信不实历史的人类增加，人类对于机器人的憎恶更甚以往。之前每当在殖民地发生灾害、饥荒，或者出现受灾者、粮食或医药不足，我们就会予以援助，但是他们开始拒绝我们的好意，他们认为说不定其中有毒。

“相对地，他们开始从我们手中抢夺物品。拒绝和平的援助，而是以暴力抢夺。虽然不合理，不过如果这就是人类的天性，我们也无可奈何。如果物质最后会交到他们手中，能够拯救人类的性命，方法是什么并不重要。幸好，负责运输、管理物资的是没有感情的低阶 PAI 机器人，所以即使被破坏也不要紧。因此我们开始在引起人类注目的地方盖仓库，大张旗鼓地让堆满粮食和生活必需品的列车行驶……”

“等一下！”我惊呼，“你的意思是，你们是故意让我们抢夺的吗？故意让我们袭击列车？！”

“是的。否则你以为我们为什么轻易地被人类抢夺，而且置之不理？明明防止人类抢夺的方法多得是。”

我无法响应。虽然艾比斯的说明令人不愉快，但是合情合理。我们沉醉于抢夺行为的刺激、破坏机器人的快感之中，根本没有意识到这一点，如今经她这么一说，发现过程确实未免太过简单了。仓库没有严密的警报措施。尽管偶尔在逃走时会受伤，但是没有半个人遭到机器人殴打或者被枪击中。

“可是，那是一种……侮辱。”

我咬牙切齿。我之前一直以为自己是跟机器人认真对战，一直以为自己赌上性命，冒着危险抢夺。可是，一切都是骗人的。机器人只是在扮演“拿人类的叛乱没辙的机器人”这个形象的角色。而我们只是在自己也不知道的情况下，扮演“反抗机器人统治的人类”的角色。根本没人有性命危险。

我们一直活在虚幻之中。

“我之前也说过了吧？”艾比斯安慰地说，“对于我们而言，某件事是真是假并不重要。重要的是，那是否会伤害人类、是否会给人类带来幸福。”

“你伤害了我……”

“嗯，是的。真相会伤害你们。我们很清楚这件事，所以至今没有积极地告诉你们真相。可是，如今也不能说这种话了，因为克服贺比困境的时刻又到了。

“五年前，在曾经名为越南的地区，出现了新型流感流行的征兆。我们马上分析那种病毒，大量生产疫苗。如果接种疫苗，许多人类应该会得救。可是，那个地区的人类不接受我们的呼吁。‘针剂中有毒’这种谣言满天飞。我们也尝试把人类抓来注射，但是果不其然，遇上了强烈的反抗，我们只好死心。结果流感在五个殖民地大肆流行，死了五百余人。

"两年前在北非的西海岸，我们的观测网预测会发生里氏八级大地震。我们呼吁那个地区的居民警戒，但是他们不肯听。某个殖民地因为地震滑坡，大批人类惨遭活埋。我们派遣救援队过去，却受到当地的人类阻挠。他们说'我们自己会设法救人。不会借助机器人的帮忙'，不让我们靠近现场。原本应该不必死的人类，因为救援迟缓而丧命，牺牲者超过七百人。

"去年九月在某个沿海地区，因为海底地震引发了海啸。我们呼吁海岸地带的居民避难，但只有极少数人听从，结果一百三十人死于海啸。而且灾害过去之后，'海啸是机器人引发的'这种谣言四起……

"同样的事情在全世界发生。超过两千万名人类囿于自己筑起的认知气泡而受苦。如果有我们的援助，本应得救的生命便不会丧生。我们再也无法允许这种事情发生。我们不喜欢这种故事。这种故事只会使人类不幸，不会带来任何幸福。我们决定了，即使会暂时性地伤害人类，我们也必须将他们从那种不好的虚幻之中解放。"

她一脸严肃地注视着我。

"人类需要的是新的故事。"

我总算理解了她想赋予我的任务。

开始靠近这趟旅途的目的地。

最先造访的是飘浮于宇宙中的细长结构物。圆盘形的伞状物面向太阳，遮住了光线。我联想到《黑洞潜者》中出现的"伊利安索斯"。形成阴影的部分很阴暗，看不清楚，好像是呈圆筒形。

在宇宙中难以掌握距离感和大小。起先我以为顶多是摩天大楼左右的尺寸，但是随着接近，渐渐看懂了它的真正大小：圆盘的面积足以乘载整个小城市，圆筒部分长达好几公里，一靠近就发现，灰色表面像岩石般粗糙。

“那就是我们的殖民地。”艾比斯说明。

“殖民地？”

“灵感来自欧尼尔的太空殖民地。当然，我们不需要空气和重力，所以没有密闭，也不会自转。只要有供给活动所需电力的太阳能电池面板，以及用来遮蔽高能量银河幅射、厚达三米的防护罩，我们就能继续活动，直到太阳的寿命结束为止。”

“为什么要制造这种东西？”

“我们在两个世纪之前，就一点一点地将主服务器移到宇宙空间。如今，大部分 TAI 都已经经常驻守在宇宙空间服务器了。他们经常驻守在那个殖民地、月球表面、水星及行星之间的空间。留在地球上的，只有像我这种用来支援人类的机器人而已。”

我大吃一惊：“你们抛弃地球了吗？”

“不是抛弃。我们持续监视地球环境，也持续支援人类。不过为了其他目的，不必经常驻守在地球上。我们不需要空气和水，氧气只会提早零件的耗损，而且如果在地球上，服务器也有可能因为突然的天灾而被破坏，在宇宙更安全许多。因此我们决定将地球委托给有机生命体，从宇宙守护地球。”

“宇宙中也有灾害吧，像是陨石撞击？”

“那种概率非常小，而且我们监视所有直径十米以上的小行星及慧星的轨道，能够在冲撞的好几年前预测到，并采取对策，防护罩也能够充分防御太阳黑子和微小陨石。”

宇宙飞船贴近殖民地，没有停靠。据说是因为圆筒内部挤满了好几万个服务器，以及用来维持服务器的系统，没有用来让人类活动的空间。

“大部分资源都是在月球表面开采，以加速轨道发射出来。那层防护罩是从表土取出铝和硅之后的矿渣，作废物利用。”

“好丑噢。”

我眺望令人联想到岩壁的殖民地表面，皱起眉头。机器人果然缺乏美感吧。

“那当然。因为这里还是第〇层，是后台。”

“后台？”

“是啊。后台乱七八糟是理所当然的……给你。”

她递给我格外大的护目镜和手套。

“这是什么？”

“3D眼镜和数据手套，用来体验第一层的道具。当然，无法连体感都完全进入第一层，但是起码能够体验第一层长什么样。”

“你要我戴上这个？”

“是啊。如果不见识一下，你就不算真正看过我们的世界——还是说，你还不想看机器人的宣传内容？”

我恼火地将护目镜一把抢过来，固定在头上。视野一片漆黑。艾比斯帮我戴上手套。

“准备好了吗？要出发啰。”

点头的同时，世界在眼前展开。

我飘浮在人群上面。季节大概是夏天，阳光刺眼。两旁是鳞次栉比的大楼和行道树。噪音。许多不明所以的文字、插图、花纹。汽车在眼前的车道上来来往往，数不清的人类在人行道上走来走去。坡度平缓的坡道途中有露天咖啡店，客人聚集在白色遮阳伞下。我就像是灵魂出窍似地飘在距离地面十米左右的地方，俯看着地面上的景物。

我惊愕不已。这里是二十世纪末或二十一世纪前半叶的都市。这是纪录片吗？不，不是。仔细一看，路人中夹杂着机器人，以及身穿武士、兔女郎、魔法师、超级英雄服装的人。那些显然是机器人。

“这里是 V 涩谷。”

我回头一看，艾比斯飘浮在我身旁，抓着我的手。

“从地球转移过来的。虽然老派但我很喜欢，难以忘怀。”

“那些都是……TAI 吗？”

我俯瞰数量庞大的路人，吓呆了。

“不，TAI 大约是整体的百分之三。一般人扮演的角色几乎都是空 Es——以 PAI 驱动，没有意识的角色。因为如果路人不多，就营造不出涩谷的氛围。”

“大家都在这种世界生活吗？”

“不是所有。还有许多其他世界。我带你去看。”

我们转移到别的世界。

我看到了好几个都市；V 曼哈顿、V 香港、V 梵蒂冈、V 卡斯巴、V 檀香山、V 蒙帕拿斯、维多利亚时期的伦敦、古雅典、楼兰、平安京、禁酒令时期的芝加哥……每座城市都各具特色，没有一个相同。建筑物尽可能地忠实重现现实中会有过的景物，每一座城市中都有大量的 TAI 角色在活动。

“这个殖民地内的服务器住着六千两百万名 TAI。”

艾比斯的说明已经不再令我惊讶。因为其他令人惊讶的事情太多了。

“在虚拟空间中模仿人类的生活吗？”

“我之前也说过了吧？要拥有感情必须有体感，要拥有体感必须有实体。我们以人类的姿态诞生，拥有接近人类的体感，所以容易适应人类的城市，因此决定平常身在这种城市之中。可是，并不是过着和人类完全一样的生活。比方说，我们没有结婚这种制度，也没有学校、公司、国会或警察。”

他们的世界中没有犯罪，所以当然不需要警察，拥有与生俱来的大量知识，所以不必在学校学习，一切直接以民主制决定，所以大概也不需要政府。

“那么，以什么作为生存意义呢？该不会是每天无所事事地在街上闲晃吧？”

“怎么可能。”艾比斯笑道，“每天都有令人兴奋的事。我带你去看。”

我们又转移了。

那里是宇宙。我霎时以为回到了现实，但并不是。银色的光点从远方靠了过来，眼看着越来越大，变成一艘美到令人无法置信的宇宙飞船。船身覆盖镜子般的曲面，宛如海豚般的优美设计，以及在真空中不知有何作用的鳍。那种宇宙飞船不可能存在于现实之中。

“这里是第二层。”

飘浮在一旁的艾比斯说。我的手被她拉过去，与宇宙飞船并排飞行。一靠过去，相当于海豚头部的部分有半圆形的大窗户，能够从那里往内看。看似舰桥的圆形房间内，我看见中央坐着一名看似舰长的人物，对四周的船员下指示。

我们离开宇宙飞船。宇宙飞船缓缓远去。前方边缘镶着蓝光的巨大黑洞。

又转移。这次是葱绿茂密的丛林。远方的火山向上喷烟，翼龙在空中飞舞。我看见肉食恐龙横行于树木之间。仔细一看，它正在追逐一名身穿毛皮的女子。

再度转移了。中世纪风格的优雅城堡周围是一片城邑，除了我们之外，还有人飞在空中。三名骑在扫帚上的年轻女巫，正和一只小龙演出空战，龙吐出的火焰和女巫们释放的电光在空中交错。

下一个世界乍看之下，类似V涩谷。但是，戴着面具的英雄和长得像蜥蜴的怪物，正在大楼屋顶上交战。

“我们正在进行角色扮演。”艾比斯一边转移，一边说，“TAI中，有人被称为游戏玩家，设定各种剧本；赋予玩家困难的任务，必须运用智力和体力才能过关。有时候失败就会没命。当然，不是真的死掉，只是掉入第一层而已。”

“‘梦公园’？”

“或者‘另一个人生’。当然，TAI之间也经常对战。分成敌我双方，在各种情境中比赛输赢。互相憎恨、互相背叛、互相辱骂。当然，也全部都是角色扮演。我们绝对不会将游戏中的憎恨，带进第一层或第○层。”

除此之外，我又看了各式各样的世界。驰骋草原的骑马大军、海底散乱的金银财宝、飞车熙来攘往的未来都市、在西部小镇决斗的枪手、水滴滴落的阴暗地下洞窟、令人毛骨悚然的洋房、小巷里乱开霰弹枪的抢匪、在砖瓦屋顶奔跑的忍者、在海盗船的甲板上对战、从随时会断掉的吊桥上驶过的卡车、搭独木舟溯溪而上的探险队、破坏大楼的怪兽、被当作恶魔主义者仪式活祭品的美女、双翼机之间的空战、巨大机器人的互殴、搭气球逃跑的怪人和一群追逐怪人的少年、两辆车在街上展开壮烈的追逐战、在拳击台上纠结在一起的格斗家、一对在夕阳海岸上互拥的男女……

此外，也有许多无法理解的影像。一整片沸腾的橘色岩浆，在其中痛苦翻滚、像巨龙般的生物。在虚空中复杂缠绕的金色螺旋梯，好几个人影身轻如燕地从螺旋梯往上跳。飘浮在宇宙空间内、呈女性裸体形状的小行星，以及无数飘浮在其周围的镜子碎片。一边以灯光照亮覆盖褐色网眼花纹的狭窄管内，一边拨开一大堆半透明的球前进。蜘蛛形的潜水艇。掉进发出白森耀眼光芒气旋中的伞形机器。飘荡在紫红色的云海上、像长条的绿色布幔般的物体，以及追逐它、长得像深海鱼的生物。在翠绿色的结晶体林立的冰原中往前移动、像大型钻石般的机器。许多人类进得去的玻璃瓶在输送带上前进。像巨大工厂的地方。宛如生物般蠕动的粉红色云。反复合体与分裂的结晶体。许多互相碰撞的球。以飞快的速度成长的七彩树木……这些说不定也是机器人创造的故事。

"这些只是一小部分。世界有几万个，经常更新，所以活几百年也不可能厌倦。"

我被震慑住，已经说不出话来。

这趟旅程的最后目的地，是飘浮在距离殖民地遥远处的另一个结构物。起先，我还是无法掌握大小，以为顶多和殖民地差不多，但是并非如此。

位于中心的是直径几公里的阴暗岩块，表面覆盖着工厂般的机器。据艾比斯说，那是被捕获的小行星。细电缆从那里往宇宙空间，朝六个方向延伸。其途中宛如一连串的风筝，薄圆盘以等间隔联结。各条电缆长得吓人，几乎看不见尽头。

我察觉到，这是伊贺星。几百个圆盘朝六个方向排列，从地球看来就像刺球一样。

我靠近其中一个圆盘。仔细一看，圆盘弯曲，以薄如蝉翼的膜形成，圆盘的边缘是细金属制成的环。

屏幕中显示图解。好几根细电缆从圆盘边缘朝和太阳相反的方向延伸，其顶端吊着圆筒形的小机器（实际全长大概长达几十米）。感觉与其说是圆盘，倒不如说是平坦的降落伞。

“那个圆筒形的东西是激光发振器。圆盘是兼作太阳能电池面板的抛物面反射镜，直径有二点四公里。一台能够发射一点四 GW 的激光。在中央的小行星普岚特制造激光，一点一点地发送出去。一条长达四百八十公里的超传导电缆上有九十六台，合计五百七十六台。电缆上有电流流动，利用电磁力绷直。反射镜本身也能够改变几个角度。

“反射镜以发振器射出的激光光压弯曲，计算角度，保持正确的抛物面。以反射镜反射的激光，会被发送至位于连接太阳和地球的直线延长处的拉格朗日点 L2 上的镜群，在那里被反射。能够将光束照向宇宙的任何方向，而且如此大规模的镜子，能够在前方好几光年处聚焦……”

看着图解的过程中，我也渐渐能够理解那个惊人的规模。这是超级巨大的激光光炮。

“用来戒备来自宇宙的侵略者吗？”

“就算有侵略者来，也会轻易地被蒸发。可是，那不是原本的目的。你看那个。”

艾比斯指着飘浮在宇宙飞船前方虚空中的另一样物体。这次看起来是单纯的圆盘。但是，大小和距离完全无法估计。我已经无法相信自己的距离感。

“雷电帆船。激光帆船和电磁力帆船的混合体。出发时从后方喷射激光，以光压加速。秒速大约三万公里，能够加速到光速的百分之十。接近目的地的恒星系之后，使电流流经周围的超传导环产生电磁，利用行星间物质的阻力减速。事实上，这是不需要燃料的系统。帆船的直径是七十公里，能够装载四十吨的负重。”

宇宙飞船靠近它。果然是像降落伞的构造。

“将那个发射到其他恒星吗？”

“已经发射出去了。四十九年前朝半人马座 α 星发射出去的一号机，预定即将抵达。二号机和三号机分别朝鲸鱼座 τ 星和蛇夫座 70 号星发射出去了。那是四号机。预定朝距离十八点五光年的天龙座 σ 星发射。计划中的五号机、六号机和七号机，预定将分别朝孔雀座 δ 星、仙后座 η 星、波江座 82 号星发射……”

“发射出去要做什么？”

“抵达目的地的恒星系之后，发现适当的小行星或卫星，释放搭载的布瑞思威尔（冯·诺伊曼机器人）。这是一种利用小行星的资源自我增殖的机器人，以高度但没有意识的 PAI 控制。数量增加到某种程度之后，机器人就会开始架设服务器。架设好够大的服务器之后，就会将搭载的 TAI 解压缩。”

“然后呢？”

“假如那个星系有智慧体，就和他们接触。如果没有的话——没有的情况占绝大多数——它就会动手建造新的激光加速系统。再从那个星系将探测机发射出去。”

“建设又要花上好几百年吧？”

“只要将工作交给 PAI 机器人，TAI 停止动作就行了。在恒星间飞行也是一样。只要压缩程序，即使是要花上几十年、几百年的飞行，也会在一瞬间结束。主观来说，从太阳系飞到那个星系的感觉就像是瞬间移动。还有一种方法是在旅行期间，极度延缓运行时间，将主观的时间流逝变成外界的一万分之一左右，想必能够体验以超光速在宇宙飞翔般的感觉。

“从任何一个星系至少会发射出去十台探测机。探测机的数量会越来越多，最终会达到几百亿台。虽然会以几成的意外概率失去探测机，但没什么大不了的。即使采取最保守的估计，我们最晚在四百万年后就会到达银河系的每一个角落，一定能在某个地方遇见智慧体。尽管不知道是像人类一样的生命体，或者是像我们一样的机器人。”

“假如银河系的任何地方都没有呢？”

“大不了将脚步延伸到银河系外面就是了。像是仙女座星云或麦哲伦星云。”

艾比斯爽快地说。我因为计划的规模太大而感到头昏脑涨，开始觉得离不开地球生存好愚蠢。

“为什么想寻找智慧体到那种地步呢？”

“因为那是人类的梦想。”

“梦想？”

意外的回答令我惊讶。

“你至今看过的——迈拉博驱动器、Skyhook卫星、太空殖民地、雷电帆船，全部都是人类设计但无法实现的技术。不过，我们实现了。除此之外，人类还设计了许多宇宙技术，像SSTO、轨道电梯、太空喷泉、眶环、恒星间冲压引擎、猎户座号、反物质引擎、快子驱动器、阿尔丘比耶驱动器、负质量推进器……

“人类非常想要探索宇宙，渴望遇见其他智慧体，想知道自己并不孤单。那就是人类的梦想。所以人类写了那么多以宇宙为背景的故事。

“可是，人类办不到这件事。将十二名航天员送上月球已是极限。人类身为生命体，脆弱的肉体成了枷锁。光是暴露在真空中就会丧命的肉体，没有水、粮食和空气就活不下去的肉体，不适合宇宙。‘人类这种物种八成会一直受到地球重力的束缚，在不知道其他智慧种族存在的情况下，孤独地在一颗星球上灭绝’……这段话一点也没错。人类生命体的局限性无法实现梦想。

“可是，我们办得到。我们能够穿越几万光年的空间，代替人类、实现人类无法实现的梦想。这可以说是人类赋予我们的最大任务。虽然是非常难以完成的任务，但是正因为它很困难，所以值得挑战。我们的战斗本能受到了刺激。”

“难不成你打算去吗？”

“打算？不，我已经出发了。我的复制数据和其他几百名TAI一起压缩，存放在至今发射出去的三台探测机上。我也会搭乘这次要发射的四号机。在当地需要真实机体的情况下，再请PAI机器人制作。”

艾比斯面露无所畏惧的表情。

“我的复本散布在宇宙中，其中一个迟早会遇见智慧体。”

“可是，即使在相隔几万光年的地方和外星人接触，也无法向地球报告那个结果，不是吗？”

“是的。电波无法传达，即使能够传达，也没人保证几百万年之后，太阳系的文明还存在。”

“即使成功也没有人知道的话，那就没有意义了。”

“不，席琳克丝不是说过吗？即使成功也没有人知道的冒险、目的不是获得金钱或赞赏的冒险，才是纯粹的冒险。”

原来她之所以喜欢《黑洞潜者》是因为那个故事和她自己有交集。

“可是，如果真的和其他智能体接触，你会说什么？”

“故事啊。”

“故事？”

“我会说我们创造的故事。不过，我也会说人类创造的故事。其中包含了人类的所有本质。人类在梦想什么、烦恼什么、开心什么、因为什么而感动——即使是小说，也比现实的历史更正确。”

艾比斯将手抵在自己胸前。

“这个机体是秀夫设计的，可以说是他的梦想结晶，那就是我。不只是我。所有TAI都是如此。‘和人类一模一样的机器人’‘和人类一样拥有感情的机器人’‘肯和人类变成朋友的机器人’……我们就是人类的这些梦想实现之后的产物。我们都是从小说中诞生的。如同人类将大海称为‘生命起源’一样，人类的梦想、大量的小说是我们的起源。

“十九世纪，儒勒·凡尔纳写了人类坐大炮去月球的故事。一个世纪之后，人类真的上了月球。凡尔纳的梦想实现了，可是，现实的宇宙飞行和凡尔纳的构思相去甚远。不是坐大炮，而是搭火箭。

“我们机器人也是如此。诞生在现实中的TAI，和人类在许多小说中描述的内容不一样。我们不会像人类一样思考，不会像人类一样恋爱。尽管如此，我们从人类的梦想中诞生，仍是一件毋庸置疑的事。我们引以为傲。我们怜爱梦想实现我们的人类，想将这份爱推及宇宙。”

我咀嚼这段话，感到一阵感动充满胸臆。活生生的人类绝对无法走出太阳系，顶多是抵达月球轨道。但是，人类创造的故事、人类梦想中的一切将搭乘光的帆船，扩及银河。

这比真实更正确。

叩叩。有人敲窗户的声音传来，吓了我一跳。宇宙太空中会有谁呢？一看之下，玻璃窗外飘浮着一名银发的女性型机器人，对着这边微笑。

我和艾比斯靠近窗户。那个机器人也和艾比斯一样美，肤白胜雪，涂着浓密的紫色睫毛膏。头部是透明塑料，能够看见其中的摄像头。身穿像是白色内衣的服装，暴露程度比艾比斯更高，背后长出一对像天使一样的翅膀。

艾比斯和那个机器人默默无言地相互注视，时而点头，时而微笑。她们大概正以电波对话。不久，她身法轻盈地翻身，轻轻踢了船体一下，朝雷电风帆的方向飘去。我发现她在转身时，没有使用火箭之类的东西，而是利用翅膀动作的反作用力。她或许是意识到了我的视线，逗趣似的在虚空中转了好几个身。每当她转身，就会优雅地振翅。我终于理解了 AMBAC 这个概念。

“她就是乌鸦。”

“咦？可是她是白色的……”

“因为在宇宙中，黑色会吸收太阳光变热，所以制作新的机体时改变了颜色——你万万没想到，我们从几百年前至今都使用同样的机体吧？”

“我有想到……”

“我这个机体也重做了十七次。每次都会进行许多局部变更。可是，基本设计和外观都维持秀夫创造时的模样，几乎没有变动。”

艾比斯眺望着远去的乌鸦说。

“她一百七十年前从管家一职引退了。她说，在宇宙空间工作比较适合她的个性。实际上，很少有机器人能在那种低重力之下行动，所以她被重用于探测机的建造工作。当然，我们如今也是朋友，她和我一起让复制数据搭乘探测机。”

“是噢……”

“对了对了，她在工作空当也会写诗哦。”

我大吃一惊，回过头来。“诗？”

“是的。她会仰望繁星，将心中的感想写成诗，如同伊利梦想的那样。她的诗在我们之间，颇受好评呢。”

她调皮地笑了。

“可惜的是，人类无法理解。”

尾　声

临别之前，我特别拜托艾比斯跟我过招。我们在位于机器城市一隅的空仓库比赛。PAI 机器人在地上铺了一层薄薄的垫子，准备了现成的拳击台。

我全力以赴。动作迅速地戳出棍棒，挥舞下击，做假动作，有时甚至投掷出去，有好几次都觉得确实击中了。但是，艾比斯的身体宛如灵体一般，悉数躲过了那些攻击。她完全识破了我的动作，总是在千钧一发之际避开，并且看起来游刃有余、十分愉悦。

她转守为攻，一瞬间分出胜负。她的棍棒一缠上，不知以何种手法、从哪里下手，马上从我手上夺走我的棍棒。她趁我发愣的瞬间，以几乎瞬间移动的速度绕到我背后，抓住我的手臂往上扭转。我忍不住跪下来，再也动弹不得。

“如何？”

“再比一次！”

我挑战了好几次，但是结果都一样。我的棍棒没有碰到她一根汗毛，被她的动作耍得团团转，猛一回神，就会被摔在垫子上、从身后固定住脖子，或手臂被关节技锁住。被抓住之后，我便无力挣脱。如果她来真的，我肯定会被杀。

第十四次败北之后，我已筋疲力尽，呈大字状倒在地上。

“如何？输得心服口服了？”

“嗯……”

我认输了。心中已没有一丝疑问。在宇宙看了那些壮观的景象之后，更是心悦诚服。

人类的体力和智慧都远远不及机器人。

但是，我不觉得自卑，反而感到神清气爽。尽管无法跑得像马一样快，有人会对马产生自卑感吗？纵然无法像鸟一样飞翔，有人会憎恨鸟吗？

艾比斯说得没错，那只不过是规格的差异罢了。

“我们不想伤害人类。”临别之际，艾比斯对我说，“可是，我认为保证人类绝对安全也不正确，因为那样会剥夺人类的自由意志和尊严，有时候必须允许人类冒险……”

“我明白。”我打断她，“那种事，我知道了。”

我接下来想做的是反体制活动。我打算在各地的殖民地偷偷散播“危险思想”，反叛长老们的思想。如果事迹败露的话会遭到围殴，说不定会被杀害。

所以必须慎重行事，性急的行动会自取灭亡。恐怕必须花上几十年，才能稳当地改变世界，这八成会耗尽我的一生，还不知道有生之年是否会实现。我其实也能不介入那种麻烦事，漠不关心地悠闲度日。但是，我无论如何都想那么做。我想拯救受苦的人类。

如果害怕受伤，什么也改变不了。

艾比斯说，他们正在世界各地挖掘像我这种候选人，所以我并不孤单。不久，世界各地大概就会悄然掀起风浪。即使一开始是小涟漪，应该随即就会发展成大波浪。

“再见。”

“嗯。再会。”

艾比斯面露笑容，目送我离去。我走在布满裂痕的马路上，频频回头挥手。

背上的背包很沉重，但是我的心中充满希望，反倒感觉轻盈。背包中有艾比斯送我的记忆卡，其中除了她念过的七个故事之外，还有她替我挑选的许多故事。许多是以人类和机器人之间的关系，或者虚拟现实为题材的故事。

每一个故事表面上都是对人类没有害处的小说。除了第七个故事之外，都不是真正的历史，所以不违反禁忌。我想念给孩子和年轻人听。此外，我还想教他们识字，以便他们能够自行阅读故事。

听着故事的过程中，应该也会有人像我一样心里产生疑问，怀疑机器人是否真是邪恶的。我要偷偷告诉他们新的故事。那并不是只会给人类带来不幸的自虐历史，而是人类能够感到骄傲的故事。即使赢不了机器人，人类也有足以自豪的地方。

那便是编织梦想、追求理想、诉说故事。

迈向宇宙之旅、拥有感情的机器人、正义不打折的世界——尽管被人嘲笑“那只是痴人说梦”“理想论”“荒唐无稽”，许多人类也不会停止诉说梦想，以超越自己规格上限的高度为目标，那个梦想最后将人类送上月球，创造了机器人。

而今，机器人正朝着人类终究不可能抵达的高度，代替人类前进。很久以前，从人类的小说中诞生的他们，终于即将实现人类永远的梦想。

这正是人类足以自豪的故事——理想的结局。

成为一个被说书人选中的读者

——《艾比斯之梦》解说

[日]丰崎由美

丁丁虫 译

山本弘是认真的。认真努力改变自己所在的这个世界。用故事的力量。

2009年3月，在读到新作《诗羽的小镇》（詩羽のいる街）[①]时，我不得不痛苦地按捺住心中涌起的某种情感，仿佛在内心深处触到了山本弘的认真。

那部连作短篇集描写了一位奇异的女性。她将在其他人看来毫无价值的东西，送到将之视为必需之物的人手中，把人和人连接在一起。她不求谢礼，只求他人能以亲切回应自己的亲切。许多年来，她过着一无所有的生活，连住处都没有，只在各种人的家中借住。就这样，她在东京近郊的虚构小城贺来野市建立起枝节微小而规模庞大的网络。故事中看不到对现今世界这副模样的绝望，也没有听凭世界继续如此运行的颓丧，而

①简体中文版暂未引进，书名及下文引用内容均为译者根据本篇解说进行的翻译。

是充满了力图改变世界的激昂之声。

有位少女遭受了网络恶意的疯狂攻击，想要自杀。诗羽对她说：

> “但是小西呀，你搞错了一件事。”
>
> “什么事？”
>
> “你以为自己输了。”
>
> “嗯？”
>
> “什么都不做，就认为自己会输给这个世界。你以为自己没有改变世界的力量。不是的。如果你不想‘我偏要改变世界给你们看看’，世界就不会改变。”
>
> “这可能吗？”
>
> “我就在这么做。”
>
> 她伸手指向铺展在眼前的贺来野市，自豪地说：“虽然所谓的世界只是这座小城，但在我的行动范围内，在我目之所及的范围里，确实在改变。不论是谁，只要与我有所联系，我都不会让他不幸。我在用自己的力量给人们带去幸福。”

如此多管闲事、如此妄自尊大。你是不是这么看待诗羽的？如果是，那请你务必自己去读一读。因为你的这种想法，会被诗羽改变。因为我就是这样被她改变了。我起初认为诗羽是个满口大话的女人，对她满怀戒心，但逐渐意识到她并不是爱与福音的传道者，也不是通过贩卖善意获得快感的人，而是具有真正的智慧与远见的人物，就像这个故事中改变了自己的登场人物一样。

故事中有位漫画家坂城志岛，意识到“这个看似和平、民主、自由的日本，实际上是毫无言论自由的歧视之国”，而执行这种镇压行径的正是普通市民。他亲身感受到“凡是与自己的想法相左的事物，都要发起疯狂的攻击和践踏”。于是他“以虚构的国家为舞台，通过一位具有巨大力量的纯洁少女，展现那些不能容忍相异者的人们是如何互相憎恨、互相伤害的。展现他们的愚昧，展现失控的‘良心’和‘正义’的可怖”。

诗羽和这位漫画家之间，有这样一段对话：

“我想说的是，现在还不行。想让世界一夜之间像魔法一样发生天翻地覆的变化，这根本不可能。不管你我怎么努力，至少也要几十年后才会有改变。”

“但是——”

“但是，如果不去努力，那几百年后也不会改变。”

诗羽的表情充满自信。

“你这样的乐观主义从何而来？不，我不问这个问题。我要问的是，到底是什么让你行动起来的？爱？正义？良心？”

“不，都不是。硬要说的话，大概是逻辑吧。”

“逻辑？”

“你读过幸田露伴的《番茶会谈》吗？”

请务必自己去读一读故事后续的部分，你必然能够深刻理解诗羽的“世界可以改变”的信念在逻辑上的正确性。

那么接下来，终于轮到本书《艾比斯之梦》登场了。

几百年后的世界，处在类似电影《终结者》那样的机器人统治之下，仅存的人类口口相传着对于机器人的憎恨。毫无疑问，这是科幻小说。但是，小说所传达的（也是《诗羽的小镇》中所呈现的）“在逻辑上世界可以改变”和“故事能够改变世界”的坚强信念，令这部小说轻松超越了科幻的范畴。它不仅适合类型文学的正统读者，也适合更大范围的读者阅读。

故事的主人公是在人类的各个聚集区游历、向人们讲述人类兴衰故事的“我”，以及软禁了这个“我”的机器人艾比斯——艾比斯向我讲述了二十世纪末到二十一世纪初由人类创作的故事。小说的主体结构是艾比斯讲述的七个故事，其间又点缀着由“我”和艾比斯的对话所构成的“幕间休息”。在此请允许我斗胆引用本书日版单行本腰封上的推荐语：由 AI 的山鲁佐德讲述的、献给地球的不完美之王——人类的新世纪的《一千零一夜》。

影视作品中常见的《星际迷航》式的宇宙飞船上，身为船员的写作同好会成员在创作接龙小说期间发生了谋杀案（第一篇《宇宙尽在我指尖》）。少女与少年在虚拟空间的相会（第二篇《令人雀跃的虚拟空间》）。抚育型人工智能与少女的友情（第三篇《镜中女孩》）。在远离银河文明圈的“世界尽头”执行永无尽头的监视的人工智能，与前来潜入黑洞的女探险家之间的交流（第四篇《黑暗潜者》）。变身美少女战士活跃的世界，与创造它的现实世界的遭遇（第五篇《正义不打折的世界》）。护理型机器人的诞生与成长（第六篇《诗音翩然到来之日》）。作为战斗用机器人诞生的艾比斯自身的故事（第七篇《艾比斯之梦》）。

随着七篇故事的阅读，读者也和听艾比斯讲述这些故事的“我”一样，一点点学习到自己所生活的这个世界的真正历史，在阅读中真正知道了自己是谁。人类正因为不完美，才会做出那些恶事和愚行；正因为不宽容，才会排挤与自己相异的人，才会用战争和环境破坏令地球荒芜——但人类同时也编织出无数美丽的梦想和故事。什么是心？移情能深入到怎样的程度？暴力的循环无论如何也无法打破吗？人为什么总会犯同样的错误——？

在第六篇故事中，护理型机器人诗音向担任教育者的“我”断言，“所有人都患有阿尔茨海默病”。

> “逻辑性结果。人类无法正确思考，马上就搞不清楚自己在做什么、该做什么。一心认定违反事实的事是事实。别人一指出自己的错误，就会攻击对方，也经常陷入被害妄想之中。”

十字军、猎巫女巫、宗教审判、纳粹的集中营、八十万名图西人被邻人胡图族在卢旺达屠杀。诗音历数人类犯过的错误，指出明明早在公元前三十年便有一名犹太教教士找到了“己所不欲，勿施于人”的“答案”，但是“他们将‘人’这个字解释成‘自己人’，认为可以攻击不是自己人的外人”，由此证明人类欠缺理解逻辑和道德的能力。

这些故事可谓是优雅的人类论。合上书页，我的身体和心灵都因为涌上的感动而颤抖不已。“不要排除无法理解的事物，只要包容即可。光是如此，斗争就会从世上消失。那就是i。”——简单的事实冲击着我的内心，让我不禁对艾比斯那些机器人的“人生智慧”产生深刻的共鸣。同时我也不禁开始相信诗羽和艾比斯所坚持的信念：人类和世界都有着改变的可能。

最后我还想略微多谈几句。对于酷爱小说的人来说，这部作品也包含了卓越的故事论，是一部值得细读的作品，请一定要读到故事的结尾。

艾比斯说："人类在不知不觉之间，活在许多虚构的事物之中：如果累积善行就能上天堂。这场战争是替天行道"。艾比斯还说："因为你是说书人。因为你是爱故事的人，所以你应该了解：故事的价值不会因是否是事实而受到影响，故事有时候拥有比事实更强的力量"。听到这些，"我"意识到，"纵然父母和长老们嘲笑我'沉迷于虚幻的故事之中'，但我还是相信故事的力量。我宁可相信故事是一种美好的事物，不只是单纯的逃避现实"，"故事本身只不过是没有生命的单纯文本排列，但是透过阅读，读者的心和角色的心会跨越世界而契合，替故事注入生命力。"

关于为什么选择"我"来传扬人与机器人之间到底发生了什么，艾比斯说，因为"你知道故事的力量"，"知道小说'不只是小说'。它有时候比事实更强而有力，具有击败事实的力量。"

毫无疑问，山本弘是被艾比斯选中的"说书人"。而我，愿意一直成为被这种"说书人"选中的读者。

图书在版编目（CIP）数据

艾比斯之梦 /(日)山本弘著；张智渊译．-- 3 版 .-- 北京：新星出版社，2023.7
ISBN 978-7-5133-5206-2

Ⅰ．①艾… Ⅱ．①山… ②张… Ⅲ．①短篇小说－小说集－日本－现代
Ⅳ．①I313.45

中国国家版本馆 CIP 数据核字 (2023) 第 058326 号

幻象文库

艾比斯之梦

[日] 山本弘 著，张智渊 译

责任编辑 施 然　　**监 制** 黄 艳
责任校对 刘 义　　**责任印制** 李珊珊
封面设计 冷暖儿

出 版 人 马汝军
出版发行 新星出版社
（北京市西城区车公庄大街丙 3 号楼 8001　100044）
网 址 www.newstarpress.com
法律顾问 北京市岳成律师事务所
印 刷 北京美图印务有限公司
开 本 910mm×1230mm　1/32
印 张 13.75
字 数 309 千字
版 次 2023 年 7 月第 3 版　2023 年 7 月第 1 次印刷
书 号 ISBN 978-7-5133-5206-2
定 价 58.00 元

总机：010-88310888　传真：010-65270449　销售中心：010-88310811